毕飞宇文集

青衣

THE MOON OPERA

毕飞宇 著

人民文学出版社

图书在版编目(CIP)数据

青衣/毕飞宇著.—北京:人民文学出版社,2022(2024.6重印)
(毕飞宇文集)
ISBN 978-7-02-016422-6

Ⅰ.①青… Ⅱ.①毕… Ⅲ.①中篇小说—小说集—中国—当代 Ⅳ.①I247.5

中国版本图书馆 CIP 数据核字(2020)第 106030 号

责任编辑	徐子茼　向心愿
装帧设计	陶　雷
责任印制	王重艺

出版发行	人民文学出版社
社　　址	北京市朝内大街166号
邮政编码	100705
印　　刷	北京盛通印刷股份有限公司
经　　销	全国新华书店等
字　　数	248 千字
开　　本	880 毫米×1230 毫米　1/32
印　　张	12.125　插页 1
版　　次	2015 年 1 月北京第 1 版
印　　次	2024 年 6 月第 3 次印刷
书　　号	978-7-02-016422-6
定　　价	65.00 元

如有印装质量问题,请与本社图书销售中心调换。电话:010-65233595

新 版 序

  人民文学出版社版的《毕飞宇文集》初版于2015年。感谢人民文学出版社对我的厚爱,2020年,他们打算做一些订正和增补,给读者朋友们送去一个更好的新版。但2020年是特殊的,许多事情都在2020年改变了它的轨迹,一套文集实在也算不了什么。

  现在是2021年的秋天,感谢人民文学出版社;感谢读者朋友。除了感谢,我特别想在这里留下这样的一句话:2020年,2021年,它们是那样深刻地留在了我的记忆里。

毕飞宇
2021年9月17号于南京龙江

序

这套文集收录了我从1991年至2013年之间的小说,是绝大部分,不是全部。事实上,早在2003年和2009年,江苏文艺出版社和上海文艺出版社就分别出版过我的文集。江苏文艺的是四卷本;上海文艺的是七卷本;此次人民文学出版社出版的这套文集则有九卷。递进的数据附带着也说明了一件事,我还是努力的。

我曾经说过这样的话:小说不是逻辑,但是,小说与小说的关系里头有逻辑,它可以清晰地呈现出一个作家精神上的走向。现在我想再补充一句,在我看来,这个走向有时候比所谓的"成名作"和"代表作"更能体现一个作家的意义。

感谢人民文学出版社,他们愿意为我再做一次阶段性的小结。老实说,和前两次稍有不同,这一次我有些惶恐。写作的时间越长,我所说的那个走向就越发地清晰,——我的写作是有意义的么?——它到底又有多大的意义呢?

我写小说已经近三十年了,别误会,我不想喟叹。我只是清楚了一件事,以我现在的年纪,我不可能再去做别的什么事情了,也做不来了。我只能写一辈子。说白了,我只能虚构一辈子。可再怎么虚构,我还是有一个基本的愿望,我精神上的走向不是虚构的,我渴望它能成为有意义的存在。

毕飞宇

2014年6月7日于南京龙江

目 录

生活边缘   1
家里乱了   42
好的故事   98
哥俩好   138
林红的假日   205
睁大眼睛睡觉   249
青衣   315

生活边缘

一

婚姻或仿婚姻往往由两块布拉开序幕,一张床单,一张窗帘。序幕拉开的时候小苏正在铺床。也可以这么说,序幕拉开的时候夏末正往窗帘布上装羊眼。反正是一回事。

小苏跪在床上,她的十只指头一起用上了,又专心又耐心的样子。她铺得很慢,一举一动都是新感受。才九月底,完全是草席的季节,但小苏坚持要用床单。床单的颜色是纯粹的海水蓝。小苏把这块海蓝色的纺织平面弄得平整熨帖,像晴朗海面的假想瞬间,在阳光普照下面风静浪止,小苏和夏末站在床的这边和那边。他们隔海相望。家的感觉就这样产生了。家的感觉不论你渴望多久,一旦降临,总是猝不及防,感人至深,让你站不稳。这时候一列火车从窗下驶过,他们的目光从二楼的窗口望出去,火车就在窗子底下,离他们十几米远,只隔了一道红砖墙。小苏在某一瞬间产生了错觉,火车在她的凝望中静止不动了,仍在旅途的是他们自己。他们租来的小阁楼在每一道列车窗口朝相反的方向风驰电掣。

火车过去后小楼里安静了。小苏和夏末一起向四壁张望,没有家具。但四块墙壁具体而又实在,看在眼里有一种被生活拥抱的真切感。夏末提着窗帘绕过床,拥过小苏,让她的两只乳峰顶住自己的胸。小苏吻过夏末的下巴,问:"这到底是恋爱还是婚姻?"夏末仰起脸,用下巴蹭小苏的额,眨巴了几下单眼皮,说:"非法同居。"

阳台上响起了脚步声,听上去是个糙汉。窗口伸进来一颗大脑袋,布满铁道沿途的灰色尘垢。这颗脏脑袋笑眯眯的,大声说:"搬来啦?这么快?"夏末走到门前,对房东扳道工招呼说:"耿师傅,到我们家坐坐?"夏末说"我们家"时故意回头瞟小苏,小苏听得很清楚,却装着听不见。小苏把短发捋向脑后,顺势侧过面庞,鼻尖上亮了一颗小亮点,是那种慌乱的幸福所产生的光。耿师傅放下铁道扳手,接过夏末递过来的红梅牌香烟,拽一拽门框后头的电灯开关线,关照说:"没电表,电随你们用。"随后退了两步,拧开水槽上方的自来水龙头,"水也尽管放。"耿师傅索性走到阳台西头的小屋,夏末知道他过去示范马桶水箱了,倚在门框上,点了根烟。水箱水和耿师傅的小便一同冲了下来。卫生间里传来说话声:"这是厕所。"耿师傅说话时叼着烟,夏末听得出来。他开始想象耿师傅双手搭在下身眯眼歪嘴的说话神态。"我这房子,一个月才一百块,哪里找?"耿师傅从卫生间里出来,抖着身子往上提拉锁。"——就是有火车,"耿师傅大声说,"你反正夜里要画画,也没事。"夏末跟着他扯起大嗓门说:"我们喜欢火车。"耿师傅笑着说:"你这么大声做什么?我听得见。"

小苏坐在床的内侧,听两个男人说话。她接过夏末丢下的活儿,重新调整羊眼间距。小苏对门口"嗳"了一声,夏末回过头,小苏瞥一眼南窗。夏末丢了烟,取过一张方凳,往铁丝上挂窗帘。

一个孕妇正沿着水泥阶梯拾级而上,手里提着一只竹篮。她身后的楼梯口刚刚停下一辆手推车,是站台和月台上最常见的那种。玻璃上用红漆写着"包子"、"鸡蛋"、"豆腐干"。孕妇的身后跟着一个小丫头,七八岁,活灵活现的样子。手里拿了半只冷狗,两片嘴唇被冷狗冻得红红的。夏末站在方凳上和中年孕妇隔窗对视,这个角度过于背离常态。孕妇仰着头很客气地笑。耿师傅高声说:"他们过来了。"他走到窗下的楼梯口,从竹篮里取出最后一只肉包,塞在嘴里,嘟嘟哝哝地说:"怎么卖这么快?"耿师傅噘着嘴侧过头来,对夏末说:"我老婆阿娟,那是我宝贝丫头,小铃铛。"

夏末并没有急于招呼。他和小苏相互打量了一眼。视角差不多有七十度。完全适合于表达疑虑。他们无声地望着小铃铛,无声地盯着阿娟的腹部。阿娟刚爬完楼梯,站在窗子底下大口吸气。耿师傅很开心地摸着小铃铛的腮,小铃铛的双手撑在门框上,一对黑眼珠对着两个生人伶牙俐齿。她咧开嘴,翘着两颗小兔牙。小苏说:"真是个美人坯子。"耿师傅笑着说:"也不能喊叔叔阿姨,是个哑巴。"

阿娟说:"以为你们明天来。还没来得及给你们扫干净。"夏末和小苏没有回过神来,就会点着头笑。他们一高一低地站

3

着,目送阿娟和小铃铛走过门前。

　　小苏呕吐的感觉在这时凭空而来了。她毫无理由干呕了一声。随即捂上嘴,冲出了房间。她扒在水槽上,弓下腰一连干呕了好几声,只是呕出来一些声音,没有实质性内容。夏末跳下来,冲上去拍她的后背。小苏拧开水龙头,掬水漱口,直起身只是笑,睫毛上沾了几颗碎泪。"怎么回事?"小苏不好意思地说,"也没吃什么。"耿师傅和阿娟在门槛边早就停住了,不声不响回过来四条目光。小苏和孕妇的目光刚碰上心里就咯噔一下,立即用巴掌捂紧嘴巴,她的眼睛在巴掌上方交替着打量身左身右,又快又慌。几双眼前前后后全明白了。

二

　　夏末靠在床上,一晚上抽了一屋子烟。屋里没有开灯,但小苏感觉到厚重的烟霭。这种呼吸感受和铁轨两侧的视觉印象相吻合,灰蒙蒙地覆盖着粉质尘垢。

　　小苏躺在夏末的内侧,脑袋塞在他的腋下。他的汗味闻起来有点焦躁。天很热,床单没有带来海风,只有全棉纺织品的燠闷。热这东西烦人,时间长了就往心里去。夏末的右手放在小苏腹部,指头四处乱爬,无序、无聊、无奈,体现出未婚男子的糟糕时刻。糟糕的男人少不了这种时刻,女朋友眨巴着迷惘的双眼汇报你的劳动成果。她"有了";或者要过你的手,没头没脑地摁到腹部,给你一双汪汪泪眼,这里头有潜台词,简洁的三个字:"都是你"。夏末的左手放在小苏腹部,夜的颜色和他的手感同等沉重。这是一个事故。夏末摸出来了,他们出了大事故。小苏被夏末的指头抚弄得难受起来,她用鼻头蹭夏末的肋,小声说:"别弄了。"

铁轨上驶过来一趟列车,是客车。火车窗灯在夏末的脸上迅疾明灭。夏末静然不动,只有脸上的灯光闪来跳去。有一阵小苏都觉得他是个假人了。小苏推了他一把,他没动;又推了一回,夏末却下了床去,闷闷地坐到北窗的画架面前。画布一片空白,除了纺织纹路一无所有。夏末用指头试一试画布的弹性。原计划明天开始这张画的,可小苏的肚子就那么放不住事。乱了套了。

小苏走到夏末身后。她在走动的过程中碰翻了一只铝锅。小苏站在原处,等那阵响过去。小苏站到夏末的身后把手插到夏末的头发里去,慢慢悠悠反反复复往后捋。小苏蹲在夏末身边,问:"想什么了?"夏末没有回答,过了好半天说:"钱。"小苏说:"我出去做工,你画画,早就说好了的。"夏末的烟头在黑暗中放出了猩红色光芒,挣扎了一下,随即疲软下去,流露出男性脆弱与男性郁闷。夏末说:"你现在这样,还能做什么?花钱的日子在后头呢,说什么我也要先挣几个回来。"小苏说:"要么你先去做两个月,挣了钱,再回来画。"夏末说:"挣钱算什么?我只是想挣得好看一点,好歹我是个艺术家。"

耿师傅给小铃铛洗完澡,替她敷过爽身粉,穿好衣服,再举过头顶飞了两圈,随后让小铃铛降落在黄色拖鞋上。耿师傅拍拍女儿的屁股,大声说:"小东西,天天要坐飞机,都惯得不成样了。"阿娟没有接话,把手伸到面粉袋里准备往外舀面。耿师傅

5

说:"你还想干什么?没几天你就要生了。"阿娟挂着眼皮只当听不见。耿师傅走上去摁住阿娟的手,阿娟的手在口袋里挣扎了一下,说:"家里还有二斤多肉馅呢。"耿师傅说:"做几个四喜丸子,吃掉不就完了?"阿娟坐下来说:"我就怕一个人待在家里,一闲下来我就乱想,好不容易又申请了一胎,我就怕再给你生下个哑巴来。"耿师傅说:"你瞎说什么,我都听到儿子在肚子里喊爸爸了。"阿娟坐到床沿,是那种半坐半靠的坐法,有点像京戏里的判官。阿娟对小铃铛招了招手,把她叫到面前来,给她梳头。阿娟说:"要不是她哑巴,我们还生不了这个儿子呢。她总算给我们带了这么一点福气。"耿师傅把洗澡水倒出去,擦完手从碗橱里端出一摞子碗来。碗与碗的碰撞发出极其日常的烟火声响,耿师傅接过刚才的话茬说:"小铃铛也大了,正好帮着带带小弟弟。"阿娟的手停在小铃铛的头上说:"算了,都给我们惯成这样,还指望她什么?我可不指望他们这一代。"正说着话隔壁传来一阵声响,一只搪瓷钵掉在了地上,随后又掉下来一只锅铲。小苏的声音随即传了过来。小苏说:"烫着了没有?"过了一刻才传出夏末的话,夏末说:"还好。"小苏说:"你把油倒上,还是我来吧,让你炒青菜,一个屋子都摊开了。"耿师傅和阿娟看了一眼,刚要说什么,突然听到小苏又一阵猛烈的干呕,小苏慌乱的说话声从捂着的巴掌后面传了出来,小苏说:"快,快,快把油倒掉,我一闻油味就要吐。"耿师傅的抹布还捏在手上,拔腿就要过去。阿娟"嗳"了一声,给耿师傅一个眼神。隔壁响起来一阵更加忙乱的瓢盆声。"妈的,"夏末拖声拖气地抱怨说,"妈的,怎么弄的。"

三

小苏睡得不好,一整夜火车在她的脑子里跑,从左耳开向右耳,再从右耳开向左耳。到了天亮时小苏反而睡着了,好像做了一个梦,绰绰约约的只是乱,飘了满世界的灰色粉末。小苏在梦中把手伸到夏末的那边去,空的。小苏睁开眼,窗帘的背后全是阳光,梦也追忆不起来了。夏末的枕边留了一张纸条,上头有夏末的铅笔笔迹:

我去奥普公司

小苏拿起这张便条,正正反反看了又看,最后把目光归结到自己的腹部。生活这东西真是被人惯坏了,处处将就它,顺着它,还能说得过去,一旦不如它的意,它翻脸就会不认人的,弄到后来只能是你的错。

小苏打开门,拉开窗帘,天上地下阳光灿烂,远处的铁轨上炎热在晃动。铁轨错综交叉,预示了方向的无限可能。世界躲在铁轨组合的随意性后面,只给你留下无所适从。

小苏拿了牙具毛巾到阳台上洗漱,阿娟没有出去,坐在高凳子上手把手教小铃铛织毛线。小铃铛依在阿娟怀里,织一件粉色开司米婴用上衣。阿娟叉着两条腿,下巴贴在小铃铛的腮部,轻声说:"挖一针,挑一针;再挖一针,再挑一针。"阿娟抬头看见小苏,客客气气地招呼说:"起来啦?"小苏正刷牙,不好意思开口说话,只是抿着嘴笑着点头。小苏在刷牙的过程中静然凝视母女共织的画面,在某个瞬间居然产生了结婚这个念头,她要把

7

孩子生下来。但这个柔软温馨的冲动只持续了一秒钟,立即被小苏中止了,随牙膏泡沫一同呕吐出去,流向暗处,不知所终了。

　　小苏洗完脸和阿娟客套了几句,话题很自然地扯到小铃铛身上去了。但这也不是一个容易的话题。小铃铛知道她们在说自己,望着小苏只是笑,小苏没话找话说:"你女儿真文静。"阿娟笑起来,说:"文静什么?现在哪里还有文静的孩子,发起脾气来吓死人。"小苏陪着笑了两声,不知道该说什么了。阿娟却找到了话题,阿娟说:"你男人是画画的吧?"小苏听不惯"你男人"这样的话,赶忙解释说:"是我男朋友。"小苏这话一脱口就后悔了。生活这东西经不住解释,越解释漏洞越多。阿娟似乎意外证实了某种预感,眼神里头复杂了,拖了声音说:"噢——"

　　夏末到家时衬衫贴在了后背上,透明了,看得见肉。他放下西瓜,一言不发,脸色像铁路沿线的屋顶。夏末坐在床边,看见上午自己留下的便条。他掏出烟,叼上一根。夏末的点烟像是给自己做游戏,先用打火机点上纸条,再用纸条燃上火柴,最后用火柴点烟。他今天抽的不是红梅,是三五。硬盒里头还剩了两根。

　　抽了一半夏末才抬起头,哪里也不看,嘴里说:"我给你买了只瓜。"烟雾向四处弥散,成了沉默的某种动态。

　　在这段沉默里小苏站在一边,十只指头叉在一处,静放在腹部。铁路上开过去一趟货车,车厢里装满了煤。煤块反光在九月的太阳光下锃亮雪白,锐利刺眼。小苏眯起眼睛,火车的高速把煤的反光拉长了,风风火火,杂乱无章。

四

第二天一早小苏推醒了夏末。夏末的眼睛睁得很涩。夏末注意到小苏用心打扮过了,头发齐齐整整归拢在脑后,扎成了马尾,甚至眼影与口红也抹上了。夏末用肘部支起上身,眯着眼问:"干吗?你这是干吗?"小苏穿着裙子,正往牛仔包里塞仿Fun牌牛仔裤。小苏说:"出去。"

"哪儿?"

"医院。"

"上医院干吗?"

"你说干吗?"

"总要先查一查,"夏末掀开毛巾被,大着嗓子说,"还没到时候呢!"

小苏瞥一眼夏末的裤子,兜里一张低面值纸币正翘着一只烂角。"歇一天是一天,"小苏说,"还是早点做了好。"

夏末低着头不语,拿眼睛四处找烟,只在地上找到几只过滤嘴。"我给我爸去封信,"夏末说,"先叫他寄点钱来。"

小苏坐到夏末身边,拿过他的手捂在腹部,说:"你已经是做爸爸的人了。"

夏末把小苏送到苹果色甬道口。小个子护士的下巴傲岸威严,它挡住夏末,示意他看墙拐角的字条。字条是从复印机里吐出来的,印了四个电脑魏碑:

男宾止步!

魏碑的撇捺很硬,和小护士的下巴一样来不得还价。夏末止住脚,小苏的指头从他的掌心一根一根滑走。小苏转身的过程中眼睛里是那种无助眼神。夏末看见了她的害怕。

小苏的身影刚刚消失夏末就掏出了香烟。点上之后夏末猛吸了一大口。身后有人拍了他一巴掌。是一个中年妇女。妇女说:"熄掉。两块。"

小苏看不见医生与护士的脸。它们深藏在巨大的白色口罩后面。所有的器皿与工具都是不锈钢质地的,笼罩了白亮的光,散出一股化学液体的气味,甚至医生与护士的眼珠也都是不锈钢的,笼罩了白亮的光,散发出化学液体的气味。小苏的自信心在妇科医生面前漂浮在了水面,失去了原有的根本与稳固。她站在躺椅旁有点手足无措,不敢贸然动作。静止不动是唯一正确可行的姿态。她望着那些不锈钢器皿与工具,听见它们撞击,声音清冽冰凉,充满了理性精神与孤傲气质。

医生的工作是绝对程式化的。她们了然自己的程式。她们认定到这里的女人同样了然她们的程式。医生看了看小苏的腰,用目光掀她的裙子。小苏犹豫了片刻,医生的目光硬了。小苏依照医生的命令做了,顺着她的眼神坐到躺椅上。护士端着盘子过来,小苏看见盘子里放着消毒药水与消毒棉花。医生的眼珠左右各瞟了一回,小苏很听话地叉开腿,分别蹬在了踩脚凳上。另一个护士端上了另一只盘子。医生伸手取了一只金属夹,又大又亮,形状古怪。小苏的身体一下就收紧了。医生拍一拍她大腿的内侧,小苏再一次放松了自己。她感觉到了不锈钢的冰凉,感觉到了不锈钢的孤傲气质。小苏侧过头,咬紧了下唇。那种阴冷坚硬的感觉爬进了她的肉体深处,在她肉体深处的某个地方向右边划了半个圆弧,再向左边划了半个圆弧。小苏猛然张大了嘴巴,没有出声。锐利的疼痛在她的身体内部发出嗖嗖冷光。小苏不知道自己有没有晕厥,这是她唯一不能确定的事。护士给她送过来一样东西,杯口散着热气。小苏不知道是什么药,喘着气全喝了下去。喝完后她才明白过来,是红糖水。小苏给自己擦换过,从包里抽出仿 Fun 牌牛仔裤,慢慢套了上去。小苏走了两步,没找到体重。整个身体和自信心一起往上漂浮。

小苏一个人走回甬道。她想扶住墙。迎面上来一个女孩,像个女高中生。小苏和女高中生打了个照面,女高中生的眼神像一只被捉住的小野兔。小苏决定做一回榜样。捋捋头发,挺起胸,弄出若无其事的样子。她做得似乎过了,一脸的含英咀华。小苏迈开步伐,尽量走得沉稳些,但地面不肯配合,整个城市都在往下陷,道路与脚掌之间多了一段距离,多了一层虚。

一拐角竟是漫天大雨。窗外尽是粗粗的雨丝。夏末正站在屋檐下面,对着檐雨失神。小苏走到他的身边,夏末居然没能收过神来。小苏没有停步,赌着气往雨中去。夏末的眼睛跟着小苏走出去四五步才聚光了。夏末慌忙脱下衬衫冲进雨中,在小苏的头顶充当一把雨伞。小苏的委屈和恼羞成怒在胸中无声翻涌。泪水往上冲,堵在眼眶里漂。她不肯停步,虚虚弱弱往大门口踉跄。夏末光着背脊淋在雨中,一路小跑一路小声呼唤:"小苏,小苏。"小苏走不动了,站在衬衫底下大口喘息,夏末的光背脊被她的眼泪弄得恍惚浮动。"狗东西,狗东西!"小苏突然尖声吼道,她用尽全力一巴掌抽在夏末的肉上,雨中响起了一声脆亮的巴掌声。"谁让你这样了?"她大声说。夏末的胸口堵得酸,一点一点往下碎,他一把抱住小苏,紧搿在胸前。小苏的双腿一起软了,泪水喷涌出来。她拽住夏末的臂膀,伤心无比地说:"谁让你这样了?"

　　夏末推开家门,屋里泛了一地的水。北窗没有关,撂在墙角的书全被雨水淹死了,尸体皱巴巴地肿胀开来。要命的是那块画布,淋透了,和小苏一样刚做完人流,软塌塌地露出了极度疲态。夏末把小苏扶上床。小苏躺在床上,睁大一双眼睛四处张望。她的眼睛只有零摄氏度,看到哪里哪里就泛起一阵冰光。夏末站在画布面前,一种极不具体的愤怒在胸口上去下来。夏末忍了好半天,找不到发泄的借口。他以一声长叹给这次愤怒作了最后总结。夏末插上电热茶杯的插头,又把小苏的秽衣泡在绿塑料桶里,然后拿起拖把吸地上的水。夏末这么一忙碌屋子里又乱散了。生活中的每一样必需品都显得多余,他的手脚和这些生活必需品很快呈现出矛盾局面,不是它们挡住夏末,就是夏末打翻它们。小苏无力地说:"别弄了,你画吧。"夏末立住脚,只是对着画布发愣。夏末无奈地又叹一口气,小苏轻声说:"你怎么老是叹气,我怎么对不起你了?"夏末停了好几秒钟,最后说:"我给你买点滋补品来。"小苏说:"算了,我们还剩几个钱?——我躺两天就好了。"夏末点了根烟,突然歪着嘴笑了。

"我们处在社会主义初级阶段,"夏末说,"我们坚持了社会主义。"第二天一早夏末就出去了。小苏躺在床上,身上的所有关节都有点凉。窗帘背面的阳光很有力,但小苏觉得自己的身体离夏季已经远去了,早早立了秋。小苏望着窗帘,这块窗帘对小苏来说意义重大,是她六月二十八日那天买的,离毕业还有两天。那天有极好的太阳,小苏一个人来到华联商厦的三楼,看中了这块布。布上是大块椰树叶,满眼太平洋热带海岸风光,奔放、热烈、自由、开阔。七月一日是她大学毕业的日子,她即将回到千里之外的故乡日城了。寝室里只留下七张空床。小苏最后一次守在自己的寝室内,炎热膨胀了这个焦虑时刻。有一种酸楚,有一种怅惘,有一种紧张,概括起来说,介乎失落与甜蜜之间,有一种蠢蠢欲动悄然滋生、蔓延了。她取出这块布,用热太平洋的奔放风光做成了一道窗帘。窗帘是绝对私生活的开始,是生活由笼统的社会化向个性隐秘的无声过渡,是所有少女迈向女人的人之初。午后三点钟,夏末敲门了。小苏赤脚走向门口,打开一道缝隙。窗帘笼罩了夏末。夏末的目光在热太平洋的瑰丽空间天高飞鸟海阔跃鱼。夏末反掩上门,手背在身后,拉上了插销。"放弃分配,好不好?"小苏轻声说,"我们留在这个城市,好不好?"夏末的眼前就看见碧蓝的海面卷过来雪白长浪。他开始冲浪,他的身体弓在穹形浪卷之间,在平衡中滑向失重。夏末点了点头。他草率地、莽撞地、英雄气盛地点下头。青春男人的草莽与率直充满了男性魅力,充满了新概念英雄。他抱紧了她,冲动了。他们的冲动相互渲染相互激励,夏末在小苏腹部的弧线上感受到自身的力度与气魄。他们合在了一起。二十二岁加二十二岁还是二十二岁。他们仅仅以这样一则理由留在了这座城市。自在的活法往往来自于一次简单冲动,这是来自于身体的大思想。

阿娟在中午推门进来了。阿娟在这个时候进来小苏有些意外。阿娟给小苏的印象不像是多事的样子。阿娟端了一只小砂锅,身后跟着小铃铛。阿娟的脚肿得厉害,套着耿师傅的塑料拖鞋,小半个后跟还留在外头。她的肚子又尖又凸,露肩套裙全撑开来了,在乳房和腹部之间空洞了一大块。小苏撑起上身,阿娟放下砂锅立即把她摁住了。阿娟说:"给你熬了碗鸡汤。"小苏故作不解地笑笑说:"你给我熬鸡汤做什么?我昨天淋了,只是感冒了。"阿娟摸摸小铃铛的头,接了话茬说:"就是不感冒,喝了总是没坏处。"

五

大街上布满九月阳光。高层建筑都是新的,在阳光底下精力充沛,傲然自负。街上的每一张面孔都显得营养丰富,每一个人仿佛都有来头,目空一切,财大气粗。

夏末走在大街上。他用那双渴眼四处打量招聘广告。招聘广告极多,反反复复就是女招待和男会计。城市就是这样一条街,一边站满女招待,一边伫立男会计。招待与会计构成了现代都市的花枝招展与理性秩序。一边是温柔乡,一边是富贵场。招待与会计的身影一路排列下去,拉出了都市的透视效果,用最时髦的传媒话语概括起来说,拉出了都市"风景线"。他们的身影仪态万方,潇洒体面。他们就是今日城市,他们的一颦一笑举手投足处处显示出今日城市的泡沫缤纷。无主题、无承载、款式不限、随意自如,他们的身影迎来满堂喝彩与掌声,是一台综艺。

直到下午四点夏末都没有找到头绪。他走上天桥。他站在这个城市的中心。一时想不起这个城市到底在哪儿了。

夏末站在天桥上,凭空想起了小苏对他说过的话,是在手术之后坐上马自达对他说过的话:她空了。夏末站在天桥上,望着九月的城市画面,四处生机勃勃,只有他夏末一个人"空了"。只要有人给他一巴掌,他立即就会变成一张二维招贴广告画,贴在马路的拐角,对物质世界只重复一句话:"用了都说好。"

玛格丽特酒店装潢一新。夏末游荡在酒家门口,看见自己成了酒家镜面墙壁中的孤魂。文明世界处处是反光,处处有一种包孕一切的豁达与明亮。夏末迎着镜子过去,却看见镜子把他一点一点往外推,又礼貌又宁静。镜子是当代都市中最伟大的世俗哲学家,它的世界观与方法论无不体现出无中生有这一精神实质:作所有的承诺,不负任何责任。用镜子装潢建筑构成了我们这个时代的特征。说到底这依然是会计的方式,镜子使我们的世界辽阔起来,而我们的空间依然是被2整除的商。

夏末走到一张木板广告牌旁。广告牌很精致,玛格丽特酒店"诚聘会计两名,女招待若干"。夏末一看会计两个字一股暴怒破空而来,不可遏止了。终于找到借口了!夏末一脚就把广告牌踢飞了。夏末对着大街放声吼道:"除了会计你们还要什么?你们要这么多会计做什么?"

夏末的歇斯底里没有引起社会性关注。大街上每一个人都有自己的去处。人们无暇旁涉,关注夏末的是酒店的两个保安。出于职责与自卫,他们的威严身影移向了夏末。他们的制服很挺,铁青色,举手投足森然肃杀。

夏末被带上了二楼。空调很好,色彩是那种巴结人的调子。羊皮沙发软得讨喜,处处让着客人。真是个好地方,夏末没钱,不也进来了?

进来了一个小伙子,和夏末差不多岁数,干干净净,很体面很精明的样子。小伙子矮夏末半个头,但他的目光在任何一个高度都能够居高临下。他的双手插在裤子的兜里头。他走到夏末的面前,慢腾腾地说:"为什么砸我东西?"

夏末没有开口。他从口袋里掏出所有碎钱,堆在小伙子面前。

小伙子说:"不够。"

夏末说:"我就这么多。"

小伙子说:"你有衣服。"

夏末瞪着他,扒了上衣扔过去。

小伙子说:"不够。"

夏末把自己全扒了,包括两只臭袜子。只给自己留下一条足球裤。

小伙子说:"我猜得出你是什么人,我知道你想说什么,——你什么也别说。你不是愤世嫉俗,只是穷,你们对世界的态度只有一个:批判。别人用双肩挑着你们,你们指出人不应驼背,这就是你们他妈的艺术家。"小伙子从西服口袋里掏出钱包,用中指和食指夹出一张老人头,对夏末说:"去叫辆出租。"

夏末站着不动,古怪地笑起来。夏末说:"是生活迫使艺术家赤裸裸地面对这个世界。"

小伙子跟着夏末笑,说:"这话听起来有意思。值两百块。"

夏末把指头伸到小伙子的钱包里去,抽出两张。夏末望着两张新票子,捻了捻,自语说:"挣钱原来很容易,就是说空话。"

六

夏末赤条条地从出租车里钻出来,样子很滑稽。耿师傅扛着铁道扳手,一眼看见夏末,夏末的手里捏了一把碎钱,步子迈得器宇轩昂。耿师傅"喂"了一声,厉声说:"和谁打了?"夏末笑笑,却不答。耿师傅放下扳手拉下脸来,"告诉我,我去找他!"夏末扬了扬手里的钱,高声说:"我赢了。"

夏末推开门,小铃铛正跪在小苏的床沿折纸飞机。她听不见开门声,折得正认真。小铃铛的纸飞机在小苏的床上排了整整一排。小铃铛抬起头来,看见小苏的眼睛直愣愣地盯着门,眼眶里突然飘了一层泪,一点一点变厚。小铃铛回过头,夏末握着钱倚在门槛上和小苏默然对视。小铃铛站起身从夏末的身边悄悄退出去,看见爸爸用很猛的动作向她招手。

夏末走到小苏身边,只打量片刻,两个人就无声地吻了。这是一个伤心的吻,疲惫而又悠长。小苏的指头在夏末的后背上盲目爬动,像找不到地方结茧的秋蚕。小苏贴紧夏末,夏末感觉到她的身体发生了巨大变化。她的乳房失去了韧性与弹力,绵绵软软在他的胸前往后退。夏末闻到小苏的身上散发出淡淡的奶腥。这股气味萦绕在九月黄昏,使夕阳的缤纷越发妖艳,越发无助。夏末被这股奶腥笼罩了,他轻声呼唤小苏的名字。自尊在病态汹涌。夏末跪在床上,抱紧小苏,小苏仰起头来张大了嘴巴,吃力地大口喘息。两列火车正在窗下交叉,车轮声纷乱了,它们交叉的过程中大地疾速颤动。火车失之交臂,它们朝各自的方向呼啸而去,声音往两边的远方消逝,在人类的听觉中拉开了世界的无垠空间。黄昏在铁轨的反光中降临了,铁轨静卧在城市边缘,铁轨同样静卧在生活边缘。这个世界上只有它们了解世界的来龙去脉。但它们不语,恪守金属品格。

小苏在这段无聊的日子中和哑女小铃铛成了朋友。小苏从阿娟那里学来了两个手语单词:你好。再见。把食指指出去:你;竖起大拇指:好;摆摆手:再见。小苏决定教会小铃铛"说"出这两个词:你好。再见。

但小铃铛拒绝任何发音。她只是笑。小苏给小铃铛洗过手,拿了一张小凳坐在阳台上。小铃铛站在她的两腿之间,小苏把小铃铛的左手中指塞进自己的口腔,摆在自己的舌尖上,让她的另一只巴掌捂在自己的腹部。小苏说:"你好。"小苏说:"再见。"小苏反复说这两个词,示范了一遍又一遍。小苏企图让她的手摸出一样东西,让她的手感建立起气息与舌位相对于发音的关系。

你好。再见。小铃铛望着小苏的嘴唇,跃跃欲试。她的黑眼睛不停地打量四周,对自己的跃跃欲试又防范又好奇。

阿娟的产期提前了四天。大约是在凌晨两点,阿娟的叫声在夜里睁开了绿眼。她的叫声听上去不像人了。女人在生孩子的过程中其实就是母兽。夏末和小苏一起被惊醒了。小苏说:"要不你去一下。"夏末的眼睛一直没睁开,他连续失眠了好几夜,今天刚刚睡进去。夏末闭着眼睛说:"我就去。"小苏用脚尖捅了捅,说:"你快点呀,什么时候,这么面。"夏末下了床,摸到裤子,套上去,提拉锁的时候夏末睁开眼睛,眼里像揉了一把沙。

门已经开了,阿娟正被耿师傅架住往外挪。耿师傅急了,一时想不起夏末的姓名,满嘴满牙地"画家"。阿娟的身体比预料的还要沉。她的胳膊被架住了,两只手却扶住腹部。阿娟挪出门槛之后换了一个叫法,她扶住腹部直着眼睛尖声叫道:"儿——儿——"

阿娟的儿和他的父亲一样性急。阿娟躺在产床上不出一个小时,他自己就走出来了。他走完这个过程只用了十六分钟。他拒绝了医疗手段,甚至拒绝了医生与护士的帮助,带着一身胎脂和血水一个人慢悠悠走出了母体。他的样子只比夏末钻出红色夏利车少了一条足球裤。小护士兴奋地说:"怎么这么顺?怎么回事?这么顺!"老护士一手托住小东西的头,一手托住他的腰,很不在乎地说:"那时候我们不都那么顺!现在的女人,孩子都不会生了!"

小护士给耿师傅送去了他儿子的消息。当父亲的在这种时候少不了一些忘我举动。说不出话或大泪滂沱都是常有的。但耿师傅让小护士吃了一大惊。他让小护士一连说了三遍"儿子"。耿师傅听完护士的话再不吱声了,他跪在了水磨石地面上,在胸前握着两只大拳头,仰着头,大声喊道:"苍天有眼,苍天有眼哪!"

小苏终于见到小铃铛的坏脾气了。小铃铛一早醒来就没有见到家人,往常可不是这样的。经常小铃铛一觉醒来首先是拍床,这是一个仪式。拍床之后过来的肯定是爸爸,爸爸给她穿衣,然后她坐在床边,爸爸再给她套鞋。洗漱和早饭都是妈妈操办的。这一切都完成了,小铃铛的一天才算开始。这么多年都习惯了,成了程式,成了爱与被爱的共同组合。小铃铛一生下来就是哑巴,负疚也就成了父爱与母爱的中心。小铃铛成了他们的伤心话题,耿师傅一次又一次对人说:"恨不得替她活了这辈子。"除了活着,他们替小铃铛做了一切。

小铃铛醒觉后拍过床,她没有见到父亲,甚至没有见到母亲。小铃铛光着脚站在门前,火车在她的面前摇摇晃晃,来来去去。他们今天竟敢不爱她了!她一定要等回她的爸爸,一定要等回她的妈妈。她一定要等到他们拿着冷狗来认错才肯张口吃饭的。哼!

耿师傅中午从医院带来六个字。他在窗口对夏末小苏大声叫道:"儿子,儿子,儿子!"夏末和小苏一起走到窗口来恭喜。耿师傅高兴得没样子了,笑得一脸是牙齿。谁也没有料到小铃铛在这样的时候咬了出来。她像一条狗,扑上来伴随了很古怪的叫声。小铃铛的叫声很古怪,一口就咬住了耿师傅的裤管,拉得老长,像一张弓。耿师傅把小铃铛抱起来,不停地说:"你有弟弟啦,你可是有弟弟啦!"小铃铛的两只手在耿师傅的脸上不停地抽打,满嘴大呼小叫。耿师傅笑着侧过脸,对夏末说:"现在的孩子,不成人了。"

耿师傅把小铃铛抱回床上去,然后躲在门口。父女两个重新上演今天的开始仪式。小铃铛拍过床,耿师傅慌忙从门后头冲出来,跑上去把小铃铛亲了又亲。耿师傅抱起女儿,给她换上衣服,轻轻拍拍小铃铛的屁股,说:"小乖乖,明天可不许这样了,你有弟弟了;小乖乖,明天开始再也不能这样了。"

小苏听着隔壁的动静,说:"小东西还真是有脾气。"夏末点了根烟,不以为然地说:"都这样,现在的孩子全都这样,我们的要生下来也这样。"

小苏用指头挖挖耳朵,笑着若有所思地说:"都这样了。"

七

电梯停靠在二十七楼。停靠时小苏一阵眩晕。这是身体没有复原的征候。小苏在电梯的镜子里打量过自己,浑身上下都有点松。小苏出门之前花两个小时精心修饰过自己,色彩的配备都动用了夏末。小苏尽量使自己充满弹性,举手投足处处见得青草气息。但她的目光不景气,收不紧,显得绵软无力,所到之处休休闲闲。

小苏的包里塞了前天的晚报。走进底楼的大厅时她的自信心其实就跑掉了。小苏挺了挺胸,感觉上不到位。电梯把小苏送到二十七楼,地毯是米色的,来来去去都是一些漂亮姑娘。小苏猜得出她们都是来和自己抢饭碗的敌人。小苏在二十七楼的过道里向右走到尽头,拐了个弯,一眼就看见晚报广告上的门牌号码。小苏望着这排镏金的四位数,胸口一阵跳。小苏敲开门,迎上来一位漂亮的女招待。小姐说:"应聘吗?"小苏点过头。小姐伸出左手指向墙边的沙发,她的微笑和举手投足都是礼仪,像印刷体铅字,规整、文雅,夹了点权威。小苏在入座之前看一眼窗外。城市在脚底下。城市被俯视时越发体现出浓郁的都市气质。这种气质使每一位靠近它的人备感孤寂。

汪老板坐在很大的酱色办公桌后头,看上去不满四十岁,一脸平静的傲。他的头发和白衣袖给小苏印象极深,是一个考究起来无微不至的男人。这种考究不是临时修饰的,看得出是日常状态。小苏坚信再往前走两步会闻到男士香水的气味的。

小苏回答了十几个问题。都是预料之中的提问,小苏尚未复原的身体在这个紧要关头慢慢地累下去,持不住,目光像暮色那样苍茫了。小苏注意到汪老板已经不再问她什么,只是望着她。他把玩着黑杆圆珠笔,后来说:"你不适合这份工作。"脸上没有任何表情。

小苏没有立即转身。脑子里只是空,只是伤心与不甘。再让她歇四五天她小苏完全可以争取到这份工作的,但小苏没有把这话说出来。她就把失望和希望全放在眼睛里头,和暮色一起冲着汪老板苍茫过去。

"我每天在五点半至六点半之间下班,"汪老板很慢地说,"我很希望回家的时候家像个家。我一直想找一个钟点工,就一小时。"

"我受过高等教育,英语六级,能熟练地……"

"你已经说过了。这只是个价格问题。"

"你有老婆孩子吗?"

"你应当说妻子和孩子。"

"你有妻子和孩子吗?"

"有。"

汪老板的居室相当大,花了大价钱修饰过的那种,有一种豪华却又简洁的局面,是单身男人的居住风格。客厅里有几张特大的真皮沙发,黑色笼罩了百叶窗的明暗分布。屋里干干净净,空空荡荡,看不出有人开饭的迹象。这样的屋子住一百年也不需要拾掇的。小苏有些紧张地问:"我花一个小时在这儿做什么?"汪老板背着身子说:"你可以看看晚报。"小苏说:"你说过你有妻子孩子的。"汪老板站在百叶窗前,神情冷漠,手里拨弄一片窗叶,望着窗外的天。汪老板说:"我结过三次婚。"小苏极不放心地望着汪老板,他的眉毛很淡,又细又软。这个发现得益于窗外的黄昏光线。小苏的印象中这样的眉毛通常属于那一种男人:孤寂,多疑,忧郁,满脑子云山雾罩。"你到底要我做什么?"小苏说。汪老板不说话,他坐进沙发里头,两只手捂在脸上,只留了额头和两只眼。汪老板说:"我只要你在这儿。"汪老板抹了一把脸慢悠悠地说:"我希望每天回家时家里有个人。我可以按广告上的价格给你工钱。"这是一个好价钱,小苏没有勇气拒绝这个价。"我安全吗?"小苏问。汪老板的眼睛无力地望着小苏,好半天才说:"我是你们系'文革'之后的第一个博士。"小苏疲惫地笑起来,开心地说:"我们是老校友?"汪老板没有表情地说:"我只是你老板。"

小苏爬上二楼,迎面开过来一列火车。小苏用一只手扶住墙,大口喘息。小苏望着火车,在某一个瞬间她又一次产生了错觉。小苏觉得站在这里喘息的不是自己,而是阿娟。自己正腆着大肚从车站卖肉包子回来。生活这东西有意思,你游移在所有的日子里,而本质部分时常会选择某一个错觉,描画出生活的真实状态。小苏其实真的就是阿娟。少女有千万种,而女人历来就只有一个。

小苏进门时夏末回过头来仔细研究她。夏末走到小苏的对面,拥住她,让她的乳峰顶着自己的胸。夏末用眼睛问她:你成功了?小苏点了点头。夏末用眼睛继续问:真的。小苏开口了,小苏把下巴搁在夏末的肩上,说:"明天就上班了。"夏末抱起小苏,在原地转了一个圈。夏末大声说:"我早就说过,这世界将来是女性的,女将出马,杀遍天下!"小苏被夏末转得头晕,一屁股坐到床上。夏末说:"让你做什么?"小苏没有立即开口,却把手捂在了额前。小苏说:"广告上不是都说了,起草文件,信函往来。"小苏做了个打字的手势,笑着说:"一年下来我起码是个作家。"夏末仰在床上,两只胳膊叉得很开,像只蜻蜓。夏末叹了口气,说:"你再找不到工作,我都准备去卖淫了。"小苏拿眼睛骂他,说:"这年头找工作难什么?只是不容易合自己的意罢了。"夏末摸着小苏的臀部,问:"你呢,这工作合不合你的意?"小苏说:"怎么不合我的意,过两年我就是白领丽人了。"夏末懒懒地说:"过两年我都是大画家了,白领丽人算个屁!——庆贺一下,我去买盐水鸭!"

小铃铛从门缝里挤进来,只露了一张脸。小铃铛的脸上有一层茫然寂寞,是那种对某种突发事件猝不及防的茫然寂寞。小苏半躺在床上,无力地招招手。小铃铛走到小苏面前,内心积了许多疑问,想说话,只动了两下嘴唇,就安静了。小苏的手抚在小铃铛的腮上,知道她的心思。小苏说:"我教你说话,好不好?"小铃铛望着小苏的嘴唇,它们无序而又无意义地乱动。小苏要过小铃铛的手,摁在腹部,说:"说话,好不好?"小苏把下巴伸出来,字头字尾都咬得结实,打着手势说:"你——好。"小铃铛毫无表情地望着小苏,对这两个字似乎没兴趣。小苏说:"那我们说'再见'?"小苏张大了嘴巴,大声说:"再——见。"

　　小铃铛唇部的蠕动表明了她的说话欲望。她的嘴巴张得很大,却没有任何声音。小苏摸着她的喉咙,示意她放松。小铃铛向四周看了一眼,小狗那样大叫了两声。这样的尖叫让小苏伤心绝望。但小苏用微笑表扬了她,给她鼓掌。小铃铛的手一直摁在小苏的腹部,她的手掌感受到小苏的说话的气息。她叫了两声。她的发音至少在节奏上是正确的。

　　小苏洗好手,用指头拽紧小铃铛的舌尖。小苏说:"再见。"小铃铛的发音不能表达任何内容,但节奏和声调有了个大概。她发不好那个音,她只能知道那个音的意思,是再见。

　　为了使谎言自圆其说,小苏不得不把自己的"秘书"工作拉长四个小时。也就是说,小苏不得不在每天下午一点半上班。即使是这样,在时间问题上依然有漏洞。这个漏洞成了未来生活的隐患。小苏尝到了谎言的厉害。她每天得用四个小时去忍受四个小时。生活一旦需要谎言,谎言自然而然就构成了生活本质。

小苏逛完两条街,一想起将来编不完的谎言,脚底下又累了。小苏不敢逛街了。万一碰上什么人又是一通瞎话。过得好好的,一不小心倒成了贼了。

下午两点钟小苏打开了汪老板的家门。"办公室"的钥匙很漂亮。质地坚硬冷漠。不锈钢的。小苏不喜欢不锈钢,不锈钢的触觉使世界充满了医疗性质。小苏把不锈钢钥匙插进锁孔,轻轻一个转动,这个转动唤起了小苏内心深处最糟糕的时刻。不锈钢在深处的转动给小苏留下了永恒惊恐。

屋子里又暗又凉。豪华居室向小苏打开了一个冷漠空间。推门的刹那小苏想起了汪老板。这个冷傲的空间显然比它的主人更为冷傲。小苏向四周张望,这样的家里怎么也不该没有电视和电话的。汪博士怎么也不该使自己的生活远离电视电话的。小苏一个人坐在沙发里头,想不起该做什么事。小苏的脑子里空了一大块,仿佛做了一个梦。这个梦一同被空调弄凉了,像在地下室,鬼气森森地游来荡去,不见痕迹。小苏在这样的时刻追忆起手术,现在和那时是一样的,空了一块。但不是子宫,是在别处。

小苏盼望汪老板能早点回来。在这个空洞的午后小苏唯一的盼望就是他能早点回来。这种盼望使小苏无法面对自己。坏感觉笼罩了小苏。这他妈的是怎么回事,小苏在心里骂道,这他妈的是哪儿对哪儿?

八

阿娟一家四口一起从水泥楼梯上上楼。耿师傅在窗前对夏末说:"画家,中午来喝酒。"夏末和小苏走到门口,他们的儿子回家了。耿师傅把手伸到阿娟怀里,小心地扒开孩子的两片开裆,大声说:"你看!你看!"夏末的手里正捏着一支干净画笔,他用画笔在孩子的小东西上轻弹了一把。耿师傅说:"你看看,货真价实!"阿娟只是笑,她的笑容里一股奶香无声飘拂。小铃铛不知道他们在高兴什么,伸出了两手往上挤。阿娟侧过身子给小铃铛看了一眼,她侧身的时候露出了大半个乳房,又鼓又胀,血管都看出来了,墨蓝蓝地四处蜿蜒。耿师傅高声关照说:"别做饭,到我家喝酒。"

夏末和小苏的这顿酒吃得不喜气。耿师傅交代完"喝酒"就开开心心回家了,夏末和小苏回到屋子里开始了无声对视。夏末说:"去不去?"小苏一脸不高兴,但想起了鸡汤,似乎总也抹不了这层面子。"都请了,"小苏小声说,"怎么好不去。"夏末放下笔说:"总不能空手吧!"小苏说:"当然不能空手了。"

小苏和夏末在酒席上说了一屋子好话。阿娟的肚子瘪下去了,两只大奶子却在酒席边晃来晃去,喜气洋洋的。阿娟说:"吃!"阿娟说:"喝!"阿娟不会说话。不会说话的人就怕别人停筷子。小苏和夏末都在心疼额外支出的一百块,胸口不大通,有点心不在焉,嘴里不停地说,"吃了"、"喝了"。

耿师傅捏住小铃铛的耳垂,开心地晃几下。小铃铛似乎正为什么事不开心。耿师傅大声说:"丫头,你可不能像过去那样了,你爸妈顾不上你喽。"小铃铛不知道爸爸在说什么,只当是惯她,脸上松动些了,咬咬筷子冲着夏末和小苏笑。阿娟说:"也惯她这么多年了,对得起她了,总不能衔在嘴里一辈子。"这么说着话小儿子在草席上动了几下小腿。阿娟走过去,拖着声音轻声说:"噢——又尿了,噢——你又尿了。"耿师傅放下酒盅凑上去,两个人仔仔细细地又换又擦。耿师傅的酒有了四五分,提着他儿子的两条腿,嘴巴伸到裆里去,数快板那样亲一口说一句:"小鸡巴,一厘五,有你爸妈不吃苦;小鸡巴,一寸八,塞在裆里走天下!"耿师傅和阿娟侧倚在床上,似乎忘了家里的客人了,他们逗着儿子,下巴挂在下巴的底下,张着嘴说:"噢!噢!噢!"

小苏听着耿师傅的快板,觉得好笑。她捂着嘴,却不好意思笑出声,只是用眼睛不停地瞟夏末。夏末的脸上突然很难看,正用一种严峻的目光注视着小铃铛。小苏顺着夏末的目光望过去,小苏一看见小铃铛心里就咯噔了一下,凉了一大块。小铃铛正在看她父母惯弟弟。她的目光里有一种疯狂的气息在九月的中午寒风凛冽。她的目光很直,从目光里透视出来,像一道铁轨,一辆火车沿着这道铁轨向她的弟弟呼啸而去。夏末和小苏同时看见了这趟火车,他们不知道火车上装的是什么,但他们看见了危险,看到了一种巨大灾难,这种灾难一定会在未来某个日常时候骤然降临。

小铃铛对自己失宠的程度并不明晰。她把希望赌在了父亲身上。小铃铛和阿娟在那个中午最终闹翻了,阿娟正忙着儿子,并不知道她和女儿的关系已经到了危险边缘。阿娟把儿子的尿布丢在塑料桶内,对小铃铛做了一个搓洗的手势。这个手势使小铃铛伤心不已。小铃铛一出了门就把那些尿布扔向了半空。一阵火车风推波助澜,尿布在半空有了秋后落叶的萧瑟迹象。阿娟在那个晚上再也没有找到那些尿布。阿娟不停自语:"哪里去了?怎么都不见了?"

小铃铛扔完尿布就走向了巷口。一个下午她在那里守候她的父亲。她在等父亲下班,父亲的粗大巴掌会把她的内心委屈全部抚平的。父亲下班时步履有点匆忙。小铃铛扑上去,站在父亲的两条腿中间,两只胳膊搂紧了父亲的两条腿。小铃铛仰着头,在父亲眼里找自己。父亲低了头说:"弟弟好吗?"父亲很开心地掰开她的手,拉住她往回走。父亲笑着说:"我们看弟弟去。"小铃铛把手松开了,父亲的眼里什么也没有了,就剩下弟弟的尿布潮涨潮落。小铃铛站在原处。夕阳把她的影子平放在地上。她望着自己的影子,影子如她的聋哑状态,又寂寞又漫长。夏末从对面走来,伸手拍了拍她的腮。小铃铛侧过脸,伴随着敌意让掉了这次无聊抚摩。

九

小苏坐在汪老板家里上班,她所做的工作很简单,和时间比耐心。整个午后充满了小苏内心独白。她以这种方式悄悄与自己周旋。这个家真的不能算家,像家的感觉说到底只不过是一笔买卖。小苏坐在沙发上,仿佛生活在生活的背面。这是一种极其别扭的感受,甚至让你的哭泣都找不到悲伤由头。

汪老板回来得偏晚,带回来一脸倦容。小苏很快注意到汪老板的习惯,回家后总是先站到窗前,用一只指头挑起百叶窗叶,静静地望着窗外。小苏站在他的身后,守住他的沉默,有点尴尬。小苏犹豫了片刻,说:"汪老板,能不能在公司给我找一份活,做什么都可以的。"汪老板掉过头,眼珠慢慢地移向小苏。汪老板不高兴地说:"我给你的工钱不低了。"小苏说:"我不要你给我加工钱,我就想有自己的一份工作。"汪老板说:"你有自己的一份工作。"小苏说:"这不是我的工作,我只是需要这笔钱。"

汪老板给自己倒了一杯白开水。杯子很干净,小苏透过玻璃甚至看得见汪老板的指纹。指纹被放大了,像一张蜘蛛网。汪老板的目光和那杯水一样没有任何实质性内容。他望着小苏说:"你想做什么?"小苏的回答充满自信,小苏说:"我只想投入生活,我受过高等教育,我相信什么都行。"汪老板听完小苏的话目光敷散开来,变得松散忧郁。汪老板冷冷地说:"那就试试。"小苏酒醒之后才知道自己醉了的,汪老板给她的活不重,只是陪客人们吃吃饭。汪老板交代好了,所有的事都由别人谈,她只要坐在那里,"陪陪就可以了"。小苏入座时落落大方,显得文质彬彬。小苏坐在一边,静静听,一切都好好的,后来一个客户向她敬酒。小苏不能喝酒,可人家客客气气,也是文质彬彬的样。人家敬酒的话说得滴水不漏,又合情又合理,一套一套的。小苏被说得都感动了,要不喝下去小苏自己都不好意思。后来小苏就喝了。这一喝就开了头,又站起来一个,同样客客气气文质彬彬的样,话说得更合情更合理,逻辑更为严密。小苏不知道说什么,只是赔着笑,只能又喝。大家一起对着小苏热情,小苏都分不清谁是谁了。后来小苏的笑全僵在脸上,只觉得不会笑。小苏实在不能喝了,人家还是亲切地劝,弄来弄去小苏坐不住了,恨不得把酒杯砸到他们脸上去。可是人家笑容可掬,也不像存了什么坏心思。小苏每喝一口就像吃了一口苍蝇,小苏都快要哭了。后来总算是自己人仗义,给小苏解围,搀出去了。小苏一出门就一阵呕吐,丢了一地的人。

小苏醒来时躺在一张沙发上。屋子里没有人。小苏口渴得厉害,倒了水极猛地往肚子里灌,灌了一半汪老板却推门进来。他的脸上没有任何表示,就那么冷冷地望着小苏。伤心委屈和愤怒羞愧在小苏的胸中一起往上冲。她的泪眼对着汪老板,无助地对着汪老板。小苏侧过脸,泪水涌上来了,两只肩头耸得老高。汪老板走到她的身边,说:"在这个世上你只适合做两样工作:教师和医生。可是你自己放弃了。"

"为什么我就要做教师,"小苏大声说,"为什么我就要到山沟里去做教师,我偏不!"

小苏带回家一身酒气。酒气是一种顽强固执的气味,只要它自己不肯消散,你怎么洗也洗不尽。夏末隔了两米远就闻到小苏身上的气味了。小苏一见到夏末委屈全上来了,产生了哭泣欲望。但小苏不敢哭,酒气和哭泣是女人身上很坏的组合,容易使男人往坏处想。小苏扔下包,弄得若无其事。但她的脸色太难看,这一点她再装也装不掉。她的脸上是高强度做爱之后容易产生的那种青色,在夏末眼里充满了下流的餍足与茫然。

"你干什么了?"夏末严肃地问。

"同事们和我吃了顿饭,"小苏说,"一点不喝总不好。"

"你干吗要喝醉?"

"没有啊,我没醉,"小苏笑着说,"你看我醉了?"

夏末望着小苏。她明摆着在说谎。她现在说谎都大义凛然了。夏末气不打一处来,话从嘴里横着往外拖:"我看你都不知道自己醉成什么样了!"

这话戳到了小苏的疼处。小苏回了夏末一眼,委屈一冲上来就把她冲垮了。泪水把这个家弄得摇摇晃晃,小苏打起精神伤心地说:"我是醉了,别人要有能耐也轮不到我出去醉!"小苏在这个晚上撂下最后一句话,随后火车把这个夜带走了。

阿娟翻出了小铃铛的旧衣裤。这些旧衣裤小得早就裹不住小铃铛的身子了。阿娟决定在上午拿它们改成尿布片。阿娟怎么也料不到小铃铛会做出那样的举动。她猜出了阿娟的心思,凶猛异常地扑了过来。小铃铛一手抢那些旧衣裤,一手夺那把剪刀。她不肯答应用自己的旧衣裤做尿布。这次争夺伴随了小铃铛的尖锐叫喊,那趟南下的列车都没能盖住小铃铛的叫声。

阿娟不是一个坏性子的人。但性子不坏的女人发起脾气来效果却格外吓人。阿娟起先耐着性子,毫无用处地大声说:"给弟弟的尿布,是给弟弟做尿布!"阿娟甚至用手做了一个垫尿布的动作。小铃铛不依。她没有任何理由地和她的母亲开始了对打。阿娟后来给弄毛了,阿娟把剪刀拍在桌面上,腾出了巴掌,对着小铃铛的屁股啪啪就是两下。这两声是从撩起的裙子中发出来的,极脆,床上的儿子都吓哭了。阿娟说:"放下来,你放不放?"阿娟十分气恼地用剪刀在那条小花裤子上剪了个口子,自语说:"都要死了,都把你惯得不认人了!"阿娟用力撕开了那条小花裤,撕裂的声音里赌了天大的气。小苏在隔壁听到了纺织品的撕裂声,套上裙子赶过去,阿娟的手上正提着好几片花尿布。阿娟用指头戳着小铃铛的脑门说:"不爱你,看你坏!不爱你,我只爱弟弟,我看你坏!"

小铃铛的悲伤模样集中在嘴上。她的嘴一开一合,没有声音,像一条缺氧的鱼。小苏走到她的身边,捂住她的脸,把她的头摆在自己的腹部,轻声问:"怎么啦,小铃铛?"这个意外温存伤透了小铃铛的心,她仰起脸,抱着小苏的腰哭出了一种古怪声音,哭出了一种令小苏心碎的声音。小苏知道她想说话,却又猜不出,毫无意义地问:"怎么啦,你怎么啦?"阿娟生气地抱起儿子,对小苏说:"不理她,阿姨不理她!不晓得她犯了什么病,最近老是犯怪!"小苏听着小铃铛的哭声,有一种说不出的心酸,小苏说:"大姐,你哄哄她,你惯惯她不就完了。"阿娟抖着手里的儿子说:"不能再惯了,我和她爸惯了她七年了,对得起她了。"阿娟拍拍儿子的屁股说:"就惯弟弟,不惯你,就惯弟弟,不惯你!"

小苏回到自己的屋子。小苏回到自己的屋子才发现夏末一早就不在了,她意外地发现夏末的画布上插了一把水果刀。小苏从画布上取下刀子,正反看了又看,画布上面有一个洞。小苏拿着刀子想不出任何头绪。是头疼提醒了她,她想起了昨天,想起了昨天似乎有过的一场醉。小苏在印象里头和夏末吵了,小苏想了又想,怎么也想不起吵了些什么了。

　　直到中午夏末都没有回来。小苏在上班之前给夏末留了张条子,说了几句温存话。小苏的脑子里来来去去全是坏预感。小苏背着包一个人下了楼去。小苏走到地面时突然听见身后有人和她说话,小铃铛跟出来了,她站在二楼的楼梯口,对小苏摆手,做出"再见"的手势。小铃铛向小苏大声说"再见",她的发音极丑,听上去像"带电",她站在楼梯口,脸上的苍凉与面庞不相称,像成人的化妆品。小铃铛准确地望着小苏,用哑巴才有的音量大声说:"带电!"小铃铛的说话声使她越发像个哑巴。她就会说这两个字,别的心思成了她眼里的风,只有风才能知道它们将吹向哪里。伤心在小苏的胸中东拉西拽。小苏仰着头,躲在泪花的背面打量小铃铛。小苏知道她说"再见"的另一层意思,指望自己能早点回来。小苏对楼上摆摆手,说:"再见。"

　　汪老板和小苏一人占了一张大沙发。百叶窗外是黄昏。黄昏时的忧郁光芒从窗子里扁扁地进来,使屋里的瓷器与墙面一起显现出黄昏静态。汪老板害怕黄昏。发财之后汪老板多了这个毛病。黄昏在每一个黄昏悄悄追捕他。无论躲到哪里黄昏都能准确无误地逮住他,把他交给他自己,让他自己对自己精明,自己对自己冷漠,自己对自己傲慢,自己对自己目空一切。黄昏是现代都市的冷面杀手,成了你的影子,在你的脚下放大你自己的阴影部分。黄昏这个农业时代的抒情诗人,就这样被商业买通,在城市的每一个落日时分走街串巷,从事心智谋杀。

汪老板端着那只杯子,杯子里永远是白开水。他的小拇指在玻璃平面上悄然蠕动。小苏敏锐地看到了这个细部动作。汪老板的目光很沉着,但他的小拇指说明了他的内心恍惚。小苏不相信人的眼睛,眼睛再也不是当代人心灵的窗户了,每一个当代人的眼睛都已经巧舌如簧了。小苏相信人的手,你用一只手去说谎,至少有另一只手不。小苏望着他的指头,生活在每一个指头上都有难度。

汪老板把玩那只杯子,突然说:"你说,人发了财,最怕什么?"

"破产。"

汪老板无声地笑,无声地摇头。汪老板说:"不是。"汪老板倾过上身,看着小苏的两只眼睛,说:"是目光。"汪老板怕小苏听不明白,挪出手伸出中指和食指做成"V"字状,从鼻梁上叉了出来。"是目光。所有的人都用一种眼光正视我:商业眼光。至于别的,关怀、抚慰乃至性,只能是贸易。"

小苏听了"贸易"这话就多心了。小苏挂下眼皮,觉得自己偷了他的钱,坐在一边浑身不自在。"怎么这么说呢?"小苏望着自己的脚尖说,"这么说就没意思了。"

汪老板听了这话不吱声了。歪着嘴笑。男人歪着嘴笑内心都会产生一些古怪念头。汪老板岔开话题,很突兀地说:"我现在这样站在讲台上,像不像一个教授?"

"不像。"

"真的?"

"不像。"

35

"哪里不像?"

小苏想了想,说:"我不知道,反正不像。"

汪老板站起身,走到了窗前。窗外的黄昏更黄昏了。汪老板站了很久,他回过身时满眼都是乱云飞渡。"我一直想做一个教授的,"汪老板很茫然地说,"这只是少年时候的一个想法。少年时代的想法害人,能让人苦一辈子。当时我只是想,等我有了钱,就回来。生活就是回不来,失败者回不来,成功者更回不来,生活就是这么一点点地让人寒心。"

"你要当教授做什么?你比教授强一百倍。"小苏很认真地说,"你只不过是虚荣罢了。"

汪老板又是笑。汪老板笑着说:"钱能买到荣誉,钱还真的买不来虚荣,小师妹。"

小苏在汪老板面前紧张惯了,看他这么随便,反倒老大的不自信。小苏轻声说:"我只是你的雇工。"

汪老板叹了口气,说:"是啊,是一个阶级与另一个阶级。"

十

夏末在公司里没有找到小苏。这样的结局夏末始料不及。那位小姐回答得极有把握,"没有这个人,绝对没有这个人。"夏末得到这个回答很久没有回过神来。他走进了电梯。电梯往下沉。夏末认定自己掉在井里了,向大地的深处自由落体。

电梯把夏末带回了地面,夏末踏在大理石地面上反而有一种说不出的失望。肯定又是有谁说谎了,要么是地面,要么是电梯。

　　夏末到家之后静静地等待小苏。他打开箱子,从箱子里取出最后的几张纸币。纸币又脏又皱,夏末把纸币平举起来,看了看防伪线。它们货真价实。它们没有说谎。毛泽东和他的同志们很亲密地靠在一起。他们紧闭双唇,目光严峻,满脸忧心忡忡。即使是伟人到了钱上头也很难亲切慈祥的。夏末把纸币塞到裤兜里,打量他们的床,那张海蓝色平面没有半点液体感了,到处是褶皱,有了风的痕迹。夏末从小苏的枕头上拾起一根长发,在指头上绕来绕去。夏末开始追记小苏的长相。夏末怎么也没能想得起来。夏末奇怪怎么会想不起小苏的长相的,天天生活在一起,那张脸居然成了他的记忆盲点。昨天晚上他们还在一起吵架的,居然会想不起长相了。但夏末一想起吵架小苏的形象慢慢又回来了,她的醉态,她的说话口气,一切重新栩栩如生。"我他妈的居然还去公司找她道歉,"夏末对自己说,"我他妈的居然还想给她一个惊喜!"

　　小苏比平时晚归了一小时。她一到家就努力装出开心的样子,好像昨天没吵过,生活从来就像那张床单,在阳光底下风静浪止。小苏手里捏着两包三五香烟,蹑手蹑脚向夏末的背影走去。她走得伸头伸脑,像一只鸡。她把两盒烟从夏末的背后扬过去。夏末回过头,一眼就看出了小苏的心思。夏末决定顺水推舟。也很开心地抿嘴一笑,满脸满腮全是爱情。夏末接过烟,满意地撕开香烟封口。夏末点上烟,猛吸了两大口,说:"至少在抽烟的档次上我们和世界是接轨的。"小苏听他的口气,猜他过去了。小苏的十只指头叉在一起,按在夏末的肩头,下巴搁在手背上,故意撒娇说:"晚上吃什么?"夏末笑而不答,说:"下次可别买这么贵的烟了。"小苏说:"今天加班,老板开恩了,要不我才不买。"夏末说:"你们老板我见过,是个瘸子。"小苏知道他在胡扯,拖声拖气地说:"瞎说,人家才不瘸,人家好好的。"夏末听了小苏的话再也没开口,他受不了"人家"那样的口气,脸上不好看了,三口两口就把一支烟抽完了。小苏瞟了四周一眼,知道他还没烧饭。小苏拿过围裙,没话找话,笑着说:"今天晚报上有个小幽默,笑死人了,说一个画家和一个警察去打猎,他们躲在草丛中,好半天没动静,后来蹿过来一只野兔,画家刚要开枪,警察却跳了出去,大声说:'站住,我是警察!'"小苏说完了只顾自己笑,笑完了才发现夏末的脸已经绷紧了。幽默使夏末的脸色越发严肃。小苏望着夏末的脸,笑容一点一点往下掉。小苏说:"你怎么啦?"夏末严肃地说:"你的幽默说错了,是画家去打猎,乓乓两枪,却打回来两包香烟。"小苏提着围裙,脸不是脸,心里没底了。小苏茫然地说:"你到底怎么了?"

"我下午到公司向你道歉去了。"

一列火车没头没脑冲了过来,把所有的耳朵都吓了一跳。夏末的故作镇静终于让自己冲垮了。夏末在火车的"哐啷"声中一脚踢翻了画架,他的表情像一列出轨火车,夏末伸出指头指着房门大声吼道:"从出了这个门你他妈的就说谎,一直到今天晚上,现在!你他妈才几天!"

隔壁传来了婴儿的惊哭声。耿师傅大声干咳了一声,意思全在里头。夏末把指头从门口移向小苏,压低了声音说:"从头到尾都他妈的是个错误。"

这个静态持续了很久。直到火车走出听觉。这个静态就这么僵在原处。生活就这样,选择失败呈现某个静态。小苏侧过脸,下巴搁在了左肩,整个面容就全让头发遮住了。夏末放下手。夏末在这个节骨眼儿上说出了不成熟的大男孩常说的话:"你有什么好解释的?"

小苏伤心已极。这是一个错误。从一开始就是一个错误。小苏伤心的话脱口就冲出来了。小苏忘掉了耿师傅刚才的干咳,双手垂在原处,握紧了拳头大声喊道:"我解释什么?我是你什么人?"

小苏一个人坐在床边。她没有关门。门保持着夏末出走时的状态。半开半掩。夏末走得极冲动,他用脚踢开门,门被墙反弹回来,只关了一半,保持了家的暧昧格局,似是而非。夏末下楼时一定踩空了最后一阶楼梯,他给小苏的最后听觉是一组慌乱脚步,是失衡之后重新求得平衡时的慌乱脚步。小苏的听觉伸得很长,夏末没有给她的听觉留下任何余音。然后小苏的听觉被夜色笼罩了,布满了铁轨,布满了金属缄默。

小苏关上灯,用电炉点了根香烟。烟头的猩红光芒提示了某种孤寂,给了小苏意外许诺。烟是个好东西。这个和事佬逮住谁就安慰谁。小苏在抽烟时感觉到自己的脆弱,脆弱的民族一定是一个拥有大量烟民的民族,脆弱的时代一定也就是拥有大量烟民的时代。小苏坐在这个失败与错误的空间里头。四处是烟霭。

夜里下起了雨,是那种介于雨与雾之间的网状飘拂。小苏站在阳台上,从铁轨表层上的黑色反光里知道了雨意。生活这会儿不知道躲在哪里,不知道是在夜的干处还是湿处。小苏盼望生活能就此停下来,她现在唯一可以承受的只是生活静态。

夜里的雨在后半夜到底下下来了,到了早晨一切都凉爽干净了。一场秋雨一场凉,雨后的早晨居然晴朗了,凉丝丝地秋高气爽。小苏刷牙时耿师傅正好去上班。耿师傅对小苏客气地点点头,眼神里头有些复杂,但什么也没问。耿师傅这个人不错,他什么也没问。小苏就怕他问。她的生活经不起任何提问了。耿师傅扛了那只铁道扳头,上班去了。小苏刷牙时没敢回头,她知道耿师傅从窗口经过时一定会向屋里打量的。小苏没回头。她突然学会在微妙的关头掩耳盗铃了。

一个上午小苏都把自己反锁在屋子里。小苏点上烟,百无聊赖,小苏拿起夏末留下来的那些颜料,一根一根往外挤。破画布上一下子缤纷妖娆了。小苏挤完所有的颜料往后退了几步,觉得自己是个画家了。这幅画真的像城市的街面,呼啦啦一派繁荣景象,光怪陆离,喧闹昌盛。小苏给这幅画起了个名字:城市。小苏拿起笔,选择了一块上好地段,决定给自己画一幢房子。小苏只动了一两笔,却弄坏了,糊了一小块。小苏放弃了自己的房子,只想改回来,又动了几笔,却越动越坏了。小苏看着自己的杰作转眼就成了废品,老大的不甘,动来动去把一幅画全动得不成样子了。小苏的心情坏了,拿着笔只是乱涂抹,涂来涂去鲜丽的色彩竟没了,只剩下一张灰。这个城市居然如此脆弱,仅仅是家的愿望就使一派繁华变成了一张灰。

隔壁传来了阿娟的声音。阿娟说:"打酱油去!"小苏猜得出阿娟是在和小铃铛说话。阿娟说:"你打不打?"没有声音。小苏想象得出小铃铛眼里的模样。阿娟说:"你不打,中饭你也别吃!"小苏看见阿娟一个人从窗口走过去,她的手里提了一只空酱油瓶。

婴儿的惊啼是在不久之后发出来的。小苏起初没有留意,但小苏立即听出声音不对了。小苏冲出门,走到阿娟家门口,小铃铛正提着剪刀傻立在堂屋中央。她的脸上有一种疯狂的东西飞速穿梭。她的弟弟仰在床上,手脚在半空乱舞。他的哭声不大,但有一种极其可怕的力量蕴涵在啼哭里头。小苏扑过去,小苏在扑过去的过程中听到了剪刀坠地的声音,被水泥颠了两下。小铃铛的弟弟紧闭了双眼,小脸涨得通红。他的裆部全是血,模糊了一大块。他的小东西没有了,只有一块鲜红的断口。小苏转过身,小铃铛半张着嘴痴呆地望着她。小铃铛的手伸过来了,弟弟的小东西在她的手上。螺丝状,极短的一块。小苏慌忙回头。小苏趴在自己屋子的北窗,远远地看见阿娟正在巷口和一个女人说笑,她的手上的酱油瓶还是空的。小苏失声叫道:"阿娟!阿娟!"

1995年第5期《小说家》

家里乱了

星期五天生就是出事的日子,乐果就是在这天晚上让摄像机堵在沙发上的。星期四全市进行过大搜查,大厅的相公阿森有内线,搜查的时候佛罗伦萨夜总会清清白白,用大厅经理的话说,"所有的客人都在建设精神文明"。但星期五就遭到回马枪了。

星期五的生意很好。阿森说,生意都"啤"了。"啤"就是啤酒,往外吐泡的意思。大厅里挤满了人。城市人民都凑到大周末放肆来了。大厅的灯光既绚烂又昏暗,人们的眼睛像那盏旋转彩灯,花花绿绿地四处撩拨,四处探询。乐果唱完三首规定曲子,看见妈咪阿青正从八号桌回吧台。阿青故意绕到麦克风面前。阿青在任何混乱和嘈杂的氛围中都能保持她的从容步态,那样子真的叫鹤立鸡群。阿青从乐果的眼皮底下走过去,右手很随意地摸了摸右耳环。乐果看在眼里,却视而不见。后来乐果就被阿青带到那个东北人那里去了。东北人坐在三楼最顶头的一间包间里头喝了点酒,嘴里的口气有点浑,别的都还不错。乐果陪他唱了一首《来生缘》。乐果一般都要先唱这首歌的,在歌声之中慢慢进入。好歹也是缘分。东北人把乐果搂过去,说了几句很疼人的话。他们贴在一起相互抚摩了。皮肉都被灯光照得红红的。乐果一直不能适应包间里的红灯,像在暗房里冲洗照片似的。一不留神眼睛就会看到重影。东北人的手指慢慢潦草了,他的手像螃蟹那样侧着身子四处爬动。乐果的感觉也刚刚有了起色,嘴里却说:"别。"东北人悄声耳语说:"咋整的?"一只手就往乐果下腹部那"旮旯"伸去,乐果挪出一只手,摁住东北人的手背,东北人停住了,不高兴地说:"干哈呀?"乐果一听到这话就想笑。东北人不明白乐果笑什么,不住地问:"咋整的,干哈呀?"

过廊里响起了脚步声。很急促,听上去惊天动地。乐果止住笑,抬起头,不远处传来了一个女人的尖叫,是身体被暴露之后才会出现的尖叫。包间的门就在这时给踹开了,好几把雪亮的手电一起堵在了门口。门口的人说:"不许动。"口气和手电一样严厉。乐果在惊恐之中并没有完全落魄,她猛一甩头发,顺势低下脑袋,随后她的脑子一下子全空掉了。乐果在事后一直庆幸有这样浓密的长头发。几天前她打算到梦丽娜美发廊铰掉的,要不然一过了六月实在太累赘。还是阿青止住了她,阿青说:"发疯,你还做不做啦?"阿青小乐果五岁,但阿青十九岁那年就吃"小姐"这碗饭了,要不然老板也不会让她当大厅的妈咪的。乐果的好头发现在真的派用场了。她透过长发看见东北人瘫在了沙发上,正用右手挡住手电,样子像电影里被俘的国军上尉。看见东北人的熊样乐果反倒镇静了,只是弄不懂这些警察是从哪里冲进来的,就像电影里所说的那样,共军从天上掉下来了。

走上来一位女警察。她拉住乐果的手腕往外拖。乐果挪了两步,感觉到灯光越发刺眼,近乎目眩了。乐果听见有人在过廊里喊:"闪开,闪开,挡住镜头了。"乐果听出了事态更为严峻的一面,迅速捂上脸,耸起了双肩。镜头离乐果不远,乐果裸露的右肩感受到照明灯的灼热,像东北人的双唇。乐果迈开步子,想躲过去,却被拽住了。女警察一手拖住乐果的肘部,另一只手替她拉上了后腰皮裙子上的铜拉锁。"吱"的一声,像绵软的呻吟。但乐果听出了灾难种种。这个致命的细节成了第二天电视新闻里的爆炸性画面。

五棵松幼儿园的幼儿教师乐果在三十一岁那年做上了"小姐"。"小姐"是她们那个行业的女人惯用的自称。乐果当上"小姐"有很大的偶然性,但每一步又都是顺其自然的,像水往低处流,看不出生硬和强拉硬扯的迹象。三十出头的女人,家也稳当了,孩子也脱手了,那是开春后的土地,有了开裂和板结的危险与可能性。只要有几场雨,就滋润了,肥沃了,凭空地红红绿绿,弄出遍地的植物与花朵来。乐果的丈夫是她的同行,第九中学的语文老师,是个不会挣钱不会花钱的货。乐果毕业于幼儿师范,会跳,会唱,有了这样的基础,他们的婚姻也就脱不掉鲜花与牛粪的隐喻性质。乐果和丈夫吵嘴每次都以这样的自我控诉作为收场:"我真是瞎了眼了!"女人的自我控诉总是炸弹,炸开的是自己,杀伤的却是敌人。但女人总是诡异的,她们的真实面目总是隐匿得极为深邃,她们渴望一种东西,却能找到另一种东西作为吵架的突破口,现成的东西就是钱。贫贱夫妻百事哀,古人都这么说了千百年了。在任何条件下为钱争吵总是说得过去的。乐果对丈夫说:"嫁汉嫁汉,穿衣吃饭;娶妻娶妻,吃饭穿衣,你让我吃了什么?穿了什么?我也算嫁了男人了!"丈夫苟泉笑笑说:"你也没有空了肚皮光着屁股,这不就是小康吗?很不错了。"乐果说:"好意思!也不睁开眼看看人家!"苟泉便说:"看什么?人家有什么好看的。"乐果忍受不了丈夫说话时那副漫不经心的样子,这样的时刻乐果往往只会回敬两句话,其一是"我瞎了眼了",其二是"乡巴佬"。这是苟泉的致命伤,是沙家圩子苟家村村民苟泉的先天疤痕,一戳就要跳的。吵到这个份上,苟泉就会摔着门出去,以不说话这种方式与小市民进行斗争。当然,农民最终是要向小市民投降的。农村包围了城市,农民也只能靠拢市民。

后来还是乐果自己出去了。乐果想玩,但玩得痛快就得花钱;乐果想挣钱,然而挣到钱的工作做起来又太累人。"二美难并",这句古话说得实在不错。由于有了这样的心理依据,乐果开始关注起每天晚报上的招聘广告。一个月之后机会真的就来了,新建筑三十九层世纪大厦的顶楼开了一家旋宫歌舞厅,广告上头歌舞厅的名字起得就好:"广岛新潮"。"广岛"是什么地方?爆炸过原子弹呢,那是怎样的火爆,蘑菇云又耀眼又炫目,想起来就心跳。"广岛新潮"以每首歌五十元人民币招聘钟点歌手,这是多么好的买卖,不影响白天工作,又唱、又跳、又玩,唱了跳了玩了还拿钱,这不是小康还能是什么?乐果攥着当天的晚报就报名去了。当然,乐果的努力失败了,她输给了两个年轻的毛丫头。然而乐果看到了希望。那两个小丫头都是她的校友,幼儿师范刚刚毕业呢。那些艺术学院声乐系和师范大学声乐系的都输了。她们往那儿一站就挺胸收腹,嘴巴张得像狮吼,声音又太亮太响——"广岛新潮"要歌唱家做什么?这就是希望一。同时失败的还有乐果的同班肖小小,小小说,她都在外头唱了两三年了。乐果一听就心酸,嫁给了农民,自己也快成农民了,落伍了这么多年还以为赶上了新潮。小小说,考上考不上无所谓,挣不到五十的,多赶两家三十的,还多出十元呢。这年头歌舞厅天上地下到处都是,水底下还有呢——总不能天天晚上在家里头憋死。乐果这么一心酸世界竟开阔了,生活也纷繁了,这就是希望二。需要补充的还有一点,"广岛新潮"刚一开张便给"整顿"了,"名字太不严肃,不利于纪念全世界反法西斯暨抗日战争胜利五十周年"。整顿得好,这样一来乐果的失败就等于没有失败,就等于而今迈步从头越。这就有了希望三。有了这三层希望,乐果还担心什么?乐果做了头发,修了指甲,纹了眉,施了胭脂,抹了粉,向生活讨还生活了。乐果来到佛罗伦萨夜总会,拿起麦克风,只问了一句:"花儿为什么这样红?"问得大厅鸦雀无声。于是又问一遍:"为什么这样红?"大厅里即刻就是满堂彩。乐果心花怒放了,这他妈的才是生活呢!乐果越唱越柔,腰身也软了,目光里头烟雨迷蒙,全是"纯洁的友谊和爱情"。"友谊和爱情"之后即刻便是经济效益,三十元。外加一听冰镇雪碧。真叫人开心,真叫人喜出望外。幼儿教师乐果的歌声当天晚上就和市场经济接轨了。

苍天不负有心人。

没有比夜总会更适合乐果的地方了。什么叫如鱼得水?乐果进了夜总会才称得上如鱼得水。乐果每一个晚上都能玩得很开心。乐果一上台就成了男人的中心,好多眼睛盯住她淌口水,不过话说回来,男人的吃相虽不好女人的心里总是开心的。偶尔被人摸一把,偶尔有人就了她的耳朵说几句肉麻的话,乐果便冷若冰霜。女人到了三十岁还要故作冷若冰霜,不是幸福是什么?碰上顺眼的男人乐果也要应付几下的,当然,乐果应付的时候内心的感受是女王式的,喜欢谁才能轮到谁,喜欢谁才能赏给谁。不过乐果从来都不出格,最多像初恋的前几天,有了感觉就停住。这样最好。初恋就得是初恋的样子,要不然每天跑到这里来做什么。这就决定了乐果每天晚上都有进账,同时保证了每个晚上都有"纯洁的友谊和爱情"。情归情,账归账,当日事,当日毕。要不然就回到婚姻而没有初恋了。这样的日子真是一天一个新太阳。就是回家稍晚一点也好交代,也好应付盘问,这可是"工作"。

　　第一个月乐果挣回了一千二百五十五元,这是一次丰收,蕴涵了解放的感觉和时代的感觉。乐果带领苟泉和女儿苟茜茜吃了肯德基,打了一辆红色夏利牌出租车。乐果让司机把出租车一直开到九中家属楼的水泥乒乓台附近,带回来一条金利来领带、特利雅女式羊皮鞋、两袋旺旺礼袋、三支台湾产圆头牙刷和一袋碧浪牌超浓缩洗衣粉。当晚他们用新牙刷刷过牙,哄女儿睡了,高高兴兴做了一次爱。苟泉老师的脸上一直笑眯眯的,找到了城市的感觉。城市不是别的,就是沿着国家货币往大处走的好感受。乐果的身子是城市的。他苟泉的身子也是城市的。他们套成一团,整个城市都翻来覆去。乐果终于能挣钱了,这可是肥马的"夜草"。苟泉不鼓励妻子,也不干涉妻子,以局外人的姿态微笑着关注妻子,睁一只眼,闭一只眼。

挣钱了,阿青说得没错,这年头"一出家门就是钱"。

故事没有平面,故事的唯一可能就是它的纵深难度,这是故事的属性。乐果的故事刚刚翻过去第一页,总经理马扁就出现了。马扁一身藏青色西服,大背头上抹了摩丝,双手插在西服的裤兜里,在佛罗伦萨夜总会的门口翩然而现。马总面带微笑,正赶上乐果老师的一曲歌完。他们认识。马总的女儿是乐果班上的一朵小红花,又能歌又善舞,还能拨几下小琵琶。马总偶尔亲自来接他的女儿回家,开着一辆银灰色的桑塔纳。五棵松幼儿园的老师都知道马恬静的父亲是一位大款。但马总一半像生意人,另一半却像书生,有一种富有、得体、却又宁静、儒雅的调子。马总是个好父亲,他凝视女儿的目光总是那样慈爱。那辆银灰色的桑塔纳就在马总的身后,做这个美好画面的物质背景。车子的玻璃不透明,从外面看不见里头。不过乐果猜想从里头是可以观察外头的,乐果自己也弄不明白怎么会注意这么一个细节,这里头可是有让女人心跳的东西的。马总对乐果老师一直彬彬有礼,女儿不在场时叫乐果"老师",女儿在场就改口了,称乐果"阿姨"。这个称呼让乐果感动,有一种亲近的,甚至是血缘乃至肉体的亲昵感。这又滋生出某种古怪和幽暗的幸福了。五棵松幼儿园的老师一直拿马总作为好男人的标准的,她们夸别的男人总是拿马总做比尺,"就像马恬静她爸"。因为马恬静在自己班上,所以别人一夸马总,乐果的脸上就会挂上接近于满足的微笑,她的眼睛就会像车上的玻璃,从里看得见外,从外看不见里,越想越撩拨人。

马总站立在九号台的橙色壁灯旁边,两手交叉,闲放在腹部。他的手无论搁放在哪儿都给人以恰如其分的印象。乐果从歌台上下来,电吉他手的手势还保留着最后一个音符的静态。乐果和马总就坐在九号台,点了饮料,很轻松地说笑。有了夜总会这么长的生活基础,乐果也就显得格外老到,一举一动又像少女,又像女人,内行男人一眼就能看见,进退都有余地。

第二天马总又来了,所有的细节和过程都和昨天一样。他和乐果又在一起喝了饮料。不同的只有一点,他们没有分手,而是一同钻进了马总的桑塔纳。车子里有股工业气味,但撞上第一个红灯后乐果就闻不到这股气味了。红灯闪烁后马总踩下刹车,右手伸过来,相当自然地握住乐果的左手。他的手叉开来很大,指头一起弯进了乐果的指缝隙,合缝合榫的,蕴涵着相当迷人的感受。车子重新启动了,马总拥乐果入怀,乐果一点都不觉得意外,乐果躺在了马总的腿上,闭上眼,心脏的节奏一下子回到了十八岁。乐果闭眼之前看过一眼玻璃,都摇上去了。乐果握住马总的手,顺势捂在乳峰上面,另一只手伸上去反勾马总的腮。路灯一盏又一盏从乐果的上眼睑上划过,色调有点偏暗。马路上刚洒过水,车轮子听上去就像从路面上撕过去一样。乐果的身体就像在路面上流淌着。乐果睁开眼,眼皮底下即马路的半空是一排霓虹灯和高大建筑群的倒影,宛如藻类悬挂于水面。乐果在这座城市生活了三十年,这个审视视角使她突然觉得这个城市有点陌生了。陌生感是幸福感的一个华美侧面,像生活在别处。一个拥挤的、喧闹的、陌生的、安全的别处。乐果的心潮开始涌动,马总的掌心感觉出来了,他低下头,和乐果对视。乐果的眼睛再一次望到窗外去。窗外全是行人。乐果能看见所有的人,就是没有一个人能看见他们。

汽车出了城,往黑暗处开得很深了。他们就是在汽车上做爱的。都记不起来从哪一个动作开始的。好像预备了好几年了。他们做得很慢,彼此适应和体谅对方的习惯。又礼让又有些侵略。马总拉开坐垫下的栓手,坐垫的靠背竟让下去了。倒得很平。乐果躺下身子,一切都是水到渠成的。乐果轻声说:"我还没有吃药呢。"马总耳语说:"回去补。"乐果的嘴巴张得便更大了,呢喃说:"还没有吃药呢。"乐果的整个做爱过程都伴随着这句无用的细语,既像诉说,又像吟诵。他们开始了。马总说:"大声叫,没人听见的。"汽车的避震弹簧在收缩,而车身在荡漾,像一条小船置于浪尖。乐果的身子都放平了,脚趾都用上了,两只脚在方向盘上飞舞。她的脚后跟太迷狂了,捅到车喇叭上去了,一声尖叫把两人都吓了一跳。马总愣了一下,乐果十分怜爱地捧住马总的头,流着眼泪呢喃说:"对不起,对不起。"

乐果一直无法肯定事情发生的地点,仿佛在地表之外。那个地点与梦的地点一样不可追认。汽车回城之后乐果站立在归家的巷口,夜早就安静了,路灯的边沿带上了晕黄的光圈。回家的路如此破旧、如此现实,反而像梦了。刚才的欢爱就像发生在千年之前。乐果往家里走,坚信自己在做梦,到家之后她的梦会突然惊醒的。

丈夫和女儿早就睡了。乐果推开门。女人一有外遇就会用批判眼光对待生活的。家里很寒碜,厨房里又乱又丑,洋溢出一阵又一阵燠糟气。乐果走进卫生间,闩上门,很小心地擦换。乐果坐在便盖上从仿鳄鱼皮包里抽出那只白色信封,是马总在她下车前塞给她的。马总像电影里的爱情圣手一样关照说,回到家再拆。乐果坐在便盖上把玩这只信封,猜测里面的情语情话。乐果怕弄出声响,捏在手心里一点一点往外撕,却露出一叠百元大钞的墨绿色背脊,点两下,八张。乐果一时没有明白过来。又点,八张。乐果的明白过程伴随了失落和愤怒的狰狞性心态。乐果把信封团在手里,丢在马赛克瓷砖上。丈夫在床上翻了个身。乐果迅速捡起纸团,抽出纸币,压在粉红色卫生纸的下面,重新团掉信封扔进了便池。乐果打开水槽,信封旋转着身子冲下去了。乐果掀开卫生纸,发现面对八百元现金时她的愤怒其实是有点夸张的,并不致命,并不锐利,是可以承受和应允的,甚至还是很快乐的。乐果把钱分成两处,分别塞进上衣和裤子的口袋,抬起头,意外地和自己在镜子里对视了。镜子的表面布满水汽,这层水汽使乐果的面部抽象了,笼罩了斑驳未知的状态。乐果抹一把镜面,半个脸清晰了,流露出做爱后的凋敝神态。那种神态被缭乱的镜面放大了,乐果的脸上凭空添上了许多风尘意味。

　　星期六的早晨,丈夫苟泉才知道乐果通宵未归。苟泉从左边的空枕头上看到了这个严重现实。苟泉的睡眠历来很好,一上床鼻孔里就会拉风箱。这样好的睡眠与他的乡下人身份是吻合的。乐果对丈夫的睡相曾做过总结,就一个字:猪。

　　苟泉没有立即起床。他从乐果的枕头上捡起一根长发,放在食指上缠绕。乐果没有回来。接下来的整整一天乐果都没有回来。整整一天苟泉沉湎于诸多细节的设定与排除之中。这一回一定要好好盘问的,一定要把所有丑话全摊开来好好审讯一番的。哪能这样在外头工作?通宵不归还能有什么工作?苟泉心里头蹿火,脸面上却是加倍沉着了。女儿已经不小了,这样的丑事让女儿知道了天也会塌下来的。苟泉在一天当中没有显露半点慌乱,他不和女儿提起她的妈妈。但是女儿又太聪明了,孩子的聪明弄不好就是家庭的大不幸。这位一年级的少先队中队长显得很知趣,也不提妈妈的事。她的少年老成与察言观色让苟泉又心酸又害怕,甚至都不敢看女儿的眼睛了。她的不动声色既像一无所知又像无所不知。女儿向来胆小,她的心思太多不用嘴巴说,只用眼睛向人表达。这么僵持了一天,女儿终于拿眼睛瞟她的爸爸了。她饿了,向父亲要晚饭。苟泉取出一根火腿肠,给女儿打开了电视。电视机上出现了一位身穿绛红色西服的男播音员,他正在播送本城新闻。苟泉看了两眼,转身到厨房下面条去了。女儿看出了爸爸的心事。他的脸色像用橡皮擦过一样不清爽。女儿正在客厅里啃火腿肠,苟泉则在自来水的龙头上敲鸡蛋。事态就在这个时候出现答案的,苟泉的生活就在这个时候风起云涌的。电视画面上正在"打击卖淫嫖娼",一个女人披了头发行走在电视画面的正中央。镜头老是跟着她。她的皮裙子十分丢人现眼,后腰上留了一条衩。一只警官的手又给她拉上了。女儿显然认出这个长发掩面的女人了,她用火腿肠指住电视画面,回过头怯生生地喊道:"爸爸——"

乐果回家时的表情称得上凛然。不堪一击,却又有一种古怪的凛然。乐果推开门,瞄一眼电视机。电视机开着,赵忠祥正在语重心长,而倪萍却在热泪盈眶。苟泉和茜茜都没有动。乐果穿过客厅径直往卧房去。苟泉和茜茜目送着这个短暂过程。幸亏苟泉的心智并没有乱,苟泉说:"你妈的病好些了吧?"乐果回一眼女儿,很勉强地说:"好些了。"乐果说完话便上了床去,再也没有任何动静。苟泉和茜茜在电视机前又坐了几分钟。茜茜看看爸爸,十分小心地站起身,十分小心地上床去了。女儿的谨慎模样让他心碎,让他体会到无力回天与无所适从。苟泉望着自己的脚背,一言不发,仿佛被一层茸茸的羽毛裹紧了,很轻,但是怎么掸都掸不走,怎么吹都吹不散,就那么无序,就那么纷乱。电视机开着,赵忠祥又在语重心长,而倪萍又一次热泪盈眶。

家里乱了。托尔斯泰说,奥布朗斯基的家里乱了。苟泉的家里也乱了。苟泉关上电视,巡视家里的陈设和器皿。它们都是现世静物,等待生活,或等待尘封。家里很安静,近乎阒寂,这是乱的征候,乱的预备,乱的极致。家里乱了。苟泉记起了托尔斯泰。伟大的托尔斯泰真是太仁慈了,他忧郁的目光正凝视每一个家。家里乱了。上帝创造了人,创造了家。创造完了上帝就把它们遗忘了。记起它们的是托尔斯泰。奥布朗斯基的家里全乱了。

乐果从星期六的晚上一直睡到星期日的下午。乐果起床的时候窗口只剩下一点夕阳了。有点勉强。这给乐果的起床增添了一股慵懒、风骚和破罐子破摔的无聊气息。她的头发散乱在颈后,全身都散发出被窝的混杂气味。家里极静,女儿走进了妈妈的卧房。乐果向茜茜招招手,女儿走到她的身边。乐果无力地捋了捋女儿的头发,十分无聊地拿过眉笔和口红,给女儿上妆玩。女儿一直望着她。一双清澈的目光一直注视着母亲的一举一动。孩子的目光一旦晓通事理了,不是令人生畏便是叫人心醉。乐果说:"茜茜还没有叫妈妈呢。"茜茜便叫妈妈,声音却像背功课,乐果给茜茜抹上口红,斜着身子左右端详了一回,无力地笑一笑,小声说:"我们家茜茜就是个美人胎。"

苟泉已经跟过来了。苟泉听见这句话从门框的背后伸出了脑袋。苟泉一见到女儿的花俏样子就跳进卧室了。苟泉走到女儿面前,指着卫生间厉声说:"洗掉!"女儿汪着眼泪,眼珠子在泪花的背后交替打量她的爸爸和妈妈。泪珠子一飘一飘的,要掉,又不敢掉。乐果强打起精神说:"你这么凶干什么?"苟泉没有听,保持着雕塑的姿态,重复说:"洗掉。"

茜茜噙着泪花走出卧房。她的清冽泪花一直闪动着怯懦和委屈的光芒。苟泉反手关上门,决定审讯。苟泉在昨天夜里已经审讯过一百遍了,失眠成了他的法庭,他悲愤激昂地自说自话,自问自答。他躺在沙发上,悄然无声,内心独白却语无伦次。第二天一早苟泉的嗓子便哑掉了。他的嗓子居然让通宵的无声宣泄弄哑掉了。苟泉直到凌晨才冷静下来,将所有的问题归结为二十五条。他一定要让乐果站在他的对面,逐条逐条加以回答的。

苟泉关上门。乐果的样子松散无力,呈现出睡坏了的格局,但眉梢的毛尖上却透出一股寒气。气氛骤然严峻了。苟泉决定审讯。他记起了二十五条。但是话一脱口他又冲动了。他的沙哑嗓门使他的冲动显得力不从心，听上去有一种哀伤和绝望的声响效果。——"是不是你？"苟泉说。乐果知道他看到电视了，平静地说："是我。"苟泉大声吼道："睡过没有？"苟泉一发力气嗓子里反而失语了，只有气息流动的声音，像身体在漏气，很滑稽，却又揪心。乐果抚弄着床单，话回得却分外庄重："睡过。"

审讯到此结束。

苟泉的最后一丝侥幸就是在这个短暂的审讯中彻底葬送的。一时想不出话来了。他的大脑和他的嗓子一样，哑了。但苟泉要说话。他张大了嘴巴，脖子上全是粗血管，只剩下一只拳头在乐果的眼前伶牙俐齿。苟泉羞怒已极、伤心已极，却不敢弄出大动静。一有大动静整幢大楼都会轰响的。苟泉一把拽住乐果的肩头，抡起巴掌就往下抽。乐果用手支住，四两拨千斤，冷冷地说："别打脸。星期一我还有课。"苟泉举着手，自语说："你还有课？"他说话的表情半张脸在哭，另半张脸却在笑。苟泉的古怪表情让乐果害怕，她掉过头。就在这个时候乐果听到了一记脆亮的耳光。乐果知道他抽到自己的脸上去了。"就他妈你有课？"苟泉说，"我他妈也是人民教师呢！"

星期一上午苟泉老师有"他妈的"两节课。第三节和第四节。苟泉一早就到办公室去了。第一节课后的十分钟很关键，是苟泉老师的焦点时刻。苟泉注视着每一个人，警惕耳语，警惕弦外之音,警惕讳莫如深的古怪表情。但所有的事都很正常,这种正常反倒有点故意,有点人为了。苟泉从一进办公室就开始微笑了,苟泉不想让自己的脸色弄得太难看。不过没有由头的微笑实在太累人,苟泉在镜子里头见过自己,颧骨那一把都像巴结什么人了。苟泉松下面部的肌肉,看见办公室里还少了三个人,立即想到了卫生间。苟泉走到卫生间里去,有两个同事果然在蹲坑。他们叼着烟,并没有交谈的迹象。苟泉走出卫生间的时候恰好第二节课的铃声又响了,回到办公室,空的。一切都太正常了。苟泉在侥幸的同时又有一种说不出的怅然若失。

但苟泉走上课堂之后越发不踏实了。人在人情在。人不在了,办公室里的局面有时就难以预料。苟泉的授课有点信马由缰,扯来扯去居然扯出和尚和尼姑来了。苟泉做了板书。苟老师做板书时两眼望着窗外。窗外的双杠那边有两个同事正在小声说笑。苟泉走神了。苟泉就是在写完"尼"字之后开始走神的。他的粉笔摁在"尼"字的收笔笔画上,随手又涂了一笔。这一涂"尼姑"就成了"屁姑"了。同学们便笑。同学们一笑苟泉立即就有所警觉,侧过头问课代表:"笑什么?"课代表说:"没什么。"苟泉很严肃地告诫大家:"没什么还笑什么?"同学们只好止住,绷在脸上。但绷不住,又笑。苟泉回过头,一回头脸色就青掉了。脸一青左腮上的巴掌印也露了出来。这个笔误成了校园内的当日花絮,一下课他的脸就蔫了。老处女贾老师描述说:让屁熏"糊"了。但苟泉在课堂上没有"糊"。他走到课代表的桌前,摔下书,命令课代表"站起来"。"明明有事,你为什么装得没事?"这一问课堂上肃穆了。同学们不笑了,不是绷住的,一起进入了哲学沉思。"——啊?!"苟老师这样大声追问。这一问苟老师自己也伤心了。他擦掉板书,痛心地说:"我还能相信谁?"

十年前的那个夏季是多雨的、燠热的、神经质的。那是一九八五年的夏季。大街上布满了奶油雪糕、三色冰淇淋和冰镇酸梅汤。它们构成了一九八五年的城市形象。六月二十八日这天苟泉行走在大街上,午后烈日当头,马路上反射出锐利刺眼的白色光芒。人们在大街上走动,带着午睡和梦寐的状态,地上的影子像面团,又绵软又黏稠。但苟泉精神饱满,整条大街上只有他的身影青蛙那样一蹦一跳的。他去报到。分配派遣单上他的报到日期是八月十五,但苟泉等不得。毕业了,他终于留在省城成为都市里的正式市民了。他渴望城市。土地是他的故乡,他的根系,但城市是土地的梦、土地的灵性、土地的终极与土地的至上。苟泉的口袋里就揣着这样的梦,只要报过到,他和城市就合二而一了,再也不是过客,再也不是暂住人口了。苟泉手持分配派遣单,在胜利电影院的门口喝了两杯冰镇酸梅汤,心情分外开阔了。苟泉望着大街,大街上很意外地送来一阵凉风。苟泉却看见这阵风了,它是城市的呼吸,娇喘微微,芳气袭人,不像乡下,披头散发,嗓门粗大,整个一泼妇。

风后就是雨。夏季的暴雨没有前奏,它说来就来。大街上纷乱了,城市的缤纷色彩在激雨中越发鲜丽炫目了。苟泉站立在电影院的水磨石台阶上,被避雨的人群挤到一块玻璃窗的后面。玻璃上流淌着雨水,大街恍惚了,斑斓了,升腾了,骑车的人流取出预备好的雨披,各种颜色的雨披绚丽灿烂地溶解在这块玻璃里头。苟泉安闲地审视自己的城市、自己的生活空间,像看一部电影,而自己就在电影里头。这样的好感觉不是每个人都能有的。一个女人挤在苟泉的身边,她的身上弥漫出夏日女性的复杂体气。苟泉侧过身,女人的白色上衣被雨水淋透了,贴在身上。双乳脱颖而出,呈两峰对峙之态。苟泉望着她的乳房,没头没脑一阵瞎高兴。多么好的气味,多么好的乳房!苟泉一定要在本城与这样上等的城市乳房结婚的,而不是乡村奶子。

报到只用了几分钟。但这几分钟是一条河,河那边是乡村,而河这边才是城市。苟泉只用几分钟就把河那边的世界一笔勾销了。一个崭新的城市生命呱呱坠地了。

同来的还有一位校友,化学系毕业的贾小姐。学校的校长正好在。他像叔叔那样与贾小姐握过手,再用行政语言对苟泉表示了欢迎。校长问起苟泉的名字,说"不好"。说苟泉的名字有"苟全性命的意思,太消极了"。苟泉正赶上好心情,递过去一支烟,解释了"泉水的泉"。苟泉说:"为人师表,就该像泉水那样,润物细无声,有积极因素的。"校长很开怀地大笑,却拍着贾小姐的肩膀,点着指头说"小鬼"。

从一九八五年九月一日始,苟泉正式实施自己的婚姻工程。他给这项工程很秘密地取了个代号:鹊巢行动。行动是全方位、多层面展开的,自己努力辅之以党、政、工、团。行动的纲领是建立城市家庭,目标则是找一个与苟泉结婚的城市姑娘。对苟泉而言姑娘现在只是一个概念,有概念就会有概念的外延和内涵。

外延和内涵是一对反比关系,用工会主席的话说,这个反比关系就是"要求越高,姑娘越少;要求越低,姑娘遍地"。工会主席丢下话来:"小苟,你要什么样的?"苟泉不好明说,心里头却是有步骤的,这个姑娘必须满足这样的内涵:一、本城的。二、有本科学历的。三、漂亮的(注:尤其是乳房丰满的)。四、有女性味道的。五、身高一米六十左右的。六、身重在五十公斤上下的。七、有正规职业的。八、长头发的。但这八条不是并列的、等值的,它的排列顺序隐藏了它们的重要程度。鹊巢行动必须遵循这样的方针:三从一大。即从严、从难、从实情出发、大面积搜寻。如果困难较大,可采取倒记时方式降格以求。但第一条不能动,第一条是玉,第二至第八条是瓦。可为玉碎,却不可为瓦全。城市姑娘这一条,绝对不能变。

鹊巢行动历时一年半。共涉及三十七位姑娘和四位离异少妇。行动没有取得任何成果。姑娘们都是水下的鱼,你一动它就没有了,一点痕迹都没给苟泉留下来。唯一留下来的是化学组的贾老师。但贾老师是外地的乡下人,再怎么打扮也是一颗精装的土豆,苟泉一口就把工会主席挡回去了。其实贾老师对苟老师并没有意思,这完全是工会主席添出来的乱。但看不上是一回事,没有被看上是另一回事。贾老师对苟老师的怨恨却结下来了。乡下人刚进城,保不定什么时候谁就会伤了谁的心。苟泉对此一无所知。苟泉正伤心地目睹着"姑娘"这个概念的内涵一点一点浮浅起来,而外延却一天一天扩大开去,与城市一样开阔,与城市一样庞大了。苟泉进入城市的企图在"城市姑娘"面前遭到阻截了。鹊巢行动宣告失败。

59

乐果的出现使鹊巢行动突然间死灰复燃。转机说来就来，随乐果的身影亭亭玉立在夏日黄昏的晚风之中。乐果的出现类似于春雷一声震天响，类似于天上掉下个林妹妹。乐果是本城的、幼儿师范学校毕业的、长相说得过去的（乳房比较丰满）、女人味多少有一些的、身高一米五九的、体重四十七公斤的、有正规工作的、长头发的姑娘。鹊巢行动峰回路转。

乐果刚刚从她的情爱战争中败下阵来。这场战争使乐果面无血色。乐果是这场战争中的情爱寡妇，从头到脚洋溢出苍白和失神的寡妇气息。乐果后悔自己还是不该去堕胎的，只要孩子生下来，既是人证，又是物证，他不离婚也得离。乐果就是在最要紧的关头软了那么一下，到医院去了。乐果在床上躺了五十个小时，所有的往事像倾泻在地面的水银，碎碎亮亮散成许多小珠子，没有一颗捡得回来。

三个月后介绍人把乐果和苟泉领到一起了。乐果不想动，但碍于介绍人的情面，只好去。乐果赴约的那个黄昏已近一九八六年的暑假了，所有的日子都安安闲闲的。她披着长头发，一身黑长裙，腰里束了一道白皮带，像刚刚寡居的都市少妇，又幽静又幽怨。苟泉把乐果的样子看在眼里，没头没脑地伤心了。这样好的城市姑娘从他的身边溜走了多少呵！介绍人一走苟泉便站起身来了。苟泉平白无故地激动了，说："我送你回去吧，我哪里有一点配得上你？浪费时间做什么？"苟泉给乐果的第一印象没有任何独特之处，但这句大实话却是例外。乐果正需要抚慰，她从苟泉的话里听出了温馨的东西和动人的地方。乐果回去也是无聊，就说："都认识了，不成也是缘分，坐坐嘛。"这么说着话两个人相对一笑,竟轻松了,从尴尬境地里跳出来了,像多年不见面的老同学了。

那辆银灰色桑塔纳带领乐果做了失重绵软的飞行之后,马扁老板一直没有在佛罗伦萨夜总会露面。乐果在幼儿园的红木马旁边特意把马恬静抱到大腿上来的,嗲着嗓子问道:"爸爸是不是出差去啦?"马恬静闪着一双乌黑的大眼珠,说:"没有,爸爸天天在家里的。"乐果听了这话心情就坏掉了,像电子琴上的左爬音,一个声部一个声部地往下降。乐果在马恬静的小脸上亲了一口,愣在木马的旁边走神了。乐果开始追忆那个晚上的所有细节,是不是什么地方做错了,让他不高兴了,但是乐果记得那天晚上所有的环节都好好的,没有什么失误,这就更教人伤心了。他说不来就不来了,就像那哈密瓜断了瓜秧。

"他没来?"阿青问。这时候歌台上的音乐又响了,到处都乱哄哄的。乐果故作不解地反问:"谁呀?"阿青坐到乐果的对面,跷起腿,脸上是知天晓地的样子。阿青把上身靠过来,故作神秘地说:"你说谁呀?"乐果的胸口扑通了一下,笑容便僵在脸上了,她机械地说:"谁呀?"阿青用跷着的脚背轻轻踢了踢乐果的小腿肚,说:"呆子,我又不是没和他睡过。"乐果一听这话竟神经质地站起身来,握住拳头说:"我没有。"乐果站得太孟浪,酒都泼到阿青的脚上去了。阿青望着脚,不解地说:"女人一当上教师怎么都神经兮兮的。"乐果坚持说:"我没有。"阿青笑着说:"你没有什么?呆子。"

迪斯科响起来,灯灭了,整座大厅只留下一盏激光闪灯。人们的身影在灯光的瞬间闪烁中呈现出静态,像得了精神病的雕塑。色彩没有了,空间也没有了,世界只剩下一张黑白平面,翻过来又翻过去。乐果在这阵喧闹的音乐声中一直注视着阿青,有些怕,吃不准这个小婊子要拿她怎么样。但乐果终究没有把柄捏在她的手心里,她实在也不能拿她怎么样的。大不了明天不在这里唱。这么一想,乐果踏实多了。阿青点上烟回过头来了,没有表情。但下一个闪光的节拍里她显然在微笑。乐果在黑暗中立即也补上一个微笑,很自信,很坦然,灯一亮乐果就把这张脸回敬过去了。

迪斯科中止了,世界复原了。大厅里的人乱纷纷地回到座位上去。过来一个小伙子,气喘吁吁的,用手指了指烟架,巴掌在空中翻了两翻。阿青懒懒地回过头,对乐果说:"递包三五。"阿青懒得说话,巴掌软绵绵地也翻了两翻,小伙子掏出十五块,接过烟走了。

这么干坐了一会儿,阿青突然说:"在想刚才那包烟吧?"乐果有些云里雾里,笑着说:"想那个做什么?人家给钱了,清账了。"阿青听了乐果的话脸上便有了笑,斜着眼睛瞟乐果。阿青说:"你不糊涂。"乐果听了这话反倒糊涂了。阿青又笑。乐果从阿青的表情里头突然明白"清账了"与"你不糊涂"之间的逻辑关系,心底下涌上来一阵伤痛。阿青说:"聪明人做事不想事,傻瓜想事不做事——别和自己过不去。"乐果听了这话脑子里亮了一下,有些顿悟。乐果重新打量起阿青,阿青一脸无所谓的样子,眼睛和鼻子哪一样也没有少掉。阿青这女人不坏,乐果对自己说,真的不坏。乐果在吧台底下悄悄踢了阿青的小腿肚一脚,阿青端了酒,却偷偷回了乐果两脚。两个女人相互踢完了,对视了一眼,紧抿住双唇,弯下腰去,用了很大的气力才绷住脸上的笑。

下午放学之后苟泉一直待在办公室里头,"屁姑"事件在上午就流传开来了,这会儿正沿着放学大军向城市的各个方向蔓延。黄昏时分天又阴了,布满了梅雨季节的那种颜色。苟泉坐在办公室里追忆他的光棍生涯,没有家多好。没有家就不必回家了。家是什么?家是每天的最后一道死命令:你必须回到那里去,你必须以这种先验的、被动的方式从事你的生命。人其实是没有生命的,生命只不过是家的辅助物,家的性腺、家的唾液、家的末枝与细节。苟泉的两只眼睛充满了梅雨季节的濡湿延伸,整个心思都转潮了,像开春的咸肉沁出了水珠。苟泉的生命在城市里头走油了,他闻到了自己的气味。苟泉真的是一块咸肉,被城市腌坏了,被家腌坏了,发出燠糟腥臭的气味。

工友老吴撑着一把花伞又开始检查教室和办公室了。这是校长给他的任务,每天放学后都要在校园里巡视一遍。

苟泉不想让老吴撞见,只好往家里撤。走出办公室的时候天上已经下雨了。不是雨丝,一根一根的,一丝不苟的,而是雾团,一捆一捆的。你只能从植物叶片、头发、电线上的水珠看到雨。苟泉到家的时候家里没人,阳台上郭老师家断了一根铁丝,铁丝上挂着水珠子,一颗一颗往下掉,像给苟泉家打吊针。苟泉叹了一口气,走到厨房里去。煤炉熄掉了,烧透的蜂窝煤一副死皮赖脸的样子。苟泉把它们夹出来,从米桶的背后掏出碎木片,木片发霉了,长了一层黄黄的粉尘。指头捻了捻,很面。苟泉把煤炉挪到屋外,想一想,却端到阳台上去了。苟泉用纸片引上火,木片燃着了,冒出浓浓的黄烟,大肠那样一节一节往外翻。楼上有人咳嗽,但没有人说话。黄烟带了一股浓烈的霉味,浸渍在雨雾里,散不开,飘了一转又回来了。楼上关门了,很猛,轰的一声,还有玻璃的颤音。苟泉在阳台上呛得难受,撤到房间里去。苟泉站在乐果的梳妆镜面前,望着那些好看的瓶瓶罐罐,走神了。苟泉愣了半天,重新回到阳台,竟忘掉把蜂窝煤压进去了。木片被火烧光了,只留下猩红色火烬。苟泉一脚踹翻煤炉,无端地大口喘气,竟累了,胸口里头卷起了浓烟,痰一样黏在肺叶和气管上,散不去。苟泉仰倒在床上,长长吸了一口气,吸不到那个位置上去。苟泉放弃了这种努力,闭上眼,难受,却找不到具体的、对应的理由。苟泉睁开眼,眼眶里飘起泪花了。苟泉的目光转了两下,泪花流出去了,意外地从墙的拐角处发现了两张蛛网。苟泉想不起来卧房里怎么会有这种东西的。这么想着心思又嗅到了一股煳味,又臭又呛,像是塑胶烧上火了。苟泉想了想,冲到阳台上去,乐果的一只长筒雨鞋都起明火了。苟泉冲上去很慌乱地跺。火灭了,鞋尖露出一个大窟窿,沿口的化学原料还在冒气泡。气味越发呛人了,笼罩了整座楼,整个黄昏。苟泉垂着双手站在原处,无奈而又郁闷。苟泉扶起煤炉,失神地伫立在雨季的黄昏。

"战争"在晚上终于爆发了。挑起事端的不是苟泉,却是乐果。九点钟不到,苟泉便上床了,也就是客厅里的三人沙发。苟泉歪在靠背上,翻当天的晚报。苟泉听到动静的时候乐果已经站在他的面前了。乐果一手提着长筒雨鞋,一手指住苟泉的鼻尖。乐果的倾力克制使她的指尖无助地颤抖了。乐果把雨鞋丢在玻璃茶几上,侧着头厉声问:"什么意思?"苟泉的肌体没有进入临战状态,眼睛还没有来得及聚光,反问说:"什么什么意思?"苟泉的神情一下子就把乐果激怒了。乐果揪住苟泉的领口,大声说:"你妈才是破鞋!作践老婆算什么男人,狗屁男人!"乐果一动手苟泉的性子即刻往天灵盖上冲,但乐果开口之后那股愤怒的气力却又泄掉了。他明白"什么意思"是什么意思了。一种要命的恍然大悟使他万念俱灰。这种刹那的、暴发性的顿悟遍布了苟泉的生命肌体。苟泉侧过头。他不想看乐果的脸,那张脱色的、冲动的、洋溢着猥琐激情和世俗活力的城市面庞。苟泉咬住牙,想抽这张脸。但苟泉不敢。他不想让战争开始,战争一旦开始女人会呈现出可怕的战争耐力、才华、创造性,女人会建立最强大的统一战线,会凭空激发起同情心、爱、权利、义务等伟大话题,会让男人自己跳起来确认自己不是东西。苟泉忍住自己,不说,不动。没有防守是不能成其为战争的,取缔反抗,即消灭战争。苟泉闭上眼,把自己关在肉体里头。乐果说:"猪。死猪。"乐果说:"离。别再作践了。离。"苟泉的心思越发细碎了,往卑微处走,往阴暗处走。只有英雄才能有大心思的。苟泉闭上眼很清晰地想象自己的样子,在肚子里对自己大声说:"猪。死猪。"

  乐果收兵了。夜重新安静下来,它们在窗户玻璃的正面和反面,彼此吸附,彼此抚恤。雨下大了,玻璃上有雨的脚印,半个夜湿了,半个夜干着。苟泉听着雨,突然想起女儿了。苟泉趿上拖鞋,拉开客厅里的帷幔,女儿的床就在帷幔的背后。女儿把蚊帐放下来了,掖得很紧。苟泉拉开帐门,女儿的眼睛是闭着的,既像酣眠,又像倾听。苟泉不能确定女儿是否真的睡着,轻声喊她的名字,没有应。苟泉又推了一把,还是不应。苟泉知道女儿在装睡。假装睡着的人你永远都是叫不醒的。苟泉凝视自己的女儿,痛楚在无声地翻涌。不幸的家庭都会有一个聪明的孩子,聪明的孩子使不幸越发令人伤心。该离了,别再作践了,别再折磨了,是该离了。

今夜苟泉无眠。苟泉抽了一屋子的烟,一遍又一遍检讨他的婚姻,他的城市人生涯。城市在哪儿?城市与他至今保留了一种候补的、预备的、设定的关系,而不是相隔的、互有的、给定的。城市是一种命运,由诸种毁灭与危险相缀而成,而毁灭与危险都不会让你正面承担,不给你悲剧感、历史感,不涉及呐喊与批判、悲悯与拯救,甜蜜的无聊和机智的滑稽浸淫了你,你蜷曲在马赛克围墙的中间,放一个响屁,倾听屁的回音。屁的回音是城市给予城市人的特别馈赠,华美而又无私。

苟泉恋爱了。恋爱后的天是晴朗的天,恋爱后的苟泉好喜欢。苟泉要在城市生根、开花、结果,这个宏伟的构想离不开城市姑娘的。而现在,城市姑娘在城市这个汪洋的水面上浮出波面了。苟泉目睹了这个现实,身体内部通明了,贮满了亲切的、湿润的光辉。苟泉的唇部整天悬挂着接吻的姿态,合不拢嘴。苟泉凝视着乐果的腹部,他的城市之梦有着落了,不再只在天上飞。乐果的腹部是这个城市农民的二亩三分地,他种荞麦就得长荞麦,他种苞谷就得长苞谷。

但乐果对她的恋爱说不上喜欢,也说不上不喜欢。她进入角色的整个进程显得很懒。说话的样子、走路的步调、眼珠子的移动都懒懒的,接吻也懒洋洋的。吻两下,抚摩两下,开个头,尔后就把自己全部丢给苟泉了。随他忙,随他弄。她闭着眼睛,偶尔哼叽几声。爱情是什么,她算是亲口尝过了,不再想第二次。但婚是要结的,男人是要有的。这个男人就不能太云山雾罩,不能有半斤没四两的,不要太潇洒了,要本分,结实,是承担生活和支撑生活的样子。苟泉说不上好,可也说不上坏。生活无非就是两种,一种挑得出好来,一种说不出坏来。这两种其实都不错,都说得过去。乐果不想和他太黏,也不想一口就把他断掉,想起来就见一面,想不起来了就算。用乐果自己的话说,叫"谈着"。

苟泉在最欣喜的日子都没有失去冷静,这种冷静是父母大人给的,土地一样可靠。他盘算着最关键的一招,尽快把乐果睡了。用乡下人的说法,先把生米煮成了熟饭。城市和乡村骨子里是通的,种上棉花是乡野,砌成商场则成了城市,可地还是那一块。种也好,砌也好,苟泉只想有个交代。但乐果那一道关口把得严,不办。苟泉屡次受挫,可信心却愈加坚定。乐果的拒绝就是希望。第一次她跑了,三天不再露面;第二次没跑,说"不",第三次说的却是"别"。苟泉读过中文系,"不"和"别"共同的东西少,相异的成分多,苟泉听得出来。苟泉看到了生活,正一天比一天好起来。苟泉决定行动,机不可失,失不再来。

把生米煮成熟饭的最佳地点不在城市,而在乡村。农村是一个广阔的天地,在那里是大有作为的。苟泉的困难是把乐果弄到乡下去。正放了暑假,在城里也是无聊。苟泉开始生动活泼地描述他的乡村了。苟泉自己也怀疑,在城市里一说起那些穷乡僻壤,怎么那样诗情画意的,像童话,像风景,像黑白明信片。也不像在说谎。苟泉在这次劝说中明白了艺术的诞生。所谓艺术,就是男女交欢之前的华美借口和精神准备。结了婚,艺术家就是商务会计。生活一旦出了问题,会计又会成哲学家的。

乡村的夏夜真的很好,夜的黑色是安静的,透彻的。苟家村的全村老少都知道了,苟泉娶了一位城市姑娘当老婆了。许多少年跟在乐果的身后,齐声尖叫,喊乐果的名字。乐果上茅坑小解他们也不放过。他们用吟唱的节奏大声喊道:"乐——果,乐——果。"乐果的姓名等同于一种农药的名称,很家常的。那种农药通常以白色骷髅作为标志,上面用两根骨头打上了"×"。六十年代苟泉的六姨就是喝这种农药自尽的,她的性丑闻被自己的腹部出卖了,尸体仰在大草垛旁边,肚子腆得老高。"乐果"在六十年代时常作为乡村爱情的收场,使乡村爱情变成一只又一只骷髅,再用骨头打上"×"。许多女孩的漂亮魂魄就是从那些骷髅里飞走的,变成了蝴蝶,在夏天的静夜里无声地展翅。苟泉轰走那些少年,不许他们呼叫乐果的名字。

夜色真的来了,像苟泉企盼的那样。它们从某种渴望中悄然滋生出来了,从天上往下淌,很柔情的样子,很性感的样子,只留下萤火虫和天上的星星。夜的气味极迷人,是阳光和青草的混合气味。苟泉带领乐果往打谷场去,满天的星斗分外姣好,每一颗都比城里的干净,像藤蔓断口处的汁液。苟泉吻住乐果,情不自禁地按部就班,情不自禁地照既定方针办。苟泉一边吻一边细语,句句话都和舌头一样撩拨人。乐果第一次到乡下,每一个感官都在做梦,乐果的春心勃发了,生出许多挡不住的感觉。乐果的吻便不懒散,苟泉顺势把乐果推倒在稻草上,乐果睁开眼,满天的星星晶晶莹莹地亮。乐果怕星星看见自己,慌忙把眼睛闭上了。苟泉的农民念头在诗一般的背景上开始实施了。他把她剥干净。乐果没有说"不",也没有说"别",只说了一句"干什么"。苟泉用行动回答了她。回答完毕生米也就变成熟饭了。乐果坐起来的时候身子也冷静了,脑子也冷静了。乐果对自己说:"这个傻小子到底还是把我睡了。"乐果看了看天。天还在天上,星星也全在星星那里,其实它们和刚才的孟浪心情没有半点关系。乐果想起来了,从现在开始,她真的返回情场了。睡都睡了,还能不恋爱吗?

乐果第一次招待客人是阿青一手操持的,整个过程乐果都在自由落体。那种坠落的感觉令人迷醉,夹杂了致命的耻感与快感,夹杂了汹涌澎湃与彻底损坏。久别胜新婚,而胜于久别的就要算这种不可收拾的坠落了。更何况这不仅仅是性,还是生意或贸易。乐果静坐在吧台后面相信了这样的话:家花不如野花香。女人做了野花就是不一样,身体的每一个配件都成了花瓣,野风一抚摩就会绽放,能不香吗?不过乐果的贸易毕竟是有条件的,第一当然是价钱,第二就是人了,用乐果的话说,"要招人喜欢",要有"一见钟情"的来电印象,否则价格再漂亮也是不答应的。阿青歪着嘴笑,说:"随你。"阿青和那些男人坐在台下闲聊了，换了一个又一个。乐果看不上。阿青事后说，"你当招女婿了？"乐果要是看中了，会用右手去抚摩右耳的耳环。后来乐果到底把右手伸到右耳上去了，在那个瞬间乐果的身体结成了一块冰，又像一块冰块化作了一摊水，说不好，所有的感觉都有些错位。乐果后来就被阿青带到隐秘的地方去，把事情做了。做事情的时候反倒没有什么感觉了，和马扁一样，甚至和苟泉一样。客人走后乐果又独坐了一会儿，一直记得有什么后续工作还没有完成，想了一会儿，记起来了，是哭泣。于是乐果捂上脸，便哭。哭的时候难受和快乐的印象都有，却又有点说不上来。直到哭完了也没有找到哭泣的理由。也许觉得有些对不起丈夫，也就是那个叫苟泉的男人，那就是为苟泉了。回家的路上乐果突然记起来了，今天是星期五。她和苟泉在星期五的晚上都有一场房事的。也不是规矩，每个星期都这么弄，成习惯、成传统、成任务了。乐果相信天下的夫妇都是这样的，用周五晚上的房事给一周的生活做个概括，来个总结。乐果打开门，知道苟泉坐在床上批改作文本。乐果走进卫生间，很自然地去取脚盆。盆子握在手上才记起来，回家之前刚洗过澡的。但乐果十分固执地打上水，妥妥帖帖又洗了一回。乐果在洗自己的时候便困顿下去了，对即将开始的床事产生了厌倦。乐果知道自己是不该厌倦的，尤其是今天，否则这样用心地洗自己做什么？乐果洗漱完毕，推开门，脱口竟说："睡吧，这么晚了。"苟泉没有抬头，放下笔，趿着拖鞋刷牙去了。乐果听到刷牙的声音之后涌上了一股说不出的难受，把头埋到被子的下面去。苟泉站到卧房门口，说："茜茜？茜茜？"没有人回答。苟泉撅着屁股跑到乐果身边,拉被子的角落。乐果开始没动,后来主动用胳膊撑开被子,说:"快点。"苟泉钻进去,很怜爱地小声说:"累了吧?"乐果笑笑说:"你呢?"乐果把苟泉搂进怀里,只想全心全意对他好,一下子也想不出什么办法来。乐果吻住苟泉的下巴,胳膊伸到床头柜,把灯关掉了。苟泉说:"怎么关上了?"黑暗中苟泉动了两下,鼻息开始粗起来。乐果一个小时前刚过,但她怕苟泉不开心,还是十分夸张地呻吟着。乐果的身子远远没有进入状态,却装得十分快活,拼命地用力气,只过了分把钟乐果就忘掉身上的男人是谁了,想开灯,手腕却让苟泉握死了。乐果轻声说:"开……开……"苟泉完全误解了,越战越勇。乐果握紧拳头,回到一个小时以前了。她被一位相公领着,从佛罗伦萨夜总会下来,走过一条小巷,钻进那间陈旧的小平房里去。那间不起眼的小平房门口设了一座馄饨摊,一有什么动静那个老头会把一只瓷质调羹扔到院子里来的。他们进屋了。男人不错,是她选中的第一个客人。那个男人说着一口普通话。但说了些什么,记不清了。后来那个男人上了她的身子。

苟泉在动。在不停地动。乐果睁开眼,她要看清这个男人的脸。她要呼唤,呼唤某一个男人的名字,阿青再三关照过她的,要深情地呼唤男人的名字喊出伤心和眼泪来,一喊男人就会大把地拍钞票的。高潮快来临了,她不敢再耽搁。要开灯。但有人握紧了她的两只手腕。她就要喊了,没法再等了,但不知道喊谁的名字。乐果在黑暗中一口咬住男人的肩部。她听到了一声尖叫,身上的男人疯狂地痉挛,像地震,而后痛楚地静止并僵持。乐果等过这阵静止,扯过灯线,打开灯。身上的男人是丈夫,是苟泉。乐果大口喘气,双眼迷蒙了。她的泪水沁上来,无边的伤心和无边的怜爱沁上来。"你怎么了?"苟泉说。苟泉的表情处于疼痛与高潮的交界处。乐果却笑了,她用疲惫而又满足的声音无限柔情地说:"弄死我了,你这条狼,你这条虎。"苟泉撑着身子,也笑了,同样疲惫而又满足。他的伤口出血了,乐果关上灯,紧抱住苟泉,吮他的伤口。乐果浓黑之中轻抚苟泉的背脊,细声呢喃说:"臭男人,狗屁男人。"苟泉很温顺地俯卧在乐果的双乳上,感受乐果的软语,感受乐果的柔情似水。苟泉的呼吸平息了,慢慢打起了呼噜。乐果知道他睡着了,每一次房事过后都这样,在她的身上睡一小觉。乐果侧过脑袋,泪水一下淌出来,流进了耳窝。乐果在心中对自己说:"你今晚给别人做了一回女人,在丈夫身子底下却当了一次婊子,你这个婊子是当到家了。"

　　整个恋爱过程苟泉都没能抬起头来。生米的确煮成熟饭了,但这碗饭最后能盛在谁的碗里,依旧是未知。男人和女人恋爱可能都是这样的,像接吻,男人把头埋下去,而女人却脑袋昂昂的,胸脯挺挺的。女人是男人头上的乌云,城市是乡村上空的乌云,苟泉都摊上了。苟泉只好把头低下去。这是命。是命就得认。

　　但恋爱毕竟是恋爱,快活总是它的质地。看看电影,在电影院里做点小动作;共享一只冷狗;匆匆忙忙做一回爱,总能生出许多好心情,总能和平庸的日常生活有所区分,甚至有所对抗。接吻是恋爱的主旋律,是接吻支撑了恋爱,维系着恋爱。乐果的吻虽然懒,但是有特色,像啄木鸟,噘着嘴唇东啄西啄,小小的,碎碎的,情趣盎然的。苟泉在吻上头办法不多,但也有强项。要吻就得抱,一抱苟泉的优势就显出来了。苟泉的拥抱结实、尽力、死心眼,有往死里整的意思。乐果喜欢。乐果喜欢被拥时那种痛感的、被动的、窒息的方式,只有近乎伤害、近乎折磨的拥抱才是拥抱。苟泉就有这一手。

然而苟泉怕往乐果的家里去。一到乐果的家里苟泉就想起自己是乡下人了。在大街上苟泉就没有。一上街苟泉会拿自己当大街的主人。大街就是这点好,谁当主人都是可行的,无谓的,这是城市的迷人处,豁达处。苟泉对大街越发迷恋了。大街是一条华丽的谎言,你重复的次数越多,它就越具体、越真实、越可感。偶尔遇上学生,苟泉一手搂住乐果的肩部,一边颔首答应学生的招呼,坚信自己是城里人了,离城市的核心只有一只皮鞋那样长了。

但要命的是乐果的脾气。她说发就发,没有闪电、没有雷鸣。走得好好的,她的脸说拉下来就会拉下来。苟泉跟在后面,找不出原因。买的梅子酸,她生气,"酸死了";不酸她更生气,"哪像梅子?"除了上床和接吻,她都有气的理由,不高兴的理由。这很让苟泉伤神。苟泉和她吵过一次,乐果回的话很毒,把他一直堵到了乡下。乐果说:"别跟着我。"别跟着我,这句话让苟泉的心情坏了好几天。坏完了只能再跟上去。

苟泉低着头,虚心地、幸福地、谨慎地、快乐地、巴结地、警惕地、鞠躬尽瘁地恋爱了。但总体上苟泉是满意的。幸福和快乐的源泉就在他"愿意"。毕竟恋爱了,融入新都市了。

恋爱进行了三个月。恋爱建立了以乐果为主导、苟泉为基础、没有民主、只有集中,既有乐果的统一意志,又有乐果的心情舒畅这样一种生动活泼的生活局面。局面建立了,苟泉结婚了。

结婚了。生活对苟泉微笑了。苟泉以胜利者的姿态承迎这种微笑。苟泉想到了幸福、美满、温馨和甜蜜这些好词汇。这些词不再空洞了,它们洋溢出类似于花生米的世俗芳香。苟泉的每一个日子都是一颗花生米,苟泉是花生米的这一瓣,而乐果是那一瓣。生活不是活着,不是日子。生活是活着的至善,是日子的至美。苟泉心花怒放。

但生活并没有微笑,只是露出了牙齿。恋爱结束了,生活还原成生活了,还原成活着,还原成日子。这里头没有大思想,没有上下五千年。生活成了绵延不断的、存在的、不可逃脱的、琐碎的细节和习惯。这些细节与习惯你不可忽略,它们等同于生命与生活。它们甚至就是生命和生活的本质或内核。在餐桌上如何咀嚼?菜汤里放多少盐?鞋子码在哪儿?工资的财政支出应以什么为重点?牙膏是从尾部挤还是从腹部挤?毛巾怎么挂?被子是左叠还是右叠?倒茶时茶杯底下可以有水吗?洗衬衫的领口可不可以用刷子?洗涤剂洗过的碗是清两遍还是三遍?吃完生大蒜能接吻吗?米饭里该不该掺胡萝卜?打肥皂为什么总要咯吱咯吱的?为什么把日光灯总是说成"电棍"?下午洗了澡晚上为什么不洗脚?吃饭时为什么鼻尖上要出汗?说梦话为什么不说普通话?都结婚了怎么还梦遗,梦见谁了?

结婚前苟泉的生活是没有固定款式的,现在苟泉把款式娶进家门了。乡下丈夫只有一种活法,那就是妻子的活法。这些活法没有什么必然的理由,之所以是这样,是因为丈母娘是这样。丈母娘怎样带大女儿,女儿便怎样教育丈夫。它与种性、血脉和狐臭一样,是延续的,隐匿的,顽固的,舍我其谁的,永远正确的。只用了两年时间苟泉就自我发明了这样一种句式:"以前我……自从我结婚后就……"苟泉说这话时是自豪的,自我的重构是卓有成效的。"以前我……自从我结婚后就……"早就被升华为一种生命模式,一种语法规则,一种逻辑关系,它既不是递进的,也不是转折的,而是生态的。这时的苟泉早已是苟茜茜的父亲了,他的自我重塑不仅严于律己,而且推己及人,用乐果的思想成功地造就了女儿。

阿青十九岁那年去的南方,去的时候只带了自己的身体。阿青回来的时候身体还是不错的,也没有坏到哪里去。姐妹们私下里都羡慕她做得好,但也不好问。这样的事历来都是好做不好说的。阿青从南方回来就准备洗手了,戒了一阵子,然而不行,身子不答应,又做了。但阿青在佛罗伦萨夜总会从来不胡来,夜总会有那么多英俊的相公,无聊的时候随便苟且一两个,也是常有的事。但阿青是大厅里的妈咪,在夜总会内部从来不松这个口。卖酒的不贪杯,这就好了。

阿青对乐果不错。和阿青靠近的几个小姐都看得出来。这里头有阿青的心思。阿青一直想找一个教师把自己嫁过去。这样的买卖不会错。男人当上教师人就妥当了,坏也坏不到哪里去。阿青读高二的时候就明白了这个大道理。那时候三四个任课男教师对她都有意思,胆子最大的也不过叉了叉她的头发。哪像她后来遇上的工农商学兵,一个个生生猛猛的,面无惧色,理直气壮,上了就干,干了就走,走了还来。男人当上教师肯定会很妥当的,又死要面子,绝不会弄出白进红出那样的大动作。就算知道了,他还要为人师表,绝不会丢下"师娘"不管的。对于洗了手的小姐来说,守住银行的存款单,再嫁给一个教书匠,这样的日子肯定不会有什么大纰漏。

乐果当上小姐的第二天脸上的模样很不好。下眼袋青青的,是睡坏了的样子。好像还哭过了。阿青看在眼里,有点不满意。当过教师的女人就这点不好,太实在,做什么事都有负责到底的精神。稍不尽心总会有所歉疚的。乐果第二天晚上迟到了几分钟,她唱了一首很怪的歌,《月亮的脸悄悄在改变》。这首歌是写女人的,心变了,不好向男人说出口,只好用月亮的圆缺来暗示无常。唱起来很伤心,有点无力回天却又不忍伤害的意思。"你看,你看,月亮的脸悄悄地在、改、变——月亮的脸悄悄地在、改、变——"乐果唱得极动情,有一种止不住的抒发。但乐果三十出头了,显然不适合再唱这样的曲子,不应当再有那种柔嫩心情。阿青坐在暗处,注视着她。知识分子确实还是有点酸,一有风吹草动就拿"堕落"这样的恐怖话题吓唬自己。阿青可不喜欢。皮肉生意是天下最公正的贸易,你睡了,我拿了,账目很清楚,犯不着为这样的事撩拨心情。那种事,不做也省不下什么来的。

乐果一下来阿青就把她叫到后台去了。阿青说:"怎么啦,你?"后台的单间里用的是日光灯,乐果的脸一到日光灯的下面便有了一层青光。乐果坐下来,说累。乐果不肯看阿青的脸,倒上一杯水,用指头把玩杯子的沿口。乐果咬住嘴唇,好半天才说:"你告诉我,我是不是一个坏女人?"阿青听了这话便笑,没有声音,只有表情。阿青耷拉着眼皮有点不高兴地说:"坏女人?乐果你轻轻松松的一句话,把我们姐妹可全骂了。"乐果解释说:"我不是那个意思。"阿青拍拍乐果的肩,说:"别想得太多,你只是不习惯,习惯了你就顺了。"乐果说:"我还是不该做这种事的。"阿青笑起来,说:"算了吧。饿死事小,失节事大,这样的女人有,少;豆腐一样摸两下就裂开身子的,这样的女人也有,也少,剩下来的女人说到底就是你和我。没上这条船的,找不到借口罢了,上了这条船的,想立牌坊罢了,全是自己的事。别怨别人,那可是文人没事找事。"乐果说:"我怎么是你?我才不是你,我还有女儿和男人呢。"阿青便不吱声了,一手叉腰,一手搭在乐果的肩上。乐果叹一口气,若有所思地说:"我还是觉得对不起他。"阿青把话听在耳朵里,翘着眉梢说:"要不你让他和我睡一回,也扯平了。"乐果不高兴了,挂下上眼皮,乐果说:"阿青你说什么?阿青你胡说什么?"阿青说:"我一点也没有胡说,你看看你,这么一点事情都解不开,还当老师呢,怎么开导下一代?"

　　五棵松幼儿园的老校长不是一个老太太,而是一个老头子。乐果被电视摄像机堵在沙发上的第二天老校长就在电视里头看见了。但老校长没有认出乐果。乐果的每一套服装老校长都熟识,老校长就是没见过乐果的胳膊与大腿,猛一见到反而认不出乐果来了。在这一点上现象比内容有时来得更为本质。老校长没往心里去。电视上的事情就这样,和自己再靠近也是比邻若天涯。

第二天一早老校长接到了牌坊区公安局打来的电话,说话的口气又戴帽徽又佩领章,很森严,老校长放下电话居然记不起乐果长什么样了。老校长的一张老脸涨得通红,血就是往上冲。这个死爱面子的老文人羞愧难当,仿佛在浴室被学生看到了阴部,有了无处藏身的尴尬与凄惶。老校长为人师表了四十年,再有百来天他就正式退下来了,他将带着他的清白、孤傲和四十年的好名声离开教育。老校长守着幼儿园,有一句最爱说的话,叫鸡窝里飞出金凤凰。五棵松幼儿园是一只小鸡窝,老校长亲手教过的"小凤凰"里头有一只都当上副市长了。今年的九月十号,教师节,副市长张援朝将会到五棵松幼儿园来的,亲手给他披红戴绿,亲口叫他"老师"。小朋友们将会用腰鼓和彩绸总结他的教师生涯。他将喜气洋洋地、心满意足地回家,四十年,功德圆满。

但电话来了。鸡窝里飞出了一只鸡。

这不是一只普通的鸡,这是一只干系到他一世清名的鸡。老校长拉开抽屉。这只抽屉里全是名片。这些名片他是从来不用的,闲时看看,心里欢喜,有桃李满天下的好感受。老校长稳住自己,挑出了四五张。老校长把四五张名片捏在手里,像打扑克时进入了残局,不能决定出哪一张。老校长思索再三,把名片重新塞回去。老校长拿起电话,直接打通了副市长张援朝的手机。老头子厚着脸皮说了一通废话,手机那头都不耐烦了,说老师有事请尽管开口。这句话伤了老师的自尊,求学生总是不体面。但老校长必须把这摊鸡屎擦掉,越快越好,越干净越好。老校长终于发话了,让牌坊公安局放人,现在就放,"快乐的乐,结果的果"。老校长说完话电话那头就没声音了。几秒钟后听见张援朝正在对别人说话,张副市长吩咐说:"牌坊区公安局,快乐的乐,结果的果。"

星期一一大早老校长第一个到校。关注乐果是他今天的首要的任务。家贼难防,家丑难挡。难哪。

乐果进校门的时候骑的还是那辆红色自行车。老校长站在二楼的办公室,一眼就看到乐果的长头发了。她的头发真应当上电视做洗发水广告的。乐果并无异态,照旧是端庄和文雅的样子。这就好。乐果停好自行车。梧桐树上掉下一片旧叶子,落在她的左肩上。乐果掸开了,这个举动被老校长看出了疲惫和惘然,看出了身体的裂痕和负重状态。老校长叹了一口气。这口气像一片落叶,掉在风里,掉在心思里头。老校长决定在第一节课的课间到会计室里去,隔壁就是乐果。女教师的嘴杂,又尖,万一她那边有什么事,一定要一巴掌拍灭。这件事不论用多大心思,都不能有一点明火的,稍有走漏弄出人命来也说不定。这件事不能有半点马虎,不能让自己的一生在这事上头虎头蛇尾了。

女人对做皮肉生意的往往半是鄙夷半是暗慕。这种矛盾心态造就了一种批判力度。拥有这股力量的女人既镇定又迷狂,像林克老师上衣的颜色,是紫色的。

林克老师和乐果老师一同毕业于幼儿师范学校,一同分配到五棵松幼儿园当幼儿老师。同学的时候她们彼此叫名字,毕业后彼此改称老师。她们同年、同学、同事。相同的多了,就有了比较。越比较双方也就越客气了。

乐果在电视上一出现林克便认出来了。在认出乐果的那个瞬间林克的心情像用慢镜头拍摄的花朵画面,一瓣挤着一瓣往外绽放。林克自己也料不到能有这样的好心情。心花怒放,是怒放呢!林克到这个时候才清晰起来,她恨乐果其实已经十几年了。说不出恨什么,但解恨是真的。

星期一上午林克早到了十分钟。学校还是空的。只有校长在二楼办公室往外推窗户。林克在车棚底下对校长点点头,校长也朝她回敬了点头。林克笑得很从容。校长笑得更从容。

乐果的出现很准时。因为准时更具备了某种幽灵性质。乐果知道有人在看自己,举手投足越发源于生活而高于生活。乐果推车进门的时候林克正在调试节拍器。乐果的身影在她的眼里真实到近乎恍惚了。林克盯着乐果的胯部,研究她的步行动态。电视上的那个女人绝对是这个小婊子。怎么会错!她装得可真像,裤裆里头都天衣无缝了。节拍器在动,正好2/2拍节奏科学负责地摆动。没有一个节拍有可能出现奇迹。乐果正走过来。林克的脑子记不起昨天的话了。那些话她准备在下课之后当着大伙说的。但现在不行了。说不好会说出官司来的。

第一节课间乐果哪里也没有去,她在一只小红鼓的旁边做手工,剪一只唐老鸭。林克走进办公室,办公室有三四个老师,各自忙自己的事。林克放下节拍器到乐果的面前去洗手,林克打上肥皂,对乐果说:"我也要剪一只鸡的。"乐果说:"不是鸡,是唐老鸭。"林克听在耳里,拉长了声音"哦"了一声,背过身去了。乐果听出话里的话,停下剪刀,感觉到脸上的颜色变了。傅老师正和孔老师、小沈老师说一件什么事,但傅老师突然想起什么了,抬起头,大声说:"前天晚上看电视了吧?"林克冷冷地说:"现在的电视有什么意思。"傅老师反驳的嗓门越发大了,说:"你没看,那天晚上公安员去抓鸡,笑死人了。"高老师倒了一杯开水,不以为然地说:"这还不是常有的事。"傅老师站到办公室的中间来,一边比划一边描述裙子和拉锁的事。高老师喷出一口水,说:"真的?"林克说:"别信她,电视上怎么会放这种东西?"傅老师丢开孔老师和小沈老师,重新叙述了一遍,重新比划了一遍。林克不看她,只是用毛巾擦手。小沈老师证明说:"是这样的,我也看见的。"林克说:"逗你玩玩的,我什么不知道,那个女的我还认识呢。"林克的话超出了这句话应有的效果,办公室很突然地阒静下来,所有的眼睛竟一起盯住林克了。乐果的余光看见林克的尖头皮鞋在身边走动,林克说:"是个日本姑娘,叫松下裤带子。"话一脱口,屋子里就大笑,乐果愣了一下,也跟上去笑。这时候老校长背着手慢踱过来,笑着说:"这么开心,是不是林克老师又在说我笑话?"这一问大伙又笑。林克说:"我怎么敢,校长你问问乐果老师,我什么时候说过人家的坏话了。"傅老师忙着接上来,说:"不怪林老师,是我惹的事。"乐果脸上的肉早就笑累了,僵在脸上看上去不是皮笑肉不笑,而是肉笑皮不笑。老校长瞥了她一眼,走上去一步,用身子把乐果挡住了。傅老师拉住老校长的胳膊,兴致正浓,又重头讲起。校长低着头,很开心的样子,耐心听。傅老师把"松下裤带子"的故事也讲了一遍,老校长点点头,笑着说:"电视我也看到的,又严打了。没有一两年那些女人是出不来了。""上课,上课了上课了。"老校长丢下话,适时而退。林克望着他的背影,心里头有了七八分数,骂一声"老狐狸"。傅老师说兴未尽,回头说:"你们怎么啦?怎么校长一来都哑巴了?屁也放不出一个。"林克斜一眼乐果,没好气地说:"这里的屁股静悄悄。"

冷战在继续。苟泉和乐果在回避。故意回避的东西往往是生活的中心。这个中心现在就摆在苟泉和乐果的面前:到底是离还是不离?

婚姻从来就不是恋爱的结果,只是后续。它和恋爱是完全异质的东西。恋爱只是当事人双方的事,但婚姻不一样,婚姻和当事人在骨子里反而远了,它只是当事人的容器,是当事人奉献给他人的视觉形态。婚姻保证了当事人在法律上为别人而活,要解除它,对别人就得有所交代。离婚无足轻重,离婚的原因才是别人的生活风景。

苟泉和乐果对离婚的原因都无法启齿。只有冷战。也叫分居。

但吃饭是个大问题,有孩子,就必须有人尽义务。好在有那么多年的婚姻基础,默契还是有的。一、三、五乐果承担了,苟泉则捡起二、四、六、日。谁承担家务谁就是当天的主人,可以对女儿说"快点吃"或"做作业去"这样的话,另一位则要沉默,免得一唱一和,太亲近,弄得没脸没皮的。做主人往往是熟悉的,但乐果和苟泉对做客人的日子都不适应。尤其是吃饭。自己拿着碗到人家的锅里去装饭,很尴尬,有点像行乞。晚上则要省事得多,电视机不开了,苟泉看书,乐果打毛线。看什么书乐果不知道,毛线是谁的苟泉也不管。苟泉就知道乐果在打毛线,而乐果只晓得苟泉在看书。

但第一个星期六上午苟泉就出事了。一清早买完菜,回家的时候乐果和茜茜都在睡,苟泉又上沙发睡了一个回头觉。苟泉一睡着居然梦到乐果了。在梦中乐果娇艳异常,刚从飞机上下来。乐果成了电影演员,在东京得了大奖了。苟泉和乐果一同坐在电影院里,看乐果主演的电影。乐果演了一个风尘女子,被人从妓院里拎出去了,头发又乱又长,把整个脸都遮住了。苟泉和乐果坐在电影院的最后一排,手拉手。苟泉很幸福,乐果既在怀里又在银幕上。乐果在怀里动,而乐果和张国荣正在银幕上演对手戏,在床上,动来动去的却是张国荣。苟泉说:"你怎么演这种戏?"乐果说:"做做样子嘛,又不是真的,那只是电影。"这么说着话电影又没有了,电影院是空的,又昏暗又寂静一排又一排扇形坐椅自上而下却空无一人。苟泉握了握乐果的手,意思是我们也干,乐果扭了扭身子,意思说不。乐果说:"刚才是电影,做做样子的,那不是真的。"苟泉很大度地说:"我知道。当然不是真的。"这么说着话,胸中的乌云一下全消散了,两个人在空荡荡的影院里说干就干,坐着,乐果的表情与刚才的电影无异,又柔媚又亢奋。乐果讨好地重复说:"那只是电影,不是真的,只是电影,只是电影。"苟泉心境越来越开阔,也就越战越勇了,轻声说:"我是真的,我们才是真的。"就在这一刹那

83

苟泉却醒来了,睁开眼,看见的是家。这个发现让苟泉沮丧不已。沮丧的快感遍布全身,糟糕透了。这时候乐果已经起床了,她在梳头。一边梳一边看苟泉。但苟泉一睁眼她又把头侧过去了。苟泉不知道乐果有没有发现他身上发生的事。苟泉长叹了一口气,羞愧、怅然而又伤心。乐果在那里梳头。她的头发比她的肉身更像婊子。乌云又回来了,笼罩了苟泉的梦醒时分。苟泉闭上眼,后悔梦中的所有举动。

丈母娘就在这天上午到苟泉家里来了。她老人家整天在四仙桌上搓麻将,都成仙了,难得到凡世来走上一趟的。丈母娘提了一只布口袋,把手是两只环形玉石。丈母娘一进门就喊茜茜,几句话一出口就营造了一种温暖氛围。丈母娘的亲切模样使苟泉起了疑心,往常她老人家说话可不是这样的,句顶句,做完了结论还要补一句,"我说的"。她不仅做结论,同时还要很负责任地注明结论的出处与权威性,是"她"老人家"说的"。苟泉第一次和乐果吵嘴就是被"我说的"制服的。苟泉登门去要人,丈母娘堵在门口,发下话来:"你先还我女儿,我会还你老婆,——我说的。"为了还丈母娘一个女儿,苟泉经历了婚姻岁月里的第一个糟糕时刻。这段日子后来过去了,不是日子过去了,是时间把这段日子给过掉了。但苟泉留下了后遗症,一种病,一种恐惧的病。苟泉至今没有找到这种病的名字,然而苟泉知道,自己病了。病就隐藏在身体的内部,和肠胃与血液一样具有无限的物质性。

丈母娘登门的意图很快就流露出来了。她把茜茜抱在腿上,用一种诧异的腔调说:"茜茜怎么瘦下去了?"苟泉没有接话,也没有接话的意思。乐果拿着拖把,说:"不还是老样子。"丈母娘说:"再怎么说,也不能苦了孩子。"苟泉的两只耳朵一起听出了话里的话,什么叫"再怎么说"?她早就知道这个家里发生的事了。发生了这么大的事,居然是"再怎么说"!苟泉明白她的来意了,老人家亲自来火力侦察呢。苟泉的坏脾气一起往上冲,却不敢发作。苟泉拿起烟,装出若无其事的样子,悄悄逃出了家门。苟泉一出家门就迅速溜走了。撤,给你一座空城,让你们母女俩侦察去,唱戏去。

但苟泉走得还是太冲动了,忘了带钥匙。这个细小的疏忽直接导致了当天晚上的一场恶战。苟泉回到家,对门刘老师家的电视机正在播送《体育新闻》。家里的灯亮着,苟泉掏钥匙,没有。上下都掏了,没有。苟泉只好敲门。苟泉自己都听出来了,敲门的声音又自卑又暧昧,偷情似的。只好开口,喊茜茜的名字。屋里头还是不应。苟泉只好又敲,准备豁出去喊"乐果"了,屋子里的灯却灭掉了。这个细节彻底激怒了苟泉,屁都放到他的鼻孔眼里来了!苟泉飞起脚,轰的一声,门踹开了。对门刘老师家的门也打开了。

乐果冲出来。地上散的全是木头的碎片。乐果大声说:"干吗?"声音在静夜里像一颗流星,绚烂而又急促。

"干吗?"苟泉拖着声音说。

"你干吗?"

"你干吗?"苟泉说。

"走!你再走!"

随后万籁俱寂。

这场战争迅猛,剧烈。战争的效果很显著,整个校园都听到了。在随后的一分钟里,校园里每一扇窗子的后面都伸出了一颗脑袋。苟泉镇定下来,盯住木门框。破裂的木门框使家的款式变得又丑陋又陌生。苟泉站在客厅里,仿佛生活在别处。夜里的安静被校园过滤过了,越发剔透纯粹了,都不像夜了。

"不能喝,充什么英雄!"乐果在事态平息了之后突然补了这一句。声音和刚才一样大,一样响,一样亮。

苟泉坐进沙发,有些糊涂,我什么时候喝酒了?什么时候充英雄了?苟泉想了想,干脆拿目光四处找酒了。家里没有。只有厨房里有一瓶料酒。苟泉走进厨房,取过料酒往肚子里灌。味道不对,但终究是酒的味道。苟泉在夜深人静的时候兀自喝酒,把伤心也喝出来了。自从乐果事发,好歹也是乐果看他的脸色的,这一吵居然把日子又吵回先前去了。苟泉渴望平庸,渴望琐碎,渴望成为一名最日常的小市民。但平庸的日子就是不答应让他平庸。

形势越来越坏,越来越复杂了。大院里那么多的表情和眼神放在那儿。茜茜也带回坏消息了。茜茜说,拿报纸的老奶奶上午问她了,问爸爸"睡在哪儿"。这话问得太阴损,太毒辣。苟泉问女儿说,"你怎么说了?"茜茜哼叽说:"我说不知道。"苟泉说:"她是问昨天还是问这几天?"茜茜想了想,说记不起来了。苟泉说:"你怎么不问她?"茜茜眨巴了几下眼睛,仰起脸的时候都成泪眼了。女儿的眼眶里有一种明白一切的委屈。苟泉看了心烦,一转眼就看到了乐果的冰冷目光。这个女人把美好的平庸岁月给毁掉了,她打翻了一只墨水瓶,把自己的家浸透了不算,正一点一点往外渍,染上的人越来越多了。

必须中止这种浸渍。再这样下去,离婚都来不及。苟泉当机立断,下午就买了两把羽毛球拍,一只羽毛球。苟泉、乐果、苟茜茜的羽毛球表演赛当天下午便在宿舍楼的过道上展开了。

乐果这一回很知趣。没有反抗。苟泉的计划得到了乐果的暗中相助。羽毛球在空中飞来飞去,很轻盈的样子,很欢乐的样子。茜茜像一只被解放的狗,捡球并且欢跳。苟泉和乐果都很累,他们用了很大的力气,表演轻松,表演和睦,表演其乐融融。他们的脸上带了微笑,余光注视的却是楼上的阳台。已经有四个人看到他们打羽毛球了。苟泉注意到了。已经有四个人目睹了苟泉家的平安无事与幸福美满了。苟泉出了一些汗,心情凭空地亮堂了许多。总务处的方主任站到阳台上来了,苟泉一时高兴,大声招呼说:"方主任,下来玩两下吧。"方主任眯着眼睛,高声回了一句话。方主任的那句话也是极平常的,却让苟泉和乐果听上去多心。方主任说:"看你们两个打,也蛮好玩的。"乐果一听就委顿下去了,不玩了。夫妇两个回到家,一到家微笑就死在脸上了。这场该死的羽毛球无聊而又做作,令人疲惫,令人作呕。茜茜拿着一只球拍从外面追回来,一到家就发现不对劲了,茜茜抬起头,看一眼爸爸的脸,又看一眼妈妈的脸,只看了两眼茜茜的小脸便一点一点黯淡下去了。

乐果完全没有料到刚一结婚就怀上了身子。苟泉答应她的,两年里只耕种,不收获。但乐果就是怀上了。乐果在排卵的日子里都要亲眼看见苟泉用避孕套才肯放行的,再也想不到会有疏忽。乐果怀孕之后不止一次地说:"怎么会的呢?"苟泉则不吭一声,满脸事不关己的样子。乐果看到苟泉的样子心里全明白了。这位受过高等教育的农民在床上又勤劳又狡诈,他肯定在事态的要紧关头多了一个心眼,乐果让他钻上了空子。

要命的还不是怀孕。要命的是一个最基础和最简单的东西:钱。怀孕了,但乐果没有存款,而苟泉也没有。但过日子是一个十分具体、十分贸易化的事情,大米、夹克衫、牙膏、味精及至于电灯送来的光明和水管送来的自来水都要以钱作为前提的。乐果捂住自己的肚子,决定让苟泉去赚钱。最简捷的办法是让苟泉去当家庭教师。别的他不行,但教书他会。

然而苟泉不。在当不当家庭教师这个问题上苟泉表现了惊人的倔犟。他"丢不起这个脸","放不下这个架子"。乐果冷笑说:"你有什么脸?你有什么架子?"苟泉不答她的话。他买回了宣纸与笔墨,又开始练起柳公权了。乐果一怀上孩子他的所有计划都全部实现了,就把三成熟的柳字再捡起来,儒雅儒雅,文化文化。至于孩子,乡下人说得很具体了,"愁养不愁长"。只要有了,你不用愁,他会长的。他真的长疯了你拿秤砣都压不住。

但婚后的第一场战争最终还是打响了。

乐果的肚子一天比一天大,家里的开支自然就一天比一天大。乐果说:"你去不去?"苟泉耷拉着眼皮说:"不去。孩子长大了,没钱我卖血。"乐果说:"你卖什么血?你那是猪血、驴血、鸡鸭血,你还能卖什么血?"苟泉赔上笑,说:"我是过河的卒子过江的龙,好歹是城里人了,给学生知道我在外面做家庭教师,还有什么脸面。"乐果说："当家教怎么啦？裤子掉下来不怕丢人,放个屁倒想拿手捂住了。"苟泉心里头不高兴,觑了脸,想来个笑料,说："总不能让我去卖淫吧？"乐果一听这话脸色马上变掉了,苟泉自己听了也别扭,这句话放在肚子里还有点意思,一出口味道就变。"你倒是卖得出去!"乐果过了一刻愤然说,"你倒是卖得出去!"苟泉说："别动这么大气,什么事都好说,挣钱我真的挣不来,我们穷什么？比起我小的时候不知好到哪里去了。"乐果随即沉下脸来,大声说："你那时是什么？猪。"苟泉咬住下唇,堵了好半天,松开来的时候牙印窝子都是白的。苟泉堆上笑说："你不是嫁给猪了？"乐果说："我是母猪还怀了你的小猪,——满意了吧？"苟泉极委屈地说："别吵了,日子真是不错了,不能不知足。"乐果显然被这话又激怒了,乐果说："不错什么,知足什么？家里有什么东西？哪一样能和人家家里的比？"乐果冷笑一声说："倒是你老爹扛来了一点稀罕物,三十斤糯米,五斤红豆,还有两瓶小磨麻油。"这话伤了苟泉的心。自己没用也就罢了,总不能让爹娘老子也陪进来。苟泉没有再接话,点上烟一个人出去看电影去了。苟泉很晚才回来,锅里没有晚饭,只好用两包快餐面将就了往嘴里塞。上了床苟泉却睡不着,一腔鸟气无处消遣。苟泉哭丧着脸又起床,点上蜡烛,泡上笔,研好墨,摊开宣纸来写几个字。写了几行又觉无聊,随意涂下"他妈的"这三个字解恨,又写了一遍,不觉就写了十几行,两三张纸了。苟泉写得酣畅手里头更觉淋漓,越写越恣意,用篆、隶、楷、行、草各写了几样。自己又端详了一回,真是不错,心里头熨帖多了,天蓝蓝海蓝蓝的样子。旧文化在夜深人静之际还真的安慰他这个城市人了。

"骂谁呢?"乐果在身后突然说。

苟泉吓了一跳。回过头来,乐果穿着睡袍早就站在门框底下了。她的身影在烛光下面有一种姣好的镇定与温柔的凌厉。

"没骂谁。干吗说得那么俗。"苟泉很沉痛地说,"这是书法。是艺术。"

有关挣钱的争吵没有完结,相反,正往纵深发展。丈母娘又来送鸡汤了。苟泉怎么吵也不该把丈母娘卷进来的。当着丈母娘的面苟泉一定是被乐果弄得狗急了,说出了一句跳墙的话。苟泉自语说:"操你妈。"苟泉记得自己是自语的,怎么说得那样响。居然让别人听见了。话一出口苟泉就知道嘴里头喷出大粪了。丈母娘推开砂锅,离开了座位,问:"你说什么呢苟泉?"苟泉站在一边,一双眼无比紧张地交替着打量面前的母女俩。苟泉解释说:"没有。"丈母娘说:"你过来操,苟泉,当着你老婆的面,到你妈这边来。"苟泉听了丈母娘话,又惶恐又恶心,实在是恶心透了,小市民透了。苟泉耐着性子,说:"妈,你怎么这么说,我只是随口的一句骂,你怎么能把话说得这么难听。""我难听?"丈母娘一听这话嗓子里就蹿出了蓝色火苗,"小子,你说说清楚,谁敢操我?胆子比地图还大!——你有什么?票子、路子、老子、房子,你有哪一样?我说的。就你这个死样还想和我女儿过日子?还想当父亲?还想来操我?你城里的话还没有说周全呢!没经厨师手,一身酱瓣气,你四两力气二两胆,逼你造反你也不敢反。操我!我在华清池浴室里待了二十年,什么样的×我没见过？苟泉,二十四小时内你到我门上去认错。我说的。走。"

苟泉的眼睛给丈母娘骂绿了。整整一天他的眼里都是惊恐的绿光。做了城里人,怎么反过来像太监了,一点规格也没有,一点体面也没有。苟泉无限丧气,又不甘心。把大学时代的旧书翻出来,找骂人的话。找了五十条,十分清晰地抄在一张纸上。丈母娘那里他是要去的。他要做好两手准备,万一求和不成,和丈母娘也只有翻脸。但丈母娘一骂人苟泉的脑子就空,不能打无准备之仗,苟泉得有备而来。苟泉不会骂,还不能掏出讲稿来朗诵吗？苟泉也不是好欺侮的,苟泉也是受过四年制的本科教育的。

谢罪的仪式近乎没有,或者说,近乎家宴。苟泉提了礼物上门了。这就好。丈母娘这就高兴。丈母娘知道苟泉会来,"我说的"事情,他不敢不照办。丈母娘又煨了一只鸡,守候苟泉。苟泉没有多说什么话,却被留下来吃饭了。苟泉的心口抚不平,不过脸上还是要笑的,一屋子都是他一个人的微笑。他不说话,不住地点头,不住地笑,不住地吃,咀嚼和下咽成了苟泉的自我报复,越吃越伤心,越伤心越吃,都有点化悲痛为食欲了。苟泉撑不下去了,说了几句大路话,走人。老丈人望着苟泉的去影,自语说:"我一直没发现,他怎么这么能吃。"丈母娘很宽容地说:"嘴是进城了,胃口还在乡下呢。就这样。"丈母娘抹掉苟泉留下的一摞鸡骨头,叹息说:"果果这丫头真是自找的。"

日子出梅了。出梅之后的日子一天一个大太阳。太阳漂漂亮亮的,从东向西,每天都要坠落到相同的地方去。但苟泉家的日子看不出去向,见不到好,也见不到坏。分居的日子就这么被乐果和苟泉适应了,其实这样也蛮好。各人过各人的,生命本来不就是这样的吗?乐果的事似乎也过去了,除了他们自己,好像也没有任何人关心过,提起过。说不定从来就没有人从电视画面上认出乐果来。丢脸面的事从来就这样,只要没人知道,丢了可以再捡回来,重新贴到脸上去的。

又是星期五。这个日子似乎回避不掉,过不了几天又要回到这一天上来的。苟泉早早就把大门插上了,从卧室里抱出被褥,丢在沙发上。晚上抱出来,早上送回去,成了苟泉生活的起式和收式。这个仪式是不可少的,万一白天有客人来,成套的枕头和被子总得在床上显示显示恩爱的样子。过去可以马虎,分居后却要顶真,这是新形势给新生活提出来的新问题。

乐果一个人待在卧室里头翻杂志。杂志上说的全是少男少女的事,看起来不疼不痒的。实在是无聊。天气真的转暖了,卧室里有了一只蚊子,蚊子的吟唱很媚,听上去充满了旧情意,仿佛有很多的伤怀故事,令人想起杜十娘,想起崔莺莺,想起孟姜女。乐果依在床上,拿了几根头发放在嘴里,咬着玩。咬了几下乐果的头发竟有些痒了。这种痒的感觉立即扩散了,在身体的内部传送,沿着血管十分具体、十分可感地爬到手指尖上去,一戳一戳的,一阵一阵。乐果发现十只指尖的内部都隐藏了一只蚊子,蚊子的翅膀无比细腻地上下颤动,过一阵子就要飞回来一次。乐果就在这阵烦乱之中毫无缘由地记起了佛罗伦萨夜总会,这次追记带有随意和自由落体的性质,无踪无迹,不可遏止。乐果吓了一跳,怎么又记起那个鬼地方来了。乐果站起身子想找点事做做,找不出。不幸的家庭往往没有太多的家务事。但头发棗里痒得厉害,身上也痒,又搔不着。乐果决定洗个澡。洗掉一些附属物身上总是要好受一些的。

　　乐果的洗澡从时间上来说显然偏晚了,日子也不对,星期五。这样一来苟泉有理由认定乐果不是在搞卫生,她的洗澡显然就有了额外的意义。卫生间里水的声音很乱,蹦蹦跳跳的,很水性。苟泉听见这样的哗啦声,身体刹那之间发生了某些变故,突如其来,预备的过程都没有。苟泉耐着性子劝自己静下来睡觉,但脑子听劝,身子却不听,公然在苟泉的身上我行我素了。茜茜正在写作业,很用心的样子。苟泉小声说:"茜茜,睡觉了,不早了。"茜茜说:"还有很多作业呢。"苟泉很慈爱地说:"明天做,乖,听爸爸的话。"苟泉听见自己的话,听出来自己在骗女儿,有着相当卑下和危险的企图。茜茜很听话地上床了。她服从命令的动作看起来相当乖巧。苟泉看着女儿睡下了,卫生间里显然听到他的话了,水声却突然消失了。苟泉听了片刻弄不清生活到底在哪里出了大毛病。不敢想,一想就别扭。自语说:"操,我操。"

　　乐果洗完澡握着一只绿色梳子从卫生间出来。她一出来目光就和苟泉对上了。苟泉怎么也不该用那种目光等待乐果的,都像热恋中的少年了,只知道放电。乐果这么多年来第一次看见丈夫的这种目光,有了久别胜新婚的剧烈激荡,心里头咯噔一下。手也松了,梳子坠下去断掉了两只梳齿。乐果很慌乱地去捡,她的一对好奶子却又露出来了,双双悬挂在苟泉的面前,风铃一样无声晃动。又浪荡又圣洁的样子。乐果直起腰,感觉到脸红,害羞的感觉让她无所适从,都像小处女了。都十几年不脸红了,都十几年不这样惊慌失措了。乐果咬住下唇,在苟泉的眼里越发媚态万方了。乐果低下头,长发一下子倾泻下来,遮掉了半张脸。苟泉望着妻子的半块额头,一只眼睛,半只鼻子,半只张开的嘴巴和半个下巴,无语神伤。苟泉侧过脑袋,胸口一上一下的。这个细节被乐果看在眼里,春心无序地荡漾,两只奶子随苟泉的胸脯夸张地起伏。乐果对这次遭遇激情没有一点准备,懵懂了。眼里噙满了泪。她的失态与错乱十分意外地增添了她的姣好风情。乐果转过身,回到卧室。她的转身给苟泉留下了一屋子的香皂和洗发香波的混杂气味。这是苟泉热爱的气味,闻上去又伤心又亢奋。但苟泉把自己稳住了,他绝对不会让这个小婊子再把自己弄乱掉的。苟泉骂了一声,关掉灯。苟泉听见乐果在卧室也关上了灯。苟泉又得意又失望地说:"我操。"

苟泉最终没有守住自己的关键之夜,像病了一样,病得不轻了。他赤着双脚,偷情一样往自己的卧室去了。这既是一次沮丧的投降,又是一次惊心动魄的外遇。苟泉慌得厉害,推开门。门半闭着,没有锁。这让他又开心又绝望,又欣喜又愤怒。他走到床边,伸手不见五指。他完全依靠对家庭的空间经验摸到了床边。床上没有动静,但乐果早就在那里猛烈喘息了。苟泉爬上去,做贼一样偷自己的老婆。他们身体接触的刹那双方都愣了片刻,静止了几秒钟。随后就胳膊腿全绞在一起,也分不清谁是谁的了。感觉都好,是新婚的五十倍。苟泉做完了第一回合从枕头上抽下枕巾,擦干净,躺在一边长长吁了一口大气。

两个人都不动,各自躺在一边调理气息。就这么过了十几分钟。后来乐果给苟泉盖上一只被角,悄悄伸过胳膊,把苟泉搂住了,一举一动都分外温存,还有认错的意思。乐果轻声啜泣了。一滴泪掉在苟泉的肩部,十分抒情地向下蜿蜒。又过了十来分钟,苟泉歇过来,一歇过来就开始准备第二回合。乐果无论如何也不该在这个时候开灯的。但乐果也恍惚了,想证实一下身边的男人究竟是谁。乐果打开灯,灯光像功夫大师的飞镖,又凶又猛,她只好眯上眼睛,用一条眼缝打量苟泉。苟泉正眯着眼睛斜视乐果。竟对视了。这样的对视又怪异又丑陋,还贴得这么近。他们避开了,说不出的别扭与厌恶。苟泉抢过开关,很粗野地关上灯。他不想看身边的这张脸,他不想看身边的这条身子。两个人重新坐在浓黑里头,乐果这一回相当主动,她的手又抚摩苟泉了。她的手像泼在苟泉的身上,呈现出冲击与流淌的感人动态。苟泉几下一弄又浑回去了,只剩下了欲望。第二回合开始了。这一个回合苟泉越发疯狂,他的仇恨和报复夹杂了性努力一起过来了。乐果被苟泉的报复弄得幸福万分,喜极而泣,轻声呼唤苟泉的名字,又巴结又讨好。乐果尽全力奉承苟泉,苟泉感觉出来了。他痛恨和厌恶这种婊子的行径。想单方中止,却不能够。心里头越愤怒动作却越类似于恩爱,乐果也就越舒服越癫狂了。苟泉心里骂道:"妈的。"苟泉喘着气气急败坏地骂道:"妈的。"

日子越热时间过得越是飞快,转眼又到了暑假了。放假的第二天乐果的家里便出了大事情。乐果起床的时候发现家里空掉了,苟泉和茜茜居然不知了去向。乐果慌忙检查衣柜和女儿的书橱,猜他们是回乡下去了。乐果坐在女儿的床上,难过了一阵子,却挡不住开脱和解放的好感受。出事以来这个家哪里还有一点像家,完全是老鼠洞,三个人一天到晚都探头探脑的。乐果彻底舒了一口长气,先把电视机打开来,四下张罗了几眼,准备来一次彻底的大收拾。乐果把沙发重新推到墙边,沙发的扶手上洋溢出一股男人的头油气味。沙发底下积了一层尘垢,和沙发的底座一样,长方形的。尘垢上有几只烟头、过滤嘴,还有几块茶杯的瓷片。乐果想了想,记不清什么时候摔碎过茶杯的。挪好沙发乐果便开始拖地,拖了两下就看见地面有几处硬伤,是被瓷器砸出来的细密小坑,乐果取下苟泉的毛巾,当抹布,能抹的地方差不多都抹了一遍。然后就是洗,先洗了所有的餐具和茶具,然后是灶具。洗完了又洗鞋,把门后所有的鞋全找出来刷过一遍。乐果想了想,再把床单泡到浴缸里去。泡上床单之后乐果顺眼看了一眼电视机,都中午十二点了。乐果怎么也不相信会是中午十二点了。都做了三四个小时了,一点也不饿,一点也不累。乐果叉着腰四处看了看,家的样子又出来了,一拾掇就拾掇出来了。乐果很满意地关上门,到学校大门口吃了一碗肉丝面,一吃完又回到家里去洗。但一碗面下肚乐果很快懒下去了,有些犯困,就躺到女儿的床上去。换个床睡睡觉有时也是很有意思的。乐果的这个午觉睡得相当长,做了很多梦,有十来个,没有一个能记得起来。但最后一个梦乐果还有些体会,肯定被一个男人吻了,乐果醒来的时候还有怦然心动和怅然若失的印象。又甜蜜又紧张的。乐果一直睡到下午。起床后又洗。床单洗了,最后连门窗也擦了。全家都洗过了乐果最后洗自己。烧了六瓶开水,把每一根头发和每一只指尖都料理了一遍。乐果重点清洗了身体的要害部位,擦了又擦。尔后乐果把自己的身体弄干,找出一条新裙子,套上去,一屁股坐到沙发上去,叹了一口气。这时候天也晚了,窗子外头是绵延不息的黄昏。乐果望着窗外,找事情做,却再也找不到可以洗的东西了。这时候乐果才真的伤心起来,虚空起来,失去了归附与依托了。乐果拿起镜子,很怜爱地看了自己一眼,还可以再化化妆的。乐果把所有家当从床头的小柜子里翻出来,她已经很久不给自己上妆了。乐果重新振作起精神,捏住粉饼往脸上敷粉底霜,乐果描上眉毛,把眼影也涂匀了,再用刷子刮几下眼睫毛,随后很用心地勾起了唇线,往大处勾,最后抹上了口红,用的是玫瑰红。抿两下,对镜子左盼盼右盼盼,还是不错的,五官还是蛮端正的。怎么说也不老。怎么说也是一个有几分姿色的成熟女人。乐果平举了镜子,凝视自己,研究自己,怜爱自己。右手的食指贴在下巴上,往下滑动,很迷蒙很爱惜地往下滑动。线路在脖子上也慢慢蛇行起来了。乐果听到两片嘴唇之间响起了一声细碎的破裂声,两片口红分开来了。乐果呼出一口气,有些燥热,呼吸越来越深,而目光却越来越散动了,像阳光下的冰,有了松懈和分解的液化欲望。乐果丢开镜子,走到门边去。开门,乐果对自己说:"哪里都不许去,只准到大街上看看。就看看。"

1996 年第 5 期《小说界》

好的故事

事出有因

　　溟池不过是一汪死水,篮球场那么大,岸也不规则,叫溟池还是一九九四年的事。往年的池水一到夏天就臭,许多杂物在里头漂浮,水也成了浅绿色。学校好几次下决心把这里"动一动",一预算事情就放下来了。工会的申主席早就说了,"动"过之后再种上荷花,可以恢复到校史上记录的旧样子。那时候溟池有过一个很风雅的名字,叫荷塘。荷塘时期的学校可不是现在的幼儿师范,而是民国年间声名赫赫的"省二师",即省立第二师范学校。那时候溟池里头长满了荷花,一到夏天莲叶就无穷碧,荷花就别样红,是畅谈革命、憧憬社会主义的上好背景,要不怎么会有"荷塘"这样的好名字。工会的申主席一直缅怀旧时的红红绿绿,他始终想把溟池的重建也弄出"师范性",使溟池洋溢出春风风人、夏雨雨人的古朴风韵来。

　　一九九四年四月二十一日,晴。东南风三到四级。最低温度十一度。最高温度二十六度。春光明媚,溟池的小桑树底下凭空出现了一只避孕套。发现这只避孕套的是一位男同学,他立住脚,拽了拽身边另一位男同学的衣袖,用下巴指给他看。两个人便站住了,默不作声地看。这种不动声色的凝视具有极大的号召力,又过来几个同学,三三两两,几秒钟的工夫就是一大片了,幼儿师范学校里一下子就炸开了,春雷一声震天响。

五分钟过后教导主任赶到现场。双手扒开一道人缝,挤到了桑树底下。在两只易拉罐一堆瓜籽壳和几张卫生纸团旁边,避孕套皱巴巴的,很蔫,散发出沧桑劳累的气息,像刚刚挨了记过处分。教导主任总算处乱不惊,转过身来向半空伸出了两只巴掌,大声说:"散了,散了。"同学们就散了。学校从这一刻起笼罩了一层病态宁静,金童玉女们的眼里闪烁出异样光芒,又惊恐又兴奋。

当天下午开来了两辆奥迪车,锃亮漆黑。车子停在行政楼的旁边,钻出来一批领导,领导们神色严峻,每一张脸都忧心忡忡。办公室主任迎上去,很悲痛的样子,不说一句话,只是不停地眨巴眼睛,然后欠着身子做出许多手势,表示"请"或"这边来"。

同学们远远地看见领导在水坑四周信步巡视。穿夹克衫的矮胖领导是一位主要领导,依照人群与他的距离可以判断出来。矮胖领导的夹克衫没有系扣子,两只手背在腰后,两襟的下摆全鼓出来了,矮胖领导看了一圈,一路上没有人说话,都跟着他跑。矮胖领导后来立住脚,回过头来,很严肃地说:"没有嘛。"办公室主任立即跨上去,汇报说:"处理了。我亲自处理了。"办公室主任觉得说"亲自"有点不妥,马上就重说了一遍,把"亲自"换成了"亲手"。领导点点头,十分肯定地说:"好。"

现场办公会就是在池边的路面上召开的,领导说,这一次一定要动。再不动就动班子。领导强调说,对某些具体的事情,大家就不要再纠缠了,没有好处。对已经过去的事,宜粗不宜细;对下面的工作,只准细,不许粗。领导用食指点着水坑批示说,一定要把这里,建设成精神文明的窗口。领导放松了语气,拿目光找校长,指示说,预算一下,拟个报告来。在场的领导和被领导都鼓了掌。

特事特办,说动就动。四十八个小时过后电动水泵把水坑里的臭水抽干了。干底后学校里又闹了一点小轰动,谁也料不到臭坑里居然有鱼。老师和同学们都说"没想到"。大家在一块抓鱼,又有说又有笑,"某些具体的事情"所造成的紧张态势一下就松动了。修理工程开工了,学校随即恢复了常态,正像校领导在学校的喇叭里要求的那样,同学们又把"主要精力"花在"学习"上了。

溟 池

臭水坑被修理一新,做了石头河工。水泥沿着石头的缝隙抹出了勾勒,又整齐又变动。四周种了花卉,每隔十五米就设一张水磨石凳。根据教导主任的提议,水坑的西北——东南对角线分别安装了两盏路灯。池内重新贮上自来水,一到晚上路灯的倒影就在池子底下炯炯有神,说不出的幽静与坦荡。

要不要种荷花?这时候提出这个问题显然是顺理成章的。

只要有问题,当然就会有赞成派与反对派,这也是顺理成章的。工会的申主席是荷花派。种荷花没有什么不妥,可以找出一千个相应的理由。但申主席赞成的事,办公室主任就要反对。这就有了反荷花派,有了第三种力量——非荷花派。不种荷花也可以找出相应的一千个理由。几千个理由一对垒,事情便僵住了。但办公室主任最后摊牌了:"再种荷花,挡住了视线,水池边上再出现事情谁负责?"这一巴掌击中了荷花派的天灵盖。荷花派负不起这个责。非荷花派同样负不起这个责。非荷花派很快改变了初衷,立即加入到反荷花派的行列中来。人们看到了办公室主任眼睛里头的严重神情,那里头不仅有"某些具体的事情",甚至还有某些"不具体"的事情。这样的大责任谁负得起来?

申主席拂袖而去,临走前丢下了句没用的狠话:"我不管了,你们看着办。"

办公室主任陷在沙发里,开始摆动他的小腿。他的小腿是他的旗帜,一遇上胜利就会在阵地的前沿呼啦啦飘扬。办公室主任说:"不种荷花,也就不能再叫荷塘。集思广益,大家一起想个名字。"有人提议,天鹅湖好,诗情画意。有人说桃花源更好些,听上去雅。但立即就有人反对了,说俗,雅名被用得通常了,比俗的更俗,一个年轻的老师大声说,干脆叫钓鱼台吧。大伙听了便哄笑,主任说:"严肃点!"为了配合表情的严肃,他把嘴抿上了。但抿完之后有一颗门牙还露在外面,就翘起上唇,又抿了一回。

主任最后请语文组的老师倪老师谈谈。倪老师不拿主意,一上来竟背诵了一段古文,是《庄子》里的《逍遥游》。倪老师从"北溟有鱼"一段背诵到"不知其几千里也"。倪老师解释说,这是学校,造就人才的,人才就是《庄子》里头的鲲鹏,既然鲲鹏来自"北溟",臭水坑当然叫"溟池"最好了。大伙都说切,可以这么定的。但语文组的另一位老师荀老先生突然发话了。他摁掉烟头,笑着说:"怎么能叫'池'呢,古语说,方为池,圆为塘,倪老师不会不知道吧?臭水坑不上规矩,不见方圆,怎么能叫'溟池'?不通。"倪老师一脸尴尬,说:"本来就是打个比喻,是个意思。"荀老师正色说:"这是师范,一字一句讲究的是师范性,马马虎虎那怎么行?"主任接过话,说:"这要什么紧,过去不圆可以叫荷塘,现在不方称作溟池,这不是将错就错?三十年河西,三十年河东嘛。就这么定了,叫溟池。"

接下来就是立碑,立碑是一件大事,谁来书写就成了大问题。自古人因碑传,碑因人传,虽说寥寥数字,好歹也有"立言"的意思,那可是"三不朽"的要义,草率不得的。倪老师的行书不错,但"溟池"的名字是他起的,再让他书写,有点独吞了,摆不平。荀老师有一手好欧字,可是荀老师坚持"不通",不肯命笔。其他能写毛笔字的都知道这点过节,一起不肯"献丑"了。办公室主任当机立断,请电脑打字员在微机上做了"溟池"两个字,圆头体,一身的和气生财,两个字被刻在了石碑上,说不出的别扭。立碑时许多人都说,其实也不错,蛮有新意的。荀老师那天微笑了一个下午,直到晚上关上了房门,荀老师才把脸拉下来,对他的妻子说出了四个字:狗屁不通。

溟池装上了路灯,装上了石凳,立了碑。溟池的故事全部结束。

君子协定

故事的终端一般来说总会出现一些枝杈,植物都是以这种格局生长的,故事就没有理由不这样。

立碑的当天晚上数学组的白老师敲响了工会申主席的大门。申主席一点都没有料到,溟池的后续故事已经冒出青芽了。申主席给白老师泡了一杯雨前茶,随后一起观看了赵本山的小品。小品很逗人,一有笑料申主席就眯起眼睛,喜滋滋地说:"娘的。"申主席的爱人不喜欢丈夫当着客人的面说粗话,就提醒他:"老申!"老申分不开神,全神贯注等待赵本山下一个"娘的"。白老师听出女主人的意思,只当不知道,跟着申主席笑,笑一回便说一个"他妈的"。这么一骂申主席的爱人也就不回头说"老申"了。小品播完之后电视屏幕上跳出来一个小姐,穿得晶晶亮亮的,戴了一副大耳环。小姐在舞台的中央扎成马步,脑袋像母鸡那样一愣一愣地左右摆动,接下来就唱,唱得太快,听不清,意思是老百姓手里有钱了,却不知道怎么花:"哎排骨乌鸡甲鱼海鳗基围虾,还有那四季常绿的菜,可急坏了老太太。"老申关上电视,对白老师说:"就好像老百姓有福不会享了,娘的。"老申的爱人加重了语气说:"老申!"白老师忙说:"谁他妈有福不会享!"

关上电视申主席和白老师正式开始了聊天,茶不住地进,话不住地出。白老师的思路又严密又跳跃,一会儿工夫就纵横了八万里,上下了五千年。申主席跟着他的话题转,脑子里塞满了全球观念,嘴里吐出来的也全是人类话题。但白老师的这次来访目的却是务实的、具体的,他的话锋一转就切回到现实事务上来了。白老师说:"水池子修好了吧?"申主席还没有回过神,眨巴着眼皮说:"是啊,好了。"白老师说:"水池子空在那儿,可惜了。"申主席以为白老师又要说荷花的事,很大度地敷衍说:"这样也好。"但白老师却冷不丁地冒出一句:"可以养鱼嘛。"申主席的表情很有政策性,说:"那怎么可以?"白老师立即抢过话,把准备好的台词往外背:"怎么不可以?鱼又不会坐到石凳上来,能惹上谁?谁还能管得了水底下的事。"申主席耐着性子说:"那里是精神文明的窗口嘛。"白老师笑起来,通情达理地说:"精神文明总不能建设到水下去,鱼吃草,吃蚯蚓,还能吃精神文明?"申主席不敢答应,一下子却也找不到服人的理由,只是说:"那怎么行。那种地方怎么能有商业行为?"白老师看到了好苗头,趁热打铁,赔上笑说:"怎么会是商业行为?养几条鱼自己吃,又不卖的。"申主席不高兴地说:"能省几个钱?传出去还当我们当教师的穷成什么样呢。"白老师极认真地说:"钱倒是小事,那么大的一块水资源,不利用太浪费了。"申主席的爱人插上来一句话,说:"白老师也真是太顶真了,你把鱼苗养进去,你不说,我不说,鱼还能到校长家里去告你?就算告了,你不认账,总不能到鱼身上查指纹。——又能怎么样?"申主席皱上眉头,说:"你掺和什么?"申主席的爱人把两只胳膊抱在怀里,说:"就当我没说。"她把眼神丢到白老师那边,话里有话了:"你也权当没说——权当今天没来。"白老师看到了这个女人目光里头的辅助线,连忙推出两只巴掌,附和道:"我什么也没说,申主席什么也没听见。"便端起茶杯,把话题岔开去了。他夸奖申主席的茶,越夸越觉得水下的茶叶像鱼了,在杯子的底部款款浮动、闲游,栩栩如生呢。

购买鱼苗和投放鱼苗,进行得相当诡秘,全校没有一个人知道这个秘密。深夜之时,白老师悄悄下了床,没有开灯,只是打开了手电。他把鱼苗从浴缸里捞出来,装进事先准备好的塑胶口袋,然后,白老师关上手电,倾听了片刻,打开门出去。

楼梯的过道一片漆黑,昨天晚上《晚间新闻》过后白老师就关掉了楼道里的所有路灯。天上有月亮,有乌云,月亮的光线十分黯淡,随乌云的位移时隐时现。天上人间无不体现出事态的危险性与残酷性。白老师手提着鱼袋,迅疾地贴墙而行。他的脚上是一双黑色胶底运动鞋,步履无声无息,像一阵风,像机灵的猫科动物。白老师来到池边,他看到了路灯底下自己的身影,有些怕。白老师侦察了一遍,没有动静,立即跑到水边,把鱼袋浸进了池中,鱼袋入水之后白老师松开了手。水溶于水,所有的鱼苗在想象里头四处纷飞,真是如鱼得水呵!但是没有一点声音,这一点很关键。这一点从根本上保证了这次伟大的行动真正做到了人不知、鬼不觉。白老师没有逗留,说撤就撤。到家的时候他的妻子早就坐在客厅里等候他了。这位食堂白案组的女勤杂工压低了声音问:"成了?"

白老师呼出一口气,说:"成了。"

白案组女勤杂工杨春妹开始了她的地下工作。地下工作有一种暗处窥视生活的刺激性,让胆小的胆大,胆大的心细。依照杨春妹与白老师的周密部署,杨春妹每天至少往鱼塘,也就是溟池里头投食一次,根据就地取材这个原则,鱼食的主要原料是食堂里的剩饭、剩馒头和新鲜的蔬菜叶。杨春妹是一个热衷于说笑的女人,但鱼苗下了鱼塘之后杨春妹寡言多了。人就是这样,有了自己的事业言行上就庄重起来了,自从杨春妹的心里有了鱼,她的脸上就如同溟池的水面,又周密又亮丽了。

食堂里鱼饲料很多,怎么把饲料倒下溟池里去,这一点,让白老师和杨春妹头疼了一阵。天黑了是行不通的,天黑了之后隐蔽性是强了,但隐蔽性强可疑性就增大了,平平常常的事情鬼鬼祟祟地去做干什么?这就显得欲盖弥彰。最后是白老师定下了方案,就在光天化日之下!杨春妹照办了。她在正午时分把大米饭和碎菜叶都堆在案板上,而后撸到围裙的下摆里去,走到池边,撩起下摆,"呼"地一下掀出去。掸一掸。多平常?多隐蔽?屁大的事都称不出三钱,万事难在头,就如同蛇钻老鼠洞,头过得去,身子就过得去。

当天夜里白老师和杨春妹很愉快地做了一回房事,两个人都舍得花力气。这对穷夫妻终于有了自己的产业了。一切顺利的话年底少说也有几千块。那些闪闪亮亮的鳞片可全是现钱呢!贫贱夫妻百事哀,哀到极处好事来,古人不就是这么说的吗?

锦 标 赛

水捂得住鱼,但是纸包不住火。工会的阮副主席在暑假里的某一个大热天发现了溟池里的秘密,他透过九百度的近视镜片看到了烟,他敏锐地断定烟的底下可能有火。

作为学校的一名中层干部,阮副主席在八月十一日这一天担任暑期的总值班。阮副主席从传达室取过当天的日报,来到值班室,把报纸罩在脸上,开始了他的艰苦阅读。阮副主席的眼睛从去年开始步入了老花,这样一来他在阅读的时候只能把近视镜摘下来。但老花归老花,近视总归还是近视,只好把脑袋埋到报纸里去,目光的长度差不多等同于鼻梁的高度。"鼠目寸光"说的就是这么一回事。他的裸眼凸在外面像螃蟹的棍状眼球,伸到眼眶的前部,十分滞缓地左顾右盼。阮副主席看完报纸的头版,差不多用去一个小时。尔后阮副主席戴上了眼镜,在校园里头四处察看。阮副主席特意留心了草长树茂的敏感地带,没有找到易拉罐、瓜籽和粉色卫生纸团。阮副主席最后来到了溟池。阮副主席远远地看见溟池的对面站了一个人,一身白,看不真切。阮副主席提起嗓门客客气气地招呼说:"是谁呀?"这一声招呼惹了麻烦,对岸的白色身影似乎受到了巨大的惊吓,慌忙掀起围裙往溟池里头倒下一些东西,随后就逃走了。阮副主席认不出那人是谁,但是感觉到了异样。阮副主席绕堤走到对面去,看见水泥池边上散落了一些米粒和切碎的蔬菜叶片。阮副主席蹲下身子,拾起一片菜叶,仔细端详菜叶边沿,看到了相当精细的人为切痕。阮副主席扶了扶眼镜,预感到池水的底部潜藏着一些故事。

那个逃走的人到底是谁,这是一个问题。

那个逃走的人是谁?溟池里头到底发生了什么?这两个悬念在阮副主席的脑海里挂了半个暑期。事情的关键就在申主席知不知道。他要是不知道,阮副主席可以睁一只眼,闭一只眼;他若是知道,想从中悄悄捞点腥味,这件事情就必须水落而石出了。阮副主席在半个暑期里想出了两套方案:一、先侦察申主席;二、把水底下的故事全捞上来。当然,申主席住校,而阮副主席不住校,所有的方案只能在九月一日之后才能实施。学校就这样,寒假和暑假先编好故事,一旦开学,所有的故事将悉数登场。

八月二十九日,即正式开学的前两天,食堂里突然爆发了一场战争。交战的双方是两名女将:一、白案组组长杨春妹;二、白案组临时女工陈阿美。战争开始之前杨春妹正在清理案板。她往案板上洒上水,然后双手握住菜刀,很努力地用刀口在案板上刮面垢。这时候陈阿美进来了,喊了一声"杨姐",杨春妹抬起头,叫了声"阿美"。一切都客客气气的,洋溢出久别重逢的祥和气氛。陈阿美上去接杨春妹手里的活,杨春妹不让,叫阿美先把食堂的旮里旯儿扫一遍。陈阿美很用心地扫出来一大堆脏东西,装进簸箕,出去倒掉,一眨眼的工夫就提了空簸箕回到食堂里来了。杨春妹随便问了一句:"怎么这么快?"陈阿美丢下簸箕,随口说:"倒进池子里去了。"杨春妹停下手,口气一下子就严重了,说:"怎么能倒进池子里头,那么脏的东西!"陈阿美笑嘻嘻地说:"谁还管这个,——你以前不也是倒进池子里的嘛。"杨春妹听了这话一下子便失态了,她把菜刀一把拍在案板上,"当"的一声,吓了所有的人一大跳。"谁倒进去了?"杨春妹破口骂道:"瞎了你的眼,谁倒进去了?"陈阿美在了无防范之际遭受到这个突然袭击,有些无措,又叫了一声"杨姐"。这时候走上来几个人,杨春妹回过神来,敛住自己,重新拾起菜刀。陈阿美有些下不了台,僵住一脸的笑,望着来人解释说:"我是看见杨姐倒了,要不我怎么敢?"这句话使得即将好转的态势急转直下。杨春妹提了菜刀冲上来,大声说:"你看见了?我还看见你不要脸呢!——你凭什么一个月多拿十块钱?别以为大伙不知道。"红案组的大肚子康师傅上来说:"杨师傅,能有多大的事,你怎么说这么伤人的话。"杨春妹放下刀,"哼"了一声,说:"我就知道有人要帮她,我故意找个话茬试探试探,果然就跳出来了。——姓陈的,你狠,你在这儿脚跟站得稳!我搬不动你的腿,有人搬得动。"这话一出口旁边的几个女临时工一起绷住笑,她的腿有人"搬得动"可是有一些隐秘出处的。大伙故意不看陈阿美,陈阿美汪了一眼的泪,说不出话,突然大声叫道:"你偷过两条猪大腿!我看见的。"杨春妹不动声色,反而笑了,说:"两条大腿让人偷了,你不清楚,还有谁清楚。"陈阿美大声说:"白老师和你一起偷了,狗屁老师,就是的,狗屁老师,就是的!"

　　工会的申主席准备到食堂里要一点色拉油,没有进门便撞上了这场战争。申主席把碗放在窗台上,虎着脸进去,申主席指住杨春妹,厉声说:"你别瞎说,这种话要吃官司的,说这些没影子的气话!"又把指头转移到陈阿美这头,同样厉声说:"说这些没影子的气话!"陈阿美受了委屈,却又无从辩起,这个老实的女人,就会闭上眼睛尖叫:"就是的!"申主席大声喝住,威胁说:"你们这种话都要吃官司的!"申主席问道:"现在是什么时候了?"申主席斩钉截铁地自答说:"现在是法律时代!"申主席把"法律时代"的回音留在食堂的墙面上,背了手出去。回头看看窗台上的碗,这时候去取免不了瓜田李下,反正也是食堂的,狠狠心也就作罢了。

申主席的话威震食堂达一个月之久,只要有人问起现在是什么时候了,那些青年人就会神色庄重地回答:

现在是法律时代!

杨春妹与陈阿美的战争很快传播开来了。人们喜爱漫天纷飞的硝烟气味,喜爱大腿与大腿之间的美好传说。阮副主席全听说了。阮副主席对传说历来注重去粗取精,去芜存菁。他开始了调查与研究,观察与思考。他找来了在场者,以"逆推理"这种科学的方法追根溯源。谈话进行了二十分钟。"怎么就吵起来了呢?"阮副主席最后问。

"阿美往溟池里倒了垃圾,回来就吵起来了。"

阮副主席的眼镜片立刻像电炉一样一圈一圈放出了光芒。他看清楚了,全清楚了,溟池底下的故事、线索、人物关系在阮副主席的眼前昭然若揭了。

阮副主席站起身,长吁了一口气,对在场者说:"你去吧,都知道了。"

在场者看着阮副主席的脸色,有些不放心,试探着问了一句:"不会闹出什么大事来吧?"

阮副主席摘下眼镜,用前襟的下摆擦擦镜片,眯起眼睛,目光像一团雾。阮副主席很沉痛地说:"很复杂。"

阮副主席来到工会办公室,申主席正在办公室里清点不锈钢保温茶杯。这是作为教师节的礼物将在九月九日下午发到教职员工的手上去的。申主席实在聪明,他总是能弄到包装精美的伪劣产品,把广大教职员工哄得兴高采烈。教师天生就是穷坯子,买上伪劣产品当然伤心,但是"发"一个则另当别论了。"又不花钱","看看也是好的"。正因为如此,申主席什么权力都可以放,但"送温暖"这个积德聚财的权力不肯丢。正因为有这一层,申主席不允许阮副主席把办公桌搬到工会来。申主席没有专业,而阮副主席是教政治的,所以申主席的办公桌在工会,而阮副主席的办公桌只能在政治教研室。这是申主席的成功处,也是阮副主席的伤心处。

阮副主席帮申主席清点了茶杯,聊了好半天闲话和淡话。阮副主席选择了最靠近申主席的上好时机,说:"食堂里怎么弄的?听说吵起来了?"申主席听了笑笑说:"女人吵嘴,能骂出什么好听的话,全是七荤八素。"阮副主席的近视眼一直聚在申主席的脸上,注视他脸上的风吹草动。申主席抬起眼,却不接阮副主席的目光,只看他的耳朵。阮副主席便有了一二分。申主席批评杨春妹说:"老白那老婆,也不是东西,今天欺侮他,明天欺侮你,太放肆。"申主席点名道姓骂一个人是不同寻常的,依照常态,他骂谁,便是护了谁。阮副主席心里的数便陡增到七八分了。申主席说:"你怎么看?"他这么一问阮副主席就全有数了,他姓申的和溟池底下的故事血脉相连呢。阮副主席避实就虚,笑着说:"校长都不管,我们管它做什么?"

时隔两周,阮副主席在学校例会上突然宣布了一个好消息:他联系了一家养鱼场,为了迎国庆,工会决定举办"国庆杯"钓鱼锦标赛,有车来校。阮副主席补充说,鱼场老板是他的老同学,人太多不好意思,每个教研室最多两人,比赛只设个人奖不设团体奖,只计单尾数量不计重量,请各工会小组积极准备。

天下的好消息都有一个共同特征:有便宜藏在底下。人民教师不轻易讨便宜,但是对那些名目正当的便宜却不肯随手放过。他们要求放宽名额,要求有更多的人投入到迎国庆的伟大行列中去。阮副主席打了四次电话,允诺说:"下一次,下一次。"

比赛的当天下午队员们拿了自制的渔具,集中在行政楼广场。"车子"一点半来接人,但是一点钟不到所有的队员就站齐了。带了老婆、带了孩子,一位女教师争来了名额,却让给了父亲,为此招来一些非议。

一点零七分"找老阮"的电话打来了。老阮在教务处的办公室里拿起了黄色的耳机,电话打了很久,所有的老师都听到阮副主席在大声说话,是一种焦虑的电话语言,夹杂了"喂"和"听我说"之类的插入语。阮副主席后来放下了电话,面色严峻。阮副主席来到广场,伤心地说:"老同学的爱人出车祸了。"阮副主席询问大家:"怎么办?"没有人开口,没有人知道怎么办。阮副主席沉思片刻,当机立断:"不能扫各位老师的兴,比赛还是要搞的。"阮副主席大声说:"大家到溟池去玩玩,只要能钓上来一个会动的东西,哪怕是鱼孙子,哪怕是癞蛤蟆,工会都认账。冠军一台应急灯,参赛选手一人一块夏士莲香皂。"大伙遂转悲为喜,一起往溟池去。先把夏士莲拿到手再说。

故事的高潮发生在当天下午。白老师投进去的鱼苗使溟池再一次成为焦点。鱼的雪亮身影在半空划出一道又一道弧线,鲜活而又炫目。围过来许多老师,围过来许多学生。人们喜不自禁,为每一条小鱼而惊呼,而雀跃。鱼不算大,但是取之不尽,钓之不竭。在这样的喜庆气氛里谁也没有留意白老师的表情。他的表情早就成了一条死鱼,十分苍白地漂浮在喜庆之外。钓鱼选手忘记了应急灯和夏士莲。他们一边往鱼篓里装鱼,一边神情庄严地演讲奥林匹克精神:重要的不是取胜,而在参与。

当天晚上教工住家楼灯火分外通明了,整幢大楼笼罩了红烧鱼的好闻气味。老师们关上门,很幸福地吃鱼。倪老师晚饭过后完成了一张条幅书法"鱼,我所欲也,青菜,亦我所欲也,二者若能兼得,取鱼而复取青菜者也"。作品不错,一笔一画都有鱼的气韵,水灵活现的。

世界上怕就怕认真二字,而老师们就最讲认真。一清早学校的起身铃还没有响,溟池边上的老师们早就坐得整整齐齐了。一共有十三个。他们的样子是一丝不苟的,像给池里的鱼做思想政治工作,劝它们上钩,劝它们只咬自己的钩,咬住了就不放松。这个上午对所有的老师来说都是一次丰收,每个人的收成在一点五公斤不等。倪老师和荀老师坐在一起。为了一个共同的幸福目标,他们坐到一起来了。今天清早他们一见面就很客气,倪老师敬了荀老师一支香烟,而荀老师在十分钟之后也回敬了倪老师。他们的脸上都有微笑,眼角的鱼尾纹都起来了,真的像鱼的尾巴在欣喜里头款款游动。荀老师说,取鱼要比吃鱼乐,真的不假。其实钓鱼有什么意思,养性才是真,孤舟蓑笠翁,独钓寒江雪,要的不就是那么一个意思?倪老师不住地点头,表示认可。倪老师说,这些日子又犯失眠了,医生再三关照,最好是钓鱼,昨日小试,真的多睡了三个小时。这么说着话教化学的印老师扛着鱼竿打着哈欠过来,随便找个地方插进队伍,倪老师说:"小印老师,难得见你起这么早。"印老师又打了一个哈欠,嘟哝说:"都是我老婆,硬逼我来钓鱼,——你说我山区里长大的,怎么会钓这种东西?"荀老师笑笑,接了话茬说:"早睡早起,总是没有坏处。"印老师昨天夜里和朋友摸了八圈,输了钱,正提不起精神,没料到钓鱼的手气却是一等,钩一下水便是杠后开花。印老师高兴得了不得,大声说:"有意思,和自摸一种感觉。"说时迟那时快,就在说话的工夫印老师的鱼竿子连和了三把,活蹦乱跳地钓上来三条,印老师把鱼摔死了,齐齐地摊在一边,头靠头尾碰尾。一位穿着运动衫的学生刚跑完步,喘着大气走过来看热闹。这位学生看一眼印老师的鱼,说:"池子里的鱼是养的吧,怎么全一样长?"不远处回过一张脸,是这位学生的班主任,班主任厉声说:"马长河,回教室早读去!就你聪明!多话。"这一声呵斥所有的人都听得见。大家都默不作声,很专心地低着头。

工会申主席打完一套陈式太极拳,来到滇池边上看风景,申主席背着手,面带微笑,往池里吐一口痰,说:"真是靠水吃水啊。"没有人抬头和他说话。申主席独自点一根烟,有点像监考,在考生的身后转悠,再伸出脖子看上几眼。申主席一边走动一边想事情,工会的改选无论如何该提前进行了。姓阮的必须弄走。这一回一定要把姓阮的弄走。这样的人不吃点苦头是不行的。申主席回头看一眼教工宿舍楼,一扇窗户突然就关上了。申主席心里头数一数楼层,是白老师的家。老白这一回是亏了。老白的心里头这一回是十五个教师钓鱼,肯定是七上八下了。

作为这次钓鱼锦标赛的发起者,阮副主席突然就病倒了,两天没有上班,而整个学校里的老师似乎也病了,没有人对这件事情评论什么,批评什么。以往可不是这样的。校领导心里有数,但是教工不提,他们也就只能不知道。"不知道",事情就好办多了。整座学校笼罩在理性的宁静之中。养鱼的人不敢站出来禁止垂钓,钓鱼的人也就没有必要回避什么。抬头上课,低头吃鱼,还有什么好说的?还有什么好抱怨的?学校如同水一样寂静,老师们全像水下的鱼,叼着香烟畅游过来又畅游过去。香烟从他们的嘴里冒出来,仿佛唇边泛起了一连串的水泡泡,悠悠然呢。

但是,这天下午事情就闹大了,全校最老实的图书管理员参与到故事里来了,有时候老实人一出现故事反而会往高潮那边跑。

双 雌 会

下午的放学铃声是在四点三十分正点响起来的。图书馆的图书管理员黄温柔在四点三十一分锁上了图书馆的大门。黄温柔脾气很温,说话的声音又柔,老师们都叫他黄温柔。黄温柔遇事总要让三分,吃亏的时候当然多。谁也不曾想到黄温柔这一回胆大得包了天,居然弄来一只渔网,和他的老婆一起来到溟池。黄温柔的肩上挂着网,他的老婆手里提着两塑料桶。他们来到池边,满脸都是杀气。

早早就有两个老师在水里下了鱼钩。黄温柔谁也不看,一来到池边就开始料理渔网,刚理完,呼的一下,纲举目张,渔网在空中张开了一道漂亮的圆圈,一直罩到池的底部去。黄温柔扶了扶眼镜,老渔夫那样十分沉稳地收网,第一网就有收成。黄温柔的老婆把几条鱼捡到水桶里去,微笑着说:"真的有鱼。"黄温柔认真地说:"真的,真的有鱼。"

年轻的数学教师高老师刚刚打好鱼窝。他在中午才把鱼钩和鱼竿备齐,都向女儿保证了,今天晚上也吃鱼。眼前这样大的打击高老师实在是承受不起的。高老师放下鱼竿,走到黄温柔面前,说:"黄温柔,动静大了点吧?"

黄温柔的老婆客客气气地说:"高老师,你钓你的,不碍事的。"

高老师说:"我是不碍事,你碍我的事呢。"

黄温柔的老婆笑着说:"我们在这儿,你在那儿,怎么就碍着你的事了？"

高老师说："一起来玩玩的嘛,怎么真的做起渔民来了,你这样凶猛,鱼哪有心思咬钩？"

黄温柔的老婆说："捕鱼就是捕鱼,假斯文做什么——玩玩的,这么多年了怎么现在才来玩玩？你能玩我们家老黄为什么不能玩？"

高老师双手叉着腰,深叹一口气,说不出话。这时黄温柔的第二网又出水了,黄温柔抓了两条鱼,塞到高老师面前,说："高老师你拿着,就算你钓的。"

高老师瞪起眼,大声说："我要你的鱼做什么？"

黄温柔说："拿着吧,我有网,来得快。"

高老师说："把滇池搬到你们家冰箱里好了。"

这时候钓鱼的大军都来齐了。老师们扛着鱼竿,像揭竿而起的农民义军。十几个老师一起围在黄温柔的身边,斜着目光做谴责状。黄温柔的老婆高声喊道："怕什么？有什么好怕的？他们都有职称,你呢？他们都上课堂,你呢？他们到了寒假都有课时费、年终奖,你呢？——不能什么事都吃亏,撒,给我撒,天上飞的水里游的全给我捞上来！"

群男斗不过好女。老师们怒目而视,不过,能做的好像也就是这么多了。他们有职称,能上课堂,年终有课时费,可不能对一个女人太过分了。

食堂白案组组长杨春妹就是在这个时候杀将出来的。杨春妹一出场便英姿飒爽。杨春妹走上来,不说一句话,提了黄温柔老婆的鱼桶就丢到池子里去。杨春妹说："老师们钓钓鱼也是为了休息更好地工作,你怎么能这样?——我姓杨的眼里揉不得沙!回家去吧你!"周围的老师们一起鼓起掌。掌声响完了黄温柔的老婆才回过神来。她把双手抱在胸前,平心静气地说:"把鱼还给我。"

杨春妹说:"你算了,我治不了别人还治不了你?"

"你还不还?"

杨春妹抱起胳膊一声冷笑。

杨春妹还是得意得太早了。黄温柔的老婆可不温柔,低下头对准杨春妹的胸脯就冲了过去。杨春妹倒了身子,栽进了溟池,"咚"的一声,溅起好大一块水花。黄温柔的老婆对准溟池"呸"了一口,拉起黄温柔,对老师们说:"钓吧,谁钓到这条母鱼就归谁。"

当天晚上校长在电话里听到了事态的最新报告。校长大声骂道:"不像话!哪里有一点为人师表的样子嘛?"校长当即指示,"明天"必须把溟池里的鱼"一网打尽",绝不允许"留有后患"!

第二天是一个打鱼的日子。溟池里的鱼经过这一天的劫难差不多全部灭绝。鱼的故事暂此打住。溟池的故事告一段落。

承 包

故事过了高潮就会往反处去。溟池几经波折,终于风静浪止了。生活中大事情总是不断地来,一个替代另一个,也是很正常的事。老师们的注意力很快迁移到住房改革上去了。溟池只好闲在那儿,天气好的时候把教学楼的倒影映照出来给大伙看,那些倒影软软绵绵的,像海藻,一直垂悬到很深的地方去。

不过惦记滇池的人总还是有的。政治组的邢老师就是。邢老师不喜欢赶热闹。邢老师对付热闹的事情有一个十六字原则:"敌进我退,敌疲我扰,敌困我打,敌退我追"。现在,老师们关心房改,邢老师当机立断:插手滇池。

从任何一个角度说,滇池终究是上等的自然资源,养鱼可,种荷亦可;养虾可,植蚌亦可。这些都不是关键。关键是必须从法律上得到滇池的所有权。数学组的白老师之所以把事情弄成了一出闹剧,说到底就是没有掌握滇池的命脉。在所有权这个大问题上,白老师的数学精明败给了白老师的农民心态。捞油水和讨便宜是干不成大事的。邢老师有前车之鉴,经过充分可行性论证,向校方递交了一份书面报告。报告称:他愿意从卫生、管理、维修等诸方面全面负责滇池,在此期间可以相应地成为滇池的使用者,若使用得当,偶有赢利,每年可向校方缴纳红利若干,他人未经许可不得侵犯使用权。

这依然是捞滇池的油水讨滇池的便宜,但性质就不一样了,一举一动合情合理又合法。说得大一点,这不就是改革吗?不就是市场经济投向教育战线的一抹阳光与一缕微笑吗?滇池的波涛不就是时代的心律与脉搏吗?

邢老师敲响了学校党支部书记的大门。

这次谈判邢老师是有备而来的。他从宏观与微观论证了承包管理的外部态势与内部可能;他尽可能地回避"承包之后用滇池养什么"这个要害问题,他"还没有想好","没有想那么细",他只是想"承包管理",和校领导一起把"溟池建设成精神文明,同时也是物质文明的窗口",把溟池建设成"政治教育的第二课堂"。邢老师不急、不躁,没有强烈的取胜欲望。邢老师娓娓而谈,口齿清晰,夹叙夹议,逻辑严密。但是不抒情、不诈唬,不搞字字血与声声泪。一步一个脚印,一步一个台阶。尔后,书记点头了。书记答应在星期三的例会上"郑重地提出这个问题"。邢老师点到即止,不寒暄,不重复,不追忆似水年华,不憧憬光明未来,不枝不蔓,不卑不亢,起身告退。书记送到门口,关上门。书记关上门之后开始回味邢老师的话,喟然长叹:"人才,新型的管理人才。"

溟池的"承包管理"在星期三的例会上得到了全面肯定。书记意犹未尽,又在周五的教职工大会上全面介绍了邢老师的承包方案,书记说,不仅是溟池,行政楼、教学楼、食堂、体育馆、音乐楼、美术楼都欢迎广大教职工全方位地进行承包管理。

白老师坐在会议室的最后一排,叼着烟,很突然地大声说:"说了那么多,我看就是一句话,自己养鱼,不让别人钓!"

大伙便哄笑。

邢老师站起身,也笑。邢老师说:"有这个意思,但也不全是。机会均等,溟池现在归谁还说不上呢,大家都可以投标嘛。"

白老师取下香烟,说:"你出多少?"

邢老师瞟了一眼书记,书记有些茫然,至今为止,他们并没讨论价格问题。邢老师很平静地一口报出了价格:"两百。"

"我两百二。"白老师说。

"两百四十七。"邢老师不急不慢地说,一副很在行的样子。谁也想不到他会报出这么一个古怪的数字来。教政治的就是比教数学的更会玩数字。

白老师往前排看了看,他的老婆正坐在第四排的偏左部位。白老师有点犹豫,说:"两百五。"

邢老师故意不开口。他不急于报价。邢老师把脸上的微笑弄得相当匀,点起香烟漫不经心地四处观察。姓白的他摸得透。真正的数学脑袋只会算抽象的账,一遇上具体的账目,他们都不灵。白老师的额头上出现了反光。那是汗。额头上的汗是智力的排泄物,同样也是沉着和镇定的腐烂剂。溟池给姓白的带来的惊恐太巨大了,至今没有能够平复。姓白的报完价就往四处看,目光里头有了紧张。他在找,找人买他的"二百五",姓邢的万一真的撒手,他把二百五十块现金扔到臭水坑里做什么?这不是冤大头又是什么?

邢老师静了好半天,小声说:"二百五十一。"语气里头全是四两拨千斤。邢老师低着头,一副奉陪到底的自得样子。

两百五十一。溟池。成交。

然而当天晚上老师们就算过账来了。两百五十一,按鲫鱼价七块钱一斤算,再往细处抠,也就是三十六斤七两的鲫鱼。这不是白送又是什么?这个便宜他姓邢的可是讨大了。溟池是人民的财产,人民抛头颅,洒热血,换回了这江山一片,他姓邢的凭什么只用三十六斤七两的鲫鱼就承包了?

人民不答应。

"人民"是谁？人民就是除去当事人之外的所有的人。

"人民"有了冤就要伸冤。

"人民"当天晚上就找到了党,具体一点说,生物组的江老师和音乐组的史老师当天晚上就给支部书记打去了电话。电话开门见山,一上来就有了火药味,有人说对下午的拍卖,群众有想法。书记撷其要害,问曰:"谁?"人民避实就虚,答道:"群众。"书记严正相告:"会上已经产生决定了。"但"人民"不依不饶:"公证了没有?"书记说:"法律问题,你们找校长,他是法人代表。"书记在挂断电话之前重复了党的办事原则,书记厉声说:"党的原则是说话算数,取信于民。"

故事就陷入了僵局。僵局意味着故事既不肯往甲方发展,同样也不肯往乙方发展。一宿无话。

伤心的插曲

年轻的女教师叶雅林是生活在溟池故事之中的客人。这位学历史的佳人在大学一年级就匆匆恋爱了。她后来嫁给了那位中文系的才子,诗人哈桑。诗人哈桑在学生时代发表过三十七首诗,毕业之后却不行了,一首诗都写不出。然而哈桑走到哪里都不说自己的真实姓名,他总是这样介绍自己:"我是哈桑。"但是没有人知道哈桑是谁,这是一个令人伤心的现实。哈桑对此很不满意。他在一首诗里写道:

流鼻血的时代没有人认识哈桑

哈桑流下了伤心的鼻血

哈桑说

这是哈桑的鼻血呵

哈桑的血甚至哈桑自己都认不出来

……

下面便写不下去了。

更要命的事情还不在诗写不出来,而是哈桑没有工作。哈桑大学并没有毕业,他在实习期间把诗歌都写到女中学生的肚子里去了,女中学生的肚子又藏不住事,事情就大了。哈桑是在临毕业不足一个月的时候让校方开除的。叶雅林就是让鬼迷了心窍,刚刚毕业便和哈桑结婚了。新婚之夜才子哈桑用天蓝色签字笔在叶佳人的胸脯上写下了两行诗:

年轻人的错误总有上帝原谅

我的错误因为你而越发芬芳

哈桑流泪了,叶雅林也流了泪。

结婚后哈桑依附在叶雅林的身边生活,决心静下心来好好写诗。后来写出毛病来了,写之前总要喝酒,酒不下肚子身体就找不到感觉。然而每次哈桑总要喝到大醉,醉了之后脑子里的诗"永远不属于哈桑的手"。很难办。后来哈桑说,决定亲自去干预生活了。先炒股,忙了好几天都没有能够弄到钱,罢了。后来哈桑结交了一批朋友,开始做起了生意,先是电脑,再是装潢,最后总算开了一家小面馆。每一次都像哈桑写诗,尚未落笔胸中的激情便呼啦啦汹涌,但是两行之后便不行了,浪峰与浪谷一平均,即刻如止水一般平整。好歹面条店是开起来了,哈桑只做了四十天,四十天之后哈桑十分忧伤地离开了。他忍受不了

"中国人的吃相"。他撕下一张备课纸,向叶雅林交待了辞职不干的全部原因:

中国人,你的吃相总是那么恶!

啃包子,啃锅贴,

尤其是吃面条!

叶雅林望着丈夫的新作,伤心地说:"我晚几年生孩子,供你,养你,养到你能自立的那一天!"

叶雅林流泪了。哈桑也流了泪。哈桑擦完泪水便给他的爱妻献上了半首诗:

给Y·L

尽管我是你的丈夫

但女人终究是人类的母亲

……

每天晚上叶雅林老师都要到校外兼课。不是上历史,而是讲童话。一个老板的七岁儿子患上了失眠症,没有童话是睡不进去的,老板的童话讲完了,老板太太的童话也讲完了,讲完了就得找人,叶雅林老师是老板家第七位童话叙述者,她的童话都是历史故事改编的,孩子爱听,大人也爱听。孩子很快就喜欢上叶雅林老师了,赏给她一百元人民币,叶老师不好意思要,孩子他妈就说:"孩子给你,你就拿着。"叶老师就拿着。

星期一的晚上叶老师准时去上班,哈桑一个人在家里喝闷酒,把心情给喝坏掉了,哈桑从抽屉里搜索了一些碎钱,一个人骑着自行车到生活里头找点意思。哈桑来到电子游戏室,远远地看见一个女人坐在角子机前,她叼着烟,穿了一件很短的裙子,两条腿分得很开,叉着跷在那里。一条大腿上放着烟缸,一条大腿上放着角子,哈桑走到她的身后去,替她观察角子机里的局势。哈桑只看了两眼就把手伸到角子盒里去了,替她投进去一枚。女人还没有回过头来,角子机便响了,咣当咣当吐出来一串。女人取下香烟,弹掉烟灰,歪着下唇对哈桑笑起来,说:"手气不错嘛。"哈桑也笑了笑,说:"要看摸到什么了。"女人一听这话就开始认真打量哈桑,不像生意人,不是数票子的主,便开始往文人上猜。教书匠也不像,没那胆。哈桑往四周瞟了两眼,欠一欠身子,说:"换个地方玩玩。"女人话里有话地说:"你赌得起吧?"哈桑没有正面回答,说:"赌的意思不在钱,赌的是胆子。"女人知道不是跑码头的老客,老客只管价钱,不生事。这年头只有小文人还在学孔雀,交尾之前抖弄几下屁股后头的几根骚毛。他们是不嫖的,要弄花样,以爱的方式做嫖的事情。真是少花钱,多办事。哈桑看了看表,十分夸张地说:"你瞧你,天都快亮了。"女人很疲惫地笑一笑,眨巴眼睛,想努力着脸红,没红起来。女人和一个东北壮汉子在床上"整"了一下午,却没有捞到什么票子,心情正不好,想在星期一晚上好好玩玩的,放松一下,就遇上哈桑这么一个"冤大头"。女人咬住下唇,对自己说,我他妈的先消遣消遣你这个穷酸娃子再说。女人低下头,伤心地说:"你走吧,别拿我们开心,我知道你有老婆孩子的。"哈桑盯住女人,无声地摇头,似乎在怪她不晓事理,好半天才说:"俗了。两码子事。"

"什么两码子事嘛。"

"两码子事。俗了。"

但女人还是带哈桑走了。女人叫了一辆出租车,把哈桑带到了一幢楼的四楼上去。哈桑一进门就闻到了一股内分泌的燠杂气味。哈桑走到窗前,这座大楼居然就在幼儿师范学校的后身,站在四楼还能看见滇池呢,滇池的再那边不就是诗人哈桑的家吗,这一刻的滇池真是漂亮,墨黑墨黑的像抒情诗人的瞳孔,眨都不眨一下。女人关上门,身子贴在门板上,两只手背在身后,不动,看他的手段。无聊的时候捕鱼是一乐,做一条小银鱼让傻瓜去捕也是一乐,的确是很好玩的,就是贴上一回生意又能有什么,反正也亏不掉什么的。哈桑拉上窗帘,回过头来,走到她的面前,两只手支在门上,把女人关在怀里了。女人说:"君子动口不动手。"哈桑吻她一口,说:"君子先动口,再动手。"这么说着竟把她抱起来,十分孟浪地丢在席梦思上,女人在席梦思上颠了几下,生气了,很不高兴地说:"怎么这样?"哈桑用身子压住她,十分熟稔地把她扒了,脸上的赘疣闪耀出白色的油光,看上去无比地淫邪与下流。女人突然生出一股厌恶,就是给钱姑奶奶也不肯和他干的,女人厉声说:"放开,你怎么这样?"哈桑说:"装淑女有什么劲,我一眼就看出你了。"

女人推了他一把,说:"你一眼看出什么了,你他妈的买双鞋还得问问价!"哈桑摁住她的手,又吻了一回,说:"告诉我,你是什么鞋?"女人的挣扎就是在这个时候开始的,女人正色道:"放开,你下来!"哈桑不下来,说进去就进去了,真的是说时迟,那时快。女人原想逗他解解闷的,没料到居然栽在这种东西的手上。哈桑开始动,女人想收住身子,但收不住,只好跟着他动,一边动一边骂:"下作,下作。"

哈桑弄完了,躺下来,长长地一声叹息。女人躺在一边大口大口地换气。哈桑拍拍她的腿,说:"知足吧。你知道你和谁上过床了?——你和著名诗人在床上共过事呢,我的名字可是上过世界名人录的。"女人不说话,她咽不下这口气,女人坐起身子,说:"你少废话,给钱,一千五。"哈桑说:"又俗了。"女人说:"嫌俗你给三千,——你给钱。"哈桑拽过上衣,点上烟,平静地说:"钱我是不能给的,——那成什么了?我从不做那种事的。做你们这种事的女人,不和名人厮守能有什么大出息?自古就有娼妓成了大明星的,名垂青史呢,凭什么?马湘兰身后有王登,柳如是身后是钱谦益,董小宛有冒辟疆,李香君有侯方域,卞玉京有吴伟业,侯慧卿有冯梦龙,而你呢?——有我。你总不会不想成名罢?"女人踹了他一脚,有些气急败坏,说:"我要成名做什么?——给钱!你他妈给不给钱?"哈桑摇摇头,开始套衣服,忧伤地说:"俗。钱我是不能给的,再说我也没有,要钱没有,要诗我可以送你一首。"

诗人哈桑在回家的路上忽略了一个重要细节,那个女人跟踪他了。战争年代大部分女间谍都是娼妓,而和平时期娼妓们都能成为间谍,这真是诗人哈桑的大不幸。那个女人一直跟到哈桑的楼下,一直看见哈桑进门,一直看见哈桑的窗口亮起灯光。女人从幼儿师范学校退出来,打了两个寻呼,把哈桑家的准确地址留到朋友的汉显寻呼机上去,随后叫了一辆出租,到电子游艺厅去继续她的角子游戏。叶雅林老师从校外归来的时候教工楼的空地上围了好几圈师生,有人正在楼上大叫,伴随着一阵打砸,好像是在自己的家里。接下来三四个男人真的从她的家门口出来了,他们一路走一路骂,骂得极难听,但却是打完了、砸过了的解气口吻。叶雅林老师听出了灾难种种,她从那些骂人的话里听出来了,灾难就在她的家里,伴随着窗口的灯光呈现出生存的慝态,呈现出夜间的骇人的局面。叶雅林老师没有敢露面。她躲在暗处。叶雅林老师感谢上帝留给她一块黑暗。这块温柔仁慈的黑暗挽救了她。至少,在某一个时刻黑暗帮助了这个辛苦与痴情的古典女人。

哈桑醒来的时候已经是上午十点半钟,昨天晚上他被揍得不轻,嘴里头出了很多血。客厅里躺了许多器皿的碎片。整个家像农贸市场上的生猪,被解构得面目全非。哈桑坐起来,吸了一支烟,突然记起来叶雅林到现在还没有回来,哈桑胡乱吃了几块饼干,倒下头又睡了。这个回头觉一直睡到下午两点。下午两点诗人哈桑真的饿空了,就叫了几声妻子的名字,没人应。哈桑下了楼,打算到门口吃一碗阳春面。刚走了两步听到滇池那边响起了纷乱的脚步声,有人尖叫说"漂上来了"。哈桑不关心滇池里的事,那些都是小市民的混杂故事,和诗人永远沾不上边的。哈桑坐在小店里头吃了一碗面条外加十只锅贴。饱了。这时候有人从校门口出来,说,叶雅林老师的尸体从滇池底下漂上来了。

无人承包

叶雅林老师的尸体被人捞了上来,平放在溟池边的水磨石凳面上。她的上衣口袋里有一条小鱼,活的,张大了嘴巴正在毫无意义地呼吸。叶老师的两只手攥成了拳头,拳头里全是黑色的淤泥。哈桑走到池边的时候所有师生全散去了,人们的目光里头有了许多浮动的东西,如受惊的小鱼,晶晶亮亮地疾速飞窜。

最早对叶老师之死做出反应的是邢老师。邢老师赶在下班之前找到了学校的支部书记,明确表示,由于"突发的不可抗力之因素"溟池他是不想再承包了。书记正和校长一起闷着脑袋抽烟,好半天回不过神来。但书记表示"理解"。邢老师把自己的话复述过一遍,书记无力地抬起手,朝手背的方向掸了掸,没有再说话。邢老师看见一截长长的烟灰掉落在地上,很快退着脚步出去。

溟池再一次成为热点,但是溟池第一次不是作为事态的中心,而是作为事态的背景被人们所关注、所谈论。在这次谈论中"承包"这个话题被人们舍弃了,人们开始追踪诗人哈桑与他的妻子叶雅林之间的隐秘生活,即隐私。人们传播、创造、补充、发挥,故事的脉络比生活自身还要清晰、完整、因果相联、合缝合榫。死去的人是不朽的,他们的生命一定会在人们的猜测和设定中重新生活一次,乃至于重新辉煌一次。人们用气声、耳语以及投入的激情描述和重复死者的往事,所有的人都是当局者,只有死者自身在冥冥之中悄然旁观。这个热门话题被持续了两个星期,是语文组的倪老师为这个热门话题作了最后总结。倪老师远远地望着溟池,这个昔日的荷塘,深情地说:"寒塘渡鹤影,冷月葬诗魂。"这是《红楼梦》里头的句子,湘云和黛玉联出来的五言诗,又凄清又阴冷,听得老师们心里头凛凛的。人们也意识到似乎说得太多了,要招惹上叶老师的灵魂的。于是缄口,不提。

池水就这么静卧在溟池里,好几个月波澜不惊,水外面走的是人,水下面游的是鱼,互不干涉。故事就这么又完了一个段落。

继续承包

一九九五年的春光开始明媚了。时光就这样,转一圈之后又会过来的。春光可以回归,故事当然也就有了回归的可能。开春后不久溟池的故事就让人续上了。

过老师承包溟池几乎没有花力气,原因有二:一、叶老师事发之后溟池的水越发阴森了,一到晚上水的底部仿佛长出许多手来,稍不留神就会抓上来的。师生们避之唯恐不及,承包便没有任何竞争者。二、承包几经周折,几经失败,为后人留下甚为丰盛的战斗遗产。过老师胆小,近乎猥琐,类似于鼠科动物,整天伸头伸脑,举手投足里头都有防范和撤退的后继准备,这样的人或动物不参与捕杀,但他(它)们有一种本能,总是在事态的末尾参与进来,正好坐收利益。

过老师用一百五十元人民币承包了溟池。溟池到手得异常顺当,粗人的屁一样唾手可得。过老师交了钱就到溟池的岸边来了,背着手,款款漫步。过老师产生了首长的感觉,产生了地主的感觉。这两种感觉都很好,感觉一好过老师就要笑,忍不住。过老师伸出头看一眼水里的倒影,水底下他的笑相很丑。人一得意了笑起来往往会没有分寸,笑得撕开来了。过老师往池里头踢了一块小砖头,用波浪把自己的倒影抹掉,不笑了。

过老师通过学生的家长弄来了鱼苗,放到溟池里去。过老师发动学生砍了许多树枝,在溟池四周围起了一道栅栏。这样一来就有老师向学校反映了,说像什么?都像小富农的两亩三分地了。书记只好把过老师叫过来,让他注意"影响"。过老师不说话,一双眼就红了,噙了两朵泪,逼不回去,也淌不下来。书记只好作罢,关照一句"注意影响"兀自先走人了。

过老师自制了一副鱼竿,很悠然地坐到溟池边上开始钓鱼了。钓鱼是假,看塘是真。过老师出门之前关照他的老婆,他"钓鱼"去了。关照钓鱼是假,逃避家务是真。溟池里头还有旧时的鱼,个子已经很不小了。过老师一个傍晚钓了六条,高高兴兴地回家去了。老婆送上晚饭,问:"钓了几条?"

过老师说:"六条。"

老婆说:"鱼呢?"

过老师说:"放到我们家鱼塘里了。"

老婆把筷子拍在餐桌上,骂道:"你多大出息!"

过老师说:"肉烂在自家锅里,鱼养在自家塘里,怎么了?"

过老师的课余时间差不多都用在溟池了。蹲在那里闲也是闲着，就长肉。几十天下来人胖了十多斤，肉全长在脸上，加上整天日晒，眼看着就成了黑胖子了。因为有了肉，过老师的笑容变得缓慢又持久了，好不容易笑出来，就不容易消散。过老师的脸上终日悬挂着微笑了。胖胖的，微黑的微笑。

故事怀上的故事胎

溟池的四周围上栅栏，过老师终日厮守，故事的格局就这样形成了。总务处的花副主任偶尔也过去看看，和过老师说几句话，问几句水下面的情形，别的便再也没有什么了。

在故事的平稳阶段花副主任的出现是饶有趣味的。这里头就有"善者不来，来者不善"这一层古意。相当长的一段时间内花副主任都没有介入故事，现在，花副主任登场了。

过老师正式向溟池投放鱼苗不久，花副主任悄悄投进了蟹苗。当然，投放是极为保密的，投放前的侦察和论证工作也是极为严格的。溟池的池岸直上直下，又是水泥结构，这样一来螃蟹就比鱼苗更为隐蔽。鱼高兴了还会打几个水漂，但螃蟹不会，螃蟹生气了可以欺侮欺侮鱼苗，但鱼苗总是不会欺侮螃蟹的。就算有人偷着垂钓，螃蟹又不会吃钩。这样的借鸡下蛋神也不知鬼也不觉，又不吃亏，除了花副主任谁还能做得出这样的便宜买卖？从技术上说，唯一的难处就在干塘收获的那一天，水落螃蟹出，事情总要公开的。不过，魔高一丈就为了应付道高一尺，办法总是会有的。花副主任好歹也是个官,对付一个姓过的办法总是有。

花副主任把所有的有利因素和不利因素全想过了,过老师天天替他看着塘,只等着秋风起螃蟹肥了。花副主任就是没能想到车队的司机耿老二会插上一杠,当然,那是后话了。耿师傅的出现把溟池的故事推向了高潮。

而现在,故事怀上了故事胎。过老师正小心翼翼,像一个孕妇,腆着他的"大肚子"。花副主任则消受着过老师的悉心照料,也可以这么说,花副主任正以局外人的闲散心态注视着过老师的十月怀胎。花副主任过一些日子就会到溟池那里转悠的,看望或者说监督过老师漫长的养鱼生涯。

但是过老师很开心。

过老师开心花副主任自然也就很开心。

溟池里的鱼苗使溟池的故事风静浪止了。用三年级一位学生作文中的话说:"溟池在蓝的天白的云下面,如美人春睡,一双渴睡的眼欲开还闭,溟池,静静的溟池唷!"

就是在这样的平安无事里司机耿师傅卷了进来。耿师傅卷进来之后溟池无风就是三尺浪。耿师傅大头,大手,大眼睛,大嗓门,属于好话也要粗声恶气的那种好汉。耿师傅有一句伟大的口头禅,叫作"烦不了那么多"。耿师傅说这句话的时候惯于先吐口唾沫,而后吊起左眼的眉梢,做出财大气粗,或者说,做出"我是你爸爸"那样的神气,嘟哝一句:"烦不了那么多。"这样的人容易被人激将,这样的人骨子里也喜欢被人激将。反正是一乐,反正他做什么也不会有什么顾忌或后遗症。谁也奈何不得的。"烦不了那么多"。

这一天后勤人员一起挤在会议室开会。开完了大伙便扎成一堆神聊。食堂白案组的杨春妹老是把话题往鱼上引导,谁也没有留意。后来杨春妹说,春节前白老师的学生送过来一条鲤鱼,七八斤呢,用网养在池塘里居然让它逃了。这么一说几个爱钓鱼的就起哄,耿师傅说:"是鲤鱼啵?是鲤鱼我肯定能钓得出来。"杨春妹瞟了他一眼,说:"算了吧你,鲤鱼又不是桑塔纳,能听你摆弄。你要能钓上来,鱼归你,我贴你一条红塔山。"耿师傅被这么一激身上的汽油味全飘出来了,吊起左眉梢说:"还真有一条鱼?"杨春妹便不耐烦,嘎着嗓子说:"骗你做什么?我又不缺你做女婿。"大伙就笑。耿师傅说:"只要有,十天之内我不给你钓上来,你拿我的屁眼做气缸!"

这个赌打下来耿师傅就拿了钓鱼当事业做了。耿师傅提上茶杯,把香烟丢在石凳上,把火机压在烟盒上,端着鱼竿,像电影里站哨的二皇军。这么站了两天,钓上来的小鱼全让他砸出水来了。过老师把这一切全看在眼里,心里头上了一把钩,拽得疼。过老师终于走上来,轻声说:"耿师傅钓鱼呢?"

耿师傅支吾了一声。

过老师说:"我已经承包了。"

耿师傅就又支吾一声。

过老师说:"我是说,我已经承包下来了。"

耿师傅回过头,斜着眼睛,却不支吾了。

耿师傅不支吾过老师心里便没底,伸出一只巴掌,说:

"你钓。"

这么说着话耿师傅又钓上来一条,耿师傅卸了钩,顺手就把鱼扔在地上。过老师走上去,重新把鱼丢在水里去。

耿师傅说:"你烦不烦?扔下去它又要吃钩,烦不烦?"

"我承包了。"

"承包就承包了,我又没弄你的池子,我是把水弄破了还是把水弄旧了,烦不烦!"

"我真的承包了。"

"你噜苏什么?你他妈的噜苏什么?"

"你讲不讲道理?"

"再噜苏我叫你下池子喝鱼汤,——你他妈酸不酸,你是教师,我是工人,我在乎你?奶奶个,噜苏!烦不了那么多!"

好的故事

过老师是不该为这点小事找书记去的,书记也就更不该为这点小事找耿师傅了。书记语重心长,但书记的语重心长恰恰是一个致命的错误。书记要是这样就好了:先递上一根烟,然后破口就骂,既口气严厉,又亲切热乎,让人觉得书记和司机是一对仗义的兄弟,骂得,打得。可是书记就是语重心长了。书记刚刚语重心长耿师傅的脸便拉了下来。语重心长是什么鸟东西?耿师傅不吃这一套。

耿师傅的坏脾气在这个时候已经蹿出去了蓝色火苗。他的坏脾气真是炉火纯青。耿师傅正找不到机会了结杨春妹的那个赌,真他妈的天赐良机了。耿师傅没有听完书记的话,骂了一声"姓过的小赤佬",转过身子就走了。耿师傅来到卡车的车库,打开锁,扔掉铁链子,轰隆隆地拉开大铁门,迎面扑过来一阵浓烈的柴油味。耿师傅提起柴油桶,桶内的柴油足足的三十升。耿师傅带上柴油,开始发动汽车。耿师傅把汽车开到溟池边,车子"嘎吱"一声便刹住了。耿师傅提了油桶站到溟池的岸上去,拧开螺口铁盖,把三十升柴油一股脑儿全倒进去了。耿师傅扔开油桶,大声说:"我让你吃鱼,我让你泛泡泡,吃鱼屁!"

春光正融融。艳阳正当头。三十升柴油长满了脚,像一群蜈蚣爬满了溟池的水平面,一点空隙都没有留下来。柴油覆盖在池水的表面,阳光的七种组合色彩在水池里的油面上分解了、液化了,汪了一大摊。风乍起,吹皱一池斑斓。柴油在阳光下展示出一种漂浮的艳丽和癔态的聚散,又陆离又喧嚣,又诡异又妖冶;变动不居,油荡光漾,仿佛隐匿和溶解了一个好的故事,这故事很美丽,有趣。许多美丽的人和美丽的事错综起来,像一天云锦,而且万颗奔星似的飞动着,同时又展开去,以至于无穷。故事里的诸影诸物无不解散而且摇动,扩大,互相融和,刚一融和,却又退缩,复近于原形。耿师傅对走过来的学生挥了挥胳膊,大声说:"过来,好看。"

溟池里的缤纷景象没有能够久长,离盛夏尚远,溟池的水便黑掉了,发出丰富与肥沃的腐臭。溟池里没有一只蚊子,没有一只苍蝇,甚至没有一只水马。麻雀在天上飞,它们飞过溟池的时候都要在溟池的上空绕过一道巨大的弧线。没有人再提及溟池了。除了学校里的官方公告。公告说：

> 溟池乃国家资源，在任何时候任何人均不得以个人名义占有、租赁、转让、使用，如有觊觎，则任何个人之权利将得不到国法及校规之保护。特此通告。

溟池的故事便终止于臭气烘烘了。

1996年第9期《人民文学》

哥俩好

一

洒水车自西向东驶去。车上配备了电子合成乐,走一路响一路。没有和声,是一个又一个单音。深夜三点了,马路两边的高压氖灯分外绚烂,路灯的等距、对称,勾划出空街的漫长与开阔。几只飞蛾萦绕在橘黄色灯罩的边沿,它们迷迷糊糊的,有了夜的癔态。大街空旷而又单调,偶尔有一辆小汽车,开得飞快,呼地一下就过去了。深夜三点是都市的一个哈欠,这样的时刻路灯们既有灵犀却互不往来,它们不动声色,静静悄悄拉出了都市之夜的斑斓纵深和缤纷透视。洒水车驶过去,路面淋湿了,镜子一样透明。倒影使都市之夜越发豁达大度了,建筑群一半在地上,一半在地下。霓虹灯的杂色在倒影的最深处,完全液化了,一波一波地荡漾,一波一波地轮回。又一辆小汽车飞奔过去,车子的尾灯流光溢彩。小汽车往远处去,在潮湿的路面上既像上天,又像入地。

图北又梦见燕子了。燕子在图北的梦中一直没有色彩,类似于褪了颜色的陈旧相片。燕子在梦中从来不说话,紧闭了双唇,一双眼也不肯聚焦,却是一副凝视的样子。这样的凝视十分接近于含情脉脉。图北走上去,吻燕子的唇。接下来的事就发生在水里了。图北的梦一涉及到河水往往变得不可收拾。每一次都这样。梦里的水相当抽象,彻底失去了物质性,只剩下波动与浮力,只给图北留下失重和飞翔的致命感受。后来他们缠绕在一起,颀长的阔叶水藻那样,有秩序地摇曳,越发润滑舒张了。燕子闭紧的双唇到了这个时候总会不对称地错离开来,凭空生出一些温度与色彩,还有柔软。图北的梦便醒了,但他的身体还在梦中。图北每次醒来都想中止身体的奔腾态势,但是不行。这样的时刻图北身不由己。图北羞于这样的梦。图北不允许自己的身体在燕子面前有这种可耻的秘密。图北不许自己再梦见燕子了。可是梦比当事人更顽固。梦就会无中生有。像当事人照镜子,你看到的永远是你的对立面。图北为此而伤怀不已。

  图北下了床,十分懊丧地为自己擦换。他点上烟。大哥图南正在隔壁打呼噜。他的呼噜听上去又满足又疲惫,和夜的颜色一样充满弹性。图北推开窗。窗子在七楼,正是俯视大街的最佳角度。那辆洒水车驶过来了,自西向东,像一只发情期的病孔雀。这只孔雀一路开屏,一路飞奔,既像爱的追欢,又像欲的放逐。图北听到了洒水车上的音乐,是威尔第的《女人多变心》。深夜三点。女人多变心。图北撒播完他的精液,很虚空地凭窗伫立。窗口吹进来一阵风,图北叼起烟,深深吸了一大口,再用叹息把那口烟送出去。烟在窗口盘旋了一圈,散掉了,又被一阵夜风倒灌回来。图北吸了一半,把烟弹出去。烟头在空中划了一道暗红色弧线,自杀那样十分忧郁地跳到楼下去了。

一九九四年的秋季殷图北离开了他的故乡断桥镇。这一年夏天殷图北高中毕业。按照正常顺序,他应当在高中毕业之后到大学里读大学的。他一心想读金融,利用大学混个城市户口,然后选择一家气派的贸易大厅,套上著名的黄马甲。谁也没有想到殷图北会落榜。殷家的人说什么也不会落榜的。填写志愿的那天图北的老父亲赶到学校,凭空虎下来一张老脸。断桥镇中学的校长给殷老先生端过来一张旧藤椅,请"老先生"坐。校长说:"有什么事你给学生盼咐一声就行了,怎么还亲自过来了?"老父亲虎下脸之后脸上的褶皱纤毫毕现,一撇一捺都不怒而威。老父亲七十多了,五十开外才生下图北。这位退休教师的嘴里没有一颗牙,就剩下一根舌头。这样的嘴巴适合于语重心长或苦口婆心。但关键的话却能说得比牙齿更为坚硬。老父亲当着校长的面,大声说:"殷图北只能报师范,不许报花里胡哨破玩意。我说的。"他把亲生儿子叫得有名有姓,气氛当即就庄重了,校长的表情一下子处在了事态的要紧关口。校长轻声说:"知道了。"校长当着殷老先生的面重复了他的话,殷图北的班主任很严肃地点了点头,又重复了校长的话,说:"知道了。"

断桥镇的殷家是全县著名的教书世家。这段光辉的历史可以上溯到道光二十三年。那一年殷家出了一位贡生。道光二十三年(公元一八四三年)至公元一九九四年,一点五个世纪即一百五十年中,殷家一共出了四十六个(含儿媳和女婿)教书先生(也称作教书匠或人民教师)。从老贡生在断桥镇开设第一所私人学堂算起,图北的老父亲已经是殷家的第七代孙子。图北的大哥殷图南于一九七九年考入师范大学,正式成为殷家第八代教书匠。毕业后殷图南回到了断桥镇。殷图南结婚的那天老父亲送了长子图南一份家业:为人师表,祖宗八代。八个大字,口气里头全是功德完满。但图南在一九八九年的冬天突然出事了,先离婚,后辞职,一个人重新回到南方的省城去了。图南的举动事先没有一点动静,没有一点破绽。老父亲得到这个消息口吐了白沫,从医院回来之后一双老眼越发浑浊了。殷老先生就此失去了旧时的样子,像一个年迈的农夫,酷似罗立中当年的那张著名油画,耳朵上夹了一支圆珠笔,手执大海碗,终日呆坐在青石巷的石门槛上。老父亲动不动就说两句话:"……背负青天而莫之夭阏者,而后乃今将图南。"这是《庄子》里的句子,有他长子的名字。而今图南真的图到南方去了。这是命中注定。老父亲那浑浊的目光终于移到图北的身上来了。图北成了他的八世单传。父亲的目光让图北害怕,图北看到了自己的命。他的命就是父亲的凝视——浑浊昏花,闪耀着白亮的泪光。图北决定反抗。图北只怕大哥,从来就不惧父亲。图北当着校长的面对父亲大声说,"我不!你怎么不替我想想!"老父亲猛拍藤椅的把手,想站起来。没有成功。但藤椅的吱呀声表明了老人的决心。老父亲的举止给人以竭尽全力和义无反顾的印象。"殷图北!"老父亲大声说,"殷家第八代!"老父亲的呵斥辞不达意。但断桥镇的每个人都听得明白,在场的所有教师无不为之痛心,为之动容。校长走上去,轻声说:"老先生,由不得他,有我们呢。"图北的班主任瞟了图北一眼,重复说:"由不得他。有我们呢。"

殷图北不认教书匠这个命。他用怠工这种古老而朴素的方式开始了消极抗争。这是一段孤寂的日子，伤心的日子，唯一的安慰就是燕子与他的悄然对视。燕子是青石街上最好看的姑娘，她的面容和表情都可以称得上风景。燕子和图北一直同学到高中二年级，高三这一年燕子突然辍学了，从她的母亲手里接过了那杂货铺。燕子整天坐在她的铺子里，很娴静，似娇花照水，有一种无法挑破和不可识别的忧伤笼罩。燕子和每一个人都保持一种适当的距离，像生活在镜子里头，伸手可触却又不可企及。图北第一次向燕子表白是在一个停电的晚上，这样的夜晚总是适合于表达初恋情怀的。图北带上钱，去买蜡烛。燕子正站在两炷白蜡烛的中央，白烛光使她的面部轮廓表现出渴望和拒绝的矛盾效果。图北走上去，递过一张百元新钞，他在朱德头像左边的空白处抄了两句诗：

走不出青石巷你的回眸，就是我的凝望

燕子显然注意到百元新钞上的两行字了。她侧过脑袋，很仔细地辨读。她的双手和整个身体就是在某个神奇的瞬间被一种东西击中的。烛光在墙上放大了这个惊慌举动。燕子后退一步，把钱塞进口袋，两只小火苗十分动人地向里侧了一回身子，随后又反弹回来了，一副故作镇静的样子。燕子随手拿出两支蜡烛，放在玻璃柜台上。图北抓起来就走。图北到家的时候电恰好来了，整条青石巷重新恢复了灯火辉煌。图北握住蜡烛，幸福地自语说："她怎么知道我要蜡烛？"图北拉掉电灯，点上蜡烛,无限美好的感觉弥漫着烛光的最后辰光。在后来的城市岁月里,图北发现了一个最基本的事实:爱情只限于烛光时代,电灯亮起来,爱情其实就没有了。烛光是爱情的最后一丝柔嫩光芒。停电时期的烛光是爱情临终的回光返照。

当年七月,图北从高考中败下阵来了。考完的当天图北向父亲宣布了这个结果。老父亲抿上嘴,不说话。他的缺牙使他的抿嘴显示出无力回天的伤心。夸张了,变形了。这种夸张让看的人揪心。父亲把手背在腰后,他以为图北很痛苦,反而安慰起儿子来了。他的安慰和他教书育人一样,一开口就引经据典,无一字无来处。父亲说:"挟泰山以超北海,非不为也,乃不能也。罢了。"他说"罢了"的时候舌头动得很古怪,使人联想起京戏里青衣的水袖,伤神绝望地甩出去,"罢——了——"

当晚老父亲便喝多了,说了很多的话,有文言,有俚语,雅雅俗俗说了一屋子。图北陪着老父亲喝,最终听出意思来了。他的"罢了"不是冲着图北来的,是他的殷家血脉与殷家香火。"罢了"的潜台词是一句拽动祖宗八辈的哀伤话:殷家休矣!老父亲最后用两句民谚总结了两个不肖之子:"养儿如虎,不如养儿如父。"——是说图南。说图北的那句味道就越发差了:"养儿如羊,不如养儿如狼。"老父亲说完这两句便不再开口了,抿紧了双唇。他老人家的唇部造型使图北联想起他的教书匠家族,既坚实稳固,又弱不禁风。老父亲闭着眼向后倒下去,当天晚上就不省人事了。

老父亲被送进了医院。初步诊断是中暑。但又不像。转了两家医院过后父亲的病越来越复杂了。他老人家的身体像一座病矿,越往深挖病也就越多。先是钡餐,再是胃镜,后又是切片,结果出来了,吓了殷家的人一大跳,是晚期胃癌,都两三年了,一直没有发现罢了。老父亲的身体被护士推上了手术床,刚一打开就被主刀医生缝上了。老父亲从医院回来的那天只说了一句话:"少一茬就祖宗八代了,让后人笑骂都没能凑齐。"老父亲在后来的二十多天里拒绝任何治疗,整天躺在那张破藤椅上。旧藤椅的吱呀声比他的呻吟听上去还要痛。他侧着脑袋,傻看着青石街上来来往往的孩子。老父亲未能盈月竟郁郁而终了。他日日夜夜只重复一句话:"少一茬就祖宗八代了,让后人笑骂都没能凑齐。"这是他回家时说过的那句话。这句话成了他的临终遗言。他把遗言重复了上百遍。

图南一办完丧事就回到省城去了。一个星期后他又突然返回。图南一进门就给父亲上香、磕头。头磕完了,叫过图北。说:"磕头。"图北就磕。直起身子的时候大哥图南掏出了一只牛皮纸信封,是一张大学录取通知单,大哥没有表情,说,"特等自费,八万。"图北没回过神来,像做梦,有些将信将疑。图北接过来,只看了一眼便仰起脸来:"怎么还是师范?"大哥望着他,往前走了一小步。大哥说:"你再说一遍。"图北闭上嘴。大哥一说"再说一遍"图北就必须闭嘴。图北没有教书匠的命,却撞上了教书匠的运。这还是命,图北的命过去深藏在父亲的凝视里,现在埋进了大哥的沉默。图北的目光从大哥的脸上移开去,心里一下子飞远了。眼里吹起了一阵风,这阵风很阴冷,它来自一百五十年前,来自道光二十三年。

图南发财用了五年时间。五年时间可以换算成一千八百二十五天。大哥图南说,他不是暴发户。大哥图南说,这年头暴发户发财是用小时计算的,大哥图南伸出一只指头再三强调,他不是暴发户。他的语调里没有半点断桥镇的乡间口音,他早就能够正确区分与合理使用"z,c,s"与"zh,ch,sh"了。

大哥图南就是被称作大款的那种男人,衣着考究,脑门油亮,牙齿爽洁有力,两只耳垂又红又厚,充盈了高蛋白与高脂肪。图南每时每刻都像刚从酒席上下来的样子,健康、满足,一招一式都有酒有肉。图南四十出头,但看不出具体岁数。既像中年的上限,也像中年的下限,成功的男人大多如斯。图南的年龄区限很阔绰,这给他的性事业提供了弹性跨度。和半老徐娘他能够春风放胆,与妙龄女郎也可以夜雨瞒人。真是生冷不忌,两头不误。各种款式的女人从他的寓所里进去又出来,她们进门的时候步子迈得像时装模特,一左一右地摇摆。但出门时就不一样了,变得柔和、娇媚,又慵懒又倦怠的样子,都接近于淑女了。女人的步态变化蕴涵了生活的无限神韵,这种变化给了图北想象力。想象力就是无师自通的那种张力,什么也挡不住。至于细节,图南枕下的避孕套为图北做了全部补叙。图北在某一个下午偷出来一个,开始研究当今男女的狎亲方式了。图北决定做点什么。图北一定要做点什么,但图北不情愿步大哥的后尘,他要从头开始。只有从头开始他才能成为另一个大哥,另一个完整的殷图南。图北走上街,嘴里咬着口香糖。他逛了很久,最终在一家药店门口站住。图北忍住心跳,目光正视前方,用余光四处寻找。他看到了六个字:计划生育专柜。六个字很讲究,圆头体,用橙色即时贴剪贴在玻璃柜台的外侧,图北走上去完全没有料到他的内心隐秘关涉到我们的基本国策。事态一下子就肃穆了。图北把钱摁放在柜台上,拿出周润发的做派,用一只指头推过去,迅速往下指了两指。营业员一手拿钱,一手取货。整个过程只有几秒钟,类似于地下工作者的飓风行动。他把"东西"夹进《中国通史》。《中国通史》一下子就更厚重了。

十月一号图北就把女同学带进家门了。这是个好日子,好日子就该派上好用场。图北不喜欢这个音乐系的女孩子,图北只是闻到了她一身的骚味道。他们一起看了镭射电影,一起吃了肯德基。然后打了一辆桑塔纳出租车。在车上女同学就坐不稳了,反着胳膊把图北的脑袋勾下来。她的嘴里全是椒盐和罗宋汤的混杂气味。他们上了七楼。走过客厅,往左拐。往左拐才是图北的卧室,图北在拐弯处静了几秒钟,在这个几秒钟内图北感到他既是图南又是图北。但图北感到了他与大哥的区别,这种感受至关重要,蕴涵了一个男人相对于另一个男人的本质区别。图北拉着女同学的手,一路吻一路退。床沿挡住他们了。没有退路了。没有退路对每一个男人都意义重大。他们吻完了,开始为对方脱。开始很慢,只脱到一半就不行了。手脚一起张狂马虎,忘记了用心。

大哥图南就在这个节骨眼上回来了。上帝安排的。出于一个男人对另一个男人的出格敏锐,图南推开了图北的卧室。图南的眼睛通了电,两只手叉在胸前。图南慢腾腾地抽出右手,朝图北的脸抽过去。正手一个,反手一个。图南从地板上捡起花裙子,扔到女同学的身上,厉声说:"出去。给我出去。"女同学处变不惊,完全有能力应付各种突发事件。女同学捂住自己,双手掴的全是关键部位。她镇静地说:"你出去,你给我出去。"图南的眼里停电了,反显得无措。他点着头,退着身子出去。女同学跷起腿,套上裙子,表情很不满意。提拉锁的时候不停地自语:"真是。"她很不高兴,不停地说:"真是。"她走了。进门的时候还有点半推半就,走得却这样生猛,称得上惊天动地,哪有一点柔和,娇懒?哪有半点淑女的样子?图北傻立在原处,都忘了穿衣服,脑门像浴室门上的玻璃,都沁出水珠来了。

图南很晚才回来。图南踹开门,浑身都是醉。图南在醉酒之后露出了他的真实年纪,露出了强硬男人的全部负面。在深夜的酩酊之中,图南内心的基础部分弱不禁风,全是些伤心细节。图南从密码箱里取出一张黑白相片,镶了金贵的红木边框。是他的父亲。图南在大醉之中记得箱子的密码,隐痛铸就了他的隐秘。图南问:"是谁?"图北说:"爹。"图南把父亲挂墙上,一把摁倒图北,让他跪。图南失声说:"你怎么能学我?啊?你怎么能学我?啊?"图南瘫坐在地板上,一只手撑住图北的胳膊。图南号哭的样子丑陋而又真实,让图北无法摆脱恐惧。"我他妈为了什么?"图南拖着哭腔说,"我他妈为了谁?——你给老子数,数到八万,一!二!三!大声点!你数,你把八万全数出声来!"

图北大约是在数到五千之后入眠的。数字很清晰,又很机械。它成了兄弟二人的催眠曲。图南不久就打起呼噜了。酒气飘得一屋子。兄弟二人横卧在客厅里,等同于某一个凶案现场。他们的身体被某种锐器解构了,弃置于夜间,彼此交叉,彼此抚恤,流露出亲近企图。但各自的梦分解了亲近的内在可能,使身体与身体无法呼应。图南打着呼噜,而图北也打起了呼噜。

图南再也不带女人回家了。但他的归家变得越来越晚,越来越成为图南生活的补充成分了。父亲被挂在墙上,以亡灵的心态微笑,以抽象的方式注视着图南与图北。这是亡父的方式。也是睁一只眼闭一只眼的方式。这是一个亡灵对现世的干预所能达到的最高程度。这句话可以这样解析:他用那只闭着的眼睛打量图南,而对图北,父亲他全神贯注,在冥冥之中炯炯有神。图南点了根烟,这是他每天起床后的第一件事,图南不急于洗脸、刷牙,叼着烟往书房里去。图南的书房很体面,书的彩色背脊构成了一幅杂色平面。顺墙角拐了弯,环绕在书房四周。图南喜欢买书,不看。但买书成了他的习惯、毛病。买什么书他不在乎,但书脊要漂亮。衣服是女人,要有一张好面;而书是男人,首先得有一块好背。这样一来书就免不了杂,尽是各类学科的经典,压了膜、烫了金,码得规规整整,一副人类文明的持重派头。图南的书房压缩了上下五千年。他的经济基础轻而易举地支撑了人类的上层建筑。

刷牙洗脸之前图南有一道功课,翻一翻《成语字典》。这是图南每天的必修课。成语是中国人的文史哲与经政商,它浓缩了万卷书与万里路,有成语在肚子里垫底,什么样的人,什么样的事就全能对付。成语是中国人的魔圈,它既是中国人心智的起始,又是中国人心智的终结。成语不是汉语的"语言",它是汉语的精神、实质、根本、源头和指向。中国人的心智只不过是成语内蕴的组合与融汇,这是图南在整个教师生涯中凝炼出来的精神晶体，中国人不论怎么活，永远活不出那几道成语。苦海无边，回头是岸。三十六计，走为上策。他山之石，可以攻玉。宁为鸡头，勿为凤尾。树挪死，人挪活。挂羊头，卖狗肉。不发财，毋宁死。

图南的另一门功课是在地图面前站一站。这个世界有两种人爱看地图，一种是绝对的精神游走者，一种是凶猛的利益追逐者。地图既是一种精神风貌，也是一种利益分布或利益战略。图南看地图属于后者。这是一张中华人民共和国行政图，比例：一比六百万，一九九二年六月第七版第三十九次印刷，是图南新买的一张。这里头潜藏了图南的全部生意。图南就靠一张地图和一部大哥大做生意。图南的大哥大后五位数是18888，听上去像一个口吃的家伙说"要发"。图南靠地图产生战略，尔后用电波把这种战略送到前线。他的生意不吓人，只是建筑物上的硬塑料配件，诸如开关、插头、埋在墙内的线管。这些东西最小的只有几毛钱，真的不吓人，可是图南做的是大生意。这个地图上一巴掌拍下去全是城市。城市是什么？一个工地，一个永远无法封顶的水泥制品。城市沿着水泥的背脊一天一天往上长，那些硬塑料配件只能顺着水泥一天天水涨船高，这个没办法。图南就是被那些建筑物生拉硬拽着发财的，这个没办法。图南瞧不起投机生意，一锤子买卖他可是不做的。他不喜欢一"把"一"把"地挣钱，他喜欢让钱像溪水，无声无息地、从不间断地往他的身边"流"。"流"永远比"把"来得更持久，因而也就更巨大。图南的皮包公司最先做过钢材、镀锌板、日本尿素、电子产品。图南想把生意做得又巨大又体面，这是初入商场的年轻人最常有的大心思。是一位日本朋友教会他这一招,他开始了巨大空间里头的小块头生意。这就需要他不停地奔跑,把小生意做成板块,做成帝国。然后不停地重复,生意还是小生意,而利润就成了大利润了。

但是这样的生意起初是极艰难的。有将近四年的时间图南是在车轮子上熬过来的。那四年他站没有站相,坐没有坐相。除了会客,他都是半躺着的,眼睛是半眯着的,大脑是半睡眠的。余下来的就是陪客户吃、喝,感情吃出来了,事情就好办了。在一张桌子上一起醉过三次,醒来就是亲兄弟。亲兄弟不就是因为叼了一个奶头喝奶吗?还是在吃喝上头,一回事。图南的跑动兵分两路,先往乡镇企业的小工厂跑,找到卖鸡的,后往大城市的建筑队跑,再找买鸡的。卖鸡和买鸡的当然不碰面。他们在图南的身上一会合,这就叫市场,就叫生意,就叫贸易,就叫钱。就这么回事。四年里头图南积累了两纸箱名片。一箱是买鸡片,一箱是卖鸡片。图南所有的买卖全在这两箱名片里头。但是图南不贪。这是图南生意得以恒常的根本。这就叫"有肉大伙都喝点汤","有花露水每人的头上都洒一点",有了这个原则,买鸡的高兴,卖鸡的也高兴,他们高兴了图南必然跟着高兴。就这么回事。图南开始看到钱往他的身边流淌了。他听到了液体的流动声。那是钱的声音。

图南有钱了。图南先把现金变成股票,这是成为城市人的标志。正像养一头猪、十几只鸡才能成为农民,城市人的手上是必须有股票下几只蛋的。图南安稳下来了。他想起了父亲。这个贫穷和倔犟的老头对生存有一种匪夷所思的"理想"。这种

"理想"吸附在他的种姓里头,血脉里头。这就要求他的后继生命统统变成既定生命。一招一式只能按"既定方针办"。图南成了最先的叛逆者。叛逆者的内心都有一种剥离本体的撕痛——它深入骨髓却又浅若切肤。有一种十指连心的感觉。但是图南的叛逆也是一种生命,这个生命是被这个世道孕育出来的。它十月怀胎,分娩也就不可回避了,即使撕破母体它也在所不惜。这个母体只能是图南的老父亲。作为长子,图南体恤到老父的苦痛,但图南身不由己。要不然就是他自己胎死腹中。每一个生命都不会自择死亡。这是没有办法的事。图南只能靠钱来补偿。这是儿女对祖上的通常做法。但图南没有敢太造次。他在有钱之后只给父亲寄了一千元人民币,这是一次试探,只要父亲收下了,一切就全好办了。只要父亲肯收下,图南的痛感会随着一张张汇款单得到平复。然而一千元汇款单在十天之后就退回来了。上书:查无此人。图南遭到了当头一棒。这一棒里头有剔除的意味,甚至还有死亡的意味。图南塞上这一千元走进了酒馆,喝得不省人事。醒来之后他的醉眼便开始盯上了弟弟图北。他要制定一个计划,靠这个计划去借尸还魂。弟弟图北的命运从这一刻起就已拟就了。

现在,图南站在地图的面前,吸烟与凝视,类似于战争年代的领袖们。他只要站在地图的面前,打打电话,看看传真,签签合同,然后,等钱上门。

图北起床后有点头晕。脸上挂满了梦遗之后的那种匮乏。他冲了两杯牛奶,加了点盐,给图南送过去一杯。兄弟俩早就和解了。他们在图南大醉之后和好如初,和解的那天晚上图南带回来一瓶洋酒。图南坐到图北的对面去,掏出香烟,抽出一根,却放到图北的面前,过滤嘴对准图北悬空在茶几的边沿。图南叼上烟,打上火,把火苗先送给图北。图北望着大哥,有些始料不及,近乎惶恐和恍惚了。"抽。"大哥说。图北拿起烟,很笨地伸出脑袋。这是图北与图南最靠近的一次,只有一根烟那么长,烟的长度等同于男人间的最佳距离。图南说:"我们喝点酒。"兄弟俩坐在沙发上抽烟,喝酒,不时瞥一眼他们的父亲。"我们兄弟俩姓殷,"大哥在沉默过后冒出了这么一句话,听上去文不对题,"殷家的事你知根知底,这么多年了,清一色,双七对,不容易。就差一张杠后开花。兄弟,就钓你这张牌了。你侄女儿都跟了你嫂子的姓了,还能指望什么?我有钱。除了犯法,你什么毛病都能有,就是裤裆里的事你给我看好了。女人好不好?好!可你才十九,这个岁数睡动头你就收不住身子了。就算你腿根子夹得紧,可女人夹不住,这是一回事。我有钱,但你不能像大哥,大哥废了。你好好读书,四年后回断桥镇去,替大哥我把那口香火续上。别想着钱。有我,有钱。国有大臣,家有长子,你替大哥我把祖宗八代凑齐了,大哥我不敢对不起你。你听清楚了?"

"听清楚了。"

"要喝酒,喝;要抽烟,抽;要花钱,花;也别过了头。我有钱。你将来得替我去为人师表,总得有点样子,不能像我。你好好读书,我生意上的事,你就当看不见,别管。可我得管住你,谁让我大你二十五岁。我抽了你两耳光,别往心里去。记在那儿。

等你毕业,大哥我还你。"

"我不要你还。"

"我不欠你的。殷家有七代列祖列宗,他们的眼睛全在地下睁着,盯着你。殷图北,你得替我把它们闭上,这件事可不能马虎了。托你了。钱的事你别操心,就算我买你这一辈子。"

图北听了大哥话,泪水直往外涌。图北侧过头,大哥的手却搭到他的肩膀上来了,用力拍了两下。图北说:"大哥。"图北一开口便憋不住,要哭,图南眨了两下眼皮,说:"喝!"

那个叫尤欢的女人仰浮在水面。游泳池的水绿得有些怪,像得了某种疾病。尤欢的身体被水面弄得变形了,失去了骨骼的常态比例,像得了另一种疾病。她的比基尼是粉色的。除了比基尼,余下来的部分全是她的好皮肤,尤欢戴了一副墨镜,她的红唇一开一合,宛如蓝天下飞翔的彩蝴蝶。

图北没有去上课。这些日子燕子的面容如同她的名字,在图北的缅怀中飞来飞去。图北和燕子拥有同一条巷口与同一条河流,他们的初恋是一次忧伤的爱,水一样找不到色质、找不出形态。图北进城之前约过燕子,为了遮人耳目,他们在黄昏后一起来到了水里,他们的目光贴在水面上,交织在一起,目光里有一种水面一样不可挑破、却又如水面一样清澈透明的伤心效果。第二天一早图北就进城了。然而城市从来就不是燕子飞行的背景。图北进城了,燕子她只能无影无踪,图北只能依靠液体的拥抱去感受过去。图北决定找一条河,找来找去却找到了一块游泳池。

但是,水与水不一样。即时性是水的唯一品性。图北来到游泳池,看到的却是另一个女人。一个叫尤欢的女人。燕子掠过水面,飞远了,只给水面留下了尤欢。她戴了墨镜,漂浮在水面,四肢在水中自由开岔,留下了诸多空隙。这样的空隙蕴藏了生活的辅助性空间。图北倚在栏杆上,注目尤欢。游泳池里没有闲人,除了尤欢。尤欢侧过脑袋,半张着嘴,在墨镜的背后打量图北。图北就这么和尤欢对视。对视了两秒钟,图北决定离开。但尤欢却把墨镜推到额头上去了,这样一来对视变得具体了,成了目光与目光的交接,图北的胸口一点一点叮咚起来,图北打消了走的念头,移开了目光只望着水。水很柔和,并没有长牙齿,一副不咬人的样子。其实这样的时候到水下玩玩也是不错的。图北吹起了口哨,气有点短,吹了两句又不吹了。图北脱掉衣服跳下水去,游了两个回合的自由泳。这是图北最擅长的泳姿。图北再回过头的时候却发现尤欢又把墨镜拉下了,表情是一副无人的样子,正在端详自己的胳膊。图北扎下去一个猛子,浮出水面时却发现自己和尤欢只隔了两三米了,都能看见尤欢的唇形了。水里的事真是太无常了,远远近近都那么不可恒定。尤欢咧开嘴,严格地说是咧开了口红,露出了一口好牙齿。图北望着尤欢咧开的嘴,胸口又是一阵跳。图北往外吹一些水泡,很意外地记起了家乡的一句古谚:苍蝇不叮无缝的蛋。图北看到那道缝隙了,就在口红与口红之间。这句古谚给图北带来了一股很陌生的勇气,做一只苍蝇也还是很好玩的。图北决定做苍蝇,在透明的水下飞。只要是苍蝇就一定能够击中那道鲜活的缝隙。图北想起来了,眼前的景象其实就是他夜里的梦。

但这个梦很具体,图像和色彩都很饱满。图北再一次潜入水中,池水又滑又凉,滑过他的指缝与眼角膜。图北潜到了尤欢的身下,抬起头,头上是蓝的天,天上有一朵彩色的云。图北的胸口在水下跳得厉害,听上去色胆包天。尤欢放下了两条腿,站在池底白色的瓷砖上。她的腿分得很开,适合于鱼类穿梭往来。图北决定不做苍蝇了,做一条鱼,以海鳗的曲折姿态萦绕在水的浮力之间。

但图北不是鱼,不是海鳗。图北也不是苍蝇。尤欢的双腿毫不费力就把他抓住了。图北挣扎了几下,那口气用尽了。图北冲出水面,心脏狂跳不已,图北他自己都做不了主。水平面刚刚到他的胸口,他的心跳在水面上击起了阵阵涟漪。尤欢捕捉到了这个细节,她用一口气把这阵涟漪又吹散了。她的食指摁在图北的胸口,慢慢滑向图北的心脏,尔后停止。尤欢咧了嘴,脸上是那种丰收的表情。尤欢悄声说:"贼心,贼胆,贼身板,你一样不缺。"图北慌不择言,脱口说:"不是,我是来找人的。"尤欢只是笑,摘下眼镜,听出了他的外地口音。尤欢丢过去一个眼风,斜着眼说:"撒谎。"尤欢的指尖摁一摁图北的胸口,故意拉下脸来,说:"重撒,撒一个我爱听的谎。"

整个晚上图南盘坐在地板上打电子游戏机,右侧的树脂椅上撂了一叠新书,下午才从书店里抱回来的。图南的购书现在有了针对性,全是图北的专业书。图南的挑书眼光又专业又考究,一本一本往家里拖。他不看。但图北必须看:"一页都不许滑过去。"

电子游戏是日本的武士闯关,充满了凶杀与暗算机巧。奖励的东西是一个新鲜活泼的俏丽女人,你冲过一关,她就脱一回衣裳。图南的最好成绩是脱到比基尼。但最后一道关口图南就是过不去。那个鲜活漂亮的女人满面凄恻,她挂下眼帘,流下两行苦泪。随后屏幕上跳出一行红字:努力加油。

图北在看书。样子很专注。"贼心,贼胆,贼身板,你一样不缺。"一个晚上图北就想着这句话。这句话让图北充满活力。"睡动头你就收不住身子了。"大哥的话有道理,没睡动头图北就有点明白"收不住身子了"。真是好滋味。睡。睡动头。收不住。收不住身子。真的朗朗上口。贼心。贼胆。贼身板。图北的下身肿胀开来,生出一种力度,蛮横,固执,不听劝。游戏机里的女人酷似尤欢,图北从镜子的折射里看得见。女人在哭泣。她的哭泣让图北伤心。图南在客厅里点上烟,叹一口气,扔下操纵钮,大口喝闷酒。图北坐在书桌前,知道大哥要回头的,把《中国通史》往前推一把。镜子转过来,图北看见了自己,一脸的苦大仇深。但图南没有回头,他坐在那里,沉思的样子。电子屏幕呈现出游戏的起始状态,图南猛吸了几口烟,重新拿起操纵钮,雄心勃勃的样子。比基尼让所有的优秀男人雄心勃勃。他要扯烂它。图南摆开决战的架势后侧过脸,关照图北,说:"睡吧,不要看得太晚了。"图北回过头,表情里头全是十年寒窗。图北翻翻手上的书,很用功地说:"就两页了。"图南把烟头摁在水晶烟缸里,不耐烦地说:"叫你睡,你就睡。"

图北躺在床上,睡眠的姿态等同于尤欢的戏水模样。图北回忆起来了,尤欢在游泳池里一共对他笑过三次。这个次数正是秋香击败唐伯虎的次数。三笑,多么好的故事,多么好的一部野史。中国史就这么怪,一写进正史人就不像人了,一个个峨冠博带,长了一张阶级脸;可在野史里就不一样了,是人是鬼都活灵活现,洋溢出口腔与腋下的生物气味。从这个意义上说,唐伯虎比唐寅来得更为可爱,更为真实。有诗为证:"我也不登天子船,我也不上长安眠,姑苏城外一茅屋,万树桃花月满天。"这可是唐伯虎认识秋香的当晚写下的,比唐诗宋词更叫人神怡,更叫人心驰。唐寅他写不出来。唐伯虎和唐寅可不是一个人,他们是一个人的正面与背面,是同一个心智的图南与图北。

图北睡着了。游泳池里的水沿着他的梦开始流动,变得汪洋恣肆,摇荡起碧绿与光影。尤欢的身体漂浮在半空,在液体水面凉丝丝地颠簸、滑动。水像图北的梦一样四处流淌,往低处流,涌向图北的欲壑。尤欢的身体后来就变了一只虾,通体晶莹,发出半透明的莹光,一排齿顺着虾的腹部有节奏地蠕动,虾的背弓起来,"叭"地一下打开,再弓起来,再"叭"地一下打开。图北的梦中断了。图北又一次体验到那种身不由己。他睁开眼,看到了自己。自己的身体饱和了,液化成了一种半透明的晶莹液体。液体喷涌而出,排泄了图北。

图北悄然下床,大哥依然盘坐在客厅。屏幕上刚好跳出一排红字:努力加油。

二

图北买了一副墨镜,一个人躺在游泳池的水面。天空晴朗,万里无云。但墨镜改变了天空的质地,像中药的汤剂,滋生出一股药味。高空有一架飞机,差不多在天的边沿了,又小又亮,近乎不动。距离使飞机寓动于静,距离修正了宇宙的性质,使浩瀚、辽阔成为一种麻木,成为感觉形象的懒散状态。飞机的尾部拖了一条乳白色的尾巴,有半个天那么长。尾大不掉终于使晴空呈现出疲态,很疲软地挂向四周,天的庄严早就虚空了,它抗不过飞机的一个屁。

但生活没有意外。欲望拟定了生存秩序,每个人都成了这个秩序的某个环节、某个节奏。尤欢她来了。她的脚步与游泳池中图北的视线刚好平齐。尤欢,她来了。尤欢穿着衣服反而不像她,不如她半裸了身子来得本色。尤欢跃入水中,她的入水动作使图北想起一个词:如鱼得水。

尤欢的四肢在水下蛙泳。图北没有心慌,这是一个好兆头。贼胆大了,贼心就会肃静。尤欢在图北的身边露出脑袋,她的睫毛上挑了几颗水珠,他们什么也不说,一起游了一段。他们相侧而游,像在床上了。尤欢把这个发现用目光告诉图北,图北的手脚忽然乱了,呛了一口水。但图北随即就平静了,男性的平静往往预示了事态发展的走向。图北掩饰性地转过身。水像床板那样"咯吱"响了一声。他们什么也不说,全因为在水里。水底下什么样的心思没有?但谁又听见水说过什么了?仁者乐山,智者乐水。水不说,大家都不说。满世界的水就在图北与尤欢之间,汹涌过去,又汹涌过来。

尤欢的住所很漂亮,既像家,又不像家。她从卧室出来时头上戴了一只洗发帽,身上穿的是那件乳色真丝长裙,又坠又透,像皮肤那样掩饰不住身子。尤欢给图北倒上酒,她前倾了上身,两只好奶子挂下来,又形象又具体,中间凹进去一条倒"U"形乳沟。尤欢坐在沙发的把手上,紧挨了图北,她的乳峰在某一个致命瞬间剐到图北的肩部了,像夏夜里的风,叉开了指头。图北的嘴干得厉害,他大口喝酒。法国葡萄酒在图北的体内重新还原成葡萄,光润、饱满,洋溢出开裂的危险性。尤欢随意摘下洗发套,她的头发突发性地散开来,弥漫出一股异常气味。图北十分孟浪地靠过去,把坚挺的鼻梁往尤欢的乳沟里塞。尤欢让开了,却很得体,显得轻松雅致。尤欢说:"不可以的。"尤欢坐到图北的对面去,取出绛红色口红,一点一点往外拧。口红伸出来,缓慢而又固执,散发出浓烈的暗示性。图北忍住自己,但图北的忍耐是有限度的。图北站起身,脑子里头对自己说:"别。"但他的所有器官全票否决了自己。他扑上去,用两只膝盖压住尤欢的腕弯,图北握住了尤欢的双乳,像一个笨拙的挤奶工。图北的双臂滑过她的皮肤,他的眼里流出泪,找不到合适的表达方式。他扯烂了乳色长裙,纺织品的破裂声使他充满了险恶快意。尤欢的长裙里没有内衣,没有比基尼。这一点出乎图北的意料,电子游戏居然提前展示出结果了。图北一时恍惚,却不知道下面的事怎么弄。尤欢在这个时候却挣扎得厉害了。几次挣扎图北居然上手了,无师自通了。图北体内的葡萄一起开裂了,飞迸出汁。图北松开手。他的手握在她的十只指缝之间。尤欢的手指一点一点张开来,她的饱满指尖慢慢恢复了血色。尤欢的双眼藏在乱发后头,无力地眨巴。地毯上布满脚后跟的蹬踢痕迹,保留了现场感与动作性。尤欢侧过脑袋,面部的头发一绺一绺往边下坠。尤欢望着地毯上的纺织碎片,轻声说:"你叫什么?"图北说:"殷图北。"

"殷图北。"尤欢说,"在哪儿读书?"

"师大。"

尤欢便不言语了。过了一刻尤欢无力地说:"殷图北,你强奸了我。"图北望着她,她的表情没有任何内容。图北的脑子里轰地一下,即刻就坠入深渊了。

《现代汉语词典》第八百二十二页这样解释:"强奸:男子使用暴力与女子性交。"整整一个晚上图北守着字典,看这个条目。满眼视而不见。图南依旧在客厅里打游戏机,他坚持要让那个美人脱掉比基尼,她自己脱。图南可不会强奸任何人,他的性行为文质彬彬,是生意。甚至可以表述得更气派、更科学:是贸易。

图北就是在这天突然惧怕警笛的。飞驰而来的警车让他心惊,让他回头。他以一种酷似平静的神态远眺警车。街的两侧全是人,图北惊奇地发现许多男人正一起经历着同一种内心历程。这是一个大发现。恐惧使生活有了丰富复杂的人情世态。生活的真实状态隐匿在人们的隐秘处,谁也不会问,谁也不会说。心照不宣是一种成人生存。它在教育之外。

图北在这些日子里格外用功了,成天低着头,一连好几个小时看同一行字。图南对图北的状况很满意,他用"悬梁刺股"总结了图北的近期生活。成语是先哲们发明的,散发出智性光芒,这样的光芒如今照亮了有钱人的好心情。图南心情不错,他拍拍图北的肩,笑着说:"今天放松放松,大哥带你到资本主义花钱去。"图北满脑子都是心思,有些无精打采。图北随口说:"我不想去。"图南不喜欢图北说不,他像父亲一样盯住图北,目光说严厉就严厉。图北害怕这种目光,侧过头,墙上是父亲的遗像。图南盯住图北。图北望着父亲。父亲则目视图南。图南听得出图北侧目而视的画外音,对图北说:"转过头来,看着我。"图北回过头,大哥和父亲真的很像,可以说酷似,只是更生动、更严厉、更有一股父性气质。图北心里烦,壮着胆子说:"我是大人了,我自己会玩。"图南没开口。他眯着眼睛,下巴向左侧挪过去,好像没听明白,说:"你说什么?——刚才你说什么?"图北耷拉下眼皮,冲头冲脑地说:"你不要管我。"图南一把揪住图北的领口,提到自己的面前:"我不管你?我不管你我管谁?我不管你谁管你?"图北没有预料到这个猛烈的举动,他踮着脚尖,感受到图南的鼻息与口气。图北的鼻息也重了,但他不敢把过重的鼻息喷到大哥的脸上,很小心地控制住呼吸。图南的手机就在这个节骨眼上响起来了,响了好几遍,像尤欢被强奸时的呻吟,又焦躁又有节奏。图南松开手,提了手机,大声"喂"了一声。电话的那头是个女的,图北听出来了。图南打电话总是先"喂"一声,是男人他就财大气粗,是女的他的声音就贱,柔和得没分寸。图南走进卧室,歪在床头,小声说了几句就把天线摁到机身里去了。图南走回客厅,有点画蛇添足地说:"有笔生意,我晚点回来。"图南握着门后的镀镍把手却又回过了头来,先看了看父亲的遗像,又看了看图北,目光里有些犹豫,有些乱,但关门的那一声很猛,砰的一声,是当家人才会弄出来的声音。图南彻夜未归。这是图北预料之中的事。深夜零时的报时声证实了图北的预料。这是一个紊乱的夜。它宁静,却不肃穆。图北如一只困兽行走在屋子里,宁静成了他的内心独白,不声不响却语无伦次。图北望着他的父亲的遗像,殷家的血脉现在涌动在他的身上,这是一种忧伤、无奈的涌动,一种迫不得已和身不由己的涌动。

图北点上烟,往水晶酒杯里倒了半杯酒。凭空想到了尤欢。图南说得不错,女人是个怪东西,睡动头你就收不住身了。深夜零点了,那种致命的感受再一次充盈了图北的身体。图北光着脚在客厅里走动。身子越来越热,地板却越来越凉。他感到身体的某个部位开始有了变化,变得肿胀与生硬,怎么忍都不肯低头。图北立在电视机前,他摁掉烟头,一口灌下那杯酒,打开了电视机,他要找到电子游戏机里的那个美人,那个尤欢,他要在今天晚上用他的全部智慧与耐心把她扒光。

图北只用了两个小时就让尤欢脱到比基尼了。在游戏机前,他的手指比大哥图南更为敏捷。尤欢在屏幕里对图北做出了媚态,胯部像车轮一样鲜活地转动。图北全神贯注,生活的庄重程度在这个节骨眼上只是游戏的可能性。在子夜零时,有什么比美人的脱衣奖励更关键、更令人欢欣鼓舞?图北手执键钮,那个武士,那个假想的殷图北正从屏幕的左侧跳将出来。形势是严峻的。图北只有一支冲锋枪,数字显示他还有五条性命,两千七百四十发子弹。而敌人还有六十七人。他们个个都是神枪手,个个视死如归,个个擅打冷枪。图北决定干掉他们。靠自己的五条性命、一支冲锋枪、两千七百四十发子弹,把尤欢从万恶的比基尼中解放出来。

敌人过来了。他们花里胡哨,翻着跟头。屏幕上不停地死人。战争的残酷性集中体现在生命的脆弱性上。图北又死掉两回了,两次都是他忘记了打回马枪。电子程序很厉害,它们比人类自身更了解人类的弱点与致命处。但电子有电子的世界观与方法论,它使生命成为自身的复制品和批量产物,你可以不停地死,也可以不停地生。"生命对于人来说只有一次。"在电子时代成了一句古典屁话。整个夜间图北端着那支冲锋枪,屡战屡败,屡败屡战,为尤欢的裸体事业浴血奋战。图北忘记了游戏,欲望使人率真,使人加倍地专注与投入。这是一个漫长的过程,它困厄、热烈,有一种肆虐式的悲壮。在凌晨五点四十分,图北杀掉了最后一个敌人,这时候天已微明,晨曦从百叶窗里渗透出来。图北迎来了曙光,迎来了尤欢的裸体。尤欢在《欢乐颂》中扔掉了她的比基尼,她的身体姣好流丽,像一条鱼,通身没有任何纺织品。她的美好部位做出一些美好动作,慢镜头,突出了她的动物性。动物性渲染了图北,他的身体被欲望之轮碾扁了,铺开来,类似于一张好宣纸,墨迹沿着他的干爽纤维四处爬动。图北的心旌开始摇荡,他扒掉自己的衣服,动物性从他的性器上延伸出来,拉长了当代都市人的现有体积。动物性是城市人的最后胜境,是肉的乌托邦,血的桃花源,动物性成了城市时代人性的花朵与诗篇,它散发出精液的醇厚气息。图北尖叫两声,像一只发情期的小公狗。

上午六时大哥依然没有归家。图北望着他的父亲,困乏了。

太阳光已不再是抽象的光亮,而是光线,它们鲜艳、滋润、可感,带有浓厚的物质性。太阳升起了,图北要睡了。图北夹了一本讲义,带上钱,叫了一辆夏利出租车,到秦淮宾馆去了。图北为自己开了一间客房。他走过酱色花岗岩大厅,踏进电梯,手执秦淮宾馆的琥珀色门牌,由电梯带领他上升。电梯启动时图北产生了一种好感受,是那种充实却又飘忽、体现出生存意味的大幸福。幸福就是兄弟俩谁也不知道谁在哪里做梦。梦只有一种。但在哪里做梦比梦见了什么更能体现出城市况味。异床同梦体现了城市生活的纵深与宽度,正如同床异梦辐射出乡村生活的深度与密度。图北在上午七时躺在宾馆的席梦思上,睡着了。太阳升起来,胖胖的,裸了身子。

图南整个下午都待在证券交易大厅里。墙上的电子终端上显示出绿色数码,一排又一排自下而上。他的那笔款子陷在股票里有些日子了。图南一手夹着烟,另一只手在裤兜里把玩几只硬币。他的裤兜里总是有几只硬币,把玩硬币成了他极隐秘的手部习惯。这是他的生活形态,在某些时刻甚至是他的思维方式。硬币汗津津的,边沿有均匀的齿痕。他不喜欢纸币。对图南来说钱这个东西只有两种形式:大宗的只是统计数字,而小宗的则是硬币。这种观点的形式得益于斯大林。斯大林说,死掉一个人我们会悲痛,而死掉成千上万的人我们只有一个抽象数据。钱就是一具美丽的尸体,我们对它的感情理当建立在最基础的可计单位上。图南把两块硬币放在指尖上搓动,它们发出粗糙的声音,图南的指头听得见。

他的钱有一半已经死掉了。谁杀掉了它们他不知道。图南看不见凶手,同时也看不见尸体。硬币在他的手里,油了。它们在口袋里又圆又黑,像枪口。他的钱总有一天会复活的,枪口总有一天会说话的。那些话简洁、直率、轰然有声,子弹一样直来直去。

大厅里挤满了人。汗在人们的毛孔里发酵,发出人体的酸臭。有人在骂娘。忧心忡忡成了股民的统一表情。他们的手在四处挥舞,只有图南的指尖保持了思维能力;只有图南的指尖体验到硬币的分量与硬度。图南默默不语。整个下午他望着电子终端,眼睛里一片茫然。他看到了另一只手,在电子终端里头。所有的股民都是一块硬币,被那只手抓住了,捏在指尖的中间,颠过来,再覆过去,汗津津的。

黄昏时分图南走上了大街。交通正值高峰,人们的心情比脚步更为迫切。每个人的脸上凝聚了一日原因与一日结果,这样的表情背后体现了这样一种哲学精神:有一天,过一天;过一天,是一天。图南叼着烟,夹在人群里,偶尔看一眼出租车里的漂亮姑娘。漂亮姑娘成了都市里黄昏时分的风景。她们在黄昏里倾巢出动,随出租车流向四面八方。

华灯初上。这是城市的经典时刻。光与色彩夸张了城市的物质性,夸张了建筑与人群的形而下意味。图南丢了烟头,尽量使自己不想事。图南保持住不想事的心态,顺着人流往前走。图南恐惧城市的黄昏。华灯初上后他的心情稍不留神就会光怪陆离,就会不可遏止地缤纷多姿、呈现出霓虹灯的动态与纷乱。图南不想事。这是外乡人在大都市里练就的一种生理功能。当这种功能发挥作用时,他的脸上就会平静,眼睛里头全是目中无人,呈现出绝对隔膜、绝对孤寂。图南走在人群中,既像鹤立鸡群,又像鸡立鹤群,身边的人不再是人,尽是些他类。

图南提起腕弯看一眼手表。他看的是日子,而不是时分。图南掏出手机,若有所思地拉出天线,边晃悠边往家里打电话。图北在那头拿起耳朵,大声说:"他不在。"图南说:"我知道他不在,他在街上呢。"图北那边静了片刻,气短下去了,说:"什么事?"图南停下脚步,人流从他的两侧分流过去。他再一次提起腕弯看表,说:"我们一起去洗个桑拿吧。"图北那边又静了片刻,这个时间正好是编一个谎言所需的长度。图北说:"我下午刚在学校洗过了。"图南说:"好吧。"图南关照说:"七点半你在长乐饭店的大厅等我。"

长乐饭店的顶部是一座璇宫,在都市的最高处,以分针的速度缓缓旋转,图北跟在图南的身后,经过一段电梯爬行之后,图北站在了这个都市的最高处。都市的万家灯火洒落在图北的脚下。都市的万家灯火正在图北的错觉中沿着时间的相反方向匀速运行。走上来一位女招待。女招待认识图南。她微笑着把图南和图北领到第十八号台。女招待说:"这是您订的座。"图北坐到图南的对面去,依然在打量窗外。图北觉得自己参与时间了,正在和时间一起工作,和时间一起推动都市的进程。远处的大街上全是汽车,它们的尾灯使它们的身体排成了几行亮丽的小瓢虫。

图南小声说:"不要东张西望的,哪像我的弟弟。"图北把目光收回来,开始注视面前的蜡烛灯。烛灯很洋气,带着夸张了的洛可可风格。旋宫里的光线有点怪,又明亮,又有些昏暗。图北用手支住下巴,又把脑袋转到窗外去了。落地的弧形玻璃墙在晚上成了镜子,反射出璇宫里的堂皇局面。镜子里的璇宫有点不真实,乐手的小号、萨克斯管和吧台上的雕像都浮在半空,但铜和石膏的质地却越发纯粹,越发本质了。镜像的下面是都市,灯火辉煌,气象阔大,都市之夜就在脚下,像现实里的天堂。萨克斯管吹得正伤心,一个中国女孩在唱。她的美式英语有过重的卷舌,带了很浓的蛙音。图北听不太懂,好像是她的"心肝"被自己的朋友拐跑了,伤心也是很自然的。图南点完酒,那里的歌声也停了,那个伤心的中国女孩却唱起了另一首英语歌,是最著名的生日歌。吧台上走下来一个穿旗袍的好看姑娘,她捧了一只大蛋糕,插满了蜡烛。纷繁的烛光随她的步态光彩熠熠。穿旗袍的姑娘径直走到图南面前,挪开洛可可烛灯,却把蛋糕放下了。图北望着大哥,有些不解,大哥叉着双手握成一只拳头,凝视着烛光。那些烛光静然不动,鲜嫩妩媚,照映在大哥的脸上。大哥的短暂静穆给了图北十分深刻的印象,有一些难过甚至痛心的地方。大哥突然吸了一口气,猛烈地吹下去只吹灭了一半。蜡烛过密,火苗反弹回来又复燃了几根,很不甘、很无奈,却又过于倔犟的样子。大哥又吹,他的气越来越短,但烛光总是有几处阑珊。大哥只能用手,一颗又一颗捏掉。指尖似乎灼着了,却疼在嘴角。大哥捏掉最后一支火苗,古怪地笑起来,说:"不讨上帝的便宜。"大哥举起杯子,对图北说:"给我说几句吉祥话。"图北猜想是大哥的生日了。却不知道今天是几号。图北举起杯,只望着那些彩色小蜡烛,那么多,那么挤,使图北想起一个词:"一把"年纪,这么多的蜡烛使"一把"年纪变得具体,可视,因而就格外真实、格外冷峻,甚至格外残酷。

图北说:"生日好。"

图南放下杯子,脸上有些不高兴。"生日好"过于粗枝大叶,缺少一种纷繁和茂密的兄弟情谊。图南移开话题说:"你近来有些魂不守舍,有什么事瞒了我?"图北立即记起了"强奸"这个词,侧过脸,指头却在杯子上很不安稳地爬动。图南注意到了这个危险细节。人的指头往往比表情更能说明内心隐秘。"没有。"图北故作不解地说,"我有什么事瞒你?"

"你肯定有事瞒了我。"

图北从口袋里取出打火机,打上,关掉,再打上,再关掉。图北说:"没有。"

图南盯住图北,图北挂下眼皮,不接他的目光。图南不想在今晚闹得不愉快,想把话题移开去,一时却找不到合适的话可以对他的弟弟说。图南突然就上来一股伤心,这世上他就这么一个弟弟了,就这么一个亲人了,却找不到可以说的话。图南端起杯子,往图北的杯子碰了一下,说:"喝。"

酒一下肚图南的心情越发坏下去了。生意让他难过。生日让他难过。酒让他难过。亲兄弟也让他难过。图南调整好自己的表情,调整到成功和财大气粗的雍容做派。图南端详着图北。图北长得很像他。真的很像。这个事实一直就存放在他们的脸上,可是今天才让图南发现了。这种发现有一种感人至深的地方。血脉和亲情一旦被记起会产生一种异乎寻常的伤痛情怀。

图南突然发现他一直很爱这个弟弟,这种爱基于对殷家家族的血缘忠诚。图南握住杯子,说:"这个世上就咱兄弟俩了。"图北不搭腔,只管喝。他从来就不是图南的弟弟,而是儿子。大哥图南像父亲一样凝视他,突然问:"你跟谁姓?"

"父亲。"图北说。

"父亲他不在了。"图南说,"你跟我姓。你姓殷。你千万不能在城里头胡来,得有点殷家八代的样子。"

"你也姓殷。"图北不高兴地说。

图南被图北的话堵住了。他掉过头,旋转大厅正对着远方的电视塔,塔尖有一盏红色闪灯,有节奏地明灭,像孤寂的上帝在夜幕上抽烟。图南把目光收回来,玻璃上有他的模糊剪影,与自己似是而非。图南自语说:"我早就不姓殷了。"

"那我就跟大哥姓。"

图南盯住图北,胸口的酱色领带随胸脯有了起伏。图南尽力克制自己,他用掏香烟掩饰自己的凶猛心情。图南点上烟,猛吸了一大口。一位小姐走上来,弓着身子对图南耳语说:"对不起先生,这儿不能抽烟。"图南拿目光找烟缸,没找到。图南把香烟狠狠丢进酒杯,红色葡萄酒顺着香烟迅速爬上来了。图南说:"殷家怎么出了我们这一对狗杂种!"

两辆出租车几乎在同时停在家门口。图北先下了车。图南随后也下了车。图北回到自己的卧室,关上门。图南却提了一瓶白酒出来,推开了图北的门。图南说:"生日酒不能喝一半,你陪我把下一半补上。"

兄弟俩走进客厅,放下酒杯,两个人都平静了。没有饭菜。只有酒。兄弟俩找不出喝的理由和喝的话题,却又不甘心,只有划拳。他们伸出手,这顿为喝而喝的酒席立即带上了斗气与泄恨的性质。两个人起先还挺稳当的,越喝心情越复杂,酒性也狂野,嗓门就接着往上高。他们大喊五魁首与三桃园,四季财与八匹马。两只左手的十只指头在桌面的上空变幻,既把握自己,又猜度对方。指头像黄昏的老鼠那样进进出出。七巧——板哦,不出——门啊,哥俩——好哇,六六——顺啦。图南注意到了,图北最爱出的指头是大拇指。图南当即推出了自己的大拇指头,大喝一声:"哥俩——好哇。"这一次输的是图北。图北在连输了三局之后发现了大哥的固执。图北当即求变,出了两根指头,高叫三桃园。图南却不肯变化,他死守住自己的一根大拇指,近乎迷狂地只叫"哥俩好"。他一直认为图北会和他一样,只会出拇指。但图南屡出屡败。"哥俩好"就此输给了"三桃园"。图南喊"哥俩好"都喊出惯性来了,完全不顾了输赢,死抱住"哥俩好"不放。图南就在这次死心眼上输掉了十来局。越输越刻板,不松口了。他喝多了,脖子上粗血管毕现,眼眶里头意外地有了泪花花,像酒,洋溢出热烈和孤寂的度数。图北停下来。图北望着大哥的大拇指,抢过了酒瓶,失声说:"大哥。"图北把剩下来的酒一股脑儿灌下去,颓坐在椅子上。

屋子里静下来了,只有酒杯与酒瓶的清冽反光。兄弟俩喘着大气,而父亲的遗像被挂在墙上,束之高阁。他们静坐了十来分钟,毫无理由地以微笑面对微笑。

"燕子。"图北说。

图南说:"什么?"

"燕子。"图北抬高了嗓门说。

"谁?"图南厉声说。

图北伤心透了。他拖着哭腔,酒精在肚子深处替他大声叫道:"燕子!"

三

尤欢摁响了汽车喇叭,连续摁了四五下。出于本能图北回过头来,一辆红色出租车正停在校对门的那棵梧桐下面。玻璃摇下来半尺多高,露出大半颗漂亮的脑袋,墨镜与口红都很显眼。那是尤欢的墨镜与尤欢的口红。图北的心里咯噔一下,慢慢往下沉。图北有些失措,腋下夹着书站立在原处。对面的墨镜很严厉,口红却咧开了,像是在笑。喇叭又响了一次,急促而又响亮。图北四处张望了两眼,低下头走过去。图北坐上车立即摇上了玻璃,尤欢取下墨镜,从反光镜里注视图北。她的脸在反光镜里变形了。图北注意到尤欢的颧骨高出了一块,整个脸带了一道外弧线,类似于狐狸或其他某种猫科走兽。

尤欢坐在客厅里,身上失去了那种荡妇气。举手投足都像一个淑女。图北坐在她的对面,显得非常局促。尤欢说:"这些日子你到哪里去了?"图北咬住下唇,弄出一脸追忆的样子,却想不起来。尤欢说:"呆样子。"尤欢拿起酒瓶倒了两杯酒,图北不敢动。图北记得上次的事情就是从酒那里变得糟糕的。图北的心里极不踏实,又不敢随意忤她的意愿。图北说:"你到底是谁?"尤欢挑着眉毛反问了一句:"你都睡了还不知道是谁?"她把"睡"字说得袅袅娜娜,类似于植物丛中的睡美人,生气盎然又意味深长。图北红了脸,却听出了话里的话,"睡"和"强奸"可是完完全全的两档子事,因此,脑子里的旧画面开始纷乱,心里的紧张却松动了,凭空生出一股自信。是那种进入生活、参与城市的生存活力。图北抬起头来看尤欢,她的唇部露出了牙齿的局部,呈现出欢迎的样子。图北说:"你带我来做什么?"尤欢只是笑,说:"我不要你做什么,你想做什么你就做什么。"图北听了这话身体有些僵硬,手脚找不到手脚的合适位置。尤欢说:"你看看你,怎么像个乡下人?"尤欢侧着身子挤到图北的身边,叉开指头插进图北的头发,就着图北的耳边说:"再那样。"图北没有听明白,问:"哪样?"尤欢低着声音说:"上次那样。"

图北从尤欢身上醒来已是晚上七点。这可算是图北第一次和女人做爱。尤欢是个好导师。尤欢怎么说,图北就怎么做。生活是"做"出来的,爱也是"做"出来的,图北一觉醒来之后就明白了这个大道理。做,多好的活法。

天早就黑了,屋子里有一只秋后的蚊子,叫得抒情而又宁静。尤欢的眼睛在黑暗中闪烁,无声无息。图北好几次想起来,都被尤欢的下巴止住了。尤欢探起身子,取过索尼牌电视遥控器,背过手去打开了身后的电视机。屏幕上的色彩映照过来,在尤欢的身体上切换颜色。图北仰起头,地球正蓝幽幽地在屏幕上旋转而出。都《新闻联播》了,都七点了。图北扯开毛巾被慌忙下了床,光脚踩在一大堆粉色卫生纸上。图北拽着牛仔裤的一只裤管,嘟哝说:"坏了,晚了。"尤欢转过身,用右手支住下巴,问:"什么事?慌成这样?"图北套上裤子,说:"我哥,他肯定等我了。"尤欢懒懒地说:"你哥?又不是你爷爷。"尤欢侧着身子,她的腰部在凸起的胯部前方凹下去一大块。图北跑到床上去,把头埋进那块凹穴。尤欢拍拍图北的头,说:"别撩我,光了屁股捣蜂窝,惹得起,撑不起。"图北说:"真的晚了。"这么说着床头柜上的电话铃突然响了。图北惊愕地抬起头,双眼直直地望着尤欢。尤欢笑着说:"你怎么老是一惊一乍的,和女人睡觉你都怕,多大的出息——把耳机递给我。"图北摇摇头,愣在那里听电铃响了一遍又一遍。尤欢也不接,就那么笑着注视图北。图北伸过手去,轻轻地把耳机塞到尤欢的手上去。尤欢接过耳机,脸上说开花就开花,大声说:"谁呀?我在煎鸡蛋呢。"尤欢听了一会,开心地说:"九点钟,怎么那么晚才来?"尤欢侧着脸听电话,却听见图北的喘息声越来越粗了。尤欢用脚背弹弹图北,图北张大了嘴巴,脑子里一片空。图北就看见尤欢的嘴唇在动,听不见了。尤欢挂上电话,捋好头发,披上一件上衣。尤欢拍拍图北的腮,说:"再多怕几次,你就长大了。"图北望着电话,问:"是谁?"尤欢说:"你只管自己快活,管别人是谁做什么?"尤欢吻了吻图北的下巴,说:"你哥在等你呢。"图北从惊愕中还过神来,很不高兴地说:"是谁?"尤欢说:"一个男人。"

整个晚上图北的心情很糟糕,一到家他就看见大哥的脸绷住了,甩脸色给他看。图南没有说一句话。他坐在客厅里,一手夹着烟,一手拿了电视遥控。他抽烟换频道,就是不说话。图北在回家的路上已经编好了一套谎话,和中国的史书一样逻辑严密、因果相联,几乎没有一点破绽。但图南没有盘问他。图南只是在图北的身边站了片刻,图北注意到大哥的鼻翼吸了两下,似乎从他的身上嗅到了什么气味,图北等他发问。但大哥就是不问,却转过身去了。大哥一言不发,就只会抽烟,换频道。图北回到卧室后脑子里全是自己的谎言,可以应付任何质疑和稽考。但谎言一旦面对沉默就成了负担,像放不出来的屁一样让人窘迫难受。谎言与历史真的一样,解释性越强,安慰自己的能力就越差。

　　第二天傍晚大哥很意外地显示出和善。大哥的双手插在裤兜,来到了图北的房间。图南说:"图北,大哥送你一样东西。"大哥取出一只 BP 机,黑色机身上印了一行漂亮的金色字母:MOTOROLA。图北说:"给我?"大哥说:"给你。"图南退出去。图北抚弄着黑色寻呼机脑子里却想起了尤欢。图北摁住那些功能键,新鲜而又快活。图北正在把玩,寻呼机很意外地却响了,真是破空而来。屏幕上亮出一排墨绿色电话号码。图北满腹狐疑推开了大哥的房间,突然想起来了,机上的号码却是大哥的电话。大哥坐在电话机旁,正对着图北微笑。大哥的微笑很古怪。图北把目光移到呼机上去,掂出了呼机的分量,从现在起,整整一座城市都是他图北的监狱。不论图北身处何处,大哥都可以对他进行有效监控了,因此他无处可逃。寻呼机是什么?是电子时代的科技大牢。图南走上来,帮图北把寻呼机别在裤带上,说:"喜欢吗?"图北嘟哝说:"喜欢。"

拳击的回声使体育馆的恢弘越发恢弘。那只柱形拳击袋吊在巨大空间的一个角落里头,发出结实的闷响。图北光了背脊,他的目光里有一个极其模糊的假想敌人。他要击倒他。但假想敌和他的拳头一样顽固,在空洞、开阔的回声里头,以一种肆虐、狂放、声势浩大的姿态回击图北。图北猛击了一组组合拳,发不出力气了,趴在拳击袋上,拳击袋却让开了。图北依偎在拳击袋旁边,大口喘息。图北躺到一块体操垫上,张开两只胳膊,累散了。拼木地板上洋溢着窗前的反光。空间安静下来。空间在空气里不动声色。

飞进来一只麻雀。它从半开的门缝隙里飞进来了。麻雀飞翔在大厅里。它的叫声表明了它的欢悦心情。图北躺在体操垫子上,以兽类的粗重心态打量麻雀的自由之身。麻雀在大厅的顶部飞了两圈,感受到这个空间的局限了。它决定飞出去。它对着玻璃窗这个虚拟的通道俯冲了过去。但它当即就被玻璃外面的空间反弹回来了,掉在了地板上。麻雀不死心,冲向另一面玻璃,另一个虚拟通道。它再一次被玻璃反弹回来。门的缝隙在不远处,这个唯一入口恰恰被它自己遗忘了。但麻雀没有放弃,图北望着它,注视它的努力,注视它的失败。体育馆里回荡着它的身体与玻璃的撞击声。那是肉与工业品的混合声响,有一种命中注定的悲伤。麻雀受伤了,疲惫了,它的飞行慌乱而又惶恐。它失去了与玻璃撞击的勇气,蹲在地板上四处打量。图北一动不动。图北怀着一种刻毒和快慰的心情大吼一声。麻雀应声而起,撞击玻璃,又应声落地。那一声吼叫在大厅里萦绕,如病态的快感不绝如缕。麻雀不动了。图北从垫子上爬起身,冲过去,麻雀展开双翼做出最后一次努力,它的双眼出血了,所有的窗户都变得一片鲜红。窗户外面鲜红的天空正沿着麻雀血红色的目光绵延无尽。它的腿侧在一边,抽筋一样颤动。图北从地板上把它拾起来。捂在拳击手套里,从大门的缝隙里扔出去。门外就是自由的天空,但麻雀拒绝了。它像石头一样出手,又像石头一样落地。鲜红的天空慢慢变黑了,黑成一只放大的瞳孔。

秋天的到来是以一场雨或一阵风作为标志的。起风了,城市的马路上飘动起无边的落叶。落叶随风而起,刮在路面上,发出纷乱的声音,发出秋天的声音。秋天不仅是一个季节,它同样是城市人的行走动态,城市人的面部表情。刮风的日子里城市的水泥质地变得分外醒目,所有的建筑成了水泥的不同造型。天空被水泥封死了,像坟墓的穹形顶部。水泥的表情使每一个路人都似行尸。

图北从学校大门出来时缩着脖子,西服的两块垫肩耸出来了,看上去像美国橄榄球的比赛服。图北在校园里的服装历来很考究。这是他唯一能显示自己卓尔不群的最高阵地。"自费"与"走读"成了他的一大心病。是他自卑与故作自信的心理源头。图北在学校里几乎不与人交往,整天阴着一张脸,冷漠傲岸的样子。天冷了,秋风从衣服的各个开口往里头钻。校门的左前方有一家下等酒店,一块旧木板上用红漆刷了四个楷字:桃李酒家。酒家的生意历来很好,时常挤满了穷学生。图北犹豫了片刻,想喝酒,走到桃李酒家的招牌下面,却看见班里的五六个同学正围在一张圆桌上点菜。图北怕碰上他们,这帮傲慢的家伙一个个神气活现。图北低了头往回走。酒家里头,却传出了叫喊声,有人喊他的名字。图北回过头,是班上的体育委员。图北点了头微笑。体育委员大声说:"过来嘛,热闹热闹。"图北说:"不了,改日吧。"体育委员却走上来,很豪爽地说:"干吗呀?全班都知道你是大款,和我们老百姓一起乐乐嘛,过来嘛,要不大伙又说你瞧不起人。"图北愣在那里,这样的话听在耳朵里过于出乎意料。图北好半天才明白过来。图北走上去,决定顺水推舟,步子突然也走得自信结实了。图北放下书,笑着反问说:"我是那样的人吗?"班里最漂亮的女同学给他让出座位,图北说:"你也别挪了,就坐我身边。"同学们便一阵笑。图北掏出三五香烟,抽出一根,点上,夹烟的指头捣捣烟盒,关照说:"自己拿。"图北说这话时感觉自己不是自己,而是大哥图南。这样的感觉又恶心又美妙。图北瞄了他的同学一眼,用一种走过码头的平静语调客客气气地说:"今天我请了。"图北回过头,对老板娘说:"加两个菜。"

　　有钱的感觉的确不一样。某种意义上说,钱就是自由与尊严,至少对图北来说是这样。图南之所以被图北称着大哥,并不完全因为图南年长,还因为他有钱。他的生意延及西安、重庆、哈尔滨,他的生意甚至把指甲都伸到洮南、武冈、田林、南召了。这些地方图北借助于放大镜才从地图上找出来。图北在断桥镇还不知道钱是什么,钱在乡村像生活的附庸、生活的辅助物质。可进了城钱就不一样,它一下子就上升到主宰地位,它决定了生活的性质、朝向与层面。对男人来说,钱是另一个意义上的女人,它是男性欲望的直接动因,它能让你在梦醒时分起生理反应,产生一种类似于色胆包天的攫取欲望,这样的迫切情怀取决这两种压力:无论是作为一个自费生相对于大学生活,还是作为一个小情人相对于"老女人"尤欢,图北都感到了钱的可贵与可爱。图北花的钱已经不少了,但是越花钱越觉得穷,这就是钱的狰狞处和可恨处。玩潇洒与玩女人都是人体内部的上层建筑,它们都需要一个支撑的基础:钱。图北走路的时候一直在思考一个问题,怎样才能弄到钱。他的目光在路面上寻觅,说不定就能白捡到一个钱包的,打开来,里面是钞票的墨绿色脊背,那是多么美好的人生经历呵!但是路上没有钱包。有钱包也早就让人捡跑了。图北急需钱。只要有了钱,他又可以无限自信地在学校里玩一把"派头",或者把尤欢约出来,到某个昏暗的小酒吧里坐一坐,像真正的男人那样,在尤欢面前谈笑自若,弄出财大气粗和目中无人的样子来。没有钱的男人在女人面前只有一个命运:儿女情长,英雄气短。好男人应当是儿女情短,英雄气长的。

图北决定从大哥那里弄到钱。不是讨,不是等候大哥的出手,而是借鸡下蛋。大哥的生意那么多,随便放几笔生意就可以保证图北的开销了。只要大哥松口,图北一个月至少可以过上一天的好日子,也就是通常所说的"花天酒地"。花天酒地,多好的词,它给人一种富丽和颓废之感,那才是城市之根本,生存之根本,尘世之根本。那里头有一种埋进钱堆和女人做爱的疯狂与恣意,所有的钱都压得皱巴巴的,沾满了内分泌物,洋溢出汗渍与精液的气味。为了花天酒地,图北必须挣钱。

　　图北选择了一个吃面条的机会和大哥商量起挣钱的事。大哥图南一到餐桌上就会犯有钱人的毛病,像九代贵族似的。但吃面条时就不一样了。中国人只有在吃面条的时候才能真正袒露出祖宗八代的真实面目。图南吃得很响,很流畅,汤汤水水都分外淋漓。额头上全是汗,鼻涕出来了,吸一吸又收回去。图北见大哥吃得痛快,小声说:"大哥,我帮你跑点生意吧,也好见见世面。"图南没有抬头,正拼命地用舌头剔除门牙上的菜叶,图南说:"没钱啦?"图北说:"不是钱的事,我只是想了解了解。"图南说:"了解什么?"图北说:"社会。"图南哈了一口气,说:"还了解什么?我可以告诉你,现在是社会主义初级阶段。"图北说:"我也好帮帮你。"图南把碗里的面汤全喝下去,双手撑住餐桌的边沿,歪着嘴说:"图北,你一翘尾巴我就知道你拉什么屎,你死了这条心——不许和大哥再说这件事。我不喜欢你说这件事。明白了?"图北眨巴两下眼皮,没敢说一个字。

　　城市生活如同泔水缸一样芜杂,时刻产生记忆,时刻出现遗忘。但燕子的姣好面庞却变得十分固执,越来越清晰,纤毫毕现了。这种清晰有一种浮力,从液体的下面义无反顾地漂漂上来。浮力一定拴住了图北内心中的某个部位,它一上升图北就感受到某种扯痛,有点硬拉生拽。这些都是夜里的事,梦里的事。一到白天图北就不一样了,尤欢在白天往往更占上风。尤欢床上的种种风情让图北难忘,白日梦缠绕了图北。图北的想象力在白天里总是沿着尤欢的身体恣意波动,他的身体变得燥热,一种近乎亢奋的疲惫笼罩了图北,使他郁闷而又焦虑。渴望尤欢与痛恨尤欢交织在图北的胸中,它们纷乱如麻。图北命令自己,不许再见那个女人了。他以大哥的威严命令自己:不。不了。

图北用拳击和玩角子机打发了两天时光,但时间不停下来图北的焦虑就难以中止。图北骑上自行车,在巷子里四处游荡。图北一点不敢相信,自己怎么又骑到尤欢的住处来了。图北停下车,一只脚支在地面,眺望尤欢的窗帘。那幅窗帘从大街上看过去是单色的,但站在屋内打量就不一样了,布满了热带植物的叶片,像尤欢的身体一样舒张开阔。图北愣在坐垫上,一阵难受无端地浸渍上来。图北低下头,想稳住自己,却被这伤心咬紧了。图北掏出香烟,躬着背脊用双手掬起火苗。图北吸了一大口,吐出浓烟,伴随了一声长叹。

图北抬起头,尤欢却站在了他的对面,笑盈盈地看他,等待他的目光。尤欢的出现有点恍如梦寐。图北丢掉烟,看见尤欢的手伸了过来,把玩车龙头上的铃铛。尤欢说:"怎么啦?"图北望着马路对面的窗帘只是眨巴眼睛。尤欢顺着图北的目光远眺过去,猛摁了一阵车铃,自语说:"昨天走的。"这话听上去上文不接下文。尤欢一个人往马路的对面去了。图北等尤欢的身影消失了,锁上车,立即跟了过去。

图北一进门就把尤欢抱紧了,吻住了尤欢的双唇,动作又准、又稳、又狠。所有的痛恨在这个吻里头都消解了。吻的触觉充满了温情,充满了生活的悲伤与欣喜。图北流出了眼泪,他捂住尤欢的腮,痛心地说:"他是谁?"尤欢眨巴了两下眼睛,故作不解地问:"谁是谁?"尤欢用指头捏住图北的耳垂,一边捻一边说:"这房子的主人。"尤欢马上岔开话题,说:"猜猜看,我原来是干什么的?"图北听出了话里的话,"原来"这两个字也就分外地意味深长了。图北不开口,脑子里重复尤欢的那句话:原来。对新兴的都市人来说,"原来"早就成为现在的归宿与墓穴了。"原来"对今天的人们来说不再是历史,它是精神的栖息和内心的最后向度。图北想不起尤欢"原来"的样子,愣头愣脑地说:"我要你。"

尤欢给了他。整个下午他们在一起行云流水,一边温故,一边知新,穷尽了柳舞花翻。但图北的 BP 机就是在某一个要害时刻响起来的。图北像被电击了那样仰起头,止住动作,脑子里一片空白。尤欢的身子却正到了好处,焦躁了,有点不依不饶。尤欢说:"不要,不要。"尤欢有些辞不达意,意思可是十分明了的。图北经过短暂的休整脑子清醒了些。清醒给图北带来了仇恨。该死的图南,该死的尤欢,见你们的大头鬼!图北重新开始了,他的愤怒使尤欢欢腾不已,每一个动作都伴随了伤心的新感受。图北痛心地说:"让我去死,我够了,够了!"尤欢的双腕被图北抓紧了,她张开指头,用身体的节奏重复说:"一起死,一起死。"锐利的快感灼痛了图北的悲伤处,就知道喊:"够了,够了。"

图北用完最后一丝力气,松手了。尤欢不让他下来,抱紧了他的背。他们平定好呼吸,图北的眼泪掉在尤欢的腮边。尤欢醒来后发现了这颗被压扁的泪珠,很满足地擦干净,小声说:"真的很好,很久没有这样了。"图北强迫自己不去牵挂该死的 BP 机,但怎么努力都不能抹杀 BP 机的顽固印象。图北若有所思地说:"我第一次这样。"尤欢的指尖在图北的后背细细抚弄,很温柔地说:"你活出滋味来了,我的小男人。"图北撑起身子,说:"我是说第一次不回大哥的话。"尤欢不高兴地说:"你怎么还想着电话?"图北说:"我总该撒个什么谎。"尤欢说:"撒谎做什么?谎越撒越被动,还是别撒的好。"图北说:"我总不能说正在和你睡觉,下不来。"尤欢说:"你就不能说寻呼机关上了?——真话就那么难说?"

图南的重感冒预示了他的身体开始入秋。每年都这样。每年秋季图南都要有一段糟糕的日子,没有任何大毛病,却又像病入膏肓,比平时要老上十岁。图南在生病的日子里会变得温和,流露出殷家家族的远古家训。疾病使这个孤寂的男人愈感孤寂。他怕喝酒,怕抽烟,怕碰女人,整天守住一杯白开水,云山雾罩地乱想心事,撩弄自己的坏心情。这样的心态由来已久了,每一次都会归结到最后一个话题:等有了钱之后再怎样怎样。这个话题带有浓郁的乌托邦式的田园韵味,笼罩了生存的终极光芒。但这个话题又是一个黑洞,深不见底,似苦海无边。问题往往集中在一点,有多少钱才算有了钱。他不能说服自己。钱是宿命,让你有命无运,让你有运无命。钱是拴在尾巴上的一块骨头,你追得越猛它跑得越快,它近在咫尺,无穷无尽地满足你的视觉与嗅觉,最后你只能停下来,站在原地大口喘息。

图北很晚才回来。他每一次晚归身上都有同一种品牌的香水气味。很淡。似有若无。如殷家的使命一样似有若无。要命的是图北对这股气味总是浑然不觉的。这股下流的气味让图南伤透了心。图南望着图北走向卧室,感觉自己只是图北的一条三角内衣,只是一个象征,拴不住图北的任何东西。

但图南反而不敢问。他害怕知道图北生活的细枝末节。沉默对每一个人来说都是个禁忌。禁忌一旦丧失,欲望将愈加虎虎生风。图南跟过去,神情很严肃,却不敢开口。他一开口图北必然是谎话连篇。他怕看见自己的弟弟镇定自若的说谎模样。

"你怎么把呼机关上了?"图南厉声问。他说得痛心,他自己也奇怪怎么说出了这样的话。

"没有哇。"图北说。图北不看他的大哥。他的脸上很茫然,下眼睑在灯光下面发出青色光芒,浮乏而又疲惫。图北掏出呼机来,故意端详了两眼,自语说:"怎么会关上的?"图南望着他,涌上来一阵愤怒与辛酸,好久没有说出话来。

"电饭煲里有饭——饿了吧?"

"还可以。"

"最近功课紧不紧?"

"还可以。"

"吃不吃力?"

"还可以。"

"哥在和你说话。"

"我是在和你说话。"

图南不吱声了,接下来就是一阵咳嗽。这阵干咳持续了很久,图南差不多像虾子一样弓起身子了。图南安静下来,坐在图北的身边,等图北开口。他在生病的日子希望听到图北说出一些关切的话,或者给他倒杯水。图南静然望着图北,图北的两只瞳孔在灯光下面只会愣神,装上时针都能做闹钟了。这样的目光实在让图南伤神。"去给我拿根烟。"图南说。图北不动。两只手往口袋里掏。左手掏出烟,右手掏出打火机,摞在图南面前。图南拿出香烟,放在手里把玩。屋子里很静,只有马路上汽车驶过的声音。马路上刚洒过水,汽车驶过时轮子不是从路面上滚过的,而是像撕开的,听上去带了一股勉强和疼痛的印象。这个家现在就是一个轮子上的世界,图南是前轮,图北是后轮。图南看见这只后轮正以一种疯狂的时速逼近自己。图南已经看到这一天了。这一天不远了。图南仔细端详图北,他瘦了,脸上露出了青春男子的骨骼轮廓。这个轮廓酷似当年的图南。图南伸出手,在图北的肩上拍了两下。在这个瞬间里图南真的觉得是他的父亲了。图南说:"你们这一代,废了。指望不上了。"图南的话里流露出父性的苍凉。图南丢掉香烟,关照说:"睡吧。"图南走到门口,却又回过头来,自语说:"该找个女人结婚了。"

四

图北从体育馆出来,脖子上挂着拳击手套。图北深吸了两口气,抬起头看天。天很蓝,一口气就能吸到肺里去,从头到脚都秋高气爽。天上没有云,没有风,没有飞鸟。天上只有蓝色,那种抽象、纯粹、熨帖,接近于虚无的深蓝色。天空的虚幻性使蓝色变得寂寥,仿佛宇宙正经历着它的本体时刻,那种渴望慰藉的空洞时刻。图北望着天,只要有一片云或一只鸟,天空的忧伤顷刻间将会难以自禁。

图北立住脚,想起了燕子。好的天空总能让图北记起燕子。

天一晴朗燕子就会斜了身子飞翔过来,没有一块云能挡得住。燕子的面容又一次清晰了,她的面容一清晰就会露出某种易损的迹象。像水中的倒影,一片落叶或一声叹息就会使她波动摇晃。这让图北难受。总是这样。

体育委员他们几个正吃着橘子往大门外走,男男女女一副散漫无聊的样子。体育委员叫住图北,喊了一声"殷大款"。图北堆上笑,招呼说:"又到哪里喝酒去呢?"体育委员回过头,对大伙说:"听见没有,殷大款请我们喝酒呢。"身后的男女便一同雀跃,图北没有心思请他们吃饭,但证明自己有钱的机会图北也不肯轻易放过。期中考试也快到了,这么些日子几乎没有读书,现在请了,到时也好有个照应。图北微笑着说:"这么说,我们就去潇洒一把?"身后又是一阵欢呼。图北一面说话一面默默地数人头,六个,只能请自助餐,三百块怎么也撑下来了,又省钱又气派。图北拦下一辆出租车,把女同学叫进来,又拦了一辆,丢给体育委员。图北上车之后看了看车子右侧的反光镜,自己的表情有点像人民币上的毛泽东,是当家做主的样子。图北挺挺上身,身子和新钞一样挺刮。感觉不错。

图北的双手插进裤兜,器宇轩昂地迈进大厅。图北第一次进这家星级饭店,却弄出熟门熟路的样子,像是到家了。图北知道他的同学在看他,一举一动越发带上了表演性与示范性。他的同学在他的面前反倒显得自卑起来了。这很好。这帮鸟东西考起试来是大爷,碰上花钱就当孙子了。

火锅上桌之后他们的心情一起泛起水泡了。酒下了肚去,话就开始多。酒全是话,喝进去多少当然就会说出来多少。体育委员能喝,图北陪着他,其他人只是做做样子,精力都花在吃上。体育委员说:"图北,我弄不懂你读师范做什么?你他妈哪里不能去?"图北叼着烟,歪着嘴说:"女厕所我就不能去。"大伙都笑,女招待立在一边,也抿了嘴笑。图北说:"大伙吃,反正是自助餐,拿出艰苦奋斗的精神,往死里吃。"大伙又笑,体育委员又站起身来搬了三只盘子回来,满满的全是羊肉。这一回女招待没有抿嘴,有点不高兴了,用慢镜头眨巴了一回眼睛。体育委员坐定后对图北说:"前天晚上班里的男生开了个会,金瓜配银瓜,乌龟配王八,把女生全分了——女生不够,你又不住校,就不考虑你了。"图北眨巴了两下眼皮,说:"还有三个任课女教师呢。"体育委员说:"那怎么可以?"图北说:"有什么不可以?"图北拿眼睛瞄了瞄三个女同学,严肃地说:"谁愿意分给我,请举手。"三个女同学也故意弄出很严肃的样子,一同举起手来。图北说:"我什么都好,就是打呼噜。"扎马尾巴的女同学说:"我知道。到了上午的第三节课,全班都听得见。"大伙又哄笑一回,一起干掉一杯。

这一杯刚下肚图北就觉得不对了。白酒太凶猛,直往上泛。图北招手叫过一位女招待,让她带自己到卫生间去。图北关上卫生间的门,耳朵里头说安静就安静了。这阵安静显得过分了,有些始料不及。黑色大理石墙面和巨大的墙镜反射出宁和静的光。图北站在门后和镜子里的自己对视,图北望着自己,在寂静中图北突然发现自己很丑,今天的一举一动都很丑,让自己作呕。这个发现让图北难过,一阵突如其来的伤痛在寂静之中涌向了他的咽喉。呕吐和哭泣的愿望一起上来了。"你在这里做什么?"图北对镜子说,"你这个贱货!"图北没有理会卫生间里的服务生,仰起头来大口喘息。图北掏出寻呼机,关上了。他不想让大哥在这个时候撞进这种生活,图北犹豫了片刻,又打开,把蜂鸣换成了振动。这时候图北打了个嗝,他跪到便池上,一阵狂呕,黏黏碎碎花花绿绿的渣滓一起喷涌而出。图北爬起来,图北总觉得燕子正站在他的身后,注视着他的丑态种种。服务生扶他到了水池边,打开水龙头,水是温和的,像燕子的手指头,像抚摸,有一种令人心碎的流动温存。服务生递过来白毛巾,图北接过来,一把捂在脸上。图北就是在毛巾捂到脸上之后涌出热泪的。他紧闭了眼睛,泪水从眼缝里渗透出来。服务生拽了他一把,图北放下毛巾,他的脸在镜子里越发难看,越发颓丧了。服务生说:"没事吧?"图北调整好自己,从口袋里掏出一张纸币,拍在洗手台上,说:"没事了。"

　　出了卫生间图北重新走进大厅,一听到吵闹图北又风度翩翩了,一脸含英咀华。马尾巴正从服务台过来,有些慌张地往钱包里塞电话磁卡。图北看一眼那台磁卡电话,弄不懂她打电话慌乱什么。图北走向座位,寻呼机在裤兜里头忽然颤动起来了,像软体动物的挣扎,图北低下头,看见小便的部位不住地跳动。一位女招待看见了,不明白怎么回事,绷住笑,掉过了头去。图北掏出来,摁下选读键,屏幕显示出一行汉字:你的呼噜是我的梦呓。图北看不明白,抬起头,马尾巴入座前正给他送来温柔一瞥。图北刹那间就心花怒放了。图北把呼机上的字洗掉,重新入座。吩咐女招待拿酒。图北的两只胳膊反撑在靠背上,开始

187

说话了,一口四川腔。"同学们,上课。"图北一开口大伙就知道他在模仿教当代史的那个四川小老头。大家给他鼓掌。图北晃着脑袋说:"我们来砍(看)一砍(看),这个神火(生活),到底摇(要)得摇(要)不得。"大伙借着酒兴,齐声唱和:"摇(要)——得。"餐厅的食客们注意到这里的风景了,一起转过头来看图北,图北端着啤酒杯,两只醉眼盯住马尾巴,打着手势说:"神火(生活),这个,是啥子?是次(吃)饭不摇(要)铅(钱)?"

"丝(是)——。"

"是把滤(女)娃娃们都分啰,一人一果(个)?"

"丝(是)——。"

同学们齐声回答一次餐厅里就大笑一次。所有的食客都停下筷子,很开心地观摩眼前的喜剧小品。

"神火(生活),酒(就)丝(是)火锅烧开了,再加央(羊)肉。"图北弯下腰,伸出一只指头:"这丝(是)那果(哪个)的话?"

"那(哪)——果(个)——"

"饿鬼(俄国人),"图北慢腾腾地说,"车尔尼雪夫,那个斯基。"

大厅里响起热烈的掌声。整个大厅被图北的即兴表演弄成了一台综艺,像一盆火锅。

图北完全没有料到图南已经站在他的身后了。图南注视着他的弟弟已经好大一会儿了。他的弟弟丑态百出。图南一动不动,面色铁青。而图北一无所知,好兴致正如火如荼。图南走上来,腮帮上的肉鼓出来了,每一颗牙齿都在克制。图南伸出手,捏住图北的耳垂,拽过来。图南双目如电。图南说:"给我回去。"

图北认出图南时脸上的表情是失态的。大厅安静了,小丑的表演结束了。笑声戛然而止。人们一起注意到事态在这个瞬间里头发生了突发性变化。图北侧着脑袋,拿眼睛瞄他的同学。同学们看着他,表情错愕。图北一定得下这个台,图北的目光从马尾巴的脸上移开后恢复常态了。他壮起胆子,命令他的大哥:"放开。"

"回去。"

"你放开!"

"你回去!"

"你放不放?"

"你回不回?"

图北的拳头就是在对话走到绝路时挥出去的。拳头击中了大哥的下颚。图南轰然倒地,仰在了地毯上。图北怎么也不敢相信,这个威严的大哥居然是这样的不堪一击。大哥的脸出血了。大哥撑起身,没有反击。图北自己却后怕了,瘫坐在椅子上。图南的眼里噙满泪光,像冬日冰面的阳光反射,冰凉而又炫目。图南的目光从图北同学的脸上一一走过,他们的脸上一个个酒饱肉足,桌上还摞了一大堆,吃不掉,又丰盛又狼藉。图南的目光最终归结到图北的脸上,居然歪着嘴笑了。图南说:"长江后浪推前浪,一代更比一代浪。"

夜深了,城市反而更像城市了。那辆洒水车从某个弯口拐了过来,像一只发情期的病孔雀,一路开屏,一路吟唱。这辆车上的电子合成乐不是《女人多变心》,而是《婚礼进行曲》,图北的酒似乎醒了,他跟在洒水车的身后,加快了步伐,像追赶一个盛大的婚礼。后面开过来一辆出租车,图北上车,让司机尾随在洒水车的身后,《婚礼进行曲》,多好的曲子,每一颗水珠都变得喜气洋洋,在高压氖灯底下飞舞飘扬,熠熠生光,像婚礼上的彩纸屑。图北让司机再靠上去一些,司机有些犹豫,但闻到了酒气,就提了车速,靠上去了。洒水车的司机似乎注意到身后的出租车了,摁了摁喇叭,想让过去。但出租车不领情,也摁了一下喇叭,把车速降了下来。

这次跟踪持续了半个多小时。出租车的中年男司机有效地控制了车身与水网的距离,像一只丑小鸭,一直追随在洒水车的身后。洒水车停下来了,靠在路边加水。图北丢下钱下车,站在垃圾箱旁边和洒水车的司机默然地对视。洒水车的司机有些紧张,加水的整个过程回过头看了好几眼。洒水车的司机加好水,上车后恶狠狠地关上车门。关门前回头骂了一句:"神经病!"图北也回过头去,对自己的影子同样骂了一句:"神经病!"

洒水车走远了。图北一下子便无聊了。图北在路边意外找到了一只女人的高跟鞋跟,一路走一路踢。路边有一块工地,那幢高楼已经有样子了,脚手架吸附在它的毛坯墙上,使高楼十分接近于遭到绑架的裸体新娘。地面积了很多碎砖,图北把鞋跟踢到碎砖堆里头,一只狗受了惊吓,抬起头,舔了舔肮脏的嘴角,一边一下,很对称。这只狗引起了图北的好奇,他忘记了洒水车,开始与狗对视,双方都含情脉脉了。图北决定蹲下来,这一蹲狗居然吓跑了。狗越过马路,它的身影在路灯底下孤独而又自在。夜很深了,灯火又寂静又辉煌。这只独行的狗增强了城市之夜的丰富性,它成了城市之夜的补白,成了城市之夜的恍惚形态。

一位身穿皮裙子、黑袜子的女孩就在这时出现了。她是从工地里头出来的。皮裙子和黑袜子之间有一块留空,露出一块大腿的皮肤。图北蹲在原处,这块留空刚好与图北的目光齐平。女孩的出现有风的性质,说来就来,不留痕迹。图北站起身,女孩背着皮包双手抱在胸前正打量他。她有些疲惫,身体的重心压在左腿上。女孩望着他,一双骚烘烘的眼睛没头没脑地抒情了。图北说:"我没带钱,你走吧。"皮裙子把身体的重心移向右腿,重心移动的过程袅娜而又娇媚。皮裙子笑道:"说钱做什么?只要感觉好,还说钱做什么?"图北仰起头,望着天说:"没感觉了,你还是走吧。"皮裙子马上说:"还不是嘛,不就是找感觉嘛,找找就能有的。"图北很疲惫地说:"都找了大半夜了,好不容易平静下来,我不要感觉。"皮裙子说:"感觉和感觉还不一样呢,找找嘛。"图北摊开双手,说:"真的没钱,要不先欠你?"皮裙子有点不开心,挪开脚步了,说:"买卖不成情义在,总归是缘分,要真的没钱,我先欠你。"

图北独自的时候开始注意自己的身影了。影子是一条忠实的狗,它卧在地表,证明主人的存在。远处传来火车的汽笛声,夜早就静透了,大街上没有一个人,甚至几乎没有一辆车。图北游荡在街心,掏出裆里的家伙,对准影子的头部就尿了过去。图北一路尿一路退,嘴里吹起口哨,是优美圣洁的《婚礼进行曲》。

图北在路灯底下拿自己当洒水车了。图北终于在深夜的大马路上当了一回洒水车了。这是图北对这座城市做出的唯一贡献。

BP机对图北的封锁终于失败了。图南承认了这个现实,这是钱买来的麻烦,解决的办法也只能是钱。唯一的办法只有美国佬常用的办法:经济制裁。这次谈话进行在凌晨。凌晨五点二十分。图北结束了一夜的游荡,回来了。图南守候在沙发上,他的脸肿得厉害,不对称。门上响起了开门声,是一把钥匙相对于一把锁的声音。图北开门后愣在门口,不敢进来。他的目光从图南的脚尖往上移,移到上衣上的第二个纽扣就不动了。图北走进来,卑怯地站立在图南面前,等大哥发落。图南说:"事情过去了,我不怪你。"图南抽了一夜的烟,喉管上黏了层痰,听上去苍老而又支离。图南说:"是我的错,钱的错,是我花大价钱请来的一笔孽债,不怨你。"图南站起身,说,"从今天起我只管你的生活费,别的一个子儿都没有。你好自为之。"图南丢下这句话和一缸的烟头,回卧室去了。他的鼾声响起来。这样的鼾声在凌晨时分具有压迫性。图北站在客厅里,望着父亲的遗像。父亲很威严。大哥的鼾声像父亲的另一种语言,是他们家庭的延续代码,只有图北听不懂,只有图北在城市的凌晨伫立在家族之外。图北退出房间。站在楼梯的圆形窗口,遥视远方。东方亮了,城市的路灯还没有熄灭。路灯在东方的熹微晨光中阑珊而又凋零。圆形窗口的玻璃上积了一层灰,这层灰尘使早晨和每一缕晨光都像旧的,布满污垢和疲态。大都市的每一个早晨都带着夜游者的倦容,都有一种恍如隔世的阴森与委靡情怀。图北望着被路灯所羼杂的早晨,想起了故乡,想起了燕子。

  图北回到断桥镇已是第二天的黄昏。深秋的黄昏称得上残阳如血。图北在旅途上昏睡了十多个小时,他的梦长了轮子,毫无意义地转动,毫无内容地周而复始。图北醒来的时候以为是早晨,他依靠故乡与太阳的位置关系确认了太阳正黄昏。图北走在石板路上,他的影子拉得很长,在青石板面上移动,这等于说,青石板一步一步拒绝他的影子,他的影子永远不能成为石板的另一种质地。几个月不见,断桥镇似乎繁荣多了,作为县城的断桥镇已经撤县建市了。所有旧招牌上的"镇"字已经被铲除掉了。"市"这个汉字以醒目和缺乏耐心的潦草形象替代了"镇"。"市"成了一个巨大的工地,到处是打夯机的汽锤声,到处是繁荣前的衰败景象。烟尘斗乱,灰尘使夕阳有了密度,有了质感,空气中泛出了殷殷橘红。人们的脸上做好了城市人的预备表情,像城市餐桌和病床前的花,呈现出开放与欣欣向荣的好神态。

  图北走在老街上,双手插在裤兜里头。一路走动一路与人招呼。每一个招呼都是惊喜的,短促的,匆忙的。图北走到老家的电线杆旁边,老家的房子早就面目全非了,门楼被铝合金包装一新,成了餐馆了。红灯笼挂在两侧,落地玻璃门上贴了鲜红的"麻、辣、烫",是魏碑,一笔一画都粗头硬脑。图北走进去,迎上来一位小姐,小姐用四川话请图北坐。图北说:"怎么成餐馆了?"小姐微笑着避实就虚,只问先生:"吃什么?"图北说:"怎么成餐馆了?"小姐说:"我怎么知道,老板把房子买下来的时候就成餐馆了。"图北坐在椅子上,望着台布上的大海虾图案,突然想起了父亲常做的红烧狮子头,悲伤说上来就上来了。这悲伤来得生猛,图北的胸口像一张宣纸被那阵难受泡蔫了,变得绵软而又无力。图北摸出香烟,小姐用打火机立即把火掬上来了。图北的目光在墙面上游走,家的感觉有如爬墙虎一样贴墙而生,又茂密又纷乱。他旧时卧室的位置上方挂了一只贺匾,用隶书写了一个很客气的成语:宾至如归。图北自己掬出打火机,笑着问小姐:"匾里头写的是什么意思?"小姐很茫然。图北说:"我讲你听,是说客人回到了自己的家,就像到家一样——唷西,你的明白?"

图北叼着烟从老屋里出来,一出门眼泪就在眼眶里打漂了。远处又传来打夯机的汽锤声,像棺材盖棺的声音,热烈、嚣张、兴高采烈、丧心病狂。图北的目光顺着石板巷望过去,他的故乡正一步一步被送进棺材,真的是宾至如归。图北倚在水泥电线杆上,夏天的那张白纸广告还在,但弧形表面早就破损了,只剩下宋体的"淋病、梅毒"那几个字。图北忍住泪水,对门的玻璃面照出图北的整个面部,他的忍受模样看上去很像微笑。图北叼上烟猛吸了一大口,呼出去,用那口浓烟模糊了自己的自我打量。

天黑之后燕子才从外面回来,事实上图北一直在耐心等待这个时候。燕子的出现使图北的胸口填满了温柔冲动。燕子坐在一辆摩托车的后座,她像一只小鸟依在那个高大的男人身上,这个男人使图北的满腔冲动立即粉碎了,腐烂了,变得绮丽哀艳。那是一辆太阳牌踏板式摩托车,开车的男人图北认得的,是石板巷菜场著名的小刀手。他用那把锋利的小尖刀行走在生猪的骨头关节,恢恢乎使猪变成了肉。语文老师常用他作为例子,讲解庄子的"庖丁解牛"。小刀手的摩托车玩得很溜,放下燕子之后他的摩托车在狭窄的石板巷掉过身子,呼地一下就开走了,只给小巷留下两只红尾灯和一溜蓝。图北叫住燕子。燕子提着一只包,走上来两步,突然认出了图北。她没有大喜过望,也没有悲喜交加。燕子热情又大方,一口气说出了许多问候的话。她的热情大方让图北难受。图北渴望一种羞怩的、失措的、欲说又止的对话状态。但燕子落落大方,燕子嗓门脆亮,一看就知道是"女人"了,再也不是烛光之夜的那个"姑娘"了。燕子的身上回荡着猪下水和汽油的混杂气味,这股气味让图北绝望。燕子说:"你大哥也真是,那么好的房子怎么就卖了?早知道还不如卖给我们家呢,少说也能多挣一万——你今晚住哪儿?要不住我家吧?"图北没有吱声。燕子站在他的面前。这个让他返回故里的女孩现在就站在他的面前。她的世俗热情让他心冷。图北抬起头用普通话说:"不了。"燕子余兴未尽,高高兴兴地说:"——改市了,你知道的吧?我们这儿现在也是城市了。"图北的脚尖在石板上来回摩擦,石板太滑,都留不住脚了。图北说:"挺好的。"燕子一只脚踩在路面,一只脚跨在她家的青石阶上,客客气气地说:"进屋坐坐嘛。"燕子这么说着话便从包里掏东西,是一张名片。图北接过来,就了灯光看过去,却不是燕子的。名片的上方用圆头字排了长长的一行字:中外合资断桥市生猪贸易有限公司。下面是高建国总经理。再下面是地址邮编电话寻呼机和手机号。图北记起来了,小刀手,正规的说法即高建国。燕子用下巴指着名片,关照说:"地址和电话全一样的。"图北毫无表情地附和说:"知道了。"图北捏住名片,正反看了又看,抬头对燕子重新笑了一回,燕子也跟着补了一个笑。这一笑把刚才的话题打断了,两个人一起忙着再找话题,但该说的似乎都说过了,寒暄过了,客气过了,交过名片了,现代交际能做的好像也就这么几样。图北的哭泣愿望也就是在这个沉默中再一次翻涌上来的。他望着燕子,想说几句知冷知暖的话,却不能开口,图北知道一开口说话就会哭出来的。燕子说:"坐坐吧。"图北咽了一口,说:"不坐了。"燕子说:"那么再见啦?"图北客气地点头说:"再见了。"燕子回头看了一眼,那辆摩托车早就走远了。燕子的这个举动让图北觉得自己是个贼,偷走了高建国总经理的一副肚肺或一捆蹄筋什么的。图北自己也弄不懂怎么会往燕子的胸脯看的。她的两只奶子还和过去一样好。燕子注意到图北的目光了,胸前顿时有了起伏。这个起伏让图北心碎。燕子站到家门的石门槛上去,送回来一瞥。图北转过头,再回过头来的时候燕子已经没有了,只有满街的青石反光和纷乱的烟尘。

断桥镇的夜总算安静下来了。图北趴在石拱桥的石栏杆上,对着水面失神。秋后的水面平展如镜,没有一处破损,没有一处褶皱,秋夜的星空使小河深不可测。星空藏匿在水的底部,那是虚妄的明亮、虚妄的博大与虚妄的浩瀚。它承受不住最轻微的撞击,一缕最轻柔的风都能消解它的脆弱宁静与假性深邃。图北走下拱桥,从一块废墟堆里找到一块大石头。图北搬起来,站在桥拱的正中央,怀着一股仇恨把石头砸向了故乡的液体平面,轰的一声,星星四处逃散。夜里的河水像一大盆墨汁,溅起臭烘烘的黑色浪花。图北望着水面的败乱景象,掸掸手,泪流满面,然而面带微笑。

整整一个上午图北在课堂上睡足了四节课,图北睡得很好。老师在讲述世界史,老师的叙述语调比世界本身更沉重,成了图北的枕头。图北趴在桌面上,流了很多口水。但口水不是水,它有张力,弹性饱满,愉快而又舒张。第四节课下课了。图北在老师中止讲授之后反而醒来了,没有老师的叙述语调,就等于没有睡觉的枕头。醒来之后教室里空无一人。图北抬起头,阶梯教室呈扇形拾级而下,有很好的视觉效果,像古罗马的角斗场。图北端坐在最后一排,也是最高的一排。图北一觉过后神清气爽,仿佛在角斗场的最高席上观赏了一场精彩角斗。

但图北的胳膊有些酸痛,是趴着睡觉压的。图北想起来了,他不是在观看别人角斗,而是他自己参与角斗给别人看。那个对手不是别人,是钱。回城的路上他满脑子想的都是钱。他必须挣钱。他已经是"大款"了,维持他的大款身份不能靠别的,只能靠钱。他的胳膊有些酸痛,在梦中他和钱肯定又进行过一场厮杀,钱没有投降。只要钱愿意,图北是可以向钱投降的,但怎么样投降钱才肯接受,也是一个大问题。图北从教室里出来,沿着冬青树的小夹道往校门外走。图北不想到食堂里吃饭,那种猪狗食图北实在是咽不下去的。图北出了校门,准备买汉堡包和酸牛奶。那座蘑菇形的白色电话亭正好空在一边,图北走上去,拿起话筒就摁下了一排号码,尤欢的电话号码已经被图北的指头记熟了,不要动脑子也能摁出来的。尤欢在电话的那头也是刚刚醒来。她用懒散餍足的腔调抱怨图北,说你哪里去了,怎么不来。图北回答说,是不是想他了。尤欢说,想。她把"想"字拖得很长,还拐了弯,说得要胸有胸,要腰有腰的。图北悄声说:哪里想?尤欢笑出声来,说你小东西学坏了,也会调情了。图北的眼珠子向四周溜了几趟,像美国电影里的风流公子一样说了声我就来。

图北说来就来,尤欢开门的样子还带了睡意,头发和身子都睡散了,像一只弓了身子伸懒腰的母猫,又骚又媚的样子。图北跨上去就要吻,尤欢让开了,就着图北的耳朵说,还没刷牙呢,呆子。图北不肯松手。尤欢让步了,抿着双唇在他的脖子上亲了一小口。尤欢的吻很温暖,带了一股被窝的气息。图北把她的腰搂了一把,收得更紧了。尤欢的两只奶子被图北的前胸压扁了,软塌塌地往后退让,贴在图北的胸口,图北至今不能确认是否爱这个女人,但这个女人的身子他撒不开手。图北搂住她,再一次记起燕子了。图北把头埋到她的乱发里去,心里头全是燕子的纷飞,又温馨又酸楚,又幸福又难受。图北吻住她的后颈,用力吮吸,匆匆打发掉刚才的念头,尤欢眯着眼,喘着气说:"别弄了,别这么弄。"图北抬起头,尤欢后颈的吻痕上沁出了许多小血芽。尤欢说:"难受死了。"尤欢用小拇指将乱发拨向耳后,带着一种夸张和撒娇的神情说:"我饿了。"图北听尤欢这么一说也觉得饿,但另一种饿来得更为迅猛。图北说:"我也饿。"尤欢从图北的眼神里头看出了话里的话,不声不响地只顾笑。好半天才骂道:"喂不饱的狗。"两个人重新抱起来,大口大口啃。

一个是大碗酒,一个是大块肉,啃来啃去全啃疯掉了。

到底是中午,这场战争,有点草草过场的意思。图北卧在一边,用力喘气,却又走神了。又想到了钱。这是一个折磨人的话题,比燕子来得更为要命。图北一边盘算挣钱的事,一边吊着眼睛看床头墙面上的那块阳光。那块阳光有很古怪的几何形状,都不像阳光了。图北伸出手,张开五指,几何形状中间印上了一只手的阴影。图北抓了一把,空的。图北的巴掌只是抓住了自己的拳头。图北叹一口气,觍着脸说:"帮我做一件事好不好?"尤欢古怪地说:"我能帮你做什么?"图北脱口说:"我知道你认识的人多,帮我介绍一份工作——我要挣钱。"尤欢不解地问:"你要挣钱做什么?你还在读书呢。"图北摆了一下脑袋,说:"我要挣钱。"尤欢便不吱声,眼睛藏在头发后头打量图北,像两粒远方的孤星。"你想做什么工作?"尤欢问。"我什么工作也不想做,只是想挣钱。"尤欢撑起上身,两只奶子挂在那儿,一副沉思的样子。尤欢说:"你会做什么?"图北想了想,笑道:"什么也不会。"尤欢说:"你总该告诉我你有什么吧?"图北笑笑说:"我只有胆子和无所谓。"尤欢点点头,好像接通了上帝的电话,就会点头。尤欢用一只指头摁在图北的胸口,来来回回地滑动。图北半开玩笑地说:"我都想把自己卖了。"图北说完这话叹了一口气,说:"只可惜我的身子是泥做的,不是水做的。"尤欢听了这话愣在那里,眼里的光芒有了水分,既像泪,又像一种冰冷的温度。图北以为刚才的话碰着她的疼处了,扶住尤欢的胳膊,说:"我不是那个意思。"尤欢说:"我知道你不是那个意思。"尤欢有些伤感地摇了摇头,说:"我不是为我难过,是为你。才几个月,你怎么比我还不知羞耻。"图北歪着嘴笑,有些尴尬。图北说:"不知者不为过。"尤欢低下头,开始穿衣服,但尤欢只穿了一半,却又停住了。尤欢侧过脸,长时间地凝望图北。尤欢用手抚在图北的脸上,拍了拍,怅然地说:"殷图北,你长大了,是男人了。"尤欢只穿了一件衬衣,拉开抽屉找信封,装进去几张老人头,塞到图北的衣服口袋里去,图北有些惶恐地说:"你干什么?"尤欢说:"光了身子就该说光了身子的话,别人包了我,我包你,你迟早会走到那一步,——好在我还没有脏病。"尤欢走到卫生间,用右手的无名指摁掉眼窝里的泪珠,左边一颗,右边一颗。尤欢打开水龙头,站进去,对着热腾腾的洗澡水仰起了脸去。尤欢对自己说,我资助了一个大学生,这可是希望工程。我也算为教育事业做了贡献了。

图北不再回家了。

图南一个人坐在客厅里看电视,手里捏着遥控器。他手执遥控器看电视已经成了一种习惯了,看几眼,换一个频道,再看几眼,又换掉一个频道。那些电视画面像一张又一张不能和牌的麻将牌,来一张图南就打出去一张。图北不回来了。图南打开了所有的灯。这是图北离家之后图南养成的新习惯。这些独处的日子图南突然怕见自己的影子了,影子使图南产生了自我面对的坏感受。但灯全部打开来便好多了。灯光能产生身影,然而灯光多了自然也就消解了身影,这才算相信了这样一个事实:不是图北需要图南,恰恰是他图南需要图北。但图北不回来了。这个小狗日的,他的心肠就是硬得过大哥。图南放下遥控,想找点事情做做。他拿起一块抹布四处擦了擦,越擦越看见脏。

其实这个世上没有什么真正的脏。脏只是人们对干净的一种努力。图南顺手把维纳斯女神像拿在手上，她的高贵和圣洁的乳房上积了一层灰。图南用抹布抹了一把，却更脏了，斑斑点点的，从局部看上去仿佛一个有色女人患上了白癜风。图南叹了一口气，提了维纳斯的脑袋到厨房里去。图南把维纳斯放到自来水的龙头下面，拧开来冲。这时候电话却响了，图南走到卧房去，是很久之前的一个女人。女人在电话的那头让图南猜：她是谁？图南知道她无聊，只是想找个人煲电话粥，干脆顺水推舟，陪她玩起了电话游戏。图南说："这可不能乱猜，猜错了可要讨人嫌的。"电话那头的女人知道图南听出来了，把话题岔开去了，说："你很忙吧，卫生间里是不是还有人在洗澡？哗啦哗啦的嘛。"图南笑起来，说："你还是这个毛病，对卫生间里的声音情有独钟，是不是再过来听两回？"女人回话说："是谁在洗澡嘛，能不能告诉我？"图南说："是维纳斯，是真正的维纳斯。"女人说："原来是个缺胳膊少腿的货。"图南说："你客气一点嘛，干吗吃外国朋友的醋。"女人便不说话了。她在挂断电话之前狠狠地说："我吃什么醋？我只是吃错了药。"图南把耳机提在手上，迟迟不挂上，有些不甘，又有些无奈。这个年头人们是吃错药了。图南放下电话之后无聊又重新袭上来。便点了根烟，吐了一个大烟圈，随后吐出一串小烟圈，让它们从大烟圈里游过去。图南注视着这个好玩的游戏，等电话铃响。但电话铃终于没有响，而一支烟也差不多吐光了。图南重走进客厅，那个穿老式棉袄的光头男人正在电视屏幕上说话，他说他的身体"全托了蓝天六必治的福"，嗨，牙好，身体就好，身体 ber 棒，吃饭 ber

香。他伸出双手,让图南"瞅准了",是"蓝天六必治"。图南,瞅准了。不过自来水的龙头还开着。所以图南只好先进厨房去,把水龙头关上。维纳斯的身体干净了,一副刚刚从海水中诞生的新鲜样子。但维纳斯动了一下,图南有些惊恐,却发现维纳斯的裙裾掉下来了。不是裙裾掉下来一块,而是石膏掉下来,接下来维纳斯的鼻子、乳房、耳朵一起腐烂了,像得了最厉害的麻风病,一大块一大块地往下坍塌。图南喊了一声"维纳斯",伸出双手就去捂。这一捂维纳斯就没有了,只留下一堆烂石膏。这个过程只是一个眨眼,真是稍纵即逝。图南望着水池里的石膏泥,有些恍惚。一时弄不清发生了什么事。但是孤寂感却真的更具体了,更实在了。图南对自己说,明天一定要把图北找回来了,这个小狗日的,明天一定要把他拎回来。

图南找到图北的时候图北正在体育馆里打沙袋。图北背对着大门,嗓子里发出很吃力、很仇恨的声音。沙袋吊在体育馆的一个小角落里,远看过去沙袋与图北有一种相依为命的孤寂效果。图南推开门。图北回过头来。图南的背后全是阳光,图北看不清来人的面庞,只看见门框底下站了一个黑糊糊的剪影,像一块黑纸贴在阳光的白亮平面上。但图北认出了图南。只有他的大哥才有那样的轩昂剪影。图北认出大哥之后就不看他的大哥了,却听见拼木地板上响起了脚步声,向他靠近。大哥的脚步声和拼木地板的图案有相似之处,四方形的,铺满了整个大厅。图南的风衣挂在左臂上,立在图北的身后,等他说话。但图北不说话。图南掏出烟,点上。体育馆夸张了朗声打火机的开关声。

当的一下,又啪的一下。

"你好几天没有回家了吧?"图南终于开口说。

图南的口气依旧很硬。但图北听出来了,他没有说"回去"。说话的字数与口气的强度历来只成反比的。图北听出来了,图北冷冷地说:

"那已经不是我的家了。"

"我的家在哪里,你的家就在哪里。"

"家已经卖掉了。"

"那只是房子,买了一个,当然要卖掉一个。"

"卖掉了更好。我巴不得殷家早一点全卖掉呢。"

"我不会做另一个你的。"

"那就好,跟我回去,我不会让你做另一个我。"

"你听岔了。我想做你,就像你现在这种样子。我只不过不想做殷家的另一个长房长孙——谁会那么傻。"

"有大哥我,由不得你。"

"你死掉那条心吧。我们已经是两代人了。"

"殷图北!"

"你放开。你已经打不过我了。你下不了手,我下得了。"

"你一个月要多少钱?"

"钱是腐蚀不了我捞钱的决心的。"

"你怎么活?"

"靠身体活。"

图南松开手。他的眼里已经没有泪水了。图南目送他的弟弟往大门口去。他的弟弟站在门框下面,背后是灿烂的阳光。

203

图北的青春轮廓像一张黑纸剪贴在阳光的白亮平面上。"这一代人真他妈的走得快,"图南笑笑,对自己说,"他们只用了几个月就把老子的一生走完了。"

1997 年第 3 期《钟山》

林红的假日

十分钟之前飞机和太阳还都在天上,转眼飞机和太阳就一同落地了。林红走出机舱的时候侧过脸去看了一眼太阳,夕阳又大又红,依偎在地面,一副姣好而又无力的样子。机场的跑道两侧长满了狗尾巴草,毛茸茸的,大片大片浸淫在夕阳的彤光之中,像一种没有物质的燃烧,寂静安宁,却又如火如荼。林红看到了太阳的苦痛种种。这种过于绚烂的挣扎给人以倾尽全力的印象,隐藏了不甘或别的致命感受。

林红闻到了大海的气味。机场远离大海,然而大海的气味在海边的城市里无所不在。海的气味闻上去又清醒又混沌,有极好的背景感与空阔感。林红深吸了两口,她的身体一下就进入假期了。林红的这次远行差不多是隐秘的,她选择了这个北方的沿海城市。林红喜欢这个城市,绿色山坡上的绛红色建筑至今保留了相当浓郁的殖民地气息。殖民地气息有益于人们忘却故土,至少在心理上产生身处异地的恍惚印象。

处理完青果的事林红便感到自己的身体有些不对劲了。青果是文艺部的记者,一个又漂亮又能干的丫头,林红对她的印象一直都是不错的。公安人员深夜一点钟扫黄,居然把她和那个香港"著名歌星"扫出来了。香港"著名歌星"下午才到南京,从认识到上床你说能有几个小时?青果不声不响就是把这么大的动静全做掉了。到香港"著名歌星"的客房里扫黄本来只是一个误会,闭上一只眼完全可以混过去的,可是香港"著名歌星"的脾气就是太大,他用糟糕的国语反复高喊:"基不基道我系谁?"公安人员下不了台,只好"不基道",便"带回去看看"。这一来青果的事便捅开来了。

  林红是总编,又是女人,出了这样的事只好亲自把青果叫过来。青果的生活不够严谨,林红听说过一些的。林红就弄不懂,怎么男人到了她的面前不是聪明过度就是五迷三道的,是得好好问问,好好叫过来谈上一次。当然,这样的事总是好做不好说,青果不开口,林红也不会太过分,虚应几句,教育几句也就过去了。青果进门的时候披着长头发,一副美好如常的样子,一点都看不出深夜一点钟的巨大打击,一点都看不出羞愧、悔恨方面的积极心情,林红只看了一眼脸便沉下去了,挂上了脸色。她这种样子不给点颜色是不行的。青果的手上捏了一支鹅黄色圆珠笔,笔尾咬在嘴里,说:"林总你找我?"她的口气也太朝气蓬勃了。林红端详了半天,确认了青果的样子不像装出来的。林红便不开口,用右手示意她坐。青果坐下来。林红注意到青果"坐"得实在是漂亮,双腿并在一处,下蹲的时候腰和屁股那一把有非常微妙的韵律,真是美不胜收。这个小女人就是能把最日常的动态弄出无限风情来。这是练不出来的,只能与生俱来。林红看着她,保持了一以贯之的严厉做派,这是整个报社都明了的林总风格,不苟言笑,不怒而威。林总的行腔、走姿、手势、发型、衣着乃至眼神,一直都是严谨的、逻辑的、政策的、纪律的,同时也是几年如一日的。所以林总有魄力。林总从头到脚、一言一行都印证了这句话:简洁就是力量。

还是青果先开口了。青果说:"林总有事情吧?"林红说:"是你有事情。"青果又咬圆珠笔,把眼珠子插到楼板上去,侧着头反问说:"是我和那个香港人睡觉的事吧?"林红便语塞,料不到青果把"睡觉"说得这样镇定,说得这样一丝不挂。林红不喜欢青果用这种新闻语体说"睡觉"的事,脸色越发沉重了,便走到门口,给青果倒了一杯水,顺手把门关严。青果接过杯子,莞尔笑过了,抿了一小口,倾着上身把杯子放到桌面上去,还原的时候顺势把胸前的一缕头发甩到后肩。这个动作做得比"坐"来得更见风情。这个小女人从哪儿弄来的这么一身女儿态?林红看在眼里,脸上却静如止水,坐进椅子过后林红说:"你也不小了,怎么还这么容易上男人的当?"青果抿了嘴笑,用鹅黄色的圆珠笔不住地捋头发,脸上是追忆往事的样子。青果说:"是我提出来和他的,怎么是上当?这种事谁会上谁的当?"林红听到这话胸口无缘无故地一阵乱跳,林红的儿子都上小学了,居然在总编室里听一个未婚女孩给她讲"这种事"。林红的方寸无缘无故就是一阵乱,方寸一乱嘴里竟跟着乱了,随口说:"你为什么要和他做这种事?"这话一出口林红就后悔了,看见青果冲着她无声地微笑,还无声无息地摇头。青果摇过头,挑着眉梢说:"林总你到底想让我说什么?"这话不上路数了,简直是挑衅了。林红站起身,面色微红。今天真是见鬼了,今天怎么也不该找这个丫头来谈这种事情的。林红大声说:"我什么也不想听,我不想听这些乌七八糟的事！"青果侧着的脑袋点了两下，接下来眨了一回眼睛，眨得很慢，一慢就有了更复杂的意味。林红说："这件事我是非常重视的。"青果说："林总你也是，我睡都睡了，你怎么还这么挂在心上。"口气里全是四两拨千斤。林红急于完成话题，总结说："你还年轻，应当把主要精力花在学习上、工作上，而不应当像现在这样。"青果接过话说："放在床上，对不对？"林红被这句话呛住了，半天没有开口。青果抱着两只胳膊，突然把话锋岔开了，笑着说："林总你其实很漂亮，也很年轻。"青果把这话撂给林红，林红一点也弄不清这句话是奉承还是挖苦。林红脱口说："还可以和男人厮混，是不是？"林红一定是心情太坏了，这话由一个总编说出来怎么说也太轻薄了。林红意识到不妥，立即语重心长起来，说："你还小，你那样生活累不累？"这一回轮到青果不开口了，青果把林总从头到脚打量过一遍，慢声细气地说："林总，你这样活着累不累？"这是什么话！你听听这是什么话？林红在这张桌边和上千人次谈过话了，从来没有遇上这样被动的对话局面，都是别人成了"工作"，让她来"做"，绝对不会让别人去"做"她的"工作"的。林红居然不知道说什么好了，不是引而不发，是真的说不出什么了。林红就差说"你给我出去了"。幸好那部橘红色的电话响了。林红立即拿起耳机，听了一回，捂了话筒转声对青果说："你先回去。"林红在拿起耳机之后缓过了神来，严肃地说："希望你再想想。"这件事到此为止。林红这辈子都不想和这个小女人说这件事了。林红对着耳机说："哎喂——"

林红感觉到累。整个组版会林红都有些恍惚。用青果常用的话说,怎么好好的就"没劲"了。这种累很真实,成了肌体的某种组织。其实林红一直都是这样的,只是被日复一日的事务遮掩住罢了。那些事务没有一件不是"重要的","意义重大的",上级指示,下级汇报,人事调配,内部改革,君子陈言,小人告状,食堂管理,设备更新,纸张涨价,人民来信,还有老干部去世,女记者生产,工会拔河比赛,年终双向选择,老高要调房,小吴要职称,刘东想入党,陈峰谋发展,都是大事,她都得过问,"重视"。一大筐子的事情每天等着去"领导"与"被领导"。样样事情都"重要","意义重大",更要紧的是,她必须让她的上级与下级与她一样,以一种"重要"和"意义重大"的心态去参与这些工作。完成这些工作。这样一来她的上级与下级又成了工作,她得去做。反复与耐心地做这个工作"做"通了,"做"好了,那个工作才能做实,做稳。所以林红不能累,只有"打起精神"走华山这条道。小丫头说得不错,"你这样活着累不累?"小丫头明白,其实谁都明白,只有林红她自己瞒着自己,满面春风,沿着电梯上蹿下跳,随着车轮东奔西跑。林红像一场梦,在梦中行走,然而每一步都是身不由己的。不是她指挥着梦,而是被梦牵着走。剩下来的,那才是林红她自己,仅仅是一个睡着的自己。这么一想林红就越发累了,对自己,对组版会上的每一张脸都产生了敌意。

　　然而林红不能不这样。她不这样就不能在自己的梦里行走,而成为别人梦中的一只牧羊狗。再虚妄的梦也是自己的好。

　　如果年轻十岁,二十岁,你是做林红还是做青果?林红这么问自己。林红在组版会上走神了。她的表情是严峻的,像头版的头条。林红看到了黑体的横排标题:做别人还是做自己?

林红不知道。

林红把手伸进了口袋。她摸到了一块硬币。

而组版会正在讨论头条。社会新闻部坚持只有上状元街派出所的那篇报道。社会新闻部说,济南有交警,上海有徐虎,我们不能落后。我们要有我们的英雄与英雄群体,状元街派出所应当宣传。经济部说,经济报道历来是我们报纸的特色,重中之重,7208厂有那么多下岗工人,经过内部挖潜,有"相当"一部分女工又回岗了,这样的报道对稳定与发展都是有导向意义的。

林红对自己说,国徽是自己,字是青果。林红在口袋里晃了晃,摸出来,是自己。林红说,三盘两胜。又晃,还是自己。这是命。然而林红不甘,决定五盘三胜。就赌这一回。

夜班部的坐在林红的对面,笑着说:"我们不要争了,抛硬币。"

众人一起笑。林红抬起头,看了看左右,左右没人,不会有人看到她的动静。林红放下硬币,双臂搁到椭圆形桌面,板起了面孔。林红说:"这样严肃的事,怎么能当儿戏?"

组版会静下来了。人们把身体靠向了椅背。夜班部的脸上有些挂不住,说:"总得解决吧。"

林红意识到刚才的语气重了,说:"人人说你是小诸葛,这么小的事情就把你难住了。郭部长常说,党报党报,物质文明精神文明都重要。明天一篇,后天一篇嘛。"

大伙又笑,"小诸葛"当然也笑。经济部的掏出红塔山,撒了一圈,笑着说:"两个文明重要,我们自己也重要。抽一根。"

林红把手撤回去,摸出硬币。是字。

林红回到办公室,在青果坐过的椅子上坐下去了。累。眼眶里头也干,像欠了几天的觉似的。她把自己的总编办公室打量了一遍,目光却在洗手架边上的那块香皂上停住了。办公室里的一切都是公物,包括她自己,而那块香皂却是她掏钱买的。香港演员杨采妮女士曾为它做过广告,杨采妮的声音沙哑中带了一股娇媚,她都那个岁数了还能那么嗲,也看不出什么不妥当。"女人就该对自己好一点,不是吗?"

林红弄不懂自己怎么就买了这么一块香皂了。女人就该对自己好一点,不是吗?

这么一追忆林红就更累了,甚至都有点难受了。林红渴望一块香皂,它不是用于清洁,不是用于洗心革面。林红渴望一种滋润,一种成堆的泡沫。它们蓬勃、轻柔却又纷繁地裹满整个裸身,不顾及他人,不顾及审视,是自己与自己的一场游戏,一次过家家。它们的气泡因为阳光的直射而剔透,而五彩纷呈。林红可以张开双臂,拥住自己,所有滑腻的感受全是自己,别无他物。林红就是想对自己好一回,就是的。

林红无处下手。所有的累与难受全在这儿。

司机从内线打来电话。林红拿过内线话机,说:"你先回去。"天天是司机接,司机送,走到哪里身边都少不了这么一个不相干的人。中国人当了屁大的官就开始抢车,实在是一件可怜的事。最终抢来的不是车,而是司机。司机们一个个耳聪目明,专门替别人侦破你的生活。总有一天司机会成为前轮,而你只能是后轮,除了出一场车祸,否则后轮就会不停地跟着前轮飞跑。

这么多年来林红第一回用自己的双脚往回走。林红绕到街心广场,正是华灯初上。这是城市的经典时刻。城市总是在这个时刻展示出它的迷人侧影。路灯们静然不动,而车灯则悄然流淌。人群像鱼,在灯光里明灭,在斑斓里或隐或现。林红走在人群里,居然产生了"进城了"这个古怪念头。林红在大街上居然记不起这些年自己生活在什么地方了。生活在这里,这句话被生活弄成了这个意义:生活在别处。我们到底生活在哪里,已经成了一个问题。

走在林红前面的是一个漂亮姑娘。她的裙子与其说裹住了身体,不如说展现了身体、丰富了身体。一本书上说,爱看女人的不是男人,恰恰是女人自己。林红想起了这句话。女人看女人比男人看女人往往存有更为幽邃的心理纵深,更加难以言说。漂亮的姑娘们长得都像青果,都会坐,会走,静有静姿,动有动态。林红记起了自己的"姑娘"时代,她的"姑娘"时代永远留在乡村了,那时候林红是知青里头著名的美人呢。林红用对付植物的办法处置了自己的天生丽质,让它悄然自生,而后悄然自灭。对付植物不这样又能怎样呢?林红望着满街的漂亮女孩们,眼神和步履都带上了缅怀、无奈和酸楚的复杂成分。林红对"姑娘"时代的追忆是以自慰开始的,却无可挽回地以怅然结束了。林红的日子是一张又一张日报,可以公开发行的。没有隐秘,没有私生活。林红用内心的一声长叹打发了自己。华灯初上,美丽得像林红胸中的一块心病。

林红一直是一个好姑娘。好小学生,好中学生,好知青,好大学生,好记者,好妻子,好总编。人人都这样说。"好"是什么?林红感觉到"好"只是回过头去的恍若梦寐,或者是掉过头来的空洞如风。一句话,是人的植物部分。林红握住了那只硬币。如果再年轻十岁,二十岁,林红会不会选择放肆,然后再浪子回头?再"好"?天上地下地放任一回,实在是有些迷人的。这样一想林红就觉得自己白活了。"白活了"这个印象太让人难过。林红的眼泪沁出来,泪水一下子就使大街缤纷了,变得通体透明。林红就想找个地方放肆一回,就想做一天"坏"女人,要死要活地放肆那么一回。

林红取出硬币。是字。接车的是张国劲。作为兄弟报社之间的交流记者,张国劲在春节过后就飞到海滨来了。张国劲在前天接到南京的电话,大哥大里头居然是林总。林总说,她要到这边住"一些"日子。张国劲对着大哥大的底部大声说,你林总有什么话,尽管说,没有我办不了的事。林总说,还是我"亲自过来"妥当些,听上去事态重大。林总再三关照,不要惊动兄弟报社的领导,你替我安排一下,就行了。张国劲提着嗓门对南京说,林总你放心。

林红在出口刚一露面张国劲就迎上去了。张国劲很恭敬地叫一声"林总",伸过手去抢林红的行李。张国劲开来了一辆崭新锃亮的小车,车体上全是马路两侧的广告倒影。张国劲替林总打开汽车的后排门,林红却绕到汽车的对面去,自己打开前门钻进来了。张国劲注意到林总的心情不错,一点都不像在南京那样生硬威严。张国劲高出林红一个头,可是多少有些怕她,她的心情好了张国劲的心情也就跟着水涨船高。张国劲上车后习惯性地戴上墨镜,拍拍车喇叭,很开心地说:"韩国货,还在磨合期呢。"林红摁下车门的玻璃,右臂的肘部支到车体的外面去,左手指指空调键,说:"兜兜风。"张国劲关掉空调,悄悄把车子的速度踩上去了,透过墨镜看到林总的头发是披着的,蓝花花地正在脑后颠跳纷飞。张国劲想起来了,难怪林总看上去有些异样,是她把头发解放出来了。林总的头发一直都是盘在颈子的正上方的,从来没有这样放任过。林总的心情真的不错。张国劲说:"林总,晚上到哪家尝海鲜?"林红正眯着眼睛望着车外,没有回头,说:"你忙你的,把我安顿下来就可以了。"

窗户正对着大海。一打开窗子海风就在窗帘上撩动了。窗帘上印满了热带雨林的植物叶片,又茂密又舒张,在海风的卷送下有一种致命的苦痛。林红冲完澡,换上雅黛娜内衣。这件内衣是林红在出门之前选购的,广告词做得好,像一句陌生的耳语。广告词用黑颜色写在毛玻璃上,被背面的日光灯照得又醒目又迷蒙:"Adela 藏不住媚力的自由奔放雅黛娜"。林红冲过澡之后身上只穿了这句广告词,来回走了几圈,有些怪怪的。海风吹在她的身上,有点像抚弄,林红都数得出风的五只指头了,胸口里头一下子涌上了许多温柔,一点来头都没有,就是往上涌。林红走到镜子面前坐下来,点上烟。林红抽烟从来都是隐秘的,只有丈夫和儿子才能看得到。林红的烟不上瘾,只是某种心情,或者说,依靠香烟辅助自己体验某种临在心情。林红隔着烟仔细详尽地打量过自己,揿掉烟,决定动手。决定把自己拾掇一遍，决定把自己往风姿绰约那边靠近一些。林红在家的日子里偶尔也化化妆的，手艺并不生，丈夫见了也总是说好。可是林红就是跨不出门。林红在出门之前总是诚惶诚恐地洗掉，再三再四地问丈夫："还看得出来吗？"林红在怅然若失之余总是忘不了补充一句："还是本色庄重的好。"

　　林红的这次化妆称得上"恶狠狠"的，夹杂了自我修复、自我抚慰、自我报复乃至自我伤残的诸多念头。林红把自己弄得很艳俗，好像不这样就不足以说明任何问题。香水和口红都过分了，近乎浪荡。林红带了一股险恶的愉悦审视自己，好像镜子的深处才是自己，而自己只是青果。这个古怪的念头很顽固地占据了林红，林红用了相当漫长的内心独白才解开了这个缠人的结扣。林红取出短裤和背心，那样的颜色和款式林红在南京从来都不敢上身的，属于被批判的范畴。可是林红现在就是想朝着自己想批判的那个方向上活。林红套上它们，在镜子里转动腰肢，左盼右顾了一回，是那个意思了。林红关上门，出去。宾馆的过道很长，那种透视效果容易使人义无反顾。林红踩在烟灰色地毯上，步履轻盈得像风在枝头。在陌生的地方一个人瞎逛，自由自在，无法无天，把手包甩在肩后，用食指勾住，另一只手握住冷狗，丢掉总编，做两天快活女人再说。再见了林总，林红我来也。

　　但一下楼林红就在大厅里和张国劲遇上了。林红的双脚分立在两个梯子上，好心情像脚下的楼梯，一层一层落到了地上，说沮丧就沮丧了。张国劲的食指上正转着汽车的钥匙扣，看见一个俏丽的女人正往楼下走,长得有点像林总,张国劲认出来了,真的就是林总。林红和张国劲都愣了一秒钟,很客气地走近了,心里头都堵着一大堆事,想解释,却不知道怎么说。林红说:"请我吃海鲜,怎么也不穿得漂亮些?"张国劲重新打量过林红,有些尴尬地赔上笑,说:"林总要是有事,就改日吧?"林红故作不解地说:"我有什么事?还没有吃你呢,海龟的头就缩进去了?"林红对自己的这句话极不满意,"海龟的头就缩进去了",怎么听怎么别扭,真是慌不择言了,竟说出这种粗俗的话来。

张国劲认准了林总是和某一个男人廊桥遗梦来了。越想越像,也就越想越不对劲。汽车拐弯的时候好几次都差点剐到自行车了。张国劲想侧过头看看林总的脸色,又不太敢,只好拿出磁带插到录音机里去。一个女孩在唱,死去活来的,被爱情闹得上气不接下气。最后一句便格外伤心了,"别让我一个人在晚风里等候"。张国劲这么一听真的觉得有人在晚风里等候了,完全是自己才把事情弄到了这个地步,便对自己说,我他妈这是做了什么事?

菜很丰盛,连皮带壳红红绿绿的铺了一桌子。林红和张国劲都很努力,脸上都带了笑。张国劲端着很大的啤酒杯,说:"这儿的啤酒好,我敬林总一杯。"林红笑笑说:"又不是在报社,就叫名字吧。"林红的话一脱口又觉得有些不妥当,这样说就好像有什么把柄抓在他手里了。人一尴尬了说出的话都不能细想,一想就吃苍蝇。

这么说着话张国劲的大哥大竟响了。张国劲三言两语把电话打发了,林红伸手把大哥大要过去,却不会用。张国劲替她把电话拨通了,是林红的家。张国劲觉得林总这样做有些故意。林红侧着脑袋,向那边关照说,把505神功袋带上。张国劲听出来了,那头是她的丈夫。林红又关照说,在空调房间里少抽些烟。随后林红的嗓子变掉了,是在和儿子说话。林红听了一句,就说:"妈妈给你买。"林红又听了一句,又说:"妈妈给你买。"林红就这么把这句话重复了四五遍。林红合上大哥大的时候张国劲觉得林总她贤妻良母的样子做得有些过了,她都忘了自己这一身的打扮了。

张国劲只想着早点结束这顿饭,但是又不好太早了。太早收场就好像他什么都明白似的。撑到九点,张国劲说:"林总,你今天累了,送你回去早些休息吧。"林红知道他的意思,然而回去得太早她反而说不清了。林红说:"难得像这样喝酒,我还没喝够呢。"林红又要了两瓶啤酒,桌子上全是空瓶子,稍稍一晃动桌面上的瓶口就有晃动,像呕干净的醉汉。张国劲知道自己把林总的事搅了,猜得出林总正伤心。张国劲只想把自己灌醉,撂倒在马路上什么事就都拉倒了。但是林红把酒的速度控制得很慢,开始询问兄弟报社的一些情况了,诸如三项制度改革,诸如头版的经济报道与二版社会新闻的调配,诸如日报与晚报的关系。张国劲一一回答。借助于酒的力量张国劲在某些地方还作了发挥。话题到了报社事务方面林红又是总编了,而张国劲又回到交流记者了。张国劲不停地说,林红则不住地点头。她的点头是精力集中的,深入问题的,沉着的,充分体现总编的气度与身份的。他们的对话很快进入了工作交谈了。林红偶尔插一两句话,谈及报社的远景规划和近期设想,他们就这样悄声说话,夜一点一点深下去,远处的涛声一阵比一阵清晰起来。林红听着涛声,走神了。她想象起海浪的样子,它们扑向沙滩,像液化的黄金,在沙滩上毫无保留地铺展开来,无微不至,竭尽全力,然后又十分无奈地退回去,百般依恋而又难舍难分,仿佛海滩给扒了皮,给人以无尽的痛感。林红弄不明白怎么会对海浪产生这种印象的,就好像她又十八岁了,就好像她多情得不行了,都温柔出毛病来了。

然而林红开始盘算明天了。她是休假来的,没有任何大惊小怪的内容,她必须用一天的时间做给张国劲看,否则今天晚上的所有努力也就白费了。明天过去,一切就会安好如初的。林红看过时间,站起来,说:"我们回去吧,反正你明天要陪我游泳呢。"

说起来林红的游泳还有些来头。还在托儿所里林红就学会游泳了。林红游泳是科班出身,很正规地学习了蝶、仰、蛙、自,一招一式都看得见人体的对称关系。林红一直游到小学三年级,后来一位男同学说,他看见教练员在器材仓库里的垫子上游泳了。大伙就笑他,说他吹牛,没有水再好的教练也游不出来。这位男同学急了,他大声说,你们去问五年级的刘爱英,她和教练一起游的,刘爱英在下面,游仰泳,教练在上头,游的是蛙泳。这件事传得飞快,第二天上午林红她们做完了体检,游泳队就地解散了。这件事使林红对游泳产生了极其隐晦的认识。不久刘爱英和别的三个女生都转学了,而教练员居然给枪毙了。林红的游泳生涯告一段落。

林红在插队的日子里迎来了第二个游泳季节。这是苏北的水乡，每年夏天都要纪念毛泽东主席在武汉江面上的那场壮举，高音喇叭说，我们要走进大风大浪，所有下水的人都要先饮一杯水，上岸之后再吃一口鱼，毛主席就是这样的。在这个游泳大军中林红一枝独秀，只有林红在水中真正做到了闲庭信步，别的都不行，都令人联想起某种相应的家畜与家禽，林红因此当上了村小学里的代课教师。林红当上教师之后立即成立了一支游泳队。林红这样做主要是为了破除学生对鬼的畏惧。在苏北水乡，"鬼"历来是一种水下怪物，通身长满了手臂，那些手臂又绵软又修长，像水一样四处流淌。然而手臂的末端必然是手，这是乡村想象力的局限，也是乡村想象力自我恫吓的关键地方。在苏北的传说中，"鬼"的躯体一直相当模糊，而手是现实的，就是人手的样子。那些手在苏北的河汊里无所不在，防范的结果是防不胜防。人们说，那些手不知道什么时候就会从水下抓上来，即使你走在桥上也不能幸免。你像一根针，不是轰隆一声，而是悄然无息地就从桥上拽进水中了。这个过程只需一个眨眼。鬼魅给人们降临灾难通常就是在眨眼这一个瞬间。村子里每年都有小孩淹死，也就是让水鬼拖过去。所以林红大声说："同学们，跟我下水。会游泳了鬼就会怕你们的。"

但是，就是林红自己把鬼招来了。林红在辅导她的学生的时候陈月芳从码头上走下来了。陈月芳说："林红，也教教我吧。"陈月芳是一位扬州知青，有很好的面容和很好的皮肤，是一个典型的扬州美人。陈月芳到了水下一切动作都变得笨拙起来，张大了嘴巴一脸又兴奋又恐慌的样子。林红把她拖到自己的身边，利用水的浮力把陈月芳托在自己的手臂上。林红望着水面上的陈月芳，心里说，真是个扬州美人哟。林红一点都没有料到这个美人的面容已经走到美的尽头了，已经渗透了鬼的内容。这个致命的时刻令林红在未来的日子里想起来一次就后怕一次。

　　游完泳林红和陈月芳一起上岸。陈月芳的白色的确良短袖衬衫和白色短裤都贴在了身上，夹杂了雪白的肉的颜色。林红这才想起来陈月芳是不该穿这样的衣物下水的。这时候围上来好几个农民，他们的目光一起对准陈月芳。农民的目光是滞钝的，因而格外执著。陈月芳低下头，吃惊地发现自己的乳房差不多全裸了，不仅造型，就是色质也是一览无遗的。陈月芳慌忙用手捂住，好看的双腮涨得通红，近乎透明。林红都看在眼里。这阵美丽其实是陈月芳的回光返照。但是陈月芳的脸色即刻便灰掉了，她低下头，看到短裤也贴在肉上，相应的部位黑了好大的一块。陈月芳找不出第三只手来捂自己了。而农民的目光依旧不肯转移，还是那样。目光无声无息。现场也无声无息。危险都是在无声无息中悄然滋生的。这样的无声无息持续了很长时间。人们默然地散去，林红默然地回校。直到第二天早上一切都还是静悄悄的。后来终于有动静了，一有动静就惊天动地。有人大声尖叫，鬼！鬼！鬼在乡村学校的女厕所里，悬挂在半空。陈月芳穿上了冬天的棉衣，十分整洁地挂在厕所的悬梁上。她现在不是陈月芳了。她现在什么也不是了。她的眼睛睁着，但是没有目光。没有目光的眼睛是可怕的，美人陈月芳的目光就是让别的目光无声无息地杀掉的。这样一来有目光的眼睛也就格外可怕了。林红望着陈月芳遗留下来的身体,看到了"目光"峭厉、肃杀的一面,看到了"被看"的凶险一面,看到了"无声无息"的危险性。林红通体冰凉,牙根打起了冷战。林红的游泳再一次中止了。游泳不仅隐晦,而且可怕。游泳生涯给了林红这样一条真理,人的一生只不过是活给人看。活得成功,完全取决于别人看得顺眼。有了这样的理论基础,林红的未来才风静浪止。

海滨浴场上全是人。花花绿绿密密匝匝。人这东西就这样,多到一定的程度反而就没有人了,在这儿放肆反而比独处更为隐蔽。林红走在人缝里,如入无人之境。人怕人,这句话推到极致也有这样的意思,人拿人不当人。林红穿了泳衣行走在人群之中,感觉好极了。光脚踩在沙滩就像在飞。这么多年来林红第一次穿上了泳衣,内心充满了暴露之后的温存刺激。要不是张国劲喊她"林总",林红真的都不知道自己是谁了。把自己弄丢了是一件极幸福的事,女人一旦把自己弄丢了,就会有少女的感觉,满世界要风就有风,要雨就有雨。所以林红再一次关照张国劲:"叫名字,这是在哪儿?"张国劲租了两只救生圈,左右的肩上各套了一只,十分慌乱地跟在林红身后。稍不留神林红就消失在人群里了,人夹在人缝里就这样,近在咫尺有时候也会无影无踪。

下水之后他们躺在救生圈上,屁股埋在圈子的中央。这样一来林红和张国劲就不能算是游泳了。他们用了很长的时间从浅水的人群里游出去,一直漂到防鲨网的附近。现在,林红自由了。天蓝蓝,水也蓝蓝,眼里的世界有了一种单调之美、纯粹之美和孤寂之美。林红闭上眼睛,身体在波动。林红一闭上眼对身体的这种规律性波动反而格外敏感了。林红滚到水中去,扶着救生圈,想和张国劲说些什么。可是不说也很好,于是就不说。天的颜色和海的颜色都适合于休闲,林红躺在水面上,看水下的四肢,有些变形。林红发现人体到了海里多多少少都有点类似于藻类,一举一动都有了舒张的动态,有了惹是生非东撩西拨的娇媚腰肢,甚至于,有了一点性感。人类生命的确是从大海中诞生的,人在陆地上分成张三李四王五,一到了海里就变了,回到了生命的起源,有了抽象感,有了还原感。人一抽象了精神就会随之阔大,就会像蓝天那样晴朗起来,纯明起来,滋润熨帖起来,有了无穷无尽和无休无止的延伸欲望。林红追忆起自己在办公室里的样子,衣冠楚楚,终日不苟言笑,真是亏了林红了。林红就应该走上"T"形展示台的,迈着时装步一件又一件地换着婚纱;林红就应该被镁光灯包围的,身上的料子随身体的曲线而忽闪忽闪;林红就应该有好几个情人的,肆无忌惮,最后却总是被众星捧月。林红就这么天马行空。这么想想不也很好吗?这么对自己悄悄地放肆一回不也很好吗?林红闭了眼睛,在蓝天碧水之间一脸的含英咀华。这样想想真的很放肆。

张国劲一个人仰了好半天,却有些犯烟瘾了。张国劲吸下一口气,潜到水下去,憋几下或许就会好的。张国劲在水下睁开眼睛,深水区的海底颜色有一种特别异样的变幻。四周空无一物,只有颜色与浮力。再深处可能有一些海藻,墨黑墨黑的波动,有些阴森。张国劲浮上来,对林红说:"下面很漂亮。"林红的心情不错,吸下一口气倒着身子就扎下去了。她的水性好,心里有底。林红扎下去好几米才睁开了眼睛,身体是倒着的,一下子就看到海的底部了。那些墨黑墨黑的波动像数不尽的手,随时都有可能向林红抓过来。林红在这个瞬间里头突然就记起陈月芳了,止都没能止得住。林红立即转过身来往上游,浮力的速度都来不及了。林红在上浮的过程觉得自己就像悬挂着的陈月芳,这一想越发慌了,水下到处响起了她的心跳声。林红想喊,却呛了一口水。林红的那一口气快到极限的时候才浮出了水面。她张大了嘴巴想换气,刚好赶上一个浪,又呛了一口。林红的脸部因高度缺氧变得煞白,林红恐惧已极,她用近乎疯狂的动作扑向了张国劲,一把就抓住了,不放手,随即搂住了他的脖子。两条腿往上收,箍住张国劲的腰部,像海藻,像海蛇,越缠越紧了。张国劲幸亏扶在救生圈上,要不然真的会一起沉下去的。张国劲以为林红遇上鲨鱼了,心里一阵紧。但林红在一阵剧烈的挣扎后即刻就静止了,又不像,于是冷静下来。一静下来手脚又没地方放了。林红一阵干呕,随后便哭了,却没有声音。张国劲的身体感觉到林红腹部的猛烈收缩和她胸部的狂跳,猜想她在水下受了惊吓。张国劲挪出一只胳膊,搂住林红的腰,说:"没事了,好了,没事了。"这么一说林红却哭出声音来了。但是林红只哭了一个开头,却止住了,好像想起了什么,手脚一起从张国劲的身上脱离开来,说:"你放开。"张国劲只好放开。这场慌乱的举动就这么没头没脑地开始,又没头没脑地终止了。林红一个人游到自己的救生圈旁,扒在上头哭得更伤心了。这两天的委屈和尴尬一起袭上了心头。张国劲游过来,扒在林红的对面,小声说:"到底怎么了?"林红的左手捂在了脸上,只有嘴巴留在外头。林红说:"不要管我。我不用你管。"

水下的这场意外事故给了林红以极大的打击。回到房间的好几个小时内林红都没有能够从慌乱之中整理出来。但是,她一遍又一遍追忆的却不是陈月芳,而是张国劲,是自己搂紧张国劲的样子,箍住张国劲的样子。张国劲的身体贮满了浮力,沿着林红的想象力向上漂浮,就像在海水里展示出来的那样,一遍又一遍地向上漂浮。林红生了自己很大的气。林红清楚地看见自己的某种欲望正在抬头,那种欲望像一棵树,它在长,岔开了数不尽的枝枝杈杈。林红无法料定哪一个枝头或叶片才是这棵树的尽头。林红为此而神伤。但林红又是愉快的,内心的欢愉真的像一瓶啤酒,被启封了,无缘无故地、自发地或者说不可遏止地喷出了白色泡沫。这些泡沫本来就隐匿在啤酒的内部,在压力之下它们安之若素,呈现出极度虚假和极度自慰的真实。然而,林红听到了启封的声音。许多乳白色的颗粒正在向上升腾,它们争先恐后。林红注意到身体内部的化学反应,有些陌生。在某一个瞬间林红以为自己就是青果了,林红特地在镜子里把自己打量了一回,终于否定了这个荒谬念头。林红猜想这样的化学反应或许就是"女人"的自我感受。林红想起来了,自己天生其实就是一个女人,只是被自己弄忘了。林红的生活是容易使她忘却人的性征的。谁是我们的男人,谁是我们的女人,这个问题是生存的基本问题。可是林红的生活没有男人和女人,只有人。性征早就被上司、部下、同事和职工这样的职业称谓阉割了。林红记起来了,丈夫应当算是男人的,然而也不明晰。即使在做爱的短暂时光里也没有十分锐利的认识。这位税务所长的做爱总是有计划的,按步骤的,是工作的一个部分。丈夫怕林红。这个世袭的官员之后同样有很好的名声,就一个字:稳。他什么都不会,就会"稳"。整个大院都知道,他和金属保险柜一样稳重可靠。在和林红做爱的时候他也是稳重的,一举一动都有政策性,不搞冒进,不搞人来疯,不搞玩的就是心跳,从头到尾都照既定方针办。

　　林红冲了一个热水澡。冲澡的时候肩部和背部的皮肤疼得厉害。林红侧过身,扭动颈部看自己的后肩,密密麻麻排了数不尽的小水泡,像刚出炉的烤面点,分外瘆人。林红只看了一眼就出了一身的鸡皮疙瘩,而皮肤表层也就格外灼痛了。林红知道是在海水里头晒伤了,把水调得凉些,给自己打香皂。林红在给自己打香皂的时候又走神了,香皂在身上滚动,对林红"好"了一遍又一遍,浑身上下弄得全是泡沫。借助于肥皂的滑腻,林红的手指慢慢变得活跃起来,在肌肤上面毫无目的地游动。林红后来醒了,醒来的时候双眼是迷蒙的,双唇也张开了,两只手有些惊恐地放在了两乳之间。林红停下动作,可是身体有些不依,对十只指头说,给我,我要。两只奶头也硬硬地挺了出来,被胸脯弄得有了起伏。林红慌乱地拧大了水龙头,细碎的水柱十分有力,均匀而有效地散射在她的身上。林红草草冲完自己,点上了香烟。香烟会安慰人,也会体恤人,林红在这根香烟的劝导之下马上平静了。林红对自己说,不可以这样的。林红对自己说完了这句话却闻到了身上过浓的香皂气味。林红说,你不可以这样的。

林红取出了那件无袖的紫色真丝旗袍。这是林红最为喜爱的一件夏令装。因为喜爱,林红在南京一次都没敢穿过。林红喜爱购衣。她的收入不低,又没有什么去处,工资收入的相当一部分就用于购买这些无用服装了。林红一眼就看中的服装十有八九是不敢上身的,但是林红时常会把它买下来。作为对自己的一种安慰,林红往往会重新挑选另一种适合自己的大路货。就像林红在丈夫面前所说的那样:"衣服本来就是穿给别人看的。只有最终适合于别人的,才是真正适合于自己的。"林红在这次假日里一定要把那些"不合适"的衣服统统上一回身,好好在大街上走一遭,让那些衣服扬一回眉,吐一回气。

林红和张国劲约好了,晚饭吃自助餐。这样显得宽松一些,休闲一些。张国劲在定好的时间内来接林红。与昨天晚上一样,今天的林红让张国劲又陌生了一回。女人一旦从职业里头分离开来,还原成女人,你就无法肯定她到底是谁。无袖紫色旗袍使林红的两条胳膊越发醒目了,十分修长、十分姣好地垂挂在肩部的两侧。这样醒目的胳膊使张国劲一下子就想起了海里的事。张国劲有些不自在,不知道喊"林总"还是"林红",只道了一声"你好"。林红没有任何表情,远不如昨天晚上神采飞扬,跟上来也说了一句你好。道过好两人竟生分了,有些不自在像战争国之间的外交使节,一切礼貌仿佛都成了潜在的敌意。这从一开始就决定了这顿晚餐不会有什么好结果。

晚餐只吃了一半,事态就变得糟糕起来了。自助餐大厅装潢得很富丽,光彩照人,甚至可以称得上流光溢彩。不过林红的胃口并不好,只拿了几片水果在那里磨牙。张国劲一直想说些什么,想了想,又想不出,也就罢了。林红吃完了水果便把两只胳膊支到桌面上,十只指头叉到一处,静悄悄地走神。张国劲后来说:"去拿点草莓吧。"林红一直没有注意到草莓,有了一些兴致。草莓的颜色很诱人,林红端着盘子,脸上浮上了些许笑容。林红把盘子伸到前面对张国劲说:"多来点。"张国劲差不多给林红装了半盘子。林红有些不好意思,抿了嘴不停地向四处打量。张国劲回过头,刚好看到了林红的窘相。这种表情与"林总"的表情如隔天壤,有特别的动人处。张国劲轻声喊了一声"林红"。张国劲自己也没有弄明白干吗要喊这一声"林红"的,真是他妈的情不自禁了。林红侧过脸,望着别处,"嗯"了一声,却是等张国劲说话的样子。林红的耳朵就在张国劲的嘴边,张国劲望着林红的精致耳廓,实在也没有什么话好说。张国劲把嘴巴就过去,小声说:"你真的很漂亮。"张国劲的脑子里并没有这句话,可是脱口就这么说了,说出口便有些惶恐。林红怔在原处,听得明明白白。这么多年,还没有一个男人敢这么说过她。心口里头"咕咚"就是一下,手里头竟滑了。盘子脱手了,跌在大理石地面上。十分灾难地"咣"一声,碎得一地,草莓鲜鲜红红地四处窜动。张国劲蹲下去,毫无意义地捡一些碎片。林红站着没动,脸上的颜色早就走样了,两条胳膊发出醒目的白光。许多人正看着这边。张国劲慌忙说:"你先坐,我重给你装。"林红一个人便往门口去,她的走路模样表明了她糟糕透顶的复杂心情。张国劲捏着两块瓷片,心里头骂自己,你他妈的也太轻薄了。张国劲扔下瓷片,无力地招呼小姐,说:"买单。"

张国劲一个人往报社步行。进了宿舍张国劲就躺下了。这两天什么都没做,可是累透了。张国劲开始后悔。后悔今晚的话,后悔今晚的自助餐。后悔到最后就后悔到根子上来了,根本就不该到这边来。待在南京不就什么事都没有了?这就叫早知今日,何必当初。当初不来哪里会有这样的屁事。

到兄弟报社做交流记者不外乎两层意思:一,做联络。两家报社相互串串门,这也是常有的事,你来秋游,我去避暑,这样的走动不仅有益于身心健康,对自家账目的廉政建设也大有好处,在"兄弟"处放个人,事情就容易多了。第二层则是最要紧的,是组织建设的一个环节。整天都待在一起,要有人事上的变动就有些不妥当,用一些记者的话说,叫做"凭什么他能上,我就不能"。出去一趟回来之后就顺畅多了,都"出去锻炼过了",这就不一样了。锻炼过了,回来总会有所"考虑"的。张国劲能"被交流"多少有些意外。他的嘴不好,喜欢说一些说起来痛快,说完又后悔的俏皮话,一句话,"不稳"。张国劲能"被交流"完全适应了渔翁得利这一条至理名言。由于"交流"关系重大,所以暗地里争得也就厉害。能争的都是能人,定夺就难了。难了就不能硬来,否则就伤了同志。但是两面都伤了又等于没伤着,所以渔翁不得利也不行。张国劲得到这个消息时正在打八十分,一种由两副扑克组成的纸牌游戏。以副代正的部主任把他叫到自己的办公室去了,很严肃地递给他一支三五香烟,给他点上,说:"报社又要派人出去交流了,我推荐了你,总编批下来了。"张国劲一连输了三把,纸牌还合在掌心里头,他把牌捻开来,十分性急地说:"你看看,我的将牌里有姊妹对,副牌里还有三个A。"以副代正的部主任依旧十分严肃地说:"你先去。"张国劲叼着三五香烟回到了牌桌上,突然想起来了,主任可是从来不给人递香烟的,更不用说给人点火了。这么一想张国劲突然就觉得事情真的有些严肃了,真的要"被交流"了,凭空有了时来运转的感觉。下班的时候事情传开来了,不少人十分热情地和他打招呼。后来碰上了人事处的处长。处长和张国劲一同刹下自行车,用单脚支住车身,却又没说什么。处长伸出手拍一下张国劲的肩部,点着头笑了笑,又拍了一回,尔后在拐角处分手了。这个无声的时刻使张国劲的浮想都联翩了。张国劲在车上想起了权力。张国劲以为自己一直很超然的,不惦记这些俗事,然而张国劲终于知道还是自己错了,权力很迷人,哪怕只是权力的影子。以前只是没有尝过它的好滋味罢了。权力对男人来说就像健美运动员身上的腱子肉,可以脱光了之后左右玩味的,可以产生强壮、有力的感觉的。张国劲笑笑,对自己说:"他妈的,这算什么事。"

张国劲在这头的工作不错,没有家累,干起活来有点不要命,第一个月就弄了五个头版头条,有两条还被多家报纸转载了。转载完了张国劲又到企业里头替报社拉了几笔广告。报社的上下都说得出张国劲的好。这边的同行都说:"你瞧人家。""人家"就是张国劲。一个人被人家说"人家",总是一件很开心的事。张国劲是外来的和尚,不用怕出头,所以该出的风头也就出了,越出也就越觉得风头正健了,理所当然是这么回事了。张国劲拿着大哥大对老婆感慨起来,说:"把中国人全变成客人,事情就好办了。真是外来的和尚好念经。"大哥大是向报社借的。报社的汽车他也是能借出来开两天的。张国劲都想把自己调到这边来了,然后再"交流"到南京去。那该多好。生活在别处才是生活的正解。

然而寂寞。单身男人怕寂寞。已婚的单身男人怕得又更厉害。张国劲好几次想放松一下,又不太敢。在这边无论如何是不能弄出什么好歹来的,否则以副代正的部主任给自己点火的感觉就再也不会有了,否则人事处长拍自己的肩膀时产生的那种感觉也就不会再有了。寂寞了就打电话,张国劲有事没事都往家里打电话给老婆。说南京那边又来人了,是几个快退下去的副总编和老"老记",不好安排。说有人喜欢"白酒啤酒腾细浪,生猛海鲜走泥丸",可有人偏不,就喜欢"更喜小姐白如雪,三陪过后尽开颜"。不好安排。老婆就在南京笑。老婆在南京一笑张国劲的身体内部就起海浪,一浪一浪地往上涌,又一浪一浪地往下退。老婆说:"怕是你自己不好安排自己吧?"张国劲便十分难受地说了几句近乎浪荡的话,老婆被他说得也伤心,半天不语。张国劲只能"喂"一声,南京说:"别说了,我都潮了。"南京后来就抽泣,说:"实在不行你就去,只要别染上病,我不会怪你的。"张国劲听懂了老婆的话,"就去"后头还有一个字,被她省去了。有时候省去的部分会沿着你的想象力奔走,从而变得格外惊心动魄,真是于无声处听惊雷。张国劲厉声说:"你瞎说了什么?"为了使声音的严厉效果逼真、动人,张国劲真的把脸拉下来了。后来老婆便说:"我爱你。"张国劲也说:"我也爱你。"这么爱情过了,便放下电话,一宿无话。

晚餐几乎没吃,张国劲饿得厉害,却又不想再吃什么了。张国劲一个人躺在床上,内中的滋味别扭而又愁伤。有一种没有缘由的焦虑。张国劲把手机拿在手上,漫不经心地玩。摁一下就响一下,跳出红字。电话后来竟通了,响起了传呼音。张国劲刚想把电话关上,手机里却有人说话了,"喂"了一声,是个女人。又"喂"了一声,居然是张国劲的老婆。他一不留神居然把无聊和焦虑都玩到自己的家里去了。张国劲想不应,情急中又觉得不妥,慌忙说:"哎喂,我,是我。"那边说:"是你吗?"张国劲说:"是我。"那边静了一刻儿,声音平白无故地警觉起来,说:"你和谁在一起?"张国劲愣了一会儿,明白那边的意思,说:"没有哇,我一个人。"那边不说话了,好半天不说话,突然说:"不对吧。"张国劲想了想,说:"在和一个小兄弟下围棋呢,他在长考。家里都好吧。"那边说:"家里好。——你近来又熬夜了吧?你把电话给下棋的小兄弟,我让他不要太晚了。"张国劲傻了几秒钟,说:"别瞎来。"那边说:"我不会瞎来,你让他接电话。"张国劲笑笑说:"我这儿没人。除了我,就是电话里头的你。"那头说:"不对吧。"张国劲说:"真的没人,别瞎闹了。"那边又没声音了。张国劲到了这个时候才发现事态的严重程度了。事情之所以严重就因为没有事。事情再大都有边,而没有的事情大如天。那边突然就哭了。听得出伤心。张国劲"喂"了一声,那边居然是儿子了。儿子说:"妈妈都生病了,还送我上学。"儿子的声音像背功课。张国劲听到远处有人说:"发烧三十九度七。"儿子

231

就在电话里头背诵:"发烧三十九度七,是妈妈。"远处又说:"还给奶奶送鸡蛋了。"儿子又背:"还给奶奶送鸡蛋了,是妈妈。五斤。送了两次。"张国劲拧起眉头,他差不多都看见老婆这刻儿的庸俗嘴脸了,用食指指自己,儿子就说"是妈妈",张开巴掌,儿子就说"五斤",再伸出两只指头又是"两次"。张国劲突然上来了一阵坏脾气,厉声说:"把电话给妈妈。"张国劲大声说:"你搞什么搞?"但是张国劲的严厉立即遭到了回击:"你搞什么搞?"张国劲说:"搅什么?真他妈恶心。"那边不哭了,摔下了电话。张国劲听到了摔电话之前的最后一句话:"我找你们老总去!"张国劲听了几秒钟的电话忙音,把手机关了。关上手机之后那些红色数码全熄掉了,像死了一样。张国劲把手机扔到床上,说了两个字:"妈的。"想了想,又加了一个字:"他妈的。"

张国劲没睡好,夜里做了好多古怪的梦,醒来之后一个也没能想得起来。但是有一个梦一直留在他身体的内部,相当重要,不想起总是牵牵挂挂,难以释怀。张国劲最终也没能想得起来,还没有下床就已经满腹怅然了。

张国劲编了一个上午的稿子,中午吃完盒饭就躺在沙发上午休了。同事们看他心事沉重,也不便和他多说什么。张国劲的脸色是杆秤,一看就知道心事的斤两。洗完脸过后张国劲坐在沙发上剃须,电动剃须刀就那么在下巴上爬来爬去。已经很干净了,还在那儿爬。这么一剃张国劲的腮部和下巴就有了铁青色,脸色越发不好惹了。

手机突然响了。张国劲有些慌张地拉开了手机盖,林红开始和他说话了。到了这个时候张国劲才想起来,自己一直都在等林红的电话的。张国劲抬头看一眼墙上的钟,都下午三点了。林红的口气一点都听不出昨天的尴尬,就像这个世上从来就没有昨天。林红说她逛了一天的街了,两点钟才回来,睡了一个小时才歇过来。林红说:"有空就过来坐坐,反正也累了。"张国劲忙说:"我就来。"掐掉电话张国劲并没有即刻动身,对自己说:"这个女人要不是我的总编有多好。"这么一想人又懒下去了,把刚才的这句话反过来想了一遍:"我是她的总编就更好了。"想到这一层张国劲愈加感觉到权力的可贵与可爱了。张国劲自己冷笑了一回,骂自己说:"你原来就是这么一个破玩意,欲望和权力一夹击,男人的丑陋就全出来了。"张国劲从抽屉里取出一件鲜红色的意大利 T 恤,还是上一次参加新闻发布会主办单位送的,一直没穿。张国劲走进卫生间把 T 恤换上,下了楼出门。太阳正艳。张国劲从落地玻璃门里看见了自己,红红的一大块,三点多钟的太阳刚好体现出人体的明暗关系,肯定了他的英武与帅气,他的心情一下子轻松了,脸上顿时就没了斤两。

张国劲敲门的时候内心充满了相见时难的感觉。林红打开门,笑容可掬。但张国劲一下子便愣住了。林红不见了。眼前居然是"林总"。林总站在面前,衣着是刚下飞机的样子,头发也重新盘上去了,一句话,林红洗尽铅华又回到林总那边去了。张国劲鬼使神差地喊了一声"林总"。声音也不对。张国劲甚至都听出奴性来了。林红说:"请进。"张国劲走向沙发的时候就想掴自己一个大耳刮子。林红说:"这两天把你拖累了吧?"张国劲笑笑,说:"出来锻炼,就该跟在领导后头吃苦嘛。"张国劲的本意是想说句笑话缓冲一下的,幽默一下的,可是这句屁话还幽他妈的什么默!张国劲咽了一下,咽下去一把苍蝇。林红却笑了,说:"委屈了是不是?"林红摆了摆手,说:"从现在起,我陪你。用你的话说,叫做跟在群众后头吃点苦,你想到哪里去?我陪你。"张国劲眨巴了几下眼睛,一时没有明白过来。然而本能告诉他"林总"还是喜欢和他在一起待着,可是做得就是没有一点痕迹。这么一想张国劲记起了刁德一参谋长夸阿庆嫂时说过的话:"这个女人,不寻(哪)常。"这个女人不是善良到家就是狡诈到家。张国劲现在已经不知道这个女人到底是谁了。她不停地换衣服,不停地转换角色。她的本质面目就那么在服装里头狡兔三窟,让你永远也逮不着。张国劲想了想,说:"我们去游泳。"四点钟过后海边浴场再也不像蚁穴那样拥挤了。在色彩斑斓的泳衣之间,有了大片的空阔沙滩。这样的时刻海滩留下来的大半是情侣或露水夫妻。他们像某种禽类,成双成对地自成一块天地,互不打量,互不干涉,他们静静地私语,做一些碎动作,偶尔有一两声过分的呻吟,一定是有人的动静做大了,但随即就归于平静,不至放肆到身不由己的那一步。

大海就在林红和张国劲的面前。海是一片水。海是一片蓝颜色。海是那种无限涌动又归结于寂静的假想平面。海是平常岁月,是单调的日子。海是想象力的某个纵度。海是彼岸的漫长过程。海是局部的柔情与空旷的悲怆。海是虚妄中的美丽背景,是现实中的极限绝地。海是一种欲望,海还是一种语境。海是孤寂、无聊、飘零的载体,海又是空无的物质形骸。海是地球地貌上面唯一拒绝人类的庞大体系。海不像山,每一块石头都可能成为历史凭据,海是永恒的历史零度。没有上下五千年。没有唐宋元明清。海只有现在,此在,即时,瞬间。即时的快乐就是海的快乐,即时的忧伤就是海的忧伤。海不承载海以外的意义。海就是海,只是海。海在林红与张国劲的面前,它与沙滩有节奏地磨擦,发出高潮来临之前的娇喘和鼻息。

林红和张国劲躺在沙滩上,沙滩有很好的坡度,很好的粉尘与颗粒感受。这样的体贴容易使人伤怀,涌上过多的思绪和遐想。他们的脑袋都枕在交叉的掌心里,对着大海失神,对着身边的人做无限的缅怀。他们偶尔对视一回,毫无意义地微笑一回,随后又陷入刚才的情态。大海使他们临时忘却了生存背景,过去的心态、习惯,进入了生命本体的欢愉状态。张国劲坐起来,想起来了,他夜里做的就是这个梦,他梦见了一个很大的窟窿,他和林红想一同钻进去,然而,只能容得下一个。张国劲就不停地用手扒,扒得很累,却没有任何结果,令他十分丧气。张国劲愣了一会儿,开始完成他的梦了,他用巴掌十分用心地掏了一个人体巢穴,指了指,示意林红躺进去。林红咬住下唇,好奇而又幸福地挪进去,身体挺得笔直,做尸体状。张国劲随后跪在了她的身边,往林红的身上扒沙子。沙子覆盖在林红的身上,带了强烈的抚慰性重压。林红把双臂也张开来了,任凭张国劲把它们埋进沙里去。林红闭上眼,脑子里一片清晰,却又像睡着了,而海浪的声响却越发显著了。"哗"的一声,铺开来;再"哗"的一声,又铺开来。海浪的声音张开了手指,抚摩林红的梦,抚摩林红的自由呼吸。林红睁开眼,看见张国劲就睡在她的身旁,也把自己埋上了,就比自己多裸露一对胳膊。林红睁开眼来一眼就和张国劲对视上了。这不是林红与张国劲的对视,而是两个死去而又复活的人的一次对视。张国劲的目光不肯移开,林红也不。就像新婚后的第一个早晨。这次对视是一场赌博,和对方赌,和自己赌。两双近在咫尺的瞳孔终于拉开了一片大海,一片蓝颜色,一片无限寂静又归结于涌动的假想平面。林红的胸脯开始起伏了,林红想忍住,然而越忍越糟糕,越忍胸脯的起伏居然越大了。林红绝望地发现胸脯上的沙子开裂了,细腻而又固执地往两边流淌。林红看见张国劲身上的沙土同样慢慢地撑开了。沙粒的流淌给了林红以不可收拾的印象,以无力回天的印象。林红慌忙闭上眼。林红在闭眼之前看到了一道壮丽景观,张国劲身上的沙子飞扬起来,如彩虹一样腾空,如烟尘一样弥漫。张国劲扑上来了。林红被这阵猛烈的飞扑压疼了,一直疼到欲望的最深处。林红呻吟一声,无力地说:"别,现在别。"

他们在拦鲨网的附近停住了。他们一同钻进了救生圈内,抱住了。林红的双脚漂起来,箍在了张国劲的腰部。又"那样"了。他们的焦虑有了尽头,终于又"那样"了。海水在颠簸,他们在海水中上下浮动。林红身体的浮力全让海水弄丢了,往下沉。张国劲抱紧她,不让她滑掉。他们的吻热烈而又伤心,如同海鳗出水,在陆地上困厄而又鲜活地扭动。他们贴在一处,张国劲挪出一只手,伸进了林红的泳衣。林红的指头却犹豫了,如夏天的吊吊虫那样弓着背脊吃力地爬动,但它们突然冲出去了,脱兔那样,带着一股不许自己再犹豫的盲目性。林红捂住张国劲结实的臀部,它厚实而又有力。林红咬住张国劲的胸口,她想把牙齿连同自己一同埋进去。

张国劲开始颤抖。无助,热烈,而指头也就越发不安了。林红握住了他。身体随海浪一起在他的身上滑动。张国劲感觉到她的滑动与自己的身体出现了某种对应关系。张国劲让过去。林红在这个时候仰起了脸来。她的样子很怪,她在这个绵软的时刻脸上带上了一股质疑,或者像审视。它是她在报社处理公务时最常见的表情。张国劲醒来了,她是他的总编呢。张国劲身不由己地说:"林总。"林红说:"叫我名字。"张国劲在喊出"林总"的时候终于发现了自己的委琐和卑怯。委琐和卑怯时常隐藏在生活的盲点上,它们和故作姿态一同构成了男性世界。张国劲想起了自己的下半身,它们如同水下的现在那样被这个女人握在手上呢。张国劲再一次让开身体。林红的身子僵住了,伤心地说:"是不是我很老,很丑?"张国劲抱紧林红,说:"不是。我是狗屁,我是狗屎。"

服务生说:"二位喝什么?"

张国劲说:"一扎啤酒。"

林红说:"两扎。"

张国劲说:"算了,换一瓶王朝。"

林红说:"换白酒。"

服务生说:"到底喝什么?"

张国劲说:"孔府宴。"

林红说:"二锅头。"

包间里的这顿二锅头喝了近两个小时了。两个人不说话,用一种失神的目光望着自己的酒杯,只是喝。有一度林红的心情喝坏掉了,那些酒全长出了钩子,把林红心里的陈渣全翻出来了,林红的难受一点一点往上涌,可是林红实在也没有什么伤心的事,想来想去自己的一生都很顺,想倾诉都找不出话头。然而让林红堵心的也正是这一点,这就有了酸楚,胸中也就有了翻涌。林红只有依靠二锅头来阻止这种心情。可是越阻止越坏。林红望着酒,酒呈现出与世无争却又惹是生非的矛盾格局。林红就想豁出去,把自己豁出去。但豁出什么林红还没有想好,林红说:"这酒真好,越往后喝越绵,都不像酒了。"张国劲知道林红快不对劲了,却不劝,只是更凶猛地往下灌。林红的大脑这一刻无比清晰,其实是大醉之前的回光返照。林红无缘无故地笑了,张国劲看看她,想不出她笑什么,也跟着笑。他们握住手,就这么傻笑了一阵子。林红说:"你傻笑什么?"张国劲说:"我没有,我看你笑了我才笑了。"林红说:"你瞎说,是你先笑了。"张国劲说:"我没有。"林红说:"这个假过得好,痛快。"张国劲说:"我也是,痛快。"林红取过张国劲的香烟,抽出一根。张国劲擦上打火机,把火送过去。林红吸了半天,点不着。其实火苗和烟头还岔了两寸多高呢。林红看看烟头,说:"你醉了,这哪里是火,你连火都认不出来了。"张国劲把手缩回来,重新点上,把右手的食指伸到火上去了。张国劲说:"这是火。是你醉了,我的手还疼呢。"张国劲就这么烧指头,林红都忘了用嘴吹了,却用半杯酒浇了上去。火苗轰地一下,蹿得老高。出于本能,张国劲立即用毛巾捂上了。林红被吓得不轻。其实张国劲没有被酒烧着,火只是轰了一下,说过去就过去了。林红接过他的手,用嘴吹。林红说:"我们这是怎么了?我怎么觉得这两天我人不人鬼不鬼的。"张国劲说:"我长这么大了,天天都是人不人鬼不鬼的。"张国劲顺手取过卡拉OK的麦克风,说:"我们唱,个歌。"林红已经醉得厉害了,抢过麦克风,说:"我唱,我还没唱过呢。"想了半天,却不知道唱什么。张国劲眯着眼说:"脑子里来什么,就唱什么。"林红起了很高的调门,用《花儿为什么这样红》的调子唱起了一首歌。"对虾为什么这样红,为什么这样红?哎——红得好像我的火锅,它象征着纯洁的荒唐而不是老婆。"张国劲站起身,打了一个趔趄,一开口就是俄罗斯愁伤的调子。"盘子打碎了红莓到处开,有一个女人她是我心爱,可是我怕她不能表白,一肚子二锅头吐又吐不出来。"这么一唱他们又对着麦克风弓着腰大笑。这种超越常规的笑声把服务生都招来了。张国劲给他塞过一张四个头,让他走人。林红突然就把笑收住了,她的目光里头有一种凛冽的青光,盯住张国劲。"我知道你怕我。"林红说,"知道我是谁?我是二锅头。"张国劲说:"我呢?"林红说:"你是狗屎。"

麦克风的声音一直传到外大厅。很响,近乎疯狂了。大厅里的食客们带着一脸的酒意,专心谛听那一对疯男女的现场直播。

手机的呼叫却从喇叭里响起来了,男人大声说:"我不在。"男人静了一会儿,说:"我是谁?我是狗屎。"随后就是关机的声音。人们听到女的问:"谁呀,你这么凶。"男的说:"丈母娘家的女儿。"女人说:"我出去,你们慢慢说。"男的说:"出去做什么?她正要找你呢。昨天就威胁我了,要找你。"女的说:"找我做什么?"男的说:"我不知道找你,做什么。"

麦克风没声了。好半天之后有人站起来了,打碎了两只酒瓶。是那个女的。女的大声说:"我做,什么了？找我做什么!"

"我的确不知——道。"男人嘟哝说。

再后来一点声音也没有了。晚会到此结束了。

林红被架进房间的时候已经近乎如泥了。他们是相拥着被出租汽车运送回来的。但是林红并没有不省人事。她清楚地记得张国劲的话,张国劲说,(我老婆)要找你呢？林红想问张国劲,问明白,她到底要做什么？她听说了什么了？然而林红的舌头被身体弄丢失了,不知道遗弃在身体的哪个角落。她只好用指头来表达这个内容,动了好多次,他张国劲就是不理睬。林红的身体漂浮在体内的酒精上,内心充满了担忧与难受,还有别扭。林红的泪水从眼角沁出来,全是二锅头。林红忘记了哭泣的方式,是泪水的自然流淌告诉了她,她在哭泣。

林红十分清楚张国劲正把她往床上放。放得很轻,轻到了令她感动的程度。尔后床头灯打开来了。灯过于刺眼。林红皱了皱眉头。只皱了两下电灯便一点一点黯淡下去了。林红的身子不能动,然而脑子却清楚。张国劲坐在她的身边,拿过她的右手,放在掌心里抚摩。他的指头全部叉进她的指缝了。进去又出来,那样动人地磨擦。林红听到了他的酒嗝。嘴唇感受到他的吻,乳房感受到他的舌尖。他的舌尖又温和又坚硬。后来他狂野了起来,有了粗重的喘息。林红渴望他的体重。身体也开了,盼着他进来。被体重覆盖容易使她产生真实和稳定的生命感受。然而他的体重一直没有降临,这让她痛心,让她无枝可依。她伤心地皱起了眉头,她一皱眉身体上的抚摩就全爬走了,一点都没有剩下来。林红对此无限绝望而又无能为力,只好又皱眉。这一次连灯都关上了。后来海浪涌了上来,把林红全淹没了。林红被一阵失望裹住,睡着了。入睡之前林红对自己说:"他还是没醉。"

一早醒来的时候林红的头疼得厉害。她支撑起上身,却发现上衣上的扣子都是解开的。林红吃了一惊,双手捂在了胸前。林红用力回忆,就记得她和张国劲喝酒了,别的再也想不起来了。林红慌忙掀开身上的毛巾被,紧张而又仔细地检阅了下身以及床上的相应部位。一切都完好如初。林红叹口气,如释重负。但是林红的叹息里头不只有如释重负,还有怅然若失。林红把脑袋埋进了膝盖,无声地啜泣了。哭完了,林红便想,夜里做了很多梦的。她梦见了张国劲的老婆,居然是青果。青果十分傲慢地对林红说:"到我的办公室来一趟。"这么一想林红就记起来了,昨天晚上张国劲说,他的老婆要找自己的。这句话从任何一种逻辑关系上来看都有点不着边际,然而有一种潜在的和准确的杀伤力。林红反反复复地追记这句话的前后背景,想不起来。这不是一个好兆头。无论如何都不是一个好兆头。

林红走进卫生间开始冲澡,她闻到了身上的酒气。酒气笼罩了林红,使林红产生了一种渴望挣脱的欲望。可是又能挣脱什么呢?身上一丝不挂,一个裸了身子的女人又能挣脱什么呢?

莲蓬头的水柱冲在林红的皮肤上,笔直而又凶猛,却使林红产生了纷乱如麻这个糟糕印象。林红仰起头,从头到脚都是疲惫。林红把头侧过来,想从镜子里头看一看自己,然而镜面让水汽盖住了,林红只看到一个大概,自己隐隐约约的,没有一样具体,充满了不确定性。林红跨出水池抹着镜面一把,自己的面部清晰起来,却有些错位,带上了擦痕。林红就这么对着镜子凝视。她的凝视只看见了自己的失神。

林红拿起马桶旁边的电话,拨过"0",话机里响起了长长的脉冲拨号音。林红要过总台,无力地说:"给我订一张南京机票,越快越好。"

洗完澡身上便有些痒了。林红看到满身的水泡已经下去了,破了,留下了白色的枯头。林红在大臂上小心地抠了一下,却撕下了一块油皮,有指甲那么大。粉红色的新皮裸露出来了,像白癜风,说不出的难看。林红望着这块白斑,望着手上撕下来的皮,心里头冷笑一声,对自己说:"没白来,也算是脱胎换骨了。"

门在这个时候响了起来。林红听出来了,是张国劲,林红披了大浴巾打开门,张国劲站在门口,一脸失魂的样子。下眼睑青在那儿,呈现出疲态。张国劲一进门就把林红拥入怀中了,十分孟浪,林红一点准备都没有。但是张国劲不吻,也不说。张国劲深深地叹了一口气,慢慢地抚摩林红。张国劲看到林红的身上开始褪皮了,他用指头很小心地撕。他的手指在这个美妙的过程中出格地轻柔,撕得很慢,很长。林红闭上眼,尽量详细地体验那种脱胎的即时感,那种无痛的、动人的、感人至深的切肤感受,那种皮肤离开皮肤的陌生印象。她的嘴张开了,身子的深处有了流动的感觉。林红睁开眼,眼里头全是烟雨。张国劲的指头就在这个时候粗枝大叶起来的,他猛地抱起林红,一起卧上了席梦思。他吻住了林红。林红准确无误地接住,然后四片嘴唇便搅在了一处,拼命地吮吸。但林红伸出手,突然把张国劲的嘴巴反捂住了。张国劲近乎粗暴地让开她的手,说:"我们从现在开始。"这么一说林红竟不动了,泪水往外流。林红说:"不。"张国劲听到这话却把手插到林红的下腹去了。林红一手又捂住,伤心地说:"你只是想证明一下自己。我也是。可是我们都没有什么需要证明。荒唐够了。"张国劲扯她的手。但林红没有让步的意思。她闭上眼,一闭眼就是两颗大泪珠。林红说:"收收心吧,你老婆来了。现在正在路上。"张国劲不解地说:"你瞎说什么?"林红说:"我不瞎说。"张国劲说:"你怎么知道?"林红说:"我不知道。我就知道她现在正在火车上。"张国劲听了这话便愣在了那里,脸上是追忆的样子,将信将疑的样子,身体的硬度也一同退下来了,失去了刚才的冲击力。张国劲滚到一边,林红利用这个机会坐起来整理好自己,说:"我已经订了明天的机票了。"林红用那把米黄色的塑料梳子不停地梳头发,十分缓慢、十分机械地重复那个动作,都重复了几十回了。林红后来停下来,两只手一起交叉在腹部,自语说:"我想中午再到郊外的仙霞观去一趟,几千里路走过来,想看看。"张国劲坐起来,不住地吮自己的下唇,尔后似听非听地点了几下头。说:"我送你去。"林红套上那件长袖的总编服,转到镜子面前扣纽扣去了。

243

张国劲从身后抱住她的腰,低下头吻住了林红的颈部。林红没有呼应这个举动,只是拽了拽下摆,小声说:"衣服弄皱了。"张国劲的双唇和舌尖正贴在那块新换的皮肤上,却不敢动了,小心放开了林红。

夏天的这场暴雨几乎没有过渡,一上来就进入了高潮。没有走完磨合期的韩国小汽车刚开到中途,暴雨便从天而降了。几分钟之前,天还是碧蓝的,晴朗得一望无际。汽车行驶在半山腰,整个晴朗的海面刚好全在林红的眼底。林红宁愿承受热浪也要把茶色窗玻璃摁下来。海水干净得不可思议,波浪的背脊上是数不尽的太阳光点,那种无边的浩瀚与无边的闪烁一点都不体恤林红的心态,把林红的郁闷弄得无边无际、千闪万烁,愈加热烈而又锐利了。林红望着湛蓝的海面好几次都涌上哭泣的愿望。大海再巨大,永远也挣不脱岸的概念。正如人,再挣扎,你只能是自己。

而乌云就翻滚了,仿佛是从海底冒出来的,而狂风就飞沙了,大雨就滂沱了。张国劲把汽车依着山坡停下来,关上了车窗的玻璃。大雨淋在驾驶室的玻璃上,腾起了烟,整辆汽车成了一只音响,四处都是雨的脚步声。车前的雨刮器毫无意义地劳碌,在玻璃上留下片刻的清晰。林红倾过上身把雨刮器摁停了,看见张国劲点上了一根烟。林红也拿了一根,很熟稔地点上。张国劲看了林红一眼,不语,就那么静坐在方向盘的后面,吸烟。那个女歌手又在磁带里死去活来了,"别让我一个人在夜风里等候"。张国劲吐出一口烟。没有人。没有人在夜风里。没有人在夜风里等候。

大雨如注,而车子里的烟雾却在缭绕。车子里的烟仿佛潮湿的草木给点着了,只见烟霭不见火苗。这不是燃烧,而是烧烤。张国劲和林红感到了隐藏在深处的猩红色火烬,感到了疼痛。然而这种疼痛不是让肆虐的火舌给绞割的那种,一上来就疼到头、一上来就撕心的那种,而是缓慢的、由表及里的、越来越疼的、即使钻心还有点不愿撒手的那种熏烤。自戕的心情笼罩了他们。

大雨下了二三十分钟。与说来就来一样,大雨说走就走。窗外的空气一下子凉下来了,因沁人心脾而越发感人至深。张国劲发动起汽车,往下踩速度。几秒钟的工夫林红的头发全乱掉了。那一头纷乱的长发构成了林红的假日形象。

仙霞观在一场大雨过后越发显现出世外的意味了。滋润使空气加倍地宁静。那些古柏沉默了千万年,一枝一叶都有些飘飘欲仙。四周空无一人,停车的大草坪上只有一辆中型巴士,司机正在座位上睡觉,一副睡死掉了的样子。林红走下汽车,弄不懂这么幽静的去处怎么就没有人的。

仙霞观就在山腰的险要处,一道很长的廊桥依山而建,一曲一折地蜿蜒上去。

但是林红听到了尖叫声。在远处的树林子里头。声音刚好能够听得见。那种尖叫狂放而又夸张,有男有女,一大群,快活得近乎发疯了。没有语言,只有声音。好像在进行一场球赛。林红听了一会儿,十分好奇地往后面的树林里去。张国劲在后面说:"先到仙霞观去嘛。"林红听不见,只是往后面去。树林里头果然有一块空草地,十几个外国佬正挤在一个泥坑里,抢一只皮球。泥坑里的水只有半条小腿那么深,其实那已经不是水了,全是泥浆。这群老外的外衣全扔在一起,他们浑身是泥,看不出人种。他们像一群泥鳅在泥浆里滑动。他们抢那只球,又执著又卖力,女人的那种尖叫完全是本能的声响。林红和张国劲傻站在一边,看他们打。这时候一个男人爬到岸边喘气来了,他看见了林红。他的脸上只有眼珠与牙齿是干净的,其余的地方全让泥巴盖住了,像一个活灵活现的鬼。他对这边打了个快活的手势,脸上产生了某种表情。林红用了很大的努力才看清楚了,那一对眼珠子正看着自己,那一嘴的白牙正在笑。他在招手。林红彻底弄明白了,他在向林红招手。林红疑疑惑惑地走过去,站在了池边。男人站起身,对林红张开了粗壮的泥胳膊。林红穿得很整齐,脚上还踩了一双坡跟皮鞋。但林红在某一个致命的瞬间里鬼魂附身了。她扑向了泥池,她扑向了那个泥塑一样的怀抱。张国劲冲上去,可是晚了。几秒钟的工夫林红就面目全非了。林红参与到争抢之中了。林红的身肢在泥池里头分外鲜活,分外生猛,淋漓而又狂野。她发出母兽一样的尖吼声。她的手指在空中乱抓乱舞,像火苗一样摇曳,火苗一样哗啦作响。她扑得极凶,抢到那只球了。林红发出了令人生畏的那种叫声,就好像她抢这只球都抢了一辈子。林红没有把玩,把球扔向了空中,随后,那只被她亲手抛弃的东西又成了她的目标了。再后来林红便消失了,张国劲找不到林红了。张国劲只是打了一个愣就再也找不到林红了。她在一群泥人里头再也无法分辨了。

林红的身体肯定就在面前,然而,她消失了。十分具象地无影无踪。张国劲点上一根烟,倚到一棵树上。树叶上抖落下来的雨珠打了他一个激灵。张国劲长叹一口气,开始想象林红的长相,居然一下子想不起来了。

林红是从泥池里头爬出来的。她的样子很怕人,像一个会动的塑像,正向张国劲这边蠕动。她的鞋和衣裤全没有了,就剩下了内衣。她举着手,向她的朋友们一一告别。这些朋友真的是未谋一面。那个男人把林红的衣服和皮鞋全捞出来,放在了岸边。林红躺在草地上,脸上只有一双眼,脸上只有一口牙,而一头长发也结成块了,比泥塑的头发更不像头发。她的胸脯起伏得厉害,平息不下来。林红的身子空掉了,脑子也空掉了,一股说不出的难受突然就把她的身躯贮满了。沉重消失了,一身的"轻"反而让她一下子无所适从。就像一本书的名字,是一种不能承受之轻。这本书林红没读过,可是见到过,青果曾经夹在腋下的。林红望着雨后的天,记起青果夹着这本书走路的样子了。那时候青果正侧着头,长头发挂挂的,盖住了一只眼睛。林红看不惯青果的这种忧伤做派,看不惯她身上的这种悲剧效果,就把她叫住了。林红记得叫住青果之后又无话可说的样子,只好问她,夹了什么书。青果不开口,却把书递了过来。书的名字有些怪,就是林红现在的这种感觉。林红坐起身子,心里头说:"轻的感觉你就是不能承受,林红你真他妈的是个贱货。"这么一想林红越发伤心了,自己把自己的心堵住了,两行泪也就沁了出来,往下淌,在眼袋下面冲出了干净的痕迹。张国劲看出了林红的伤心种种,心里的滋味也很坏。张国劲说:"林红你这是干什么?这又何苦?"林红从地上弹起身子,握着两只拳头尖声叫道:"我就是喜欢这样,我就是想弄得一身脏!"

1997年第3期《小说界》

睁大眼睛睡觉

一

九年了,南京漂亮了。我进去的时候南京横着的是水泥,竖着的还是水泥。九年的工夫南京就变漂亮了。灰溜溜的南京成了彩色的南京,慢吞吞的南京成了迅速的南京。我站在新街口,心情棒极了。那时候新街口只有金陵饭店,它一柱擎天,而现在,金陵饭店凹陷在一大堆建筑物中间。楼高了,人就变矮了,但我们的目光学会了仰望与远眺。夕阳很好,它在汉中路的最西头。夕阳是多么的大,多么的扁,多么的艳。九年了,夕阳被粉刷一新。

现在是黄昏,我又回到了南京。我要说,汉中路最西头的不是落日,而是初生的太阳。我的一天业已从黄昏开始,我的日出正在黄昏款款而上,你瞧瞧西边的日出是多么的美。她是妹妹。

我决定去找我的堂哥,家我是不想回了。九年里头我的父母没有到采石场看过我一次,谢天谢地,我再也不用闻他们身上的咸鱼味了。我扔掉烟头,深深咳了一口痰,吐完了我就去找我的堂哥。一个佩红袖箍的老头走到我的身边,指着地面扯下一张小纸片,说:"两块。"我含着痰,很迷人地对他微笑。我感谢他,南京不是烟缸和痰盂。我把痰咽下去,躬下腰捡起地上的烟屁股,丢在他的铁簸箕里头。我的心情好极了。我都觉得自己像个十二岁的少女了。我摸了摸老头的腮,还有脖子,很迷人地对他微笑。他的身上一点咸鱼的气味都没有。

堂哥不在家。只有一个陌生的女人和孩子。我的堂嫂我认识,这个女人我倒是没有见过。小孩很机警地盯着我,而女人则开始询问我的名字。我眨了几下眼睛,很不好意思。我一下子想不起我的名字。我笑笑,说:"我找姜二。"小孩抱着女人的大腿,十分机灵地从女人的裆部伸出脑袋,大声说:"我爸爸打麻将去了。"这孩子不错,将来是个干警察的料。我从小孩的脸上看到堂哥与女人的混杂神情。堂哥换老婆了。生活真是好,连堂哥这样的鸟男人也换老婆了。那会儿只有艺术家们才可以以旧换新的。堂哥在打麻将,这很好。打麻将的人一下场子肯定回家。我可以等他。我有时间。在我看来一个小时与两个小时完全等同一个跳蚤与两个跳蚤。时间算什么?人家法官在法庭上一把就给了我九年。有时间这东西陪我,我就不白活。刚到采石场的时候时间还给过我一次尊严,有一个下关来的家伙居然在我的上风放屁,把气味都弄到我这边来了。我警告他,我九年,你两年,下次放屁的时候看看风向。弄得这小子就跟女大学生似的,——时间这东西大部分情况下对我还是不错的。

我站在路灯底下,与我的身影共度良宵。我的影子一会儿短,一会儿长。这种变化关系很像青春期的某种生理动态。它让人愉快，却又无从着落。大学一年级的那个春天我老是被这种感觉牵着走。在我无从着落的时候，我意外地发现每一个姑娘都那么娇好迷人。这怎么可能？可她们就是毫无根据地瞎漂亮。为此我专门请教了我的堂哥，这家伙一反常态，顺口就蹦出了两句文雅的话，第一句是"太阳每天都是新的"，第二句则是"生命之树常青"。这两句话被堂哥弄得跟生理卫生术语似的，直接涉及到我身体内部的某种隐秘。我变得焦虑而又热烈。在我兀自充血、伸长的时候，太阳是新的，而生命之树是绿的。

可我身边的女孩子们越来越傲慢了。她们仗着胸前的一对乳房完全蔑视了我的焦虑。我不能怪她们。要怪只能怪我的父亲。这个卖咸鱼的小贩子居然把他的买卖做到我的学校来了。他动不动就以"家长"的身份窜到我们学校的膳管科，让我们的食堂"只进"他的货。这个榆木脑袋的男人居然贿赂起我们的科长来了。我们的科长是什么人？人家是预备党员，当天下午我们的科长就把一千块钱连同咸鱼气味一起送到校长室去了。什么样的党员你不能贿赂？你偏偏要贿赂预备党员？臭咸鱼的气味弥漫了我的校园。我的脸面被那个榆木脑袋的男人丢尽了。父亲把一身的咸鱼气味留给了我，这让我抬不起头来。你说女孩子们在我的面前如何能不傲慢？你说女孩子们的乳房如何能低下它们的头？我的太阳变成了一轮咸太阳。

我开始逃课。大街上的女孩子又多又好。我在自行车上跟踪自行车上的女孩。她们的头发，她们的脚脖子，她们踩动自行车时臀部的线条所呈现出来的替换关系，她们的气味，这一切都让我痴迷。有时候，一个出色的女孩子能决定一条大街的状况，在她经过的时候,街心的空气会无比精妙地颤动起来,而她一拐弯,大街就重新回归到先前的样子,破旧、混乱、肮脏不堪。我跟在她们的身后,她们浑然不觉。这是多么令人沉醉,多么令人心碎!

我终于发现了她。在鼓楼广场至科技宾馆的那条路上,我发现了她。我要做的第一件事就是归纳出她经过这段路口的时间规律。但是不行。她像狐狸一样踪迹不定;偶尔,她还像蛇那样回回头。她的眼睛有些眯,眼角有些吊。在我跟踪过的女孩当中,她是最闪烁的一只狐狸,她是最柔媚的一条蛇。当她出现的时候,我悄悄跟上去,与她并肩而行。我们一起顺着斜坡向下滑行,我感觉得到空气的精妙颤动。我用余光瞄着她,风从迎面扑过来,她的眼睛有些眯,眼角有些吊,齐耳短发被风托起,露出她明净的额与半透明的耳廓。我决定行动。我一次又一次地准备行动,但一次又一次地放弃了行动。羞于启齿使我的勇气最终成了嘲弄自己的笑柄。为此我精疲力竭。我最终选择了一种最优雅、最得体的方式,我到新华书店抄了一首诗与一段乐谱,把它们组合在一起。我发明了一首最动听的歌。我要把这首歌献给我的狐狸,我的蛇。

激动人心的时刻终于来到了。她又一次出现在鼓楼广场。我跟上去,行至科技宾馆的时候我突然加速,然后,在她的身后握紧了刹车。十字路口的红灯亮了,她显然注意到我了,有些吃惊。我立即从怀里取出那首歌,丢在她的车篓里头。她捡起来,侧着脑袋,鼻尖亮晶晶的。只看了几秒钟她就微笑了:"给我的?"我像艺术家那样点了点头。"诗是好诗,"她说,"音乐也是好音乐。"她把歌谱放回到我的车篓里,一边蹬车一边回过头来对我说:"不过勃拉姆斯从来没有给徐志摩谱过曲。"

我傻坐在坐垫上,羞愧难当。我不知道我为什么会做这种愚蠢透顶的事,只有一种解释,一个人在单相思的时候脑子里面全是屎。红灯第二次闪亮了,我回过神来,勇猛地冲了上去。整条路上响起了汽车的刹车声。满世界都在刹车。这个世界完全没有必要这样车轮滚滚。都他妈给我停下来。都他妈给我退回去。

深夜三时,我的堂哥出现了。在无人的街心堂哥的身影有点类似于觅食的夜行动物。我走到堂哥的面前,他抬起头,愣了一下,后退了一小步。堂哥盯着我,很缓慢地笑了。堂哥把我重新打量了一遍,双手在我的肩膀上很重地拍了两下。我突然有点想哭,但立即就忍住了。堂哥掏出香烟,我们在深夜三时的路边点烟,大口大口地吸。我们的耳边是疾速而驶的小汽车,"呼"地一下,"呼"地又一下。

堂哥从上衣的内侧掏出一把现金,随手招了一辆出租车,对我说:"走,陪你花点钱去。"

小姐为我们端来了烟和酒。烟,还有酒。它们既是一种享受,也还是一种自由。我们一支一支地吸,一口一口地喝。它们给了我为所欲为的好感受。在采石场,我们时常为一支烟或一口酒而斗智斗勇,我们为它出拳,我们为它流血。而现在,烟在巴结我,酒在巴结我。它们让我的身体一点一点地活跃起来了。烟和酒是我们的滋补,男人离不开它们。我一手夹烟,一手执瓶,就着烟喝酒,就着酒吸烟。活着好,自由更好。烟和酒很快就让我的感受力回到各自的器官上去了。我以为它们死了,它们没有。它们在我的体内,年轻、活跃,还是那么贪。为香烟干杯,为酒精干杯。我的身边没有警察,没有眼睛,明天上午没有起床号逼我起床。幸福的血液在往我的头上冲,我感到一阵酥麻。真他妈想哭。神仙也不过这样。

两个漂亮的小姐坐到我们的身边来了。一个坐在了堂哥的腿上,一个搂住了我的脖子。我不明白她们为什么要对我们这样。我不希望在这种时候有人来打搅我们的好时光。我打了一个酒嗝,顺手就把她推开了。这个毛丫头也太经不起推了,一屁股居然坐在了地上。她尖叫了一声,随后就围上来三四个人。堂哥连忙站起身,张开双臂把来人挡在了一旁。他在和他们耳语。围上来的人看了我几眼,点了点头,散到一边去了。堂哥重新坐到我的对面,笑了笑,说:

"现在是一九九九年了。"

我说:"我知道,现在是一九九九年。"

堂哥瞄了我一眼,只是笑,兀自摇了几下头。

"你知道个屁。现在是一九九九年了。"

堂哥真是傻。他以为我在采石场就什么也不知道了。采石场是什么地方?这个世界上的事,什么都要在采石场结束,然后,再从采石场开始。我只是不喜欢让人败了我的兴致。我得静静地抽饱了,静静地喝饱了。烟酒是男人的铺垫、基础,谁也别想打我的岔。我自由了,谁也别想打搅我。

凌晨六点,一定是凌晨六点,我突然醒来了。在采石场待过的人身体就是时钟,北京时间最终都会成为我们身体内部的生理感应。劳改是什么?劳改是一项借助于时间来惩治人类的科学活动,被劳改过的人全都会成为时间,时间的机件。六点整,我一骨碌就起床了,我用熟练、迅速而又专业的动作穿好衣裤,整理好床单、棉被,随后端坐床沿,双手平放在膝盖上。我用最短暂的时间做好这一切,却在脚边意外地发现了一只脸盆。它浊气逼人,洋溢着呕吐物的腐烂气味。这股气味提醒了我,我喝酒了。是的,我喝酒了。这个发现吓了我一大跳,——我怎么会喝酒的?我自由了?直到这个时候我才发现我的脑袋疼得厉害,它空得像一只酒瓶。我小心地打开台灯,开灯的时候我恐怖极了。九年当中许许多多的梦都是这样的,开关"啪"地一下,灯亮了,而我的梦也就醒了,耳边随后就响起了起床的号声。但是这一次没有。灯亮之后四周依然静悄悄的,可我仍旧不能肯定这不是梦。我把手伸进脸盆,用指头抠出一块呕吐物,塞进了嘴里。我一阵干呕。这阵干呕证实了我的处境。这不是梦。梦不可能比现实更恶心。

干呕完了,我茫然四顾。床单被理得很平整,被子的四只角也方方正正的。我走上去,一把扯乱了棉被。我扒光自己,钻进被窝,我得美美地睡上一个回头觉。掖好被窝,我仔细详尽地体验着这份安心的幸福与踏实的无聊。在采石场的时候,回头觉是我的最大奢望,那个年近七十的老贼是这么说的:"二房妻,回头觉。"他用这两句话概括了男人的美好人生。那时候我一次又一次地想,什么时候才能睡上一个回头觉啊。它就在眼前。

睡吧,睡吧。

我把被子蒙在脸上,却睡不进去。我在努力,就是睡不进去。我尽力了。有福不会享可是没有办法的事。人这东西贱。人不能有愿望。所有的愿望都是空的,不是愿望悬置,就是你悬置,就像你跳起来摘树上的果子,要么两手空空,要么两脚空空。我睡不进去,只好第二次起床,耐着性子把床上的一切重新整理干净,我望着我的床,长叹了一口气,莫名其妙地一阵后怕。自由让我手足无措。有一个刹那我突然产生了回到采石场去的念头,自由的日子一起向我袭来,它们像水,像海,汹涌在我的四周。我感受到一种前所未有的惊恐,一种心安理得之后的焦灼,一种大功告成之后的无所适从。我把叠好的被子连同床单、褥子、枕头一起提起来,在空中抡了两圈,最后扔在了床上。床上一片混乱。我就弄不懂自由为什么会呈现出如此丑陋与零落的局面。我在屋子里快速地游荡,最终推开了窗户,我就想对着黎明大叫一声:"给我来支烟吧,给我来杯酒吧!"

二

堂哥借了我五百块钱,五张百元现钞。他向我保证,只要我悠着点,花完这笔钱之前他一定帮我找到一份差事。找差事是一个很体面的说法,说到底就是找个地方混点钱,混口饭。我得先有个能吃上饭的地方。我把堂哥借给我的五百块钱握在手上,像捻扑克牌一样捻成扇形,久久地凝视它们。我的心情不是被这笔钱弄好了,恰恰相反,我的心情在往下走。百元现钞的正面是一组人物头像,毛泽东、周恩来、刘少奇、朱德。他们紧锁眉头,紧闭双目。他们面色严峻,忧心忡忡。画面上的四位巨人只有毛泽东的一只耳朵,其余的都在透视的盲点上。你不要问那些看不见的耳朵在倾听什么,那不关你们的事。你应该关注四位巨人的眼睛。一般说来,第一代职业革命家的目光隐含了货币的功能或命运。我望着钱,突然意识到自己并没有自由。自由的只是我的躯壳,别的全被钱捏在掌心里。我的心情开始黯淡,我的心情像百元现钞上四位领袖的表情一样,沉重起来了,忧虑起来了。第一代职业革命家的表情当然就是货币的表情。

一上街我的心情就变样了。大街让人愉快。事实上,街不是由人流与车流构成的,构成大街最本质的元素应当是商品。大街只不过是商品的仓库,一种陈列的、袒露的、诱人的商品库。通过货币交换,使商品直接变成我们的生理感受。就说烟和酒吧,在付钱之后,烟就成了过瘾,而酒则成了醉。我把钱捂在口袋里,时刻准备着把它们兑换成我的酩酊,我的醉,我的过把瘾。我走一段,在下等酒馆里坐一段,然后再走一段,再在下等酒馆里坐一段。我的手上整天夹着本地产的劣质香烟,它陪伴着我,直至我的舌尖完全麻木。我用两三天的时间把南京走了一大半,看看商品,看看橱窗,看看红绿灯。就这么看看,这样的日子不也挺好嘛。

我没有料到会碰上马杆。在珠江路,这条著名的电子街,我已经是第二次步行穿越了。这条东西向的大街上充满了电脑、软件、光盘。它们和我没有关系。它们属于高智商,高科技。吸引我的是那些电影光碟的包装纸。在一些隐蔽的地方,我总能看到一些三级片,包装纸上那些肥硕的乳房与滚圆的臀部让我心花怒放。最让人心潮澎湃的要数女人们的表情,她们的眼睛像嘴巴一样闭着,而嘴巴却像眼睛那样瞪得老大。这种反常的闭合关系展现了一种绝对的狂放与旁若无人的肆无忌惮。我知道,那种瞬时的高级感受叫高潮,是烟和酒所无法拟就的胜境。我没有勇气长久地凝视女人,当然,我更没有机会看到女人们如此快活。在珠江路的电子商店就不一样了。我不是看女人,更不是窥阴,而是买东西。干任何事情都这样,只要有一个合理的借口,你不仅心想事成,而且心平气和。

除了看光盘,我当然也会到卖电脑的地方看看。电脑是新奇的。那些组装电脑的小伙子们装完了电脑就开始输入程序。他们的十根指头像鸟类的翅膀一样对着键盘扑拉拉地飞动。随着指头的急速纷飞,屏幕上的彩色图案和英文字母们鱼贯而出,同时又稍纵即逝。此情此景简直深不可测。它激起了我的无限崇敬。

我的肩膀被人很重地拍了一下。我吃惊地回过头,一个男人正对着我微笑。这家伙又高大又健壮,西服笔挺,皮鞋锃亮,业已发福的身体显得器宇轩昂,从头到脚一副款爷的样子。我从来没有过这样有派头的朋友。他一定是认错人了。他却一口报出了我的名字。接下来就热情得要命。他把我往后拉,一直拽到他的大班桌前,几乎是把我摁在他的大班椅上的。他掏出高级香烟,又是点火又是泡茶。我一边机警地和他周旋,一边用力回忆。想不起来。他不像在采石场待过的样子,皮肤不像。但是他热情,这就让我越来越不踏实了。采石场的经验告诉我,没有来路的热情比没有来路的仇恨往往还要麻烦。好几次我都想问了,却又问不出口。我只好堆着笑,放慢了动作抽烟,喝茶,等待某一个机会。寒暄完了,他就站起身来,拉着我去了酒吧。

下午的酒吧和小姐们的表情一样冷漠。小姐们很慵懒地走到我们的面前,问了这男人一两句,又很慵懒地走了。他把玩着他的打火机,突然就不说话了。他的热情与兴奋一眨眼的工夫就从脸上消失了,换成一脸追忆的模样。他在追忆的时候脸上挂上了诚恳的表情,也许还有些痛苦。后来他十分突兀地伸出了他的手,摁在了我的左手背上。我一阵紧张。悄悄将右手在裤兜里握成了拳头。他在我的左手背上拍了几下,一个人兀自点头。这时候小姐送上来两扎啤酒,他端起大酒杯,往我的杯子上碰了一下,仰起脖子就是一大口。"要不是你当初把我从水里捞上来,我哪里有今天?"他仰起脖子又是一大口,说,"我早就成了紫霞湖的鬼了。"

我想不起来。我能肯定的只有一点,这家伙是我的初中同学,那一阵子我们经常到东郊去游泳。我们之所以选择那儿,是因为那儿常死人。紫霞湖的深水下面有一种神秘的颜色与诡异的力量,那真是一个诱人的好地方。

"我是马杆哪!"他终于按捺不住了,这样大声叫道。我想我的脸上一定太麻木了,弄得酒吧里的小姐一起对着我们这边侧目而视。

这小子是马杆。我记起来了。他原来的长相我可是一点也记不清了,可是眉眼那一把的的确确是那个意思。我笑起来,端起了酒杯,骂了他一句。这小子现在真是出息了。我又骂了一句,我只会用骂声来表达我对一个成功者的羡慕。

"你是我的救命恩人。"

我端起酒杯,喝去了一大半杯。我再也没有想到我还做过这样了不起的事。真是不说不知道,一说吓一跳。我觉得我有点像 VCD 光盘上的包装女郎,因为穿了一双袜子就不算全裸了。我突然害羞起来,竟有些手足无措了。幸亏我处惊不乱,我伸出杯子碰了碰马杆的酒杯,说,"多少年了,我都忘了。真的忘了。——不提这事了。"

"你是我的救——"

"不提这事了。"

我们静静地坐着,静静地喝。马杆这小子真是赶上了,口袋里有了钱,一举一动就有些呼风唤雨的样子。他越是拿我当人,他就越是有个人样。远处的墙面上有一面镜子,照着马杆笔挺的背影与我的正面。镜子真是个坏东西,它能将当事人一股脑儿送到当事人的视觉空间去。我在镜子里的模样实在是太糟糕了。

"你现在在哪儿混?"

"我?"我拿起马杆的高级香烟,开始点烟。"——怎么说呢,"我说,"先从学校出来,后来去了南方,钱是挣了几个,可又全赔了。"我在镜子里面远远地看了自己一眼,长长地叹了一口气,说:"——嗨。"

我不想在这个问题上纠缠下去,只好先开口,把这个问题岔开去。开口之后我却发现自己实在无话可说。我的舌头现在笨得厉害,每一颗牙齿好像全变成了锁。我只好抽烟,喝酒,笑。

我突然想起来了,马杆这小子只和我们同过一年学,升初二的那一年说不见就不见了。我说:"你后来生病了吧,怎么就没有了?"马杆没有接我的话茬,抽了一口烟,喝了一口酒,笑了笑。我在等他的回话。这时候他的手机却响了。马杆把他的手机拿出来,放在耳边静静地听,刚听了几下马杆的脸上就恍然大悟了,好像记起了什么要紧的事,马杆把手机伸到我的面前,对我说:"不好意思了。你瞧瞧。"马杆一脸的苦笑,说,"你瞧瞧,——明天,明天我正式请你。明天你无论如何得给我这个面子。"

马杆在"嘉年华"订了包间。就我们两个,马杆还是为我订了一套包间。我知道马杆的意思,也就不拦他了。马杆叫了许多菜,七荤八素摊了一桌子。马杆这小子仗义,刚倒上第一杯酒他就站起来了,叫了我一声"哥"。马杆说:"哥,兄弟我敬你这一杯。"马杆这样让我很不自在,我不习惯他这样。但马杆的这声"哥"让我感动,我浑身都起了鸡皮疙瘩。这么些年了,从来没人拿我当七斤八两,从来没人把我往心里去过。这份感动真让我猝不及防,我的眼泪都汪出来了。马杆这小子仗义。我真想找把刀来放点血给我的兄弟看看。但小姐这时候进来了,为我们换烟缸。我抹了一把脸,说:"我们兄弟在这儿喝,你就别碍眼了。"小姐出去之后我用瓷碗换掉了酒杯,说:"兄弟。"我现在的舌头实在是笨得厉害。我真他妈想哭。我们仰起脖子就把碗里的酒灌到肚子里去了。

马杆不能喝。我越是劝他少喝他越是不肯。这顿酒我们喝得痛快极了。我们在一起回忆儿时的欢乐时光。我们把能回忆起来的同学全回忆起来了,我们还回忆起许多老师,他们的口头禅,他们的习惯动作,他们心中最偏爱的女同学。马杆的记忆力真是好得惊人,当初读书的时候他就是我们中的状元,大考小考永远是第一。他不是在回忆,而是把我带到了儿时,他把我们同学时代的美好时光全拉回来了,一杯又一杯,一杯又一杯。马杆后来是喝多了,上第二瓶酒的时候马杆的舌头已经不利索了。但是我的兄弟马杆仗义,他坚持要把第二瓶酒打开来。我捂住他的手,他又把我的手掰开了。他的指头上有了酒的力气。马杆说:"你不知道,兄弟我有话要对你说。"马杆的舌头不利索了,但是,不利索的舌头说出来的才是心里话。马杆的眼睛已经直了,他望着我。他的双眼布满了汁液,全是酒。很伤心的光芒在他的眼眶里四处闪烁。这样的目光让我害怕,我不知道这顿酒勾起了马杆怎样的伤心往事。我知道他喝多了。但马杆痛心的样子令我心碎。我说:"马杆。"马杆拉紧我的手,泪水终于溢出眼眶了。马杆失声说:"兄弟我对不起你。"我的酒也已经上来了。我不能明白马杆在我的面前做错过了什么。马杆盯着他面前的酒杯,有一搭没一搭地自言自语。马杆说,我一直恨你。马杆说,自从你救了我的命,这个世上我最怕见到的人就是你。马杆说,我总觉得在你面前抬不起头来。马杆说,你救了我之后,我最怕的就是考试,每一张试卷的最后一道考题我都不敢做,生怕考到你的前面去。马杆把脑袋伸到我的筷子这边,轻声说,——你说我原来的成绩是多好,我如何能甘心?马杆端起自己的酒杯猛地敲在桌面上,酒蹦出来,溅了一桌子。马杆大声喊道,可你从来不领我的情！马杆说,初一的两个学期刚满我去求我的妈妈,我再也不能待在那个学校了,我再也不想看见你了。马杆一把抓住我的手,大声说:"你说我那时候怎么那么不懂事,你说我还是人吗?"

我不知道我该说什么。我只能一杯又一杯地往下灌。马杆这时候扶着桌子站了起来,转过身去拿起了他的小皮包。他从小皮包里取出两沓人民币,新崭崭的两万。他把两沓现金放在桌面上,推到我的面前,说:"你收下。"我说:"马杆。"马杆的眼睛已经红了,说:"你收下。"我说:"马杆!"马杆说:"求求你,你收下。"我们就这么对视,后来马杆就走到我的身边来了,说:"你让我心里头好受一点,求求你,你收下,你还要我做什么?我求你了。"我急忙伸出手,拿起来了。我知道马杆要干什么,我要再不拿起来我就没脸见我的仗义兄弟了。马杆笑起来,他笑得又傻又丑又仗义。马杆说:"我看得出,你现在需要。"

马杆这小子仗义。今生今世能交上马杆这样的朋友是我的福分。我喝多了,但我不糊涂。能交上马杆这样仗义的朋友是我的福分。深夜十点半钟,我揣着马杆给我的两万块钱回家。出租车在堂哥家旁边的路灯底下停下来,我下了车,四五个男人正围在路灯下面下象棋。我走上去,一人发了一支香烟,执红棋的男人抬起头,我把烟递到他的面前,说:"抽。"他不解地看了我一眼,说不抽。我说:"抽!"他又瞄了我一眼,站起身接烟。我大声地对他说:"交这样的朋友值不值?"他没有回答我的问题,却拿眼睛去看别人。我看了看四周,告诉他们每一位,"值啊,"我说,"值!"

263

三

我们并没有所谓的过去。所谓过去,其实就是我们怎么说。生活这东西在骨子里头有点像小学生所做的填空题,以"今天"作为临界,不停地用自己的昨天填补自己的明天,明天有多少,相应地来说,昨天也就有多少。填对了你就得分,填错了你就失分。所以,当银色年代夜总会的老板问我"过去干过什么"时,我用标准的立正姿势回答了他的提问:

"劳改犯。"

"几年?"

"九年。"

"为钱还是为女人?"

"我动手了。"

"为什么动手了?"

"年轻。脑子慢,拳头快。"

这位谢了顶的老板留下了我。他十分满意地掏出了他的香烟,递给堂哥一根,自己又点了一根。堂哥有些不放心,说话时的口气就有了试探的性质,堂哥说:"就这么定了?"谢了顶的老板歪在了大班椅上,说:"我三弟读完博士用了十年,他九年,差不多是一个博士了。知识我尊重不起,但人才不能放过。"老板走上来,撮起指尖拽了拽我的短头发,关照说:"别留长,回头给你添一套制服,脸上绷着点,就是那个意思了。——头发再长你也长不过人家艺术家。"

回去的路上我请堂哥涮了一顿四川火锅。而我现在的心情就是一盆火锅,七荤八素在我的心情里头直转悠。对堂哥我算是五体投地了。我在老板面前所说的话没有一句是我自己的,堂哥说瓢,我就画葫芦。堂哥不仅为我找到了一个拿人换钱的地方,更重要的是,堂哥帮我把脖梗子竖直了。堂哥说得对,待了九年,"不算镀金,也算是镀了一层铁了",人家老板是怎么说的?"差不多是一个博士"呢。虾有虾路,鱼有鱼路,母鸡不撒尿,各有各的道。等穿上制服,我得先把"那个意思"找回来。"那个意思",我懂。

老板所说的制服看上去更像一套警服,事实上,也许就是一套警服。我的身高一米七八,在采石场扛过九年石头,这套警服穿在我的身上效果是不言而喻的。我完全有理由把自己看成一个警察。堂哥说得对,是福不用躲,是祸躲不脱。福来了你只要站在那儿,它会撅起四只蹄子拼了老命向你狂奔。这才几天?我已经由一个囚犯成长为夜总会的看门人了,而看上去更像一个共和国卫士。我在镜子里头凝视着自己,镜子里的警察正不怒而威地监视着这个世界。我居然会有这一天。我的天。

但有一点我欺骗了我的老板,我被警察抓到局子里头并不是因为我脑子慢、拳头快,是因为女人。

我并没有放弃我的狐狸,我的蛇。跟踪在继续。恼羞成怒永远不能成为放弃的理由,相反,恼羞成怒激励了我,我为此而激情四溢。我比过去的任何时候都更加想念我的狐狸,我的蛇。她在我的幻想里步行,骑自行车,偶尔还回回头。她笼罩了我。

我为她而焦虑,她让我魂不守舍。唯一不同的是,我非常害怕被她认出来,幸亏天冷了,我用风衣上的连衣帽裹住了我的脑袋,戴上墨镜,这种高度艺术化的方法成功地掩盖了"词曲作者"的本来面目。我站在鼓楼广场,仔细地看,耐心地等。

她又一次出现了。她的身影又一次回报了我的耐心与渴望。这个世界因为墨镜而变得古怪,一切都蓝幽幽的,而我的狐狸也蓝幽幽的,她出现了,我的狐狸像夜行的精灵,在半个月亮的照耀之下款款独行。事实上,现在是午后,秋日的阳光黄金一般灿烂。既然墨镜使太阳带上了月亮的痕迹,我的跟踪也就越发不可遏止。我喜欢这样,日常生活因为一副墨镜而不再日常,它像神话一样梦幻,像梦幻一样迷人。这样的感受令我眩晕,它是多么地激动人心!

她没有向东。她的车轮顺着鼓楼广场的大斜坡向南滑行。我追踪了很久她都没有停下来的意思。但是,临近大华电影院的时候她放慢了车速,缓缓越过了马路。她存好自行车,一个人走到大华电影院里去了。这样也好。这也许正是我所希望的,她看电影,而我可以在某一个角落里静静地看她。每个人都有自己想看的电影,每个人都可以倚仗黑暗而梦想成真。

我走进电影院的时候电影已经开始了。银幕上演职人员的名单正在向上滚动。我摘下墨镜,静下心来慢慢地找她。我没有成功。不过这没有关系。我知道她在我的身边,这比起站在鼓楼广场上大海捞针不知要踏实多少倍。我贴着墙,走到第一排去,一排一排地向后找。我总能找到她的。在我走到最后一排的时候,惊心动魄的事情终于发生了。惊心动魄的事情就发生在我的眼前。我看见她了。她斜躺在一个戴眼镜的男人的怀里,胸前的衣襟全敞开来了,男人的手插在里头,她的上衣十分无耻地呈现出男人手指的蠕动状况。而她居然闭着眼睛,无比丑陋地用张大的嘴巴呼吸。她怎么能这样,她怎么可以这样?她可以在大街上让我无地自容,但是,她不可以对那个男人这样!只要她不属于任何一个男人,一切我都可以忍受,可她为什么要这样!我的血一下子就热了。我傻站在那儿,又急又恨。我明白了什么叫妒火中烧,这不是比喻,是确确实实的一团火,它们在我的胸中熊熊燃烧。纸包不住火,纸同样包不住我。我被点燃了。纸成了火。只要我还没有成为灰烬,为了她,我只能燃烧到底。我脱下皮鞋,蹑手蹑脚地猫到他们的身后去,一把勾住了男人的下巴,闭上眼我就用鞋跟给了他一下,又一下。出乎意料的是,我听到了玻璃的破碎声。就在我夺路而逃的时候,我听到了男人的失声叫喊:"我眼睛看不见啦,我的眼睛看不见啦!"

我是被人从女厕所里揪出来的。我的右手上还握着皮鞋,鞋跟上黏着血和玻璃屑。电影已经终止了,电影院里灯火通明。我被人反扭着,拽进了电影院。一个陌生的女人冲到我的面前,用她的女式皮鞋对准我的脑门就是两下,随后她就晕倒在地了。我知道我出血了,但是不疼。我感觉不到疼。混乱之中我的镇定简直让我自己都难以置信。我在四处张望。然而血在流,血模糊了我的双眼。血色的人群正在分流。在血色的人群中我终于发现了我的狐狸,她夹在人缝里,从容地向安全门走去,一边走一边将耳边的头发。又冷漠,又傲慢。我知道我弄错人了。

我冲着她大叫了一声。她似乎没有听见,她一点都不知道围绕着她都发生了多么大的事。她一无所知的样子让我心碎,让我欲哭无泪。我又大叫了一声,她已经捋着头发走出边门了。血越流越多,越流越浓,我听见那个男人还在喊:"我看不见啦!"这个可怜的男人实在是冤,今天碰上我也算他撞上鬼了。我不知道我都做了些什么,我不知道今天下午都发生了什么。我也看不见了,除了一股一股的殷红,我的的确确什么也看不见了。

我找到饭碗了。我要把我的好消息告诉马杆。他是我的兄弟,我要让他为我高兴。应当说我的运气不错,老板在饮料房的内侧给我搁了一张床,我告诉老板,下半夜的保安也归我了。我替老板省了一份工钱,他为我解决了住处,可以说两全其美。更关键的是,我喜欢我的工作,夜总会的每一个夜晚都是这样疯狂,音乐在不要命地响,而客人们在不要命地跳,他们的那种样子总是使我想起刚从牢里放出来的那一天,就好像明天这个世界就没有了,就好像再不狂欢这个世界就到了尽头了,捞到一点是一点,抓住一把是一把。没有明天。他们就是懂得生活的人,男男女女全缭绕在一起,男人的裆部痛苦得要命,一挺一挺的,而女人们的臀部则快活得不知所以,跟着男人的节奏一撅一撅的。他们是出了水的黄鳝与泥鳅,用致命的扭动打发最后的日子。他们感染着我。这是末日。末日的庆典必须是身体的狂喜与痛楚。没有明天。

但我并不着急。我知道,末日其实是有明天的。今天是末日,明天也是,而后天还是。着什么急呢?我穿着警服,两只手背在身后,分腿而立。在夜总会,我是"今天"最体面的旁观者。我用制服维护着"今天"。

我干得不错。当天晚上我就证明给我的老板看了,他给我的这份工钱是值得的。大约在十二点过后,五号台与十三号台终于争执起来了。四男四女对四男五女。我不明白他们为什么要这样,夜总会差不多是天堂了,我不明白为什么到了天堂人们还要打架。那么多的男人到这里来把一个又一个漂亮的女孩子们带出去了,他们那样多好,我看在眼里都浮想联翩。午夜时分男人的力气应该使在女人的身上,绝对不应该在男人的身上瞎折腾。但是他们不。他们撸起了袖子。我走上去,插在他们的中间,摁住了五号台上的男人,我甚至还堆上了笑,说:"兄弟,我刚从山上下来,捧一碗饭不容易,你高抬贵手放我一马。"我回过头来再握住十三号男人的手腕,请求他不要逼我,我可不想再到山上去了。我反复强调"山上",这是我得以成功的基本举措。某些时候,你羞于启齿的东西往往正是你的价值之所在,威仪之所在,凌厉之所在,力量之所在,一句话,成功之所在。处理完毕,我就回到吧台那边去了。挺了挺胸,干咳了两声,把双手背在身后,分腿而立。我领会到了老板所说的"那个意思"了。"那个意思"运行在我的周身,气息通畅,酣畅淋漓。尊严是我头上的短发,坚硬、有力、笔直。我真想冲到卫生间去偷着大笑。但我没有。我绷住了。我多么希望马杆就在身边,此时此地,他望着我,他心目中的"恩人"是多么伟岸,多么威严,站得像标枪一样直。

马杆正在接电话。在我向他走近的时候他甚至不经意地瞄了我一眼。他显然没有认出我来,接着谈他的生意去了。但马杆突然侧过了脑袋,手持话筒直愣愣地盯着我。他放下电话,站起身,嘴巴保持着最后一个字的口型。我说:"忙呢?"马杆没有说话,挪出大班椅来示意我坐。马杆很客气,但不如前两次热情。我说:"马杆,我们喝点去。"马杆后来笑了,说:"你在干警察?"我没有回答,把他拉到上一次来过的酒吧。我们还坐在上一次坐过的位子,但是掉了个个儿。我想让马杆在镜子里看看我的背影。马杆是这个世上最拿我当人的人。兄弟拿我当人,我就不能让他失望。为了马杆,我也得有一个最体面的样子。我们静坐了一会儿,马杆没有前两次热情。这让我有点儿说不上来。我给马杆倒上酒,说:"马杆,兄弟我骗了你。"我低下脑袋,不想看马杆的眼睛。我说:"马杆,兄弟我不是警察,我是夜总会看门的。"我说,"我坐了九年牢,前些日子刚刚放出来。"我说,"兄弟我骗了你。"

我抬起头,我的兄弟马杆正用一种很怪异的目光看着我。我一抬头他那种目光就没有了,换成了客气的微笑。老实说,我怕他看不起我。马杆是这个世上最拿我当人的人,我怕他看不起我。马杆是有脸面的人,对我这样好,我真的不想对他说这些,但马杆上次对我掏了心窝子,我不对他掏心窝子就不是东西。马杆拿起酒杯,往我的酒杯上碰了那么一下,这一碰我心里的石头就落了地了。马杆很豪爽地说:"——嗨,喝。"接下来马杆就开始谈他的生意。我听不懂他的生意,但我和马杆除了谈生意就只剩下儿时的那些事了。那个话题我这一辈子再也不想说了。我们谈了很久,可说话总不如前几次痛快。分手的时候我有些难过,说不上来。

四

　　我把两只封好的信封丢给了堂哥,让他转交给我的父母。这两万块钱放在我的身上已经有些日子了。我打算存银行的。可是银行门口的那个保安瞄了我好几眼,弄得我很不踏实。我不明白他为什么要那样看我。我在大厅里闲逛了几步,到底还是出来了。我犹豫了好几天,最后还是下了铁心,我救了马杆一条命,马杆肯给我两万,我的父母给了我一条命,给他们两万似乎也是应该的。这样我至少也就心安理得了。这笔钱抱在手上,总是心里的一件事。我现在好歹也有个吃饭的地方了,日子还长,挣钱的日子就更长了。堂哥收下了我的信封,把它们丢在了电视机上。他不会问,我也不会说。就算他有天大的胆子他也想不到是两万块钱的。可我弄不懂堂哥为什么逼着我去看我的父母。这样的谈话让人不愉快。我想说,卖咸鱼的没有什么好货,即使他们是我的父母。卖咸鱼的人都有一种十分歹毒的耐心,你可以和天下所有的人作对,但不要得罪卖咸鱼的。他可以把一辈子耗在你的身上。在他们看来,你们都是卖鲜鱼的。"我卖咸鱼,你卖鲜鱼,看看谁熬得过谁!"我的父母动不动就这样说,他用这种方式威胁所有的人。在咸鱼面前,职业即性格,职业即命运。他们就是咸鱼,即使死得比冰块还要硬,他们也会张大他们的嘴巴,瞪圆他们的眼睛,对着每一个路人虎视眈眈。对他们,唯一能做的事情就是离咸鱼的气味远一点。想吃咸鱼,你可以在买鲜鱼的时候顺带一把盐。

但是堂哥坚持。他把我带给堂嫂与侄子的礼物如数码在我的面前,对我说:"你不想要老子,堂哥你还要不要?"我把礼物往外推了一把,十分含糊地说:"知道了。"

夜总会的生意要到九点半钟之后才能好起来。闲着无聊,我就帮着收收门票。那些做生意的小姐们是不用买票的,她们是夜总会的财神奶奶。我们对她们以礼相待。不过今天我没有站到门口去,我的心情相当不好。我的脑子里洋溢着挥之不去的咸鱼气味,它让我沮丧。我一个人站在罗马柱的旁边,格外留意起小三子来了。

我承认我特别在意小三子。我们并没有说过话。我在采石场发过誓,不允许自己再在女孩子的面前犯贱。不过誓言总是可疑的,我们发誓是因为我们做不到。誓言历来就是违背自身意愿的可耻冲动。我不想和小三子黏糊并不是因为誓言,而是我自惭形秽。我担心在小三子的面前丢人现眼。小三子的个头很矮,但是模样好。最关键的是,我觉得她的名字好。这个名字与她的模样高度吻合,叫在嘴里像家里的妹妹。

平安无事的时候我喜欢一个人待在某个暗处,这样,我就可以静悄悄地打量小三子了。她时常是第一批被男人带走的小姐,有时候就不回来了,而更多的时候她会在十一点过后默默无声地返回这儿,直至第二拨男人再把她叫出去。小三子这样地努力工作让我有点难受,那些男人绝大部分实在是太丑了,他们就是运来一火车的现金也不配和小三子上床的。小三子是很美的姑娘,即使矮了点,她还是出类拔萃。我每天站在那里收门票,其实只是一个借口。我总想看看她。我喜欢看她迈着懒散的步伐走过我的身边,她的目光是那样的冷漠,只有见到陌生姐妹的时候她才会懒懒地一笑。她笑得真是短暂,刚笑了二分之一,就没了,但笑起来的时候下唇的两侧会窝出两个对称的小酒窝,你弄不懂她的小酒窝里到底是甜蜜还是伤怀。她的甜蜜你无法分享,而你又不能排遣她的忧伤。一切都那么惘然。

小三子来过了,小三子又走了。今天晚上我特别想找个人说说话,最好是小三子。但是小三子她走了。我站在罗马柱的旁边,怅然若失。

命运注定了今夜不得安宁。我站在罗马柱旁边的旁边,无精打采,也许还有些心怀鬼胎。而大龙头已经坐在我们夜总会了。只不过他没有注意我,我也没有注意他。夜总会本来就是一个谁也不会注意谁的地方。后来大龙头站起身来了,带着一个小姐,正准备离开。在他路过罗马柱的时候,我们的目光不期而然地撞上了。我认为这一定是某种神秘力量的暗示与安排,所谓离地三尺有神灵。一束红光正照在他的后背,他的肩部被照得方方正正的,像扛着两道肩章的将军。我们的目光刚一碰上我们就彼此认出对方来了,大龙头站在对面,歪着嘴,笑得又坏又帅。这家伙过去就这样,动不动就把又坏又帅的笑容歪在嘴边。看到大龙头我实在是高兴,我都忘了我穿着制服了,开心得两只手直搓。在大龙头的面前我是不能摆谱的。

大龙头没有立即和我寒暄,他先把身边的小姐打发走了。

他叉开他的大手,在小姐的屁股上拍了两下,拍最后一把的时候他的粗大中指嵌在小姐的屁股沟里,顺着臀部的动人弧线从下往上抠。随后往外送了送下巴,小姐就很知趣地走开了。

"什么时候出来的?"大龙头侧过脸来问。

"刚刚。"

大龙头的脸上马马虎虎的,说:"这是哪儿对哪儿。"

我回过头去看了一眼吧台,说:"我请你喝点什么。"大龙头把双手插进裤兜,说:"不在这儿喝。"大龙头说完这句话便用下巴示意门外,对我说,"我们车里说说话。"我说:"我值班呢。"大龙头扛着肩膀笑了笑。"这是哪儿对哪儿。"大龙头说完这句话径自往门外走。我回头看了一眼,却看见刚才的小姐正冷冰冰地倚在吧台边,一个男人走到她的身边,对她耳语了一些什么,小姐在转灯底下瞥了一眼大龙头的背影,紫红色的嘴唇动了几下,那个男人就很失望地走开了。这个短暂的过程在夜总会的烟雾之中尤其显得山高水深。我跟出去,大龙头已经在黑色奔驰车里点香烟了,他点烟的时候下巴翘在那儿,被驾驶室里的灯光照亮了。伟人的脸上全有一个伟大的下巴。

我钻进汽车,在大龙头的身边坐下来。大龙头关照我把汽车的大门重关一遍。我做完了,大龙头就示意我自己拿烟,他的玉溪牌香烟口味纯正,而他的防风打火机吐着喷气式火苗,像腾空而去的运载火箭。只要和大龙头待在一起,你的内心就会涌起很高级的感受。

但是我觉得我们不是在奔驰牌汽车里面。汽车把我们和这个世界隔开来了,有一刹那我都产生了错觉,我们又回到采石场去了。我们在月光下面,蹲在宿舍的角落偷着吸烟。大龙头长我十多岁,但大龙头特别看得起我,他经常在夜深人静的时候递给我一支高级香烟。当然,只要他需要,我的两只拳头有时候也归他用。

采石场有采石场的规矩,一般来说,我们之间是等级森严的。年限长的地位高一些,年限短的就差。当官的,捞钱的,他们是贵族,他们到了哪里都是贵族。而拳头上生风的则是警察。最受气的要数小偷小摸的鼠辈,那些游手好闲、好吃懒做的无赖,那些硬把自己的鸡巴与舌头往女人身上乱塞的家伙,那些讨女学生便宜的人民教师,那些赌棍。——这些人最多。多数人所构成的群体只能叫大众,他们必须受到控制,否则要他们做什么?否则要贵族与警察做什么?但是,这只是一般的情况。事实上,有些人天生就是领袖,哪怕是做了叫花子,也得弄几个乞丐在手里使唤,他们走到哪里都要带着他们至高无上的下巴,比方说大龙头。大龙头是个骗子,这样的人做我们的领袖我们从心眼里表示爱戴。

我喜欢和骗子打交道。对骗子我历来就崇拜有加。他们的身上笼罩着一种神秘的、智慧的光芒,至少说,我用想象替他们罩上了一种神秘的、智慧的光芒。还有一点也是至关重要的,在骗子面前,我不担心失去什么。除了白天的太阳与夜晚的月亮,我一无所有。我不担心有谁把我的太阳骗到他们家冰箱里去。

大龙头没让我下车,他直接把汽车开到桑拿房去了。他坚持要让我"快活快活"。离开夜总会的时候我感觉到大龙头的汽车不是一辆车,而是一条船,要想离开你只有往水里跳。我说:"还是让我回去吧,我端上一只饭碗不容易。"大龙头把脸上的微笑歪到我这边,自语说:"这是哪儿对哪儿。"

大龙头真是个骗子。进了桑拿房我才明白过来,他是个了不起的骗子。他是伟人。他毫不费劲就把这个世界全骗了。

大龙头赤裸着身子躺在长木凳子上,蒸汽笼罩着我们。灯泡的橘黄色光芒照耀着本色木板,而蒸汽也变成橘黄色的了。大龙头的嘴里不停地发出一些声音,那些声音特别地满足,特别地心安理得。大约十来分钟的样子,大龙头转过了身子,趴在那儿,含含糊糊地说,他的后背有些痒,让我替他抓抓。他说话的时候下巴搁在木板上,脑袋一抬一抬的,像无缘无故的勃起。我走到他的面前,还没伸出手我就明白他让我"抓抓"的意思了。我看到了他后背上的长疤,在右肩的肩胛骨旁边,凹进去一块,差不多能放进去一根指头。那个凹进去的长疤放出光滑却又刺眼的橘色光芒。一看到这个长疤我的心口就咯噔了一下,慌忙说:"这可是你自己让我干的,是你逼着我干的!"大龙头撑了两只胳膊,坐起来,慢声慢气地说:"你以为我怪你了?"大龙头歪着嘴巴笑了笑,斜仰着头看了看我,"我没有怪你。"大龙头说完这句话就开始用目光从上到下打量我,他的目光最后停留在我的裆部,凝视着我。他的目光让我体会到裆部的脆弱。他看着我的东西,我看着他的秃顶。他要敢对我的东西下毒手,我就砸烂他的天灵盖。但大龙头站起来了,拍着我的肩膀说:"你帮着我少坐了六年牢。"大龙头重新看着我的眼睛,"我怎么会怪你。"

大龙头说完这句话之后又一次躺下去了。我也躺下来,但我不敢像大龙头那样,我是侧躺着的。万一有什么风吹草动,我可以立即站起来。可我的注意力无法集中,我的注意力像桑拿房里的蒸汽,散开了,游动了。我想起了一九九五年的那个冬夜。那是一个雪夜。那个雪夜的白光现在正闪耀在我的面前。

大约是深夜两点,大龙头突然把我推醒了。我正在做梦,和一个不认识的女孩子在电影院里温存。我老是做这样的梦,这样的梦总以内裤里的一塌糊涂收场,像上帝泼过来的一盆冷水,无一例外。我惊醒了,但我的下身还没有醒,它在奔腾。一股暖流极有节奏地传遍了我的下身。大龙头对着我的脑袋耳语了一句什么,我没有听明白。大龙头却把一样东西递到了我的手上。很硬,很暖和。他一定把这个东西握在手里握了半夜了。我拿到眼皮底下,是一把雪亮的小钢刀。我惊了一下,抬起头,木门的缝隙里一片白亮。我知道下雪了,而铁窗上的铁栏杆也格外地醒目,它们横平竖直,坚硬而又冰冷地分割了夜空里的寒光。大龙头面色严峻地看着我,随后开始脱衣服。脱光了之后他就把后背对准了我。我不知道要干什么,愣在那儿。大龙头猛地回过身来,把手伸到我的衬衣里头,在我的背脊上比画了一个部位,压低了声音厉声说:"割一刀,割深一点!"我几乎蒙了,手持钢刀不知所措。大龙头一把从我的手上夺过小刀,把它顶在我的脖子上,咬着牙说:"割,割深一点!"我只能照办。我把小钢刀的尖刀刺进大龙头的肉里,他的身体一下收紧了,我知道,他的嘴巴一定张开了,张到了极限。我看见一口又一口的热气从他的嘴里哈了出来。但是,有息无声。大龙头轻声说:"往下拉,用劲,拉一寸长。"我只好发力。我不知道拉了有多长,由于发力过猛,那个口子比他要求的可能要长得多。血出来了。我看见大龙头的血液黑糊糊地往下冲。大龙头背着手,把一个指甲大小的小纸球塞到了我的手上,说:"塞进去。塞到伤口里去。"我就塞进去。塞完了,大龙头又一次把手递了过来。是一只小瓶子。他命令我:"倒上去。"我倒出了一瓶子粉末。一股极浓的药味弥漫在大雪之夜。

"有数。"大龙头最后关照我说。

"有数。"我说。我当然有数,我绝对不会给他说出去的。

大龙头挪到他的床边,躺下来,他的嘴巴像火车那样呼出一口长长的白气。我钻进被窝。钻进被窝之后我产生了大梦初醒的感觉。我把手伸到裆里。那里冰凉。我的手上黏黏的。那是大龙头的血、我的精液。

大龙头在第二天照样和我们一起出工了。脸上一直在微笑。他的微笑越发山高水深了。我不停地偷看他。他的脸上看不出任何痕迹。甚至没有痛。但是大龙头不住地咳嗽。好几次他都把腰弓下去了。我觉得他应当忍住,他的后背经不起那样咳嗽的。当天晚上大龙头终于不行了。他开始发烧。他的前额烫得像我们的龟头。天一亮大龙头就被抬走了,再也没有回来。

"你怎么就没有了?我还以为你死了。"我擦了擦脸上的汗说。

"我怎么能死?"大龙头腹部的肥肉一同笑起来。他的鸡巴软塌塌的,一副垂头丧气的模样,像一节空心的肠子。大龙头闭着眼说:"我保外就医去了。"

"你得了什么病?"

"我得了什么病?"大龙头懒懒地睁开眼睛,再把眼珠子懒懒地移向我,歪着嘴巴又笑了,说,"这要看你想得什么病。"大龙头慢腾腾地说,"我的肺里有结核,再不走要传染你们的。你想想,X光把我肺部上的香烟锡箔给照出来了,那是多大的一块阴影。这是科学。"大龙头站起身,开始往外走。大龙头自言自语地嘟哝说:"不相信医生可是不行的,不相信科学那怎么可以?"大龙头说,"医学仪器可不是我大龙头,人家是不骗人的。——你看见仪器坐牢没有?没有。科学我们还是应该相信的。"

这家伙把我也骗了,这家伙把这个世界全骗了。他是伟人。不服不行。"你瞧瞧,我现在全有了,——采石场有什么待头?"大龙头光着身子向我竖起了一根指头,说:"今天是个好日子,千年的光阴不能等。"这是一句歌词,我在夜总会里听一个丫头唱过,下一句我记不起来了,但大龙头记得。大龙头几乎是唱着说下面那一句的,"明天又是好日子,逢上了盛世咱享太平。"

回到包间之后大龙头点上一根烟。大龙头的目光经过桑拿变得迷蒙起来了,像酒后。他用迷蒙的眼光望着我,突然欠起身子拍了拍我的膝盖。大龙头大声说:"你帮过我,我得谢你。"

"谢什么。"我很客气地说。

"今晚我请你嫖。"

大龙头说完这句话就打起了响指。两下。而两个姑娘就走进来了。我慌忙用浴巾盖住下身,脱口说:"干什么?你们干什么?"大龙头的那一声大笑就在这个时候发出来了。两个姑娘也笑,其中一个说:"捂在那儿做什么?那里又不是银行。"这话一出口大龙头又笑,软塌塌的鸡巴都被他笑得缩回去了。我说:"这不行,我不习惯这样。"

"都这样,"大龙头笑停当了,说,"开始都这样。"

大龙头让两个姑娘先"歇会儿",他把手放在我的肩上,开始了他的语重心长。他批评我"九年的大学算是白上了",后来就反问我,"你还有什么好顾忌的?""你还能失去什么?"最后大龙头在我的身上拍了两下,说,"不能亏自己,千万不能亏自己。"

我说:"我没亏我自己。"

大龙头指了指我的身体,严肃地说:"我是说你不要亏了这一百六十斤。"

我坐在那儿,不动。我突然想起了一个人。我想起了小三子。我有些蠢蠢欲动。没有什么比蠢蠢欲动更让人跃跃欲试了。我笑笑,说:"我不喜欢这两个姑娘。"

大龙头有些恍然大悟的样子,说:"早说嘛,你挑。随便挑。"

五

小三子不在。今天晚上她没有回来。没有人知道小三子现在在哪儿。大龙头给了我很大的面子,他在我们的夜总会坐到了深夜两点。我注意到他脸上的古怪表情,他似乎一直在微笑。他是伟人,是伟人就必须用一种亲切的方式面对这个世界。但他的表情让我难受。难受在哪儿,我说不清楚。只不过难受是具体的,它像某种器官一样长在我的身上,一会儿气鼓鼓的,一会儿软塌塌的。后来大龙头终于走了,他在临走之前给我留了一句话,他说他明天来。我知道这句话的意思,我听了真想哭。我为大龙头感动,我当然也为小三子伤心。当然,小三子并没有做错什么,她只是做她的本职工作去了,这就更让我伤心了。我又一次体会到九年前的那种感觉了,那时候我用皮鞋砸了别人的脑门。我现在唯一想砸的只是自己。直至今夜我才算明白,我是多么渴望着和小三子上床。我想扒光她,搂着她,进入她,让她的身体成为我的狂欢隧道。

凌晨四点,夜总会彻底安静了。只剩下我一个。绚烂还给了漆黑,拥挤还给了空荡,而喧闹也还给了万籁俱寂。我在喝。我甚至都看不见我的酒瓶、我的手。漆黑与空荡的阒寂把我放大了,此时此刻,我和漆黑一样空荡,我和空荡一样阒寂,我和阒寂一样伸手不见五指。我又回到了监狱,它不是九年的有期徒刑,它遥遥无期,万劫不复。

酒在安慰我。酒在说服我。我不知道我喝了多少。我一边喝,一边尿,我把瓶子里的啤酒灌进了肚子,又把肚子里的尿装进了酒瓶。我记得我流了一回眼泪,我不知道我为什么伤悲。后来我摸到小三子常站的地方去了,我企图嗅到她的气味。然而我没有成功。我只知道我手上的酒瓶倒了,啤酒在往外冲,那种有节奏的外泄像我的梦,像我梦中不可遏止的律动,那种身不由己的喷涌,——那种落不到实处的喷涌,那种绝望的喷涌。

是堂哥的电话把我叫醒的,醒来的时候已经是第二天下午的一点四十分了。堂哥没有绕弯子,一上来就问我"去了没有"。我不知道什么"去了没有",堂哥在电话里就不说话了,我从电话里头看到了他的严峻面孔。我想起来了,他一定是在催我去看我的父母。我的头疼得厉害,我说:"明天吧。"堂哥说:"你有多少个明天?"我不知道我有多少个明天,只有坐牢才用倒计时的。

天开始热了。开始变热的午后我有些心烦意乱。在这样的时候我特别想念我的兄弟马杆。我决定去找马杆。我就想在我的兄弟面前好好坐一坐,抽几根烟,说说话。但是马杆今天不在,店里的人告诉我,"总经理"到上海办事去了。我没有料到会扑空。回到大街之后我不知道自己该往哪里去,该做些什么。我站在梧桐树的下面,太阳把梧桐树的巨大阴影平铺在路面上,它们以一种不期而然的怪状点染了路面,仿佛路面上爬满了结核菌。道路四通八达,汽车来来往往,而汽车的喇叭就更像城市的咳嗽了。我傻站在路边,不知道想往哪里去。南京这么大,其实并没有我的去处,我被自由监禁在路上。没有去处的自由更像一座监狱,遥遥无期。我多么羡慕大街上那些匆匆忙忙的人们,我就想弄明白他们在忙些什么,他们在穿越马路的时候每个人的身后都拽了一个黑黑的身影,还是很了不起的。我崇拜他们。——我就想知道生活到底在哪里,南京又到底在哪里。

我只好坐下来,向一个卖冰棍的老太太要了一根冰棍,慢慢地啃,慢慢地吮。我一连吃了几十根。我并不渴,我只是渴望冰的感觉。不是我在咬冰,是冰在咬我。我的胃差不多全被冰棍塞满了,我能感受得到腹部冰冷冷的一大块,那是胃的形状,那是夏季里的冬天。我一直吃到吃不下为止,也就是说,我一直吃到冰块把我的体温咬干净为止。后来我扶着老太太的冰柜站起来了,付了账,这时候我实际上已经是一根冰棍了。我腆着肚子往前走,凉飕飕地漫步在大街上。我知道,此时此刻,我是一个行尸,以走肉这种无与伦比的方式款款而行。我甚至微笑起来了。我的身上冒着热气,我是多么希望那种凉飕飕的感觉能永久地保持下去。但是没有。半个小时之后我重新开始出汗了。越出越涌,大汗淋漓,大汗如注。我知道我融化了。融化带来了这样一个恶果:我不是没有了,我又成了我。

小三子晚上又没有来。关于小三子,我的想象力已经生了病。只要小三子没有在夜总会出现,我的想象力就开始发疯。我会一遍又一遍地想象小三子工作时的模样。但我没有和女人上过床,我只做过这样的梦,在梦中,我一碰着女人事情其实就已经结束了。我的想象力因为无法深入而变得格外疯狂,像关在笼子里的猴。

小三子没来上班,大龙头却来了。他来了我非常高兴。但大龙头直接走到我的面前,看上去是想拖我出去。我只好拦在前面。我说:"今晚我可不能跟你出去了,今晚绝对不能够。"大龙头在我的屁股上拍了一下,又一下。看来他是铁了心了。我站在那儿,不动。大龙头说:"到我的车上坐一会儿嘛。"他的话说得很平和,让你不好拒绝。我只好跟着他上车。车灯没有开,里面黑咕隆咚的。我却闻到了一股很浓的脂粉味,也许还有香水。我回过头,后座上坐着两个女人。我看不清她们的面目,因为后窗正对着马路对面的霓虹灯。她们的面庞被绚烂的色彩弄成了剪影。可我一眼就认出了小三子。我认得她的发型,她的独一无二的面部轮廓。我的胸口突然开始狂跳,扑通扑通的,都快把汽车弄成音箱了。幸亏大龙头把汽车发动起来了。大龙头十分沉稳地扳着方向盘,汽车拐了个弯,一直向东去。先是新街口,后是逸仙桥,尔后就是中山门。汽车驶过中山门之后我就像在做梦了。东郊安静极了,公路两侧的梧桐树把道路弄成了隧道,我的梦在黑暗之中向地球最隐秘的地方飞驰而去。那里有大龙头的别墅,有我们的狂欢之夜。

　　大龙头把我们带进了他的别墅。大龙头十分缓慢地开灯,倒酒,往音响里头放碟片。大龙头在任何时候都能弄出一副一家之长的派头来。大龙头让小三子坐到我的身边,随后拍了拍自己的大腿,那个小姐就很知趣地坐到他的大腿上去了。我们喝了一些酒,大龙头似乎想起了什么,对腿上的小姐说:"唱首歌,你来唱。"大龙头在碟片架上拣了一会儿,放出来的却是《小芳》。音乐响起来的时候大龙头的脸上就开始浮上很诡异的微笑了,这位插过队的老知青从电视机上取下一张名片,反过来递到小姐的手上,关照说:"你按这个唱。"大龙头安顿好了,刚回到沙发,小姐的歌声也就响起来了:

　　　　村里有个小伙叫小刚,
　　　　长得潇洒又强壮,

> 一对威武的大睾丸,
> 鸡巴粗又长。
> 谢谢你给我的爱,
> 今生今世我不忘怀,
> 谢谢你给我的温柔,
> 你是我的好枕头。

我忍不住,仰起头傻笑,小三子却没有动静,一副耳熟能详的样子。大龙头把两只胳膊伸得很长,在离身子很远的地方极文雅地鼓掌。大龙头斜望着屏幕,下巴却掉了过来,对我说:"我写的。——别以为我光会骗人,我还是个诗人。"

大龙头又说笑了一回。笑完了,大龙头在小三子的耳边耳语了一些什么,随后让两个小姐上楼。大龙头目送着她们,挪到我的身边来,叹了一口气说:"两个多漂亮的身体。"大龙头说完这句话就开始沉默了,大龙头搂住我的肩膀,突然反问我:"你说说,我们插队那会儿这样漂亮的身体属于谁?"我不知道,不知道就闭嘴。还是大龙头自己拖声拖气地回答了:"属于书记他外甥。属于局长他儿子。——现在呢?"大龙头说,"归我们了。这就是市场经济的好。只要付了钱,就归我们。她们不再是书记局长的下属或家属,她们也能为我们叉开大腿。市场经济是什么?就是大腿一叉开来就能上市。只要你有钱。"大龙头像政治教员那样竖起了一根指头,盯住我,一字一顿地说:"在金钱面前,每个人的高潮是平等的。"大龙头用他的手指掸了掸我的前胸,歪着嘴笑了,"小子,你这么年轻就赶上了。"大龙头叹了一口气,强调说,"真是好时候。全让你小子赶上了。"

落地玻璃上点上了几滴雨点,外面下雨了。大龙头说:"好雨知时节,春夜乃发生,随钱潜入夜,润物还呻吟。"大龙头说得不错,他真是个诗人。大龙头重重地拍了两声巴掌,一个小姐就从楼梯上慢慢下来了。也就是说,楼上只留了小三子。大龙头对我说:"还愣在这儿干什么?"大龙头的下巴指向了楼梯,"这会儿我可不要你陪我。"

我上了楼,推开门,小三子已经端坐在床的正中央了。她裹了一条羊毛毯,下巴以下都裹得严严实实的。两只鞋放在床边,紧挨在一起,对得整整齐齐。衣服也叠好了,摞在床头柜上。上衣上面是裙子,裙子上面是短裤,短裤上面是胸罩,胸罩上面是袜子。她的眼睛在眨巴,楚楚动人。但我看得出,小三子似乎有些怕我,她的眼里有一样东西亮晶晶地闪了一下。意外的情况就是在这时候出现的,我突然颤抖起来了。我不知道为什么,我的双手颤抖得厉害。我想忍住,但是忍不住。我实在弄不懂我为什么会这样。老实说,起初我并没有把这种颤抖看得多严重。但我错了。我的颤抖很快在我的身上传播开来,先是上半身,后来是双腿。我的抖动幅度如此之大,把我的骨骼构架与牙齿的对称关系都暴露出来了。我的模样一定吓坏小三子了,因为我自己把自己都已经吓坏了。小三子打量着我,侧着脑袋仔仔细细打量着我,眼里忽闪忽闪的东西突然没有了。她一定知道我是个新手了。小三子真是一个好姑娘,她走下来,搂住了我的腰。她把脸庞贴在我的胸脯上,用她的舌尖轻声说:"带着我一起抖,好不好?"

这丫头是一只青蛙,舌尖一点就把我卷进去了,这丫头还是电,她让我腾云驾雾。我拥住了我的小三子,她在我怀里赤条条地直筛糠。我不能肯定到底是她在抖还是我在抖。我用足了力气都没能让她停止下来。我们就那样抱着,直至我一点力气都没有为止。大约过了十分钟,小三子抬起脸来了,她的眼睛含烟带雨起来,交替着打量我的双眼。她对着我的耳朵小声说:"怎么不抖了?我们再抖一会儿吧,我已经好长时间不这样了。"我知道小三子不是在挖苦我。可我还是很惭愧,可以说羞愧难当。我对这个晚上非常地失望,小三子一定把我看穿了,我没有见过世面,我是一个装腔作势的家伙,我还是一个色厉内荏的家伙。一句话,在女人面前,我是个空心萝卜。舌头会说谎,但捉对厮打的牙齿不会。对这个晚上我失望透了。

不过小三子真的很好,她免去了我的许多尴尬,她是一个给顾客以满足感与自信心的女人。她在这个晚上做起了我的老师。可我急,我就想尽快完成想象中的一击,立地成仙,一步到位。小三子不让。可我弄不懂小三子为什么不让我吻她的唇,我围着她的下巴转了大半个圈,她让了大半个圈,后来我躁起来了,握着她的两只手腕把她摁在了墙上。小三子侧过脸,冷冷地说:"不要碰那儿。别的随你。"我不知道小三子为什么特别在乎那儿,好在她的身上还有别的,我向"别的"发起了攻击,大碗酒,大块肉。小三子热烈地响应我。我关上灯,小三子却打开了。我再一次关上,小三子再一次打开。我拼命地忍住自己,和小三子争夺着墙上的开关。在我忍无可忍的节骨眼上小三子却把自己敞开了,她无比精妙地引导着我,手把手,肺贴肺。她是大师。我的攻击由上而下,由外而内,由表象而本质,由呻吟而呼喊,由生而死,由死而生。我们在重复,一次又一次,一遍又一遍。这是我们的快乐大联欢,狂欢总动员。我的身体像一支管状的焰火,绚烂的颜色有节奏地冲向夜空,炸开来,缤纷夺目,那些细碎的色彩在燃烧,拖着小尾巴,昙花一现,稍纵即逝。它们是冲出身体的精子,自由的精子,纵情狂欢的精子,它们的生命等同于狂欢的时间。我知道小三子属于天下所有的男人,可此时此刻,她终于属于我了。私有制好哇,私有制好。我们没有明天,没有以后,只有这一次与下一次。我们大口大口地换气,挖空了对方,直至我们的身体像一摊面。

东郊真是安静,这样的安静直往人心里去。小三子卧在我的胸前,很无聊地用食指在我的胸脯上画着什么。小三子说:"第一次吧?"我眨了几下眼睛,说:"第一次。"小三子问完这句话之后就再也不开口了。我们静静地对视了好大一会儿,我俯下身去又想吻她的唇。小三子用一根指头止住了,把下巴侧到了一边。小三子突然说:"你不该做这种事的。"我说:"我为什么不该?"小三子又静了好半天,望着我说:"你没这个命。"小三子毫无内容地笑起来,说:"人和人不一样。你不是那个命。"我说:"为什么?"小三子再也不说话了,她在临睡之前自言自语地说:"你还是不该做这种事的。"

小三子在后半夜睡着了。我们面对面。我没有思量小三子对我说过的话,只是安静地凝视着我的小三子。小三子均匀的鼻息吹拂着我的面庞。小三子气息如兰。我抚摩着她的背,这是一种享受的疲惫,这还是一种疲惫的享受。大龙头说得不错,这样美好的身体过去只属于书记的外甥或局长的儿子,而现在,她毕竟归我了。大龙头为我付了账，连我这样的人都可以和小三子上床了。我感谢生活。堂哥说得对，现在是一九九九年了，直到现在我才体会到了这句话的真实意义。生活的全部意义全在时间的段落里面。

夜里的一场雨真大，我没有听见。我把所有的注意力全放到小三子的身上去了，我一点都没有听见。我走上阳台，把懒腰一直伸到极限。雨后的世界真美，大雨使地面潮湿，使石头爽洁，使空气甘冽，使天空澄明，使树叶青翠，使我的身体复归于宁静。我站在阳台上，拼命地吸雨后的空气。雨后的空气滋阴补阳。生活好。活着好。潮湿好。身体好。女人好。爽洁好。和女人性交好。高潮好。澄明好。健康好。青翠好。自由好。宁静好。南京好。生活好。有钱就更好。

六

小三子的话真像是一句咒语，我的确是不该做那种事的。当天晚上夜总会的老板就把我叫过去了，正式通知我走人。我不能怪老板什么。才这么几天，我已经旷了两个工了。我不能怪老板什么。我只能说，生活是个恒数，不会多你的，也不会少你的。今天多出来了，明天就会讨回去。我要是老板我也会这样。可我毕竟和小三子睡了，这是我的一桩心愿。得到一个，失去一个，一比一。不能说谁亏了谁。

我没有从老板的办公室里直接走人，我拐进了酒吧。我想坐下来好好看一看我的小三子。作为一个刚刚经历过初次的男人,我明白了一个最基本的常识,性是一个很古怪的东西,它是特例。它一旦成为心愿,你就永远失去了"了却"的机会。"了却"不是终结,恰恰是万里长征走完的第一步,掉过头去它就成了"还要"。就像高处的水,只要有一点缺口,你就捂不住了。你不能怪水没骨头,是水它就得往低处流。你和谁睡过了你的心里就会放着谁,惦记着谁,牵挂着谁,至少我是这样,我挑了一张空桌子,坐下来,要了一扎冰啤。今晚夜总会的生意不太好,小姐们贴墙而立,她们的目光是那样的空洞,懒洋洋的,手里握着 BP 机,一副既期盼又拒绝的样子。小三子站在她们的中间,与我对视了好几次,每一次都是我把目光让开了。这样的对视让我伤恸。我没有勇气走上去。我不知道她肯不肯,我不知道她会给我开什么样的价,我不知道我能不能出得起,我不知道该把她带到哪里去,——这种事反正是不能在大街上的。这些问题摆在我的面前,像小三子的目光一样让我无力。我束手无策。无法兑现的冲动像海里的浪,企图爬上海岸,却又弓着身子自己退回来了。这是怎样地不甘?怎样地力不从心?我只能化力量为悲痛,望着她,用凝视这种最无奈的方式缅怀她。近在咫尺的缅怀让我焦虑不已。我多想成为她掌心里的 BP 机,在她潮湿的掌心里颤动,一阵一阵的。我渴望她潮湿的手掌,潮湿的乳房,还有潮湿的气味。小三子的 BP 机一定颤动过好几回了,她不停地低下头来,看呼机上的显示屏。大约在十点钟,一个高个子的男人终于走到小三子的面前去了,小三子似乎和他说了一些什么,后来就伤心地微笑了,依在他的胸前跟他走了出去。这一切都在我的眼前,我无能为力。但是小三子的脚步一定扯到了我胸口的某一个痛处,她往外走一步我的胸口就拽一次。小三子走到门口的时候停下了脚步,回过了头来。我看不见她的眼睛,我不知道她的眼睛究竟在张望什么。后来小三子的身影彻底没有了。她怎么能这样?你说说她怎么能这样?我快疯了,仰起脖子就把一扎冰啤全灌下了肚子。

我也该走了。这里不属于我了。没想到会有人把电话打到夜总会来找我。这是一部老式电话机,我拿起话筒的时候感觉有些怪,就好像我还是夜总会的人似的。我把耳机贴在右耳,没好气地说:"谁呀?"耳机里突然就是一阵怒吼:"——哪里来的?"我听出来了,是堂哥。他的电话总是一惊一乍的。我不知道什么事情让他如此盛怒。我把话筒拉开一些,尽管如此,耳机里的声音还是喷了我一脸的唾沫星。"我下午到你家去了,两万块钱是哪里来的?"幸亏堂哥的嗓门这么大,否则,夜总会的音响跟打雷似的,我还真的听不见。我握着话筒,明白电话里的意思了。我的胸口涌上来一阵极难受的滋味,我扯起喉咙,高声喊道:"我坐过九年牢,可钱没坐过!——他们不要就还给我!"堂哥的声音又大了一倍,堂哥在电话里命令我:"你等着我,你当着你堂哥的面给我说清楚!"堂哥挂上了电话。我的两只耳朵充满了音箱里的低音鼓槌声。我搁下老式话筒,话筒像男人趴着的身体,而支架则成了一个狂放的女人,一侧是张开的双臂,一侧是叉开的双腿。

我该走了。这里不属于我了。

我唯一可去的地方只有马杆那儿。我怕见马杆。眼下这种样子我非常怕见马杆。但是我想见他,他是我唯一的去处。我有太多的话想对马杆说了。这些话堵在我的心窝子里头,我就想找一个贴心贴肺的兄弟说说。我最终还是硬着头皮到马杆那里去了。马杆的样子让我吃惊,几天不见,马杆瘦了很多,脸上布满了疲倦。我不知道他遇上了什么缠人的事。他的脸上是一副心事沉重的样子。看来他也是流年不顺。我走到他的面前,没想到我又灰头土脸地站在我的兄弟马杆的对面了。我的制服已经交给夜总会了,我现在穿的是我在采石场穿过的化纤衬衫。这件衬衫原来是白色的,现在我已经说不出它的颜色了。它早就被洗渍了。好在在马杆的面前我也没有必要隐瞒什么。我现在的心情就像我身上的衬衫,失去了光亮与应有的整洁,灰溜溜的,布满了褶皱,发出懊糟气。马杆一定从我的衣着上面看出了某种变化,他没有带我去喝,而是把我带进了后间的小仓库。我们依偎在硬纸箱上,低了头抽烟,把烟灰胡乱地弹在地上。

我说:"去上海了?"

"是啊,"马杆说,"去上海了。"

"近来还好吧?"

"怎么说呢,"马杆说,"还行。"

我一直盘算着怎么向马杆开口。我非常想在马杆的身边做个下手,混口饭。只要马杆肯收下我,就是当牛做马我都愿意。反正是自家兄弟,我只要有一碗饭就足够了。我有力气,为兄弟干活我绝对是不会偷懒的。我们沉默了好大一会儿,后来马杆好像突然想起什么了,匆匆忙忙地说:"还没给你倒水呢。"我一把拽住他,说:"客气什么。"马杆还是出去了,好半天之后才端过来一只纸杯,里面是开水。

我犹豫了半天,低声说:"兄弟我不争气,又出了点事。"

马杆好像是预料到的,低了头不语。他点点头,不停地往地上弹烟灰。

"好端端的。"我说。说这话的时候我居然苦笑了一下,我不知道我为什么要笑。我想我的笑容一定难看极了,愚蠢极了。我把剩下的话又咽进了肚子。

马杆还是不语。但是,尽管他什么也没说,我觉得在他的面前站站也是好的。即使他帮不了我,至少我能在兄弟的面前说说话。出来这么久了,我最渴望的就是有个人能静下心来听我说说话。可我又说不出什么。就这么站站也挺好。

我不知道我们站了多久,马杆店里的一个手下就是在这个时候撞进来的。小伙子愣头愣脑的,好像在找什么东西。马杆拉下脸来,厉声说:"怎么不敲门?"小伙子赔上笑,弓了腰就往后退。马杆说,"你给我站住!"我猜得出马杆在为我难过,他的心情走了样,难免会对自己的手下粗声恶气。我说:"算了,马杆,算了吧,也没什么事。"马杆把半截香烟丢在地上,踩上去,歪着脸问道:"昨天的事你办好了没有?"小伙子脸上的笑容比我还要难看,还要愚蠢。他嗫嚅着嘴唇,说:"没,还没呢。"我注意到马杆的眼神已经完全变了样了,透出一股凌厉的寒气,"你拿我当社会主义是不是?——公司的情况你知不知道?"马杆向门外伸出一根指头,"你到会计那儿把工资领了。现在就走。马上走。"

马杆的话是石头,每一句都砸在我的心窝子上。马杆他不容易。这年头谁都不容易。幸亏我没有开口,马杆的话我可是全听到了,到了这个份上我再开口就太不识事理了。马杆显然是余怒未消,他的手在抖。他再一次点烟的时候打火机的火苗腰杆子都挺不直了。我陪马杆抽了几根烟,烟成了他眼里的愁云,飘在他的额前,却罩在我的心上。马杆叹了一口气,说:"生意不是人做的。"我不知道该说什么好,我不想看到我的兄弟马杆这样。我说:"你把摊子弄小一点吧,会好的。"马杆苦笑笑,说:"生意做来做去还不是做个面子。弄小了,被人笑话。"马杆说完这话好像想起了什么事,他拧着眉头,嘴里"咝"了一下,说:"你刚才说什么了,你怎么了?"我"嗨"了声,说:"没什么大不了的,摆平了。"为了让马杆相信,我故意把自己弄得杀气腾腾的,就好像我是南京这块码头上的龙头老大。我摊开胳膊,粗声粗气地说:"谁会惹我?摆平了。"我拍了拍马杆的肩膀,强调说:"摆平了。"马杆看了我一眼,目光里浮出了一丝忧虑,似乎在替我担心。我怕我演得太过,又在马杆的肩膀上重重地拍了一巴掌,准备走。我走到商店的门口,马杆却把我叫住了。他重新回到商店,出来的时候手上拿了一只信封,马杆把信封塞到我胸前的口袋里去,我预感到了什么,说:"你做什么?"马杆说:"大街上,不要打,难看。"马杆说完这句话就回到店里去了。我走出去几十米,悄悄拉开了信封的口子,又是一扎现金。我的心口一热,眼泪一下子就涌出来了。我真他妈的狗屁都不如,我老是在兄弟的身上东啃一口西啃一口,我他妈是人吗?我是畜生。我是耳屎。我是鼻涕。我是粪渣。我他妈的还想嫖,你那根鸡巴配不配?你撒尿都不配撒到墙洞里!我把手伸进裤兜,拍了拍裆部,对它说:"你忍忍吧,你省省吧。"

我不许自己再想小三子。我不许自己再想那种事。在小面馆里吃完三鲜面之后我就在大街上游荡了。明天一定要去看我的父母了,要想在堂哥那儿住下来,就必须去看望卖咸鱼的老头和老太。这是不可更改的。华灯初上,南京真的漂亮了。但南京再漂亮也是小三子的脸庞,她归她,我归我。两不擦的事。不过南京终究不是小三子,我到底可以在南京的大马路上走走。橱窗和广告牌真是迷人,那种光,那种亮,那种鲜艳的颜色,它们怎么就和我没有一点关系的呢?好几次我就产生了砸烂它们的愿望,砸烂它们,我至少可以回到采石场去,一天好歹有三顿现成的饭。我就是一条狗你也必须养!我在路灯底下漫无边际地走,路与路之间没有墙,路与路之间没有干部放哨站岗。我从珠江路窜到湖南路,从湖南路拐到山西路,从山西路踏上云南路,从云南路再折到上海路。路是没有尽头的,路的尽头还是路。路是路的延展,路是路的辐射,路是路的因果,路还是路的意义。我在长征。兄弟不怕远征难,走完今天有明天。我不知道走了有多远,让我大吃一惊的是,我怎么又走到银色年代夜总会的门前来了?我停在夜总会的门口,望着墙裙上的霓虹灯,灯管一组一组的,一闪一闪的,一跳一跳的,它们挥拳弄棒,盛气凌人,举止嚣张,我决定进去。我一屁股坐到吧台旁,用下巴命令女招待:

"拿酒。"

大龙头在夜总会出乎我的意料。看样子他待在这儿已经有一会儿了。他远远地看了我一眼,歪着嘴笑。他对我的处境似乎了然于心。我不喜欢他这种了然于心的样子。一看到大龙头我的气焰立即就下去了。我不自觉地看了自己一眼,我的样子太难看了,其实跟光了屁股差不多。

大龙头歪在椅子上,用指头把我勾了过去。他点上一根烟,叼在嘴角。大龙头真的什么都知道了,开口就说:"兄弟我不会不管你。"大龙头伸出他的左手,揸开五根指头,在我的面前摆了两下,含含糊糊地说:"我有这个数,我不会不管你。"我不知道五根指头意味着什么,但是,他的五根指头上有三个戒指,每一根都那么财大气粗。大龙头说:"开心一点好不好,别弄得跟什么似的。"我抹了一把脸,不停地眨巴眼睛。"你呢,可以替我要要账,还可以给我接接电话,"大龙头慢条斯理地说,"如果想玩玩,还可以给我开开车。饿不着人。都什么时候了,饿不着人。"

"你为什么对我这么好?"

大龙头取下香烟,掉过头去对着一个不确切的地方笑,一边笑一边往外吐烟:"这是哪儿对哪儿?"大龙头说,"你说说,你和我是哪儿对哪儿。"

我只能说我命好。采石场里的那个老贼对我说过,我会有贵人相助。大龙头就是我的贵人。人得有朋友,不管是在哪儿结交的朋友。人都得有朋友。大龙头用下巴指了指旁边的服务生,对我说:"告诉他你想喝什么,别弄得像什么似的。"

我们大概喝到十二点,大龙头想回去了。我不想现在就走。

我乘大龙头不注意的时候偷偷看一眼吧台,小三子不在。小三子的空缺使我的心里头空了一大块,这叫我不甘。我就想看一看小三子,然而她不在。这会儿小三子一定垫在某个男人的身子底下,替那个该死的男人喘气。我惦记着她。她让我难以释怀。

七

大龙头的房地产公司实在是气派,窗户正好与金陵饭店的璇宫相平视。会客厅里摆满了建筑物的模型,那些建筑已经或即将成为南京的一部分了,它们装点了现代都市的现代性。我站在建筑模型的面前,觉得自己是巨人。我俯视着南京,只要我一伸手,那些建筑就会拔地而起。这样的感觉真是妙不可言。跟在大龙头的后面你所能做的事情好像就剩下呼风唤雨了。

我没有料到大龙头在下班之后再一次请我去嫖。他站在我的面前,双手插在裤兜里头,一个人摇着脑袋微笑:"没办法,好这个。"大龙头带着自嘲的神情对我说:"又好酒,又好烟,还好屁眼对着天。"大龙头说:"没办法,好这个。"他这样的盛情款待我有些受之有愧。我甚至有些不踏实了。我实在配不上别人三番两次地用女人来招待我。我又不做官,又不可能在生意上照顾老板什么。我只能谢绝。哪能总是让老板请客。大龙头看出了我的心思,歪在他的大班椅子上,说:"让人陪惯了,一个人干什么事都没劲,就算陪陪我吧。"老板说完这句话便往外掏号码簿,说:"紫唇俱乐部来了几个学生妞,咱们呼两个来。"大龙头抬起头,很诡异地笑笑,"真的不错。"大龙头说。我不是不想女人,老实说,我嘴上不想,但身子想。问题是我不踏实,这毕竟不同于陪老板吃饭。人情深似海,我背不起这个债。大龙头一定看出了我的心事,发话说:"你就当陪我吃顿饭好了。"

恭敬就得从命。但我还是说:"我不喜欢学生妞。"大龙头听了我的话就笑,这家伙一笑就说明他什么都明白。我就弄不懂他为什么什么都能够了然于心。这是我崇敬他的地方,也是我害怕他的地方。他那张脸是如来佛的巴掌,他一颦一笑都说明我逃不出他的掌心。"你呀,"大龙头说,"一根筋。"

小三子看上去有点累,一副提不起精神的样子。我和她对视了几秒钟,就把她搂在怀里了。这次拥抱我已经等了很久了,我深深地叹了一口气,我感觉到小三子在我的怀里同样深深地叹了一口气,她吸得很猛,乳房全压扁了,摊在我的胸前。但小三子的那口气呼得却极慢,她的腹部说明了这个问题。我说:"我想你。"小三子没有接我的话,后来她的身子抖动一下,似乎在冷笑。还是小三子先把胳膊松下来了,一松下来她就开始解胸前的纽扣。她解纽扣的时候两片嘴唇张开了,下唇咧在一边,不停地用舌尖舔她的上唇。我摁下脑袋,十分孟浪地就想把嘴唇贴上去,小三子让得很快,随后转过眼来斜视着我,拿眼睛责怪我不懂事。我只好贴着她的腮。小三子没有动,拍了拍我的屁股,说:"来吧,你睡吧,睡完了你就好了。"

我们便睡了,一连好几次。但每睡一次我就感到我空了一次。我说的不是身体,而是身体以外的某个地方。具体是哪儿,我又说不上来。我想和小三子好好说说话，可我不知道说什么。就好像我小时候抱着大西瓜，转来转去总也找不到一个下嘴的地方。我只能再睡，用这种徒劳的方式排空我自己。

"你叫什么？"我突然问。

"小三子。"小三子面无表情地回答说。

"你怎么可能只叫小三子。"

"你管她叫什么。叫什么都一样。只要是小三子就行了。"

"你就不肯和我说点别的？"

小三子的嘴角笑了笑，把自己打量了一遍，说："所有的东西都在这儿，我没有别的。"

我把嘴闭上了。点了一根烟。小三子从我的手上把刚刚点好的香烟接过去，猛吸了一大口，隔了好半天才从鼻孔里头对称地喷出来。喷得我一脸。我没有再点，我们抽着同一根香烟，把吸进去的烟雾吹到对方的脸上去。抽完这根香烟之后我们已经变得很开心了，我说："你做了多久了？"小三子说："一年十一个月带九天。""你原来做什么？"小三子说："就做这个。""为什么？"小三子笑笑，探出身子提过了她的皮包，抽出一张自己的名片，翻过来，递到了我的手上。上面有四句顺口的话：

　　天在天上
　　地在地上
　　天要下雨
　　水流海洋

我正正反反看了两三遍，弄不懂。

我笑起来,说:"什么意思?"小三子接过去,也看了几眼,说:"是一个有文化的人送我的,他钱不够,就给了我十六个字。印在后头,文化文化。"小三子把自己的名片窝在手心,后来就开始向我发问了。她问一句我能说上十几句。我发现我的舌头并不笨,这叫我开心。我光着身子,说的也全是光了身子的话。我把我的一切全兜给小三子了。在我说话的时候小三子把下巴搁在了膝盖上,静静地听,睁大了眼睛看。小三子的倾听放大了我的说话能力与欲望,我不停地说,就好像过了今晚这个世界就再也没有耳朵了。我的舌头像夜间蛐蛐的翅膀,动个不息。我不知道我说了多长时间,隔了好久我才发现,小三子其实并没有听,她早就走神了,一双眼睛望着一个并不存在的地方,似乎在追忆什么,而双眼皮也就更双了。我说:"!",她"啊"了一声,仿佛是如梦初醒。小三子不好意思地笑了。我第一次看见她这样笑,是那种忘记了掩饰与职业的笑,傻极了。小三子的傻样是多么的美。

我最终选择了为大龙头开车。我喜欢和大龙头待在一块儿。更关键的是,我渴望开汽车。开汽车毕竟不同于做保安,它好歹是一门手艺,即使将来碰上什么意外,我还可以找一辆出租车,给人家跑跑夜班,做做二驾。有没有手艺混起来是大不一样的。大龙头对我的选择深感满意,他拍着我的肩膀说:"方向盘还是要让自己人来扳。"

夏季即将来临的时候我住到杨梅塘的驾驶学校去了。杨梅塘远离市区,我仿佛又一次回到了监狱。老实说,我喜欢这种感觉,毕竟只有个把月,领上驾照之后我就能挣上一份很体面的钱了。这是我释放回来之后心情最为舒畅的日子,称得上平静似水。我在白天扳扳方向盘,晚上则躺在床上,和人说说话。我学得不错。倒不是因为我比别人强,而是别人真的把这儿当成了监狱,可对我来说,这里绝对是天堂。一个人在天堂肯定比地狱干得出色。我甚至希望能在杨梅塘住得长一些,我坐过九年牢,个把月算什么?更何况我还能学到一门手艺。我把汽车弄得跟玩具似的,汽车后面的黑烟就像黑骏马的尾巴。好日子就快开始了,我知道,我已经闻到好日子的气味了。这里真正用得上堂哥所说的那两句话,"太阳每天都是新的","生命之树常青"。

我一直把自己关在驾校,我得静下心来把这段平静如水的日子过仔细了。这些日子里头我只出了一趟门,给我的兄弟马杆去了一次电话。我用饱满和振奋的声音告诉马杆:"兄弟我学开车了。用不了多久我就能开着奔驰牌汽车去看望兄弟了。"马杆在电话里头替我高兴,他为我松了一口气。马杆说:"好,等你出来,你安顿下来我就全放心了。"

大概在第二十四天,也可能在第二十五天,大龙头开着他的奔驰来到杨梅塘了。大龙头给了我很大的面子,他亲自开着他的奔驰车接我"回南京"逛逛。他把汽车的钥匙扣套在指头上,示意我去接。钥匙在盛夏的太阳底下闪闪发光,锃亮的光芒预示了我的美好未来。我没有去接钥匙,我说:"我还没拿到驾照呢。"我信心十足地对我的老板说,"再过几天,过几天我就拿到照了,我肯定给老板做一个好司机。"大龙头在阳光下面眯着眼,说:"别那么当真,太当真活得就没劲了。"我不好让老板的手臂悬在那儿,只好接过来。我为老板拉开车门,请他上车。后来我钻进驾驶室,强劲的冷气使我打了一个幸福无比的激灵。我顺势摁下了一串车喇叭,我回过头说:"老板,开车了。"我的老板用他的下巴批准了我的请求。

到底是奔驰车,不同凡响。对一个开惯了教练车的司机来说,跨上奔驰就等于进入了天堂。我驾驶的好像不是一辆车,而是一阵风。好汽车就这样,不是你在开它,而是它在开你。不过上路不久我却有些紧张了,这么好的车,我怕碰伤了它的皮。有时候车子太好了反而会成为你的负担。我开始踩刹车,不停地踩。老板在我的身后发话了,老板说:"再好的汽车都是女人,你想快活,就别往心里去。"老板是诗人,一句话就能道破天机。老板的话使我放松了许多,我把汽车的速度踩上去,车轮在融化了的柏油路面上润滑起来,不像滚动,而像流淌。融化了的柏油把盛夏的阳光反射回来,我面前的道路变得平坦而又开阔,我的心情也随之开阔,反射出强劲有力的光。我的生活就要和这辆漂亮的奔驰车紧密相连了,成为风的一个部分。我的心情棒极了,带上了速度感,也许还带上了流动感,我以前所未有的轻松与热切向南京奔驰而去。

今天是个好日子,这一点千真万确。今天的确是个好日子。汽车的四只轮子足以说明这个问题。

大龙头没有家,不是离婚了,而是从来就没有过家,这一点出乎我的意料。大龙头没有往深处说,我当然就不好多问了。大龙头说,除了工作,他把所有的业余时间都用在了两样东西上,第一,女人,第二,麻将。听得出,大龙头是一个高度自私的人,同时又是一个十分惧怕寂寞的人,所以大龙头只热衷于女人与麻将,这两样都是绝对自我的集体活动。它们是利己的,同时也是不甘寂寞的。

从当晚事态的发展来看,我知道大龙头接我回来的目的了。是让我陪他,陪他吃吃饭,再像"陪他吃吃饭"那样陪他干点别的。大龙头喝了一点酒,喝完酒之后的大龙头显示了他脆弱的一面,眼神里头居然有些颓唐了。他拍着我的手背,对我说:"陪陪我。"在这个刹那大龙头显露了他的真实年纪,大龙头已经老了。和待在采石场那会儿比起来,大龙头的骨子里头已经不那么风光了。好在大龙头有钱。他现在的魅力有一半是靠钱支撑起来的。一个人不管多威风,多有钱,其实都有空虚的时候,都有可怜的时候,都有不堪一击的时候,都有需要别人的时候。我望着大龙头,突然有点心酸,却又禁不住有些得意。很显然,大龙头没拿我当外人。他不相信所有的人,但是相信我。我有些受宠若惊。同时也踏实多了。从根本上来说,不是他在请我,而是他需要我。我花他的钱也就理所应当。

大龙头问我,今天晚上想睡一个什么样的,我没有忸怩,直接告诉他"小三子"。说这话的时候我已经自信多了。我是一个驾驶奔驰小汽车的司机,我觉得我配得上人家小三子。这一回我真的就要有一份体面而又稳定的工作了。我马上就要有钱了。

大龙头又换了一个小妞。和上几次一样,我们去了东郊。大龙头在楼下,我们在楼上。但是大龙头在这个晚上做了一件让我极不开心的事,他在小三子上楼的时候伸出手去摸了摸小三子的屁股。大龙头并没有掩饰,全被我清清楚楚地看在眼里。我没有开口,不过说实话,我很生气。小三子是我的女人,大龙头他不该做这种事的。

关上门之后我终于没有忍住,我站在门后,说:"大龙头有没有睡过你?"

小三子似乎没有听懂我的话,但是她听见了。我肯定她听见了。她看着我,把脑袋都歪到一边去了,她就那么歪着脑袋仔细地研究着我的怒容。

"你说什么?"

"我在问你。"

"你在说什么?"

"我不许别人碰你!"

小三子的脸上浮上了极怪异的神情,她似笑非笑地摇了几下头,后来脸上的笑意就没有了。她十分定神地凝视着我,摇了几下头,又摇了几下头,一边摇头一边说:"你在说什么?"

我的妒火燃烧起来了,我知道,我的妒火发出了紫红色的火苗。我走到小三子的面前,一把就把她摁在了床上,我粗暴地用双手夹住了她的头,俯下脑袋十分准确地吻住了她的双唇。小三子的挣扎就是在这个时候开始的,她拼命地扭动,扑打着她的双腿。小三子一定想揪我的短发,但是没有揪住。她开始拧我的耳朵,她长长的指甲抠进了我的肉,她用她的长指甲凶猛无比地抓我的脸庞,我没有松手,拼命地吻她,吮吸她。小三子的喉咙里头发出了母猫一样的呼噜声。小三子抗争了好半天,居然慢慢地平息了,放弃了挣扎。后来小三子闭上了眼睛,她紧闭的嘴唇十分小心地张开来了,试探了一下,随后就狂放地张大了,我们的吻便合缝合榫了。我们的舌尖极迅速地碰上了,我们像通了电,我们身不由己地颤抖了一下。小三子抬起了下巴,开始承接我,呼应我,她热乎乎的鼻息喷在了我的脸上。我放开了她,用双手支撑住自己,我怕压疼了她。我怕她疼。但小三子的双手绕在了我的脖子上,她柔软的胳膊是如此地有力,宛如两条最柔韧的绳子把我们拴在了一处。我们贴在一起,像夜的颜色与夜的颜色。我们溶解在一块儿了。

我们吻了很久,差不多有夜的颜色那样长。后来我们松开了,我们跪在床上,拉着手紧盯着对方。小三子低下头去,她的两只肩膀慢慢地耸了上来。小三子突然挣开我,抡起她的手臂给了我一个大嘴巴。我猝不及防,响亮的耳光像雪亮的闪电一样照亮了东郊。小三子大口大口地喘着气,大声说:"你为什么要这样?"小三子说完这句话就下了床去,拎起她的皮包就要往门口去。我扑到她的身后,一把抱紧了她的腹部。我们又颤抖起来了,我不知道是谁在抖,但我的声音说明了一切问题,我用颤抖的声音不停地说:"小三子,小三子。"

小三子在我的怀里转过了身子,她仰起头,看到了我脸上的道道血痕。她伸出手,抚摸着它们。她的眼里全是泪,但是没有掉下来。"你为什么要这样?"小三子歪着脑袋问,"你为什么要这样,啊?"小三子埋下她的脑袋,再一次耸起了她的肩膀。她的腹部收缩了一下,随后又收缩了一下。她的腹部在我的怀里不停地收缩。我把她抱到床上。我们的脑袋这一次没有对着墙,而是对着门。我解开了她的衣服,慢慢进入了她。

小三子的双手一刻也没有离开我的脸庞。我在努力。我坚持着自己,强忍着自己,尽我的可能延长这一次。我想让我的小三子体验我,享受我,我想尽我的所能给我的小三子带来最大的快乐与满足。在我即将临近高潮的时候我仰起了头来,我的目光落在了木门上方的玻璃窗户上。我突然发现玻璃的背面有些异样,我定了定神,玻璃的背后居然是两只人的眼睛。它们凝视着我,正与我对视。它们全神贯注,发出贪婪而又锐利的光。这双眼令我魂飞魄散,在我确认的瞬间我懂得了什么叫五雷轰顶。我尖吼一声,把身体下面的小三子都吓了一大跳。

我冲出去,拉开门,大龙头站在我的面前。他已经从椅子上下来了。我赤身裸体地站在门框的中央,浑身是汗。我就想冲上去把他的两只眼睛全抠下来。但我的身体全软了。大龙头平静说:"你忙。"大龙头自言自语地说:"你忙你的。"大龙头说这话的时候两只手已经插进裤兜里去了,他的手在裤兜里乱动,使纺织物呈现出慌乱与无助的局面。他的手最终在裤兜里头握成了拳头,对称地凸在两侧,而裤裆中央却令人懊丧地凹在那儿。大龙头很慢地转过身去,往楼下走。我对着他的背影突然大声说:"大龙头,你不仗义!"大龙头慢慢地回过头,用那种伤感的语调对我说:"知足吧。你知足吧。"

楼下的大厅水晶吊灯正发射出辉煌的光芒,一个小姐坐在沙发上,左手执烟,右手托腮,连头都没有抬。她专心致志地看着一部顶级片。

我回过头来,小三子十分伤心地坐在床上,她抱着自己的膝盖,下巴搁在膝盖上。小三子对着地板目不转睛,满眼都是泪光。后来小三子开始捋头发,捋完了头发她就开始穿衣服了。她在这个缓慢的过程当中一直不肯和我对视。等她穿好衣服她的表情已经回到以前去了。我想我明白了,我什么都明白了。小三子拿起她的皮包,似乎想了一些什么,她从钱包里抽出两张百元现钞,丢在了床上,后来又抽了两张。小三子说:"今天该付账的应该是我。"小三子说,"我们清了,你以后不要再来找我。"小三子在出门之前对我说,"你没那个命,你不该做这种事的。"

八

结束了。一切都结束了。我并没有歇斯底里,相反,我平静如水。当我从大龙头的别墅里走出来的时候,我的心中没有伤恸,没有焦虑,没有挣扎。我惊奇于我的平静。我甚至对大龙头没有半点怨恨,我再也不用仰视我心中的伟大领袖了。我活得比他还好,至少,我可以有身体地活在这个世界上。这才是问题的关键与根本。离开了别墅里的水晶吊灯,我的眼前一抹黑,整个东郊一抹黑。我以为是错觉,但出了大院我就发现了,不是。东郊真是很黑,夜里下起了大雾。东郊已经被大雾覆盖了。深夜的大雾是一种潮湿的黑颜色,它裹住了一切,遮蔽了一切,打湿了一切。好大的雾呵,什么都看不见了,我伸出手去,我甚至都不知道自己的手指在哪儿了。我抓了一把,一把就把我的五根手指全逮住了。雾真是一个有趣的东西,一无所有,绝对虚妄,可它就是成功地塞满了这个世界,隔离了这个世界。我尝试着瞪大了眼睛,还是什么都看不见,我想我的目光一定也是雾状的了。但我并没有停止我的步伐,此时此刻,我腾云驾雾。我必须走回去,我的身上没有一分钱,我甚至连到哪里去都没有想清楚,但我必须走回去,回到南京。只要我的双脚不离开路面,我就一定能回到南京。东郊是一个巨大的墓地,一个著名的墓地,许多伟大的尸体就埋葬在这儿。我把自己想象成一具尸体,平静如水地迈开双腿。我在同一条盘山公路上盘旋了一圈又一圈,我一点都不知道自己早就迷路了,实际上我从上路的那一刻起就已经迷路了,我走了差不多一夜,天快亮的时候我想我的灵魂都快出窍了,我不仅忘记了回到南京这个念头,我甚至把我自己都忘了。我只知道自己是一具尸体,像一团漆黑的磷火,在雾中漫步。我的双脚成了我的梦。我已经成为雾的一部分了,我是被淋湿的魂,我是带有脚步声的魂。我不知道这一夜是谁在替我步行。但是我渴,这个感觉像雾里的灯,白花花的。天亮之后我看到了路边的一条河。我扑过去,埋下头去喝了一个饱。喝完了,我没有能够站起来,我站不起来了。我突然发现水里有一个人,有一张脸,脸上布满了手指的抓痕。正虎视眈眈地盯着我,我唬了一跳。定了定神,我开心地笑了,他妈的,那不是我又是谁?这个发现让我开心,这绝对是我生命史上最伟大的发现。

梦终于醒了。直到这个时候我才相信,我的灵魂终于附体了。

我并不想打搅马杆,可这会儿马杆是我的单行线,除了马杆,我别无出路。不过我并不糊涂,我现在的样子实在是太落魄了:浑身潮湿,满脸伤痕。这种模样走到马杆的店里绝对是不合适的。我不能让马杆在伙计们的面前丢了他的脸面。我站在路边,来回犹豫,而对面就是马杆的电脑商店,我都能看到马杆了。我决定还是用电话把马杆喊出来。马杆拿起耳机,"喂"了一声,我慌忙说:"马杆,是我。"马杆听出了我声音里的异样,我看见马杆把他的另一只手插进了头发,一副极为头疼的样子。马杆说:"你回来了?"我无言以对。我说:"马杆,我想见你。"我迫不及待地说,"我就在马路的对面。"

马杆转过了头来。我们的目光隔了一条马路对视上了。我看不清马杆的表情,但马杆脸上的震惊是显而易见的。这不能怪他,我能够想象我现在的模样。马杆在电话里说:"发生什么事了?"我对着话筒说:"你出来一下好吗?"我立即又补充了三个字,"带点钱。"这话一出口我就有些后悔了,可这话我除了能对马杆说,这个世界再也找不到第二个人了。

马杆隔着大街望着我,他放下了电话,一个人对着自己的脚尖望了好半天,随后叫过身边的一个伙计,对他交代了一些什么,我听不见。但我看到马杆的脸上已经愁云密布了。马杆这人就这样,一看到我难受他的心里就好不了。

放下电话之后店里的小伙子一直看着我,看样子是想跟我讨电话费。我没有钱,只好也看着他。看了一会儿小伙子就把目光让到一边去了。我和马杆从马路的两侧同时走出了商店的大门,我对他摆摆手,示意他别过来。我们沿着马路的两侧一起向前,大约走了两三百米,我穿越了马路,站在了马杆的面前。

一站到马杆的面前我的伤心就全涌上来了,有点想哭。我用了很大的力气才忍住了。为了忍住我的泪水,我想我脸上的表情肯定全走了样了。我的模样也许吓了马杆一跳,马杆怔在那里,用一种警惕而又防范的眼神盯着我。我看了一眼路边的小面馆,说:"马杆,你请我吃顿面条好不好?"马杆没有来得及说话,我已经走进小面馆要了两碗三鲜面了。我已经饿疯了,渴疯了,捧着滚烫的汤汤水水发出了不知羞耻的呼噜声。由于太烫,我又是哈气又是吸气,像一只受了伤的公兽。我伸长了脖子胡乱地咀嚼并疯狂地吞咽。吞咽一次我的眼睛还要闭上一次。我吃得太嚣张了,居然忘记马杆正坐在我的对面了,我吃得又凶又恶,又毒又贪,不一会儿我就满头大汗热气腾腾了。最多五分钟,我的面前就只剩下两只空碗与两根筷子。吃完了,我空咽了两口,梗着脖子打了一个饱嗝。就在打嗝的时候我突然想起来了,马杆还坐在我的对面呢。马杆正失神地盯着我,失神的眼里有一种让我害怕的东西。马杆一定是被我吓坏了,他被吓坏了的样子反过来又吓着我了。马杆迅速地挪开目光,但他的目光还是给我留下了锐利与严酷的印象。我想我刚才的吃相肯定是把马杆吓坏了。"饱了?"马杆笑着说。"饱了。"我十分羞愧地点了点头。

马杆一直在吸烟,几乎一刻不停。吃完面条之后我想把我的情况告诉马杆的,话到了嘴边我又咽了下去。这个话题太不体面了,我不能让马杆毁掉他心中的那个我。就在我打定主意准备说一些什么的时候,马杆腰里的手机却又响了。马杆听了一句,脸上是那种极度无奈的样子。马杆关掉手机,瞅准了机会从他的口袋里掏出了一只信封。我接过来,塞进了口袋。马杆说:"那我就先过去了。"我嘴上答应了,可我实在不希望马杆这个时候离开。他的离开让我难受。我真想对马杆说,我现在太需要你了。但我说不出。我为自己不能把自己的心里话说出口而懊恼,呆在那儿,脸上流露出一副凶相,一副恶相。马杆不停地瞥我。马杆一点都不知道他对我来说是多么地重要,他现在是我手里的最后一根救命稻草。我承认我变得婆婆妈妈的了。我跟出去,对着马杆的背影喊了一句,我说:"晚上我呼你。"马杆愣了一下,马杆的背影在我的面前愣了一下,好像脚下给什么东西绊了一下似的。马杆笑着说:"好,晚上呼我。"

马杆一走我就跨上了公共汽车。口袋里一有钱我就踏实下来了。我买了四张票,走到汽车的最后排,脱下鞋,枕在了脑后。我得睡上一觉。无论如何我得睡上一觉。我的梦装上了四只轮子,在南京城的马路上鬼魂一样游荡。

打死我我也想不到要提防马杆。马杆下手下得真是太快了,太狠了。事先一丁点迹象都没有。我想问他,我太想问明白了,可一切都已经来不及了。我们在著名的卡萨布兰卡喝了一个晚上的啤酒,马杆在这个晚上情绪一直不错,他还请一位小姐陪他跳了一会儿迪斯科。马杆跳得一身的汗。马杆不时地对我招招手,示意我下池。我不想跳,我在等马杆。等他玩够了,喝够了,跳够了,我会让他把我带到一个僻静的地方,好好说上一夜的话。我不喜欢迪厅,不喜欢夜总会,马杆不知道,迪厅其实是我的伤心之地。我的第一个噩梦就是从歌舞厅开始的,我不想让我的第二条道路再从歌舞厅开始起步。好几次我都想和马杆说说话了,但是马杆的玩兴未尽,他拍了拍我的手背,我只好就作罢了。大约在深夜两点,马杆的头上冒着热气,他把他的指头插进了他的头发,捋了几下,对我说:"怎么样,换个地方吧?"我什么都没说,拿起桌上的香烟就站起了身子。马杆在这个时候似乎突然想起了什么,面有难色地对我说:"我们到镇江去怎么样?"我没有开口。马杆说:"镇江的一个老板还差我三万多块钱呢,要了好几次都没能要回来,我们连夜去,天亮的时候把他堵在床上。"我同意。随便到哪里,只要马杆他用得上我,就是三万块钱是那个家伙的牙齿,我也能替马杆拔下来。我怪罪马杆说:"你怎么不早说?"

我不知道我们是几点钟到达镇江的,马杆一上出租车就睡着了,呼吸均匀而又平稳。我白天里已经在汽车上睡了一整天了,这会儿精神正旺,瞪着一双贼眼看沪宁高速公路的夜景。这条公路实在是漂亮,有几次我都产生了幻觉,就好像我在电影上,就好像我在国外。我的心情变得愉快起来,我一定得帮着马杆把三万块钱要回来,弄不好马杆真的要做我的老板的。到了镇江之后马杆刚好就醒了,我们在火车站转悠了十来分钟,马杆改变主意了,马杆说:"那家伙有个小老婆在常州,我们先到常州,一定能堵住他。"重新叫过出租车之后,我们又上了车,几十分钟过后我们就来到了常州的郊外。我们在公路的旁边停了车。马杆说,他的腿麻了,下来走走,再说也快到了。我们步行了一段,后来我们就来到一块工地了,这也是城乡结合部常有的。马杆说他想小个便,便钻进了黑咕隆咚的工地里去了。这家伙真是体面惯了,就连深夜里小便也要躲躲藏藏的。但是意外的事情就是在这个时候发生了,他居然在黑咕隆咚的毛坯房里倒下了,结结实实地一下,吓了我一跳。我立即跟上去,冲进了黑糊糊的毛坯房,想把他扶起来。刚一进去我的腹部就让什么东西给撞上了。我还在地上找马杆。我一点都没有意识到一把刀子已经捅进我的肚子里去了。这一刀捅得太快了,我甚至没有感觉到疼。我的腹部似乎又被人拉了一把。这时候我感觉到有一样东西在我的腹部流淌开来了,热烫烫的。我还闻到了一股疯狂的咸鱼味。我想不出来到底是哪儿出了问题。直至刀子戳进脖子我才突然明白过来。我没有叫。我就知道我的鲜血在往外冲,黑糊糊的,迅猛,有力,灼人,我听得见砖头吸血时发出来的滋滋声。人真是太假了,鲜血只冲了一会儿我的双腿就软下去了。我趴在墙角,疼痛就是在这个刹那涌上来的。它们汹涌澎湃,长满了牙。我张大了嘴巴,咬住了一块砖头。我知道这肯定是马杆干的,不可能是别人。我不明白为什么。剧痛之中我最想弄明白的就是为什么。我想问问他。我开始大口喘气了,我甚至还用双手捂了一下伤口,但我太徒劳了,没有一双手指捂得住喷涌的鲜血,血把我的双手弄得很黏,我的十根指头全成了泥鳅。我听到了脖子的中间气泡的破裂声。我拼命想呼吸,但所有的空气都从气泡里漏走了。呼吸的力不从心真让人绝望。伤口在叹息。伤口四周的皮肉在颤动。我用尽了力气转过了身来,我想看看马杆。我什么都没有看见。黑夜不是一段时间,它首先是无能为力的视觉效果。马杆开始用他的刀子割我的双手了,我不知道马杆割下它们做什么。后来那把刀子又开始卸我的脑袋。谢天谢地,我可是一点都不疼了。我的脑袋被马杆提在手上。我睁大了眼睛,我看见我的咸太阳升起来了,它的光芒全是咸鱼的气味。我的两只耳朵还听得见,我听见马杆把我的双手和脑袋装进了口袋。是一只塑料口袋。被装进塑料口袋,是这个世界为我做出的最后总结。

1999 年第 4 期《钟山》

青　衣

一

乔炳璋参加这次宴会完全是一笔糊涂账。宴会都进行到一半了,他才知道对面坐着的是烟厂的老板。乔炳璋是一个傲慢的人,而烟厂的老板更傲慢,所以他们的眼睛几乎没有好好对视过。后来有人问"乔团长",这些年还上不上台了?炳璋摇了摇头,大伙儿才知道"乔团长"原来就是剧团里著名的老生乔炳璋,八十年代初期红过好一阵子的,半导体里头一天到晚都是他的唱腔。大伙儿就向他敬酒,开玩笑说,现在的演员脸蛋比名字出名,名字比嗓子出名,乔团长没赶上。乔团长很好听地笑了笑。这时候对面的胖大个子冲着乔炳璋说话了,说:"你们剧团有个叫筱燕秋的吧?"又高又胖的烟厂老板担心乔炳璋不知道筱燕秋,补充说:"一九七九年在《奔月》中演过嫦娥的。"乔炳璋放下酒杯,闭上眼睛,缓慢地抬起眼皮,说:"有的。"老板不傲慢了,他把乔炳璋身边的客人轰到自己的座位上去,坐到乔炳璋的身边,右手搭到乔炳璋的肩膀上,说:"都快二十年了,怎么没她的动静？"乔炳璋一脸的矜持，解释说："这些年戏剧不景气，筱燕秋女士主要从事教学工作。"烟厂老板一听这话直着腰杆子反问说："什么景气？你说说什么景气？关键是钱。"老板向乔炳璋送出他的大下巴，莫名其妙地颁布了他的命令，说："让她唱。"乔炳璋的脸上带上了狐疑的颜色，试探性地说："听老板的意思，老板想为我们搭台？"老板的脸上重又傲慢了，他一傲慢脸上就挂上了伟人的神情。老板说："让她唱。"乔炳璋对小姐招招手，让她给自己换上白酒。炳璋捏着酒杯站起身，说："老板可是开玩笑？"老板不仅傲慢，还严肃，一严肃就像作报告。老板说："我们厂没别的，钱还有几个。——你可不要以为我们光会赚钱，光会危害人民的身体健康，我们也要建设精神文明。干了。"老板没有起立，乔炳璋却弓着腰站起来了。他用酒杯的沿口往老板酒杯的腰部撞了一下，仰起了脖子。酒到杯干。乔炳璋激动了。人一激动就顾不上自己的低三下四。乔炳璋连声说："今天撞上菩萨了，撞上菩萨了。"

《奔月》是剧团身上的一块疤。其实《奔月》的剧本早在一九五八年就写成了，是上级领导作为一项政治任务交待给剧团的。他们打算在一年之后把《奔月》送到北京，献给共和国十周岁的生日。可是，公演之前一位将军看了内部演出，显得很不高兴。他说："江山如此多娇，我们的女青年为什么要往月球上跑？"这句话把剧团领导的眼睛都说绿了，浑身竖起了鸡皮疙瘩。《奔月》当即下马。

严格地说，后来的《奔月》是被筱燕秋唱红的，当然，《奔月》反过来又照亮了筱燕秋。戏运带动人运，人运带动戏运，戏台本来就是这么回事。不过这已经是一九七九年的事了。一九七九年的筱燕秋年方十九,正是剧团上下一致看好的新秀。十九岁的燕秋天生就是一个古典的怨妇,她的运眼、行腔、吐字、归音和甩动的水袖弥漫着一股先天的悲剧性,对着上下五千年怨天尤人,除了青山隐隐,就是此恨悠悠。说起来十五岁那年筱燕秋还在《红灯记》中客串过一次李铁梅的,她高举着红灯站立在李奶奶的身边,没有一点铮铮铁骨,没有一点"打不尽豺狼决不下战场"的霹雳杀气,反倒秋风秋雨愁煞人了。气得团长冲着导演大骂,谁把这个狐狸精弄来了!?

但到了一九七九年,《奔月》第二次上马了。试妆的时候筱燕秋的第一声导板就赢来了全场肃静。重新回到剧团的老团长远远地打量着筱燕秋,嘟哝说:"这孩子,黄连投进了苦胆胎,命中就有两根青衣的水袖。"

老团长是坐过科班的旧艺人,他的话一言九鼎。十九岁的筱燕秋立马变成了 A 档嫦娥。B 档不是别人,正是当红青衣李雪芬。李雪芬在几年前的《杜鹃山》中成功地扮演过女英雄柯湘,称得上红极一时。但是,在 A 档和 B 档这个问题上,李雪芬表现出了一位成功演员的得体与大度。李雪芬在大会上说:"为了剧团的明天,我愿意做好传帮带,我愿意把我的舞台经验无私地传授给筱燕秋同志,做一个合格的接力棒。"筱燕秋眼泪汪汪地和同志们一起鼓了掌。《奔月》被筱燕秋唱红了。剧组在各地巡回演出,《奔月》成了全省戏剧舞台上最轰动的话题。所到之处,老戏迷抚今追昔,青年人则大谈古代的服装。全省的文艺舞台"和其他各条战线一样",迎来了他们的"第二个春天"。《奔月》唱红了,和《奔月》一样蹿红的当然是当代嫦娥筱燕秋。军区著名的将军书法家一看完《奔月》就豪情迸发,他用苍松翠柏般的遒劲魏体改换了叶剑英元帅的伟大诗篇:"攻城不怕坚,攻戏莫畏难,梨园有险阻,苦战能过关。"下面是一行行书落款:"与燕秋小同志共勉"。将军书法家把筱燕秋叫到了家中,他在抚今追昔之后亲自将一条横幅送到了筱燕秋的手上。

谁能料得到"燕秋小同志"会自毁前程呢。事后有老艺人说,《奔月》这出戏其实不该上。一个人有一个人的命,一出戏有一出戏的命。《奔月》阴气过重,即使上,也得配一个铜锤花脸压一压,这样才守得住。后羿怎么说也应当是花脸戏,须生怎么行?就是到兄弟剧团去借也得借一个。否则剧组怎么会出那么大的乱子,否则筱燕秋怎么会做那样的事?

《奔月》剧组到坦克师慰问演出是一个冰天雪地的日子。这一天李雪芬要求登台。事实上,李雪芬的要求不过分。她毕竟是嫦娥的 B 档。相反,过分的倒是筱燕秋。《奔月》公演以来,筱燕秋就一直霸着毡毯,一场都没有让过。嫦娥的唱腔那么多,戏那么重,筱燕秋总是说自己"年轻","没问题","青衣又不是刀马旦","吃得消的"。其实大伙儿早就看出来了,闷不吭声的筱燕秋心气实在是旺了,有吃独食的意思。这孩子的名利心开始膨胀了,想着法子横在李雪芬的面前。可是谁也没法说,领导一找她,她漂亮的小脸就成了猪肝。筱燕秋没心没肺,就有猪肝,她是做得出来的。领导们只能反过来给李雪芬做工作,让她"多指导指导年轻人","多扶持扶持年轻人"。可是李雪芬这一次的理由很充分,李雪芬说,她演《杜鹃山》的时候就经常下部队,今天下午还有很多战士冲着她喊"柯湘"呢,她在部队有观众基础,她不上台,"战士们不答应"。

李雪芬在这个晚上征服了坦克师的所有官兵,他们从嫦娥的身上看到了当年柯湘的影子,当年的柯湘头戴八角帽,一双草鞋,一把手枪,威风凛凛的。而今夜的柯湘却穿起了古装。李雪芬嗓音高亢,音质脆亮,激情奔放,这种高亢与奔放经过十多年的巩固与发展,业已构成了李雪芬独特的表演风格,即李派唱腔。基于此,李雪芬在舞台上曾经成功地塑造过一连串的巾帼豪杰,透过李雪芬的一招一式,观众们可以看到女战士慷慨赴死,女民兵英姿飒爽,女知青豪情冲天,女支书须眉不让。李雪芬在这个晚上重点展示了她的高亢嗓音,战士们有组织地给她鼓掌,掌声整齐而又有力,使人想起接受检阅的正步方阵。没有人注意到筱燕秋。其实戏演到一半,筱燕秋已经披着军大衣来到舞台了,一个人站立在大幕的内侧,冷冷地注视着舞台上的李雪芬。谁都没有注意到筱燕秋,谁都没有发现筱燕秋的脸色有多难看。噩运在这个时候其实已经降临了,它笼罩着筱燕秋,同时也笼罩着李雪芬。《奔月》演完了。五次谢幕之后,李雪芬来到了后台,脸上洋溢着一股难以掩抑的飞扬神采。李雪芬就是在这个时候和筱燕秋在后台相遇了,面对面,一个热气腾腾,一个寒风飕飕。李雪芬一看见筱燕秋的脸色便主动迎了上去,左手拉着筱燕秋的右手,右手拉着筱燕秋的左手,说:"燕秋,都看了?"筱燕秋说:"看了。"李雪芬说:"还行吧?"筱燕秋却不开口。说话的工夫许多人已经走上来了,围在了她们的四周。李雪芬掀掉肩膀上的军大衣,说:"燕秋,我正想和你商量呢,你看看这样,这样,这句唱腔我们这样处理是不是更深刻一些,哎,这样。"李雪芬这么说着,手指已经翘成了兰花状,一挑眉毛,兀自唱了起来。艺人们都是知道的,同行是冤家,即使是师傅传艺,"宁教一声腔,不教一个字,宁教一个字,不教一口气"。可是李雪芬不。她把李派唱腔的一字一气毫无保留地演示给了筱燕秋。筱燕秋不声不响,只是望着李雪芬。人们站立在李雪芬和筱燕秋的四周,默默地看着剧团里的两代青衣,一个德艺双馨,一个谦虚好学,许多人都看到了这个令人感慨的一幕,这个令人心宽的一幕。但是筱燕秋的眼神很快就出了问题了,是那种极为不屑的样子。所有的人都看得出,燕秋这孩子的心气实在是太旺了,心里头不谦虚就算了,连目光都不会谦虚了。李雪芬却浑然不觉,演示完了,李雪芬对着筱燕秋探讨性地说:"你看,这样,这才是旧社会的劳动妇女。我们这样处理,是不是好多了?"筱燕秋一直瞅着李雪芬,脸上的表情有些说不上来路。"挺好,"筱燕秋打断了李雪芬,笑着说,"只不过你今天忘了两样行头。"李雪芬一听这话就把双手捂在了身上,又捂到头上去,慌忙说:"我忘了什么了?"筱燕秋停了好大一会儿,说:"一双草鞋。一把手枪。"大伙儿愣了一下,但随即就和李雪芬一起明白过来了。燕秋这孩子真是过分了,眼里不谦虚就不谦虚吧,怎么说嘴上也不该不谦虚的!筱燕秋微笑着望着李雪芬,看着热气腾腾的李雪芬一点一点地凉下去。李雪芬突然大声说:"你呢?你演的嫦娥算什么?丧门星,狐狸精,整个一花痴!关在月亮里头卖不出去的货!"李雪芬的脚尖一跷一跷的,再一次热气腾腾了。这一回一点一点凉下去的却是筱燕秋。筱燕秋似乎被什么东西击中了,鼻孔里吹的是北风,眼睛里飘的却是雪花。这时候一位剧务端过来一杯开水,打算给李雪芬焐焐手。筱燕秋顺手接过剧务手上的搪瓷杯,"呼"地一下浇在了李雪芬的脸上。

后台立即变成了捅开的马蜂窝。筱燕秋愣在原处,看着无序的身影在自己的面前急速穿梭,耳朵里充斥着慌乱的脚步声。脚步声轰隆轰隆的,从后台移向了过道,从过道移向了远处,最后变成了远处汽车的马达声。眨眼的工夫后台就空荡荡的了,而过道更空荡,像通往月亮的路。筱燕秋站立在原处,愣了好大一会儿,沿着寂静的过道拐进了化妆间。筱燕秋站在镜子面前,吃惊地盯着镜子里的自己。直到这个时候筱燕秋才弄明白自己到底干了什么。她失神地望着自己的双手,一屁股坐在了化妆间的凳子上。

保温杯里的水到底有多烫,这个问题已经没有任何意义了。事情的"性质"永远决定着事态的严峻程度。一心扶持筱燕秋的老团长气得晃动了脑袋,他把中指与食指并在一处,对着筱燕秋的鼻尖晃了十来下。老团长说:"你,你,你,你你你你你呀——啊!"老团长急得都不会说话了,就会背戏文,"丧尽天良本不该,名利熏心你毁就毁在妒良才!"

"不是这样的。"筱燕秋说。

"又是哪样?"

"不是这样的。"筱燕秋泪汪汪地说。

老团长一拍桌子,说:"又是哪样?"

筱燕秋说:"真的不是这样的。"

筱燕秋离开了舞台。嫦娥的 A 角调到戏校任教去了,而 B 角则躺在医院不出来。《奔月》第二次熄火。"初放蕊即遭霜雪摧,二度梅却被冰雹擂。"《奔月》没那个命。

二

谁能想到《奔月》会遇上菩萨呢。

启动资金终于到账了。这些日子炳璋一直心事重重。他在等。没有烟厂的启动资金,《奔月》只能是水中月。其实炳璋只等了十一天,可是炳璋就好像熬过了一个漫长的岁月。等钱的日子里炳璋发现,钱不只是数量,还是时光的长度。这年头钱这东西越来越古怪了。

但是,炳璋没有料到反对筱燕秋重新登台的力量如此巨大,预备会在筱燕秋能不能登台这个问题上僵持住了。炳璋把玩着手上的圆珠笔,一直在听。后来他把手上的圆珠笔丢到会议桌的桌面上,上身靠在了椅背。炳璋笑了笑,说:"你们还是让步吧,人家可是点了筱燕秋的名的。这年头给钱让步,不丢脸。"会议室里一片沉默。人们不说话。不说话虽说还是反对,但通融的余地肯定就大了。幸亏李雪芬离开剧团开饭店去了,要不然,李派唱腔的高亢嗓音炳璋现在可是招架不住的。大伙儿继续沉默,不说是,也不说否。但无声有时就是默许。炳璋因势利导,很含糊地说:"我看就这样了吧。"

然而,谁担纲 B 档,问题又来了。对一个演员来说,给当红演员做 B 档,本来就是一个寒碜人的角色,更何况又是筱燕秋的B档呢。还是老高出了一个好主意,B档让筱燕秋自己在学生里挑。筱燕秋嫉妒心再重,再名欲熏心、利欲熏心,总不能和自己的弟子争风。大家都说好。可是老高接下来的一句话让炳璋心里不踏实了。老高说:"我看你们都白说,二十年过去了,筱燕秋也四十岁的人了,她的嗓子还能不能扛得住?我看悬。"这句话让炳璋觉得自己真的疏忽了,怎么就没有想到这个?毕竟是二十年呢。二十年,什么样的好钢不给你锈成渣?炳璋偷偷地叹了一口气。会议开来开去,在筱燕秋一个人的身上就纠缠了将近两个小时。这哪里是筹备?简直是回顾历史。没钱的时候想钱,钱来了却不知道怎么花。钱这东西不只是时光的长度,还有历史的脸色。钱这东西现在实在是太古怪了。

炳璋想听筱燕秋溜溜嗓子,这是必须的。要不然,烟厂的钱再多,还不如拿来卷鞭炮去放响呢。筱燕秋依照约定的时间来到会议室,刚一落座,炳璋发现自己又冒失了。很空的会议室里头只有他们两个,炳璋坐在这头,筱燕秋坐在那头,中间隔了一张长长的椭圆桌,有些公事公办的意味。筱燕秋胖了,人却冷得很,像一台空调,凉飕飕地只会放冷气。炳璋打算先和筱燕秋谈一谈《奔月》的,可《奔月》是筱燕秋永远的痛,炳璋越发不知道从哪儿开口了。

炳璋有几分惧怕筱燕秋。要是细说起来,炳璋比筱燕秋还长出一个辈分,不过筱燕秋的脾气戏校里头可是有名的。这个女人平时软绵绵的,一举一动都有些逆来顺受的意思,有点像水,但是,你要是一不小心冒犯了她,眨眼的工夫她就有可能结成了冰,寒光闪闪的,用一种愚蠢而又突发性的行为冲着你玉碎。所以戏校食堂里的师傅们都说："吃油要吃色拉油，说话别找筱燕秋。"炳璋不知道怎么和筱燕秋挑开话题，就开始和筱燕秋绕。一会儿聊她的生活，一会儿聊她的教学、学生，还扯到了天气，有些前言不搭后语。东扯西拽了几分钟，筱燕秋闷头闷脑地说："你到底想和我说什么？"炳璋被堵住了，心里头一急，脱口说："你亮个相吧。"筱燕秋望着炳璋，把两只胳膊放到桌面上来，抱成了一个半圆，却又看不出任何风吹草动。筱燕秋毫无表情地望着炳璋，突然说："想听什么？是西皮《飞天》还是二黄《广寒宫》？"《飞天》和《广寒宫》是《奔月》里著名的唱腔选段，筱燕秋因为《奔月》倒了二十年的霉，这刻儿主动把话题扯到《奔月》上去，无疑就有了一种挑衅的意思，有了一种子弹上膛的意思。炳璋本能地直了直上身，等着筱燕秋的唇枪舌剑。不过炳璋手里有牌，倒也没有过分担心。炳璋说："那就来一段二黄。"筱燕秋站起身，离开座椅，拽了拽上衣的前下摆，又拽了拽上衣的后下摆，把目光放到窗户的外面去，凝神片刻，开始运手，运眼，咿咿呀呀地居然进了戏。她的嗓音还是那样地根深叶茂。炳璋还没有来得及诧异，一阵惊喜已经袭上了心头，一个贪婪而又充满悔恨的嫦娥已经站立在他的面前了。炳璋闭上眼睛，把右手插进裤子的口袋，翘起了四只手指头，慢慢地敲了起来，一个板，三个眼，再一个板，再三个眼。

筱燕秋一口气唱了十五分钟，炳璋睁开眼，眯起来，仔细详尽地打量起前面的这个女人。这段二黄慢板转原板转流水转高腔有极为复杂的表现难度，音域又那么宽，一个离开戏台二十年的演员能把它一口气完成下来，答案只有一个，她一直没有丢。

炳璋歪在椅子里头,没有动。但是,他在暗中唏嘘感叹了一回。二十年,二十年哪。炳璋有些百感交集,对筱燕秋说:"你怎么一直坚持下来了?"

"坚持什么?"筱燕秋说,"我还能坚持什么?"

炳璋说:"二十年,不容易。"

"我没有坚持。"筱燕秋听懂炳璋的话了,仰起脸说,"我就是嫦娥。"

筱燕秋从炳璋的办公室里出来,人却恍惚了。这是十月里的一个日子,一个有风有阳光的日子。像春天。风和阳光都有些明媚,都有些荡漾,但是恍惚,像梦寐,萦绕在筱燕秋的周遭。筱燕秋踩着自己的身影,就这么在马路上游走。后来筱燕秋停下了脚步,迷迷糊糊朝四下打量。筱燕秋低下头,失神地看着自己的身影。现在正是午后,筱燕秋的影子很短,胖胖的,像一个侏儒。筱燕秋注视着自己的身影,夸张变形的身影臃肿得不成样子,仿佛泼在地上的一摊水。筱燕秋往前走了几大步,地上的身影像一个巨大的蛤蟆那样也往前爬了几大步。筱燕秋突然凝神了,确信了这样一个事实:地上的身影才是自己,而自己的身体只是影子的附带物。人就是这样,都是在某一个孤独的刹那突然发现并认清了自己的。筱燕秋的眼神再一次茫然了,伤心与绝望成了十月的风,从一个不确切的地方吹来,又飘到一个不确切的地方去了。

筱燕秋突然决定减肥,立即就减。

在命运出现转机的时候,女人们习惯于以减肥开启她们的崭新人生。筱燕秋叫了一辆红夏利,直奔人民医院而去。人民医院是筱燕秋的伤心之地。这么多年了,即使在肾脏闹得最厉害的日子,筱燕秋也没有到这家医院就诊过一次。她的命运其实就是在人民医院彻底改变的,或者说,她的内心就是在人民医院彻底被击垮的。李雪芬住院的第二天,筱燕秋就被老团长逼到人民医院来了。李雪芬躺在医院里发过话了,只有筱燕秋自我批评的"态度"让她满意,她才可以考虑"是不是放她一马"。老团长一心想保筱燕秋,这一点全团的上下都是知道的。老团长亲手给筱燕秋写了一份检查,让她到医院里念。事态是明摆着的,筱燕秋必须在李雪芬的面前走好这个场,剩下来的话才能往下说。筱燕秋看完检查书,合起来,急了。她一急就更加愚蠢。筱燕秋拼命地辩解说:"我没有嫉妒她,我不是故意想毁了她。"老团长盯着筱燕秋,到了这样的光景这孩子的心气还这么旺,老团长的眼睛都气红了,就想抽她一耳光,怔了好半天又下不了手。老团长甩开了胳膊,大声说:"大牢我待过七年,我可不想到那地方去看你!"筱燕秋望着老团长的背影,她从老团长的背影里头看清了自己潜在的噩运。

筱燕秋还是到人民医院去了。李雪芬躺在床上,脸上蒙着一块很长的白纱布。团里的领导都在,《奔月》的主创也在,高高矮矮站了一屋子。筱燕秋把两手叉在小肚子面前,走到李雪芬的床前,耷拉着两只眼皮。她看着自己的脚步,开始骂。她把自己的祖宗八代里里外外都骂了一遍,骂成了一摊屎。骂完了,病房里静悄悄的,没有一个人说话,只有李雪芬在纱布的后面干咳了一声。气氛顿时压抑了。没有人好说什么。李雪芬到现在都没有把筱燕秋告到公安局去,已经算对得起她了。筱燕秋承

326

受不了这样的压抑,泪汪汪地四处找人。老团长站在门框的旁边,对她瞪起了眼睛。筱燕秋没有退路了,她慢腾腾地从口袋里掏出检查书,一层一层地打开来,开始念。筱燕秋像油印打字机那样,一个字一个字地往外蹦。念完了,所有的人都松了一口气。检查书的内容最终肯定了检查者的"态度"。李雪芬把脸上的纱布掀开来,她的脸上紫红了一大块,涂着一层油亮亮的膏。李雪芬接过检查书,拉起筱燕秋的手,笑着说:"燕秋,你还年轻,心胸要宽,可不能再这样了。"筱燕秋看到了李雪芬的笑。还没看清,李雪芬却又把脸盖上了。筱燕秋感到李雪芬的笑容才是一杯水,并不烫,浇在了筱燕秋的心坎上。"吱"地一下,筱燕秋如焰的心气就彻底熄灭了。

筱燕秋走出病房的时候满天都是大太阳。她走到楼梯口,站在扶手的旁边停下了脚步,转过头来。她看到了老团长如释重负的叹息。老团长对她点了点头。筱燕秋就那么望着老团长,突然也笑了一下,可是没能收住。她笑出了声来,一阵一阵的,两个肩头一耸一耸的,像戏台上须生或者花脸才有的狂笑。许多人都听到了筱燕秋出格的动静,她们从病房里探出脑袋,一起望着筱燕秋。筱燕秋就知道傻笑,膝盖一软,顺着楼梯的沿口一头栽了下去,从四楼一直滚到了三楼半。大伙儿跟下来,筱燕秋趴在水磨石地板上,听见老团长不停地对众人说:"态度还是好的,态度还是深刻的。"

都二十年了。筱燕秋挂的是内分泌科,开过药,筱燕秋特地绕到了后院。二十年了,筱燕秋远远地看见了那座病房楼。一些人在那里进进出出。楼已经不是老样子了,墙面上贴上了马赛克，但是屋顶、窗户和过廊一如过去，这一来又似乎还是老样子。筱燕秋立在那里，发现生活并不像常人所说的那样，在伸向未来，而是直指过去。至少，在框架结构上是这样的。

筱燕秋比平时到家晚了近一个小时，女儿已经趴在餐桌上做作业了。筱燕秋打开门，丈夫正歪在沙发里头看电视，电视只有画面，没有声音。筱燕秋提着人民医院的药袋，懒懒地倚在了门框上，疲惫地看着自己的丈夫。丈夫从筱燕秋的神情里头感到了某些异样，连忙走上来。筱燕秋把药袋递到丈夫的手上，一径往卧室去，进了卧室就把卧室的门反关上了。丈夫把目光从筱燕秋的身上移到药袋里面，疑疑惑惑地掏出药盒子，反过来复过去地看。药盒子上全是外文，一副看不到底又望不到边的样子，这一来事态就进一步严峻了。丈夫从药盒子上预感到了大难，匆忙跟进卧室。刚一进门筱燕秋便扑在了他的身上，胳膊箍住他的脖子，用力往里收。她的腹部贴在他的腹部，一吸一吸的。他感到了她的努力。她用力忍着，一种强烈而又迅猛的伤恸。丈夫手里的药袋掉在了地上，大祸真的临头了。丈夫的身体向后退了一步，"咚"地一声，卧室的门重又关死了。丈夫就那么拥着自己的妻子，毁灭性的念头在脑袋里窜来窜去。筱燕秋终于开口了，她哭着说："面瓜，我又上台了。"面瓜似乎没听清，拨过筱燕秋的脑袋，用那种侥幸的和将信将疑的目光再一次打量妻子。筱燕秋说："我又能上台了。"面瓜一把把筱燕秋推开了，惊魂未定，脱口说："至于嘛，你！弄成这样！"筱燕秋有些不好意思，瞥了一眼面瓜，笑了笑，却不停地掉泪，自语说："我就是难过。"面瓜拉开门，准备给妻子热晚饭，女儿却怯生生地堵在房门口。面瓜逃出了假想中的劫难,骨头都轻了,故意拉下脸来,粗声恶气地说:"做作业去!"

筱燕秋把面瓜拉住了,对女儿招了招手,示意女儿过来。她让女儿坐到自己的身边,端详起自己的女儿。女儿一点都不像自己,骨骼大得要命,方方正正的,全像她老子。但是筱燕秋今天晚上觉得自己的女儿特别地耐看,细细地推敲起来还是像自己,只是放大了一号。面瓜又要上厨房,筱燕秋说:"你不要做,我要减肥。"面瓜站在卧室的门口,不解地说:"肥什么?我什么时候说你肥了。"筱燕秋把巴掌放到女儿的头顶上去,说:"你不嫌我肥,观众可不承认嫦娥是个胖婆娘。"

幸运的夫妻最急着要做的事情就是命令孩子上床。等孩子入睡了,他们好回到自己的床上,开始他们的庆典。幸福的夜晚都是宁静似水的,但又是轰轰烈烈的。这个夜晚实在让面瓜喜出望外,他上上下下地忙,里里外外地忙,进进出出地忙,都不知道怎么好了。

面瓜是一个交通警察,从部队上下来的,五大三粗,就是不活络。说起婚姻,面瓜最大的愿望也就是娶上一位国营企业的正式女工。面瓜做梦也没有想到著名的美人嫦娥会成为自己的老婆。真的像一个梦。

面瓜的婚姻算得上一桩老式婚姻,没有一丝一毫的新鲜花样。先是由介绍人在公园的一棵柳树下面介绍他们认识了。接下来便是"谈"。"谈"了一些日子,匆匆便步入了洞房。

那时的筱燕秋绝对是一个冰美人。她在公园鹅卵石的路面上不像一个行人,而更像一个梦游者,一个失魂的走尸。不过女人的落魄不仅没有妨碍女人的美丽,反而让她们炫目起来了。对于年轻而又漂亮的女人来说,落魄会赋予她们额外的魅力,在体貌的姣好之外,附带上一种气息的美——那种让人怦然心动的、招人怜爱的异质。面瓜一见到筱燕秋两只手就凉了,心口也凉了。筱燕秋一身寒气,凛凛的,像一块冰,要不像一块玻璃。面瓜顿时就自惭形秽了。面瓜甚至在暗中抱怨起介绍人来了,再怎么说他面瓜也配不上这样亮晶晶的美人的。面瓜小心翼翼地陪着筱燕秋沿着鹅卵石的路面往前走,筱燕秋不说话,面瓜就更不敢说了。最初的那些日子面瓜不是"谈"恋爱,简直是受罪。然而,这份罪受起来又有一份说不出来头的甜蜜。筱燕秋还是那么凛凛的,魂不守舍的,瞳孔里虚散着目光的。面瓜起初以为筱燕秋看不上他,可是又不像。只要面瓜约她,筱燕秋总是会病歪歪地准时到达的。面瓜一点都不知道筱燕秋现在的心思,筱燕秋中了邪了,她铁定了心思一心要把自己嫁出去,越快越好。但是筱燕秋却又不好好"谈"。她不说话,就知道和面瓜一起走。面瓜在筱燕秋的面前自卑得要了命,一点想象力都没有了。他反反复复地把筱燕秋约到公园的那条鹅卵石路上去,——既然他们是在那儿认识的,他们的"恋爱"就只能和必须在那儿"谈"了。筱燕秋从来不问心思以外的事,她只是面瓜的影子。面瓜怎么走她怎么走,面瓜往哪儿去她往哪儿去。其实面瓜也不知道往哪儿走,但是第一次既然那么走了,第二次当然也那样走。依此类推。他们每一次都走相同的路,以同样的方向向同样的地方走去,在同一个地方拐弯,在同一个地方休息,走完了,在同一个地方分手。然后,面瓜说同样的话,约好下一次见面的时间。局面的改变起源于一次意外。那一天筱燕秋的鞋后跟意外地在鹅卵石的路面上崴了一下,呼噜一下倒在了地上。在此以前筱燕秋一直斜着头,看着天上的月亮。她的鞋跟一定踩到了鹅卵石路上的罅隙,脚踝迅速地朝外一撇,说倒就倒下去了。面瓜的脸色吓得比月光还要白。面瓜天生的慢性子,是那种火上了头顶也能够不紧不慢地迈动四方步的男人。面瓜乱了。面瓜在手忙脚乱的时候越发不知所措。他慌慌张张地把筱燕秋送进医院,慌慌张张地把筱燕秋送到了家中。筱燕秋的脚踝肿起来了,青紫了一大块,肘部也蹭掉了一块皮。

筱燕秋对自己的受伤一点都没有在意。受伤的似乎是别人,她只不过是一个旁观者,偶然看见的罢了。她那种事不关己的样子使你相信,即使有人把她的脑袋砍下来,放在了桌面上,她也能镇定自若地,不慌不忙地眨巴她的眼睛。

疼的是面瓜。面瓜在疼。面瓜望着筱燕秋的脚脖子,不敢看筱燕秋的眼睛。后来他到底偷看了一眼筱燕秋,目光立即又避开了。面瓜说:"还疼吗?"面瓜的声音很小,但是筱燕秋听见了。筱燕秋不是一块玻璃,而是一块冰。只是一块冰。此时此刻,她可以在冰天雪地之中纹丝不动,然而,最承受不得的恰恰是温暖。即使是巴掌里的那么一丁点余温也足以使她全线崩溃、彻底消融。面瓜木头木脑的,痛心地说:"我们还是别谈了吧,我把你摔成这种样子。"筱燕秋冷冷地望着面瓜,面瓜木头木脑的,扯不上边地胡乱自责。可胡乱的自责不是怜香惜玉又是什么?筱燕秋的心潮突然就是一阵起伏,汹涌起来了,所有的伤心一起汪了开来。坚硬的冰块一点一点地、却又是迅猛无比地崩溃了、融化了。收都来不及收,不能自已,不可挽回。她一把拉住面瓜的手,她想叫面瓜的名字,但是没有能够,筱燕秋已经失声痛哭了。她拼了命地哭,声音那么大,那么响,全然不顾了脸面。面瓜吓得想逃,没能逃掉。筱燕秋死死地拽住了面瓜,面瓜没有能够逃掉。

筱燕秋和面瓜都没有意识到这一次大哭对他们来说意味着什么。在某种时候,女人为谁而哭,她就为谁而生。

戏校的筱燕秋老师匆匆忙忙把自己嫁了出去。筱燕秋置身于大海,面瓜是她唯一的独木舟。在筱燕秋看来,这桩婚姻过了此村就再无此店了。面瓜是令人满意的,是那种典型的过日子的男人,顾家、安稳、体贴、耐苦,还有那么一点自私。筱燕秋还图什么?不就是一个过日子的男人吗?面瓜唯一的缺点就是床上贪了些,有点像贪食的孩子,不吃到弯不下腰是不肯离开餐桌的。不过这又算什么缺点呢?筱燕秋只是有点弄不明白,床上就那么一点事,每次也就是那么几个动作,又有什么意思?面瓜哪里来的那么大兴致,每一次都像吃苦,把自己累成那样。但是面瓜是疼老婆的,他在一次房事过后这样肉麻地对老婆说:"只要没有女儿,你就是我的女儿。"面瓜的这句呆话让筱燕秋足足想了一个多星期。床上的事筱燕秋不太喜欢做,想起来有时候反而倒是蛮好的。

这个晚上是筱燕秋命令女儿上床的。面瓜从妻子垂挂着的睫毛上猜到了这个晚上精彩的压轴戏。结婚这么多年了,每一次做爱都是面瓜巴结着筱燕秋,都是面瓜死皮赖脸的,今天的光景还是头一次。筱燕秋在女儿的床边轻声喊了一声女儿,女儿那边没有了动静。面瓜站在客厅里头就高兴,又是转圈,又是搓手。后来筱燕秋回到了自己的卧室,默默地脱光了,钻进了被窝,再后来筱燕秋从被窝里伸出了一只胳膊,五根手指挂在那儿。筱燕秋对面瓜说:"面瓜,来。"

这个晚上的筱燕秋近乎浪荡。她积极而又努力,甚至还有点奉承。她像盛夏狂风中的芭蕉,舒张开来了,铺展开来了,恣意地翻卷、颠簸。筱燕秋不停地说话,好些话说得都过分了,又不敢大声,一字一句都通了电。她急促地换气,紧贴着面瓜的耳边,痛苦地请求:"要喊,面瓜。我想喊,面瓜。"筱燕秋像换了一个人,陌生了。这是好日子真正开始的征候。面瓜心花怒放,心旌摇荡,忘乎所以。面瓜疯了,而筱燕秋更疯。

三

炳璋算过一笔账,决定从启动资金里拿出一部分来请烟厂老板一次客。要想把这顿饭吃得像个样,费用虽说不会低,这笔费用也许还能从烟厂那边补回来的。现在,关键中的关键是必须让老板开心。他开心了,剧团才能开心。过去的工作重点是把领导哄高兴了,如今呢,光有这一条就不够了。作为一个剧团的当家人,一手挠领导的痒,一手挠老板的痒,这才称得上两手都要抓,把老板请来,再把头头脑脑的请来,顺便叫几个记者,事情就有个开头的样子了。人多了也好,热闹。只要有一盆好底料,七荤八素全可以往火锅里倒。革命不是请客吃饭,对的。炳璋不想革命,就想办事。办事还真的是请客吃饭。

烟厂的老板成了这次宴请的中心。这样的人天生就是中心。炳璋整个晚上都赔着笑,有几次实在是笑累了,炳璋特意到卫生间里头歇了一会儿。他用巴掌把自己的颧骨那么揉了又揉,免得太僵硬,弄得跟假笑似的。卖东西要打假,笑容和表情同样要打假。这可不是闹着玩的。

炳璋原以为启动资金到账之后他能够轻松一点的,相反,炳璋更紧张、更焦虑了。这么多年了,剧团没法上戏,一直干耗着,说过来居然也过来了。剧团不是美术家协会,不是作家协会,那些协会里的人老了,一个人待在家里,写几块招牌、画几根腊梅、几串葡萄,再不就到晚报上骂骂人,伸胳膊抬腿都有银子跟着来。一句话,那些人都是越来越值钱的。剧团不一样,再好的演员一个人待在家里也唱不来一台戏。当然了,为住房和职称找领导除外,在住房和职称面前,出色的演员一个人就能将生旦净末丑全部反串一遍。演戏这个行当说到底又与别的不同,不论是说唱念打还是吹拉弹奏,扛的是"艺术家"这块招牌,做的终究是体力活,吃的还是身体这碗饭,一到岁数身子骨就破了。他们的破身子骨全是沙漠,一盆水浇下去,不要说看不见水漂,就连"嗞"的一声都没有。他们挣不来一分钱,耗起银子来却是老将出马,一个顶俩。炳璋就愁钱。炳璋感到自己不只是一个剧团的团长,都快成商人了,就等着资本全部到位。炳璋想起了当年在学习班上听来的一句话,是一位领袖的著名格言:资本来到世上,从头到脚都滴着血和肮脏的东西。这话对。资本就是流淌的血,肮脏不肮脏事后再说。剧团等着这滴血,靠着这滴血,生产、生产、再生产、扩大再生产。急命呢。炳璋就等着《奔月》

上马,越快越好。夜长了难免梦多。钱哪,钱哪。

宴会在老板和筱燕秋认识的那一刻达到高潮,这就是说,晚宴从头到尾都是高潮。宴会尚未开始,炳璋便把筱燕秋十分隆重地领了出来,十分隆重地叫到了老板的面前。这次见面对老板来说只是一次交际,也可以说,是一次娱乐活动,然而,它是筱燕秋一生中的一件大事。筱燕秋的后半生如何,完全取决于这次见面。筱燕秋得到宴会通知的时候不仅没有开心,相反,她的心中涌上了无边的惶恐,立即想起了前辈青衣、李雪芬的老师柳若冰。柳若冰是五十年代戏剧舞台上最著名的美人,"文革"开始之后第一个倒霉的名角。她去世之前的一段往事曾经在剧团里头广为流传,那是一九七一年的事了,一位已经做到副军长的戏迷终于打听到当年偶像的下落了,副军长的警卫战士钻到了戏台的木地板下面,拖出了柳若冰。柳若冰丑得像一个妖怪,裤管上黏满了干结的大便和月经的紫斑。副军长远远地看看柳若冰,只看了一眼,副军长就爬上他的军用吉普车了。副军长上车之前留下了一句千古名言:"不能为了睡名气而弄脏了自己。"筱燕秋捏着炳璋的请柬,毫无道理地想起了柳若冰。她坐在美容院的大镜子面前,用她半个月的工资精心地装潢她自己。美容师的手指非常柔和,但她感到了疼。筱燕秋觉得自己不是在美容,而是在对着自己用刑。男人喜欢和男人斗,女人呢,一生要做的事情就是和自己作斗争。

老板在筱燕秋的面前没有傲慢,相反,还有些谦恭。他喊筱燕秋"老师",用巴掌再三再四地请筱燕秋老师坐上座。老板并不把文化局的头头们放在眼里,但是,他尊重艺术,尊重艺术家。

筱燕秋几乎是被劫持到上座上来的。她的左首是局长,右首是老板,对面又坐着自己的团长,都是决定自己命运的大人物,不可避免地有点局促。筱燕秋正减着肥,吃得少,看上去就有点像怯场了,一点都没有二十年前头牌青衣的举止与做派。好在老板并没有要她说什么。老板一个人说。他打着手势,沉着而又热烈地回顾过去。他说自己一直是筱燕秋老师的崇拜者,二十年前就是筱燕秋老师的追星族了。筱燕秋很礼貌地微笑着,不停地用小拇指捋耳后的头发,以示谦虚和不敢当。但是老板回忆起《奔月》巡回演出的许多场次来了。老板说,那时候他还在乡下,年轻,无聊,没事干,一天到晚跟在《奔月》的剧组后面,在全省各地四处转悠。他还回忆起了一则花絮,筱燕秋那一回感冒了,演到第三场的时候居然在舞台上连着咳嗽了两声,——台下没有喝倒彩,而是响起了雷鸣般的掌声。老板说到这儿的时候酒席上安静了。老板侧过头,看着筱燕秋,总结:"那里头就有我的掌声。"酒席上笑了,同时响起了掌声。老板拍了几下巴掌。这掌声是愉快的、鼓舞人心的、还是继往开来的、相见恨晚和同喜同乐的。大伙儿一起干了杯。

老板还在聊。语气是推心置腹的,谈家常的。他聊起了国际态势、WTO、科索沃、车臣、香港、澳门、改革与开放、前途还有坎坷;聊起了戏曲的市场化与产业化;聊起了戏曲与老百姓的喜闻乐见。他聊得很好。在座的人都在严肃地咀嚼,点头。就好像这些问题一直缠绕在他们的心坎上,是他们的衣食住行,油盐酱醋;就好像他们为这些问题曾经伤神再三,就是百思不得其解。现在好了,水落石出、大路通天了。答案终于有了,豁然开朗了,找到出路了。大伙儿又干了杯,为人类、国家以及戏剧的未来一起松了一口气。

炳璋一直望着老板。自从认识老板以来,他对老板一直都心存感激,但在骨子里头,炳璋瞧不起这个人。现在不同。炳璋对老板刮目相看了。老板不仅仅是一个成功的企业家,他还是一个成熟的思想家兼政治家。如果爆发战争,他也许就是一个出色的战略家和军事指挥家。一句话,他是伟人。炳璋有些激动,没头没脑地说:"下次人代会改选市长,我投厂长一票!"老板没有接他的话茬,点烟,做了一个意义不明的手势,把话题重新转移到筱燕秋的身上来了。

话题到了筱燕秋的身上老板更机敏了,更睿智也更有趣了。老板的年纪其实和筱燕秋差不多,然而,他更像一个长者。他的关心、崇敬、亲切都充满了长者的意味,然而又是充满活力的、男人式的、世俗化的、把自己放在民间与平民立场上的,因而也就更亲切、更平等了。这种平等使筱燕秋如沐春风,人也自信、舒展了。筱燕秋对自己开始有了几分把握,开始和老板说一些闲话。几句话下来老板的额头都亮了,眼睛也有了光芒。他看着筱燕秋,说话的语速明显有些快,一边说话一边接受别人的敬酒。从酒席开始到现在,他一杯又一杯,来者不拒,酒到杯干,差不多已经是一斤五粮液下了肚子。老板现在只和筱燕秋一个人说,旁若无人。酒到了这个份上炳璋不可能没有一点担忧,许多成功的宴席就是坏在最后的两三杯上,就是坏在漂亮女人的一两句话上。炳璋开始担心,害怕老板过了量。成功体面的男人在女演员的面前被酒弄得不可收拾,这样的场面炳璋见得实在是太多了。炳璋就害怕老板冒出了什么唐突的话来,更害怕老板做出什么唐突的举动。他非常担心,许多伟人都是在事态的后期犯了错误,而这样的错误损害的恰恰正是伟人自己。炳璋害怕老板不能善终,开始看表。老板视而不见,却掏出香烟,递到了筱燕秋的面前。这个举动轻薄了。炳璋看在眼里,咽了一口,知道老板喝多了,有些把持不住。炳璋看着面前的酒杯,紧张地思忖着如何收好今晚这个场,如何让老板尽兴而归,同时又能让筱燕秋脱开这个身。许多人都看出了炳璋的心思,连筱燕秋都看出来了。筱燕秋对老板笑笑,说:"我不能吸烟的。"老板点点头,自己燃上了,说:"可惜了。你不肯给我到月亮上做广告。"大伙儿愣了一下,接下来就是一阵哄笑。这话其实并不好笑,但是,伟人的废话有时候就等于幽默。

哄笑之中老板却起身了,说:"今天我很高兴。"这句话是带有总结性的。老板朝远处招招手,叫过司机,说:"不早了,你送筱燕秋老师回家。"炳璋吃惊地看了一眼老板,炳璋担心他会在筱燕秋面前纠缠的,但是没有。老板举止恰当,言谈自如,一副与酒无关的样子,就好像一斤五粮液不是被他喝到肚子里去了,而是放在裤子的口袋里面。老板实在是酒席上的大师,酒量过人,见好就收。整个晚宴凤头、猪肚、豹尾,称得上一台好戏。倒是筱燕秋有些始料不及,没想到这么快就结束了。筱燕秋一时不知道说什么,慌忙说:"我有自行车。"老板说:"哪有大艺术家骑自行车的。"老板一边坚持着"请"的手势,一边关照司机回头来接他。筱燕秋瞥了老板一眼,只好跟着司机往门口去。她在走向门口的时候知道许多眼睛都在看她,便把所有的注意力全部集中到走路的姿势上,感觉有些别扭,甚至都不会走路了。好在没有人看出这一点。人们望着筱燕秋的背影,她的背影给人以身价百倍的印象。这个女人的人气说旺就旺了。

老板转过身来,和局长闲聊,请局长得空的时候到他们厂去转转。炳璋插进来,抢过话茬,说:"老板好酒量,好酒量!"他一口气把这句话重复了四五遍。炳璋自己也弄不懂为什么逮着老板的酒量不要命地死奉承,听上去好像心里有什么疙瘩,受了什么惊吓似的。老板莞尔一笑,笑而不答,掐烟的工夫又一次把话题岔开了。

四

老话是对的,好运气想找你,就算你关上大门它也会侧着身子从门缝里钻进来。这年头好运气并不玄乎,说白了,就是钱。只有钱才能够侧着身子从门缝里钻来钻去的。烟厂的老板算什么?这年头大街上的老板比春天的燕子多,比秋天的蚂蚱多,比夏天的蚊子多,比冬天的雪花多。然而,烟厂的老板有钱,又不是他自己的,这就齐了。可是,剧团和戏校里的人们真正羡慕的倒不是筱燕秋,而是春来。春来这个小丫头这一回真的是撞上大运了。

春来十一岁走进戏校,从二年级到七年级一直跟在筱燕秋的身后,知道筱燕秋的人都知道,春来不仅仅只是筱燕秋的学生,简直就是筱燕秋的宝贝女儿。春来最初学的并不是青衣,而是花旦,是筱燕秋厚着脸皮硬把她拽到自己的身边的。青衣与花旦其实是两个完全不同的行当,只不过现在喜欢看戏的人少了,许多人都习惯于把戏台上的年轻女性统统称之为"花旦"。这种混淆局面的形成固然是后来的戏迷们功夫不到,但是,要是真的细究起来,这笔账还要记到著名大师梅兰芳的头上。梅老板博大精深,他在长期的舞台实践中把青衣与花旦的唱腔与表演程式杂糅在了一起,创建了一种有别于青衣同时又有别于花旦的新行当,也就是"花衫"。"花衫"行当的出现体现了梅老板的求新与创造的精神,也给后来的人们带来了不必要的麻烦,人们对青衣与花旦的区分也就再也不那么顶真,不那么严格了。比如说,当初所谓的"四大名旦"。这个统称其实就十分马虎,贴切的说法应当是"两大名旦,两大青衣"。好在所有的剧种都一起没落了,分不清青衣花旦也不算什么大事。可是,话还得反过来说,对于学戏和演戏的人来说,这可是一点含混不得的,青衣就是青衣,花旦就是花旦。它们的唱腔、道白、行头、台步、表演程式隔着九九艳阳天,真的是花开两朵,各表一枝的,永远弄不到一起去。

　　春来想学花旦有她的理由。就说道白,花旦的道白用的是脆亮的京腔,而青衣的韵白则拖声拖气的,在没有翻译、不打字幕的情况下,比看盗版碟片还要吃力,一句话,青衣的韵腔道白说的整个就不是人话。唱腔就更不一样了,花旦唱起来利索、爽朗,接近于捏着嗓子的流行歌曲,还歪着脑袋一蹦三跳,又活泼,又可爱,像一只叽叽喳喳的小麻雀。青衣则不同,就那么一个字,她也要咿咿呀呀的,一步三晃的,一手捂着小肚子,一手比划着,在那儿晃悠着,翘着个小指头,慢慢地哼,等你上完了厕所,把该尿的尿了,该拉的拉了,前前后后擦完了,一回头,那个字还没唱完呢。戏剧如此不景气,喜欢青衣的也就剩下那么几个离休老干部了。许多当红青衣都走下舞台了,不是穿上漆黑的皮夹克站在麦克风前面乱了头发狮吼,就是到电视连续剧里头演一回二奶,演一回小蜜。好歹也能到晚报的文化版上"文化"那么一下子。青衣说到底不能和花旦比,现在的晚会那么多,笑星歌星们再闹腾,民族文化总是要弘扬的,国粹总是要保留的,"爱江山更爱美人"之后,最次也得来个"打不尽豺狼决不下战场"。花旦的出路比青衣多少要好一些,要不然,人们也不会把剧团戏称为"蛋窝"的。

春来是在三年级的下学期改学的青衣。春来这孩子说话的嗓音和筱燕秋并不像。可是,一开腔,春来的唱腔简直就是另一个筱燕秋。戏校的老师们开玩笑说,春来的嗓子天生就是和筱燕秋唱对台戏的料。筱燕秋和春来商量,让她放弃花旦,改学青衣。春来不肯。商量来商量去,春来就是不肯。筱燕秋急了,筱燕秋的那句名言至今还是戏校里的一个笑话,一个笑柄。筱燕秋一急,拉下了脸来,对春来说:"你要是不肯拜我为师,我就拜你,我拜你做我的学生,你答应不答应?"做老师的把话说到了这个份上,春来还敢说什么?

戏校的人们还记得春来刚到戏校时的模样,一口浓重的乡下口音,衣袖和裤腿都短得要命,袜子的上方还留了一截小腿肚。那时的春来一到冬天两个腮帮总是皴着的,裂了好几道红颜色的口子。没有人会相信春来能出落成今天的这副模样,什么叫女大十八变?春来就是一个最生动的例子,一个最具感召力的例子。谁能想到筱燕秋能有今天？谁能想到春来能赶上这趟车？

筱燕秋在戏校待了二十年了，教了那么多学生，细细排下来，却没有一个能唱出来的。大红大紫就不说了，显一下山露一下水的都没有过。这样的局面给筱燕秋带来了十分强烈的失败感。筱燕秋对自己是彻底死了心了，然而，毕竟又没有死透。一个人可以有多种痛，最大的痛叫作不甘。筱燕秋不甘。三十岁生日那一天筱燕秋就知道自己死了，十年里头筱燕秋每天都站在镜子面前，亲眼目睹着自己一天一天老下去，亲眼目睹着著名的"嫦娥"一天一天地死去。她无能为力。焦虑的过程加速了这种死亡。用手拽都拽不住，用指甲抠都抠不住。说到底时光对女人太残酷，对女人心太硬，手太狠。三十岁，我的亲爹，我的亲娘。三十岁生日那一天筱燕秋头一回喝了酒，不到二两。筱燕秋醉得不成样子。酒后的筱燕秋握着剪刀把厨房里的围裙剪成了两块。她把两块白布捏在手上，权当了水袖。筱燕秋挥舞着油迹斑斑的围裙，跌跌撞撞，油盐酱醋的罐子倒了一厨房，咣丁咣当的，碎了一厨房。她的手不知道被什么碎片剞破了，鲜红的血液流淌在水袖上，红白相间的围裙在半空中抛上去，又落下来，再抛上去，再落下来。面瓜冲进了厨房，抱住了筱燕秋，筱燕秋愣愣地盯着面瓜，喊面瓜"亲娘"。筱燕秋用纯正的韵腔对着面瓜念起了道白："亲——娘——啊——啊！"面瓜知道筱燕秋醉了。面瓜担心妻子的叫喊传播出去，他把带血的围裙堵在了筱燕秋的嘴边。筱燕秋的嘴巴给堵紧了，腹部却激荡了起来，一挺一挺的，嗓子里发出母兽的呼噜声。面瓜心疼万分，不住地喊燕秋的名字。筱燕秋侧过头,回望着面瓜,叫不出声。然而,她的腹部还在叫,面瓜看得见。她用她的腹部一遍又一遍地呼喊:"亲、娘、啊、啊、啊、啊!"

"千生万旦,难求一净"。这是旧时的艺人留下来的古话了。其实这话不对。筱燕秋从一开始就不能同意这句话。生、旦、净、末、丑,唱花脸的固然难求一个,然而,没有一个行当的演员可以成千上万地一把抓。自古到今,唱青衣的成百上千,真正把青衣唱出意思来的,真正领悟了青衣的意蕴的,也就那么几个。唱青衣固然要有上好的嗓音,上好的身段,——可是好嗓音算得了什么?好身段又算得了什么?出色的青衣最大的本钱是你是一个什么样的女人。哪怕你是一个七尺须眉,只要你投了青衣的胎,你的骨头就再也不能是泥捏的,只能是水做的,飘到任何一个码头你都是一朵雨做的云。戏台上的青衣不是一个又一个女性角色,甚至不是性别,而是一种抽象的意味,一种有意味的形式,一种立意,一种方法,一种生命里的上上根器。女人说到底不是长成的,不是岁月的结果,不是婚姻、生育、哺乳的生理阶段。女人就是女人。她学不来也赶不走。青衣是接近于虚无的女人。或者说,青衣是女人中的女人,是女人的极致境界。青衣还是女人的试金石,是女人,即使你站在戏台上,在唱,在运眼,在运手,所谓的"表演"、"做戏"也不过是日常生活里的基本动态,让你觉得生活就是如此这般的——话就是那样说的,路就是那样走的;不是女人,哪怕你坐在自家的沙发上,床头上,你都是一个拙巴的戏子,你都在"演",演也演不像,越演越不像人。与此相应的是,花脸则是一个绝对的男人,或者说,是绝对男人的绝对侧面。男人就应当是简单的,所有的身心只是一张脸谱,简单到夸张的程度,简单到恒久与一成不变的程度。所以,戏的衰退首先是男人与女人的携手衰退。是种性的一天不如一天。

老天爷创造出一个花脸不容易,老天爷创造出一个青衣同样不容易。筱燕秋是其中的一个,其中的另一个则是春来。

春来的出现让筱燕秋看到了希望。春来是"嫦娥"能够活在这个世上最充分的理由。筱燕秋宛如一个绝望的寡妇,拉扯着唯一的孩子。只要有春来,筱燕秋的香火终究可以续上了,这是老天爷对筱燕秋的最后一点补贴,最后一点安慰。春来刚过了十七岁,严格地说,还是一个女孩子。但是春来从来就不是女孩子,她天生就是一个女人,一个风姿绰约的女人,一个风情万种的女人,一个风月无边的女人,一个她看你一眼就让你百结愁肠的女人。这不是早熟,只能说,它与生俱来。春来在十七岁的这个夏天就此步入了青衣的黄金年段,身段该有的都有,该没的都没。腰肢里头流荡着一股天成的婀娜态,风流态。春来的一双眼睛里头有一种独特而美妙的神采,她看所有的东西都不是看,而是盼顾,左盼盼,右顾顾,有股美目盼兮的意思,有股依依不舍的意思,还有股此怨不知所从何来的意思。春来运动的眼珠就像戏台上的运眼,她有一种将最戏剧化的程式还原到生活中来的禀赋,她同时还有一种将最日常化的动态提升到戏台上的异质。而春来的变声期也是格外地顺利,居然没怎么在意说过去就过去了,许多演员过不了变声期这么一个鬼门关,昨晚上洗澡的时候还好好的,一觉睡来,好嗓子已经被鬼偷走了。

春来这孩子命好。所有的一切好像都是给预备好了的。虽说只是嫦娥的 B 档,但是谁也不能否认,二郎神的灵光已经照亮春来了。

五

一部戏总是从唱腔戏开始。说唱腔俗称说戏,你先得把预设中一部戏打烂了,变成无数的局部、细节,把一部戏中戏剧人物的一恨、一怒、一喜、一悲、一伤、一哀、一枯、一荣,变成一字、一音、一腔、一调、一颦、一笑、一个回眸、一个亮相、一个水袖,一句话,变成一个又一个说、唱、念、打,然后,再把它们组装起来,磨合起来,还原成一段念白,一段唱腔。说戏过后,排练阶段才算真正开始。首先是连排。一个人成不了一台戏,"戏"首先是人与人的关系。那么多的演员挤在一个戏台上,演员与演员之间就必须沟通、配合、交流、照应,这样的完善过程也就是连排。连排完了还不行。演员的唱腔、造型还得与乐队、锣鼓家伙形成默契,没有吹、拉、弹、奏、打,那还叫什么戏?把吹、拉、弹、奏、打一同糅合进去,这就是所谓的响排了。响排过了还得排,也就是彩排。彩排接近于实弹演习,是面对着虚拟中的观众进行的一次公演,该包头的得包头,该勾脸的得勾脸,一切都得按实在演出的模样细细地走场。彩排过去了,一出大戏的大幕才能拉得开。

几乎所有的人都注意到了,从说了唱腔的第一天开始,筱燕秋就流露出了过于刻苦、过于卖命的迹象。筱燕秋的戏虽说没有丢,但毕竟是四十岁的人了,毕竟是二十年不登台了,她的那种卖命就和年轻人的莽撞有所不同,仿佛东流的一江春水,在入海口的前沿拼命地迂回、盘旋,巨大的旋涡显示出无力回天的笨拙、凝重。那是一种吃力的挣扎、虚假的反溯,说到底那只是一种身不由己的下滑、流淌。时光的流逝真的像水往低处流,无论你怎样努力,它都会把覆水难收的残败局面呈现给你,让你竭尽全力地拽住牛的尾巴,再缓缓地被牛拖下水去。

　　截止到说戏阶段,筱燕秋已经从自己的身上成功地减去了四点五公斤的体重。筱燕秋不是在"减"肥,说得准确一些,是抠。筱燕秋热切而又痛楚地用自己的指甲一点一点地把体重往外抠,往外挖。这是一场战争,一场掩蔽的、没有硝烟的、只有杀伤的战争。筱燕秋的身体现在就是筱燕秋的敌人,她以一种复仇的疯狂针对着自己的身体进行地毯式轰炸,一边轰炸一边监控,减肥的日子里头筱燕秋不仅仅是一架轰炸机,还是一个出色的狙击手。筱燕秋端着她的狙击步枪,全神贯注,密切注视着自己的身体。身体现在成了她的终极标靶,一有风吹草动筱燕秋就会毫不犹豫地扣动她的扳机。筱燕秋每天晚上都要站到磅秤上去,她对每一天的要求都是具体而又严格的:好好减肥,天天向下。筱燕秋一定要从自己的身上抠去十公斤——那是她二十年前的体重。筱燕秋坚信,只要减去十公斤,生活就会回到二十年前,她就会站在二十年前,二十年前的曙光一定会把她的身影重新投射在大地上,顾长、婀娜、娉婷世无双。

　　这是一场残酷的持久战。汤、糖、躺、烫是体重的四大忌,也就是说,吃和睡是减肥的两大法门。筱燕秋首先控制的就是自己的睡。她把自己的睡眠时间固定在五个小时,五个小时之外,她不仅不允许自己躺,甚至不允许自己坐。接下来控制的就是自己的嘴了。筱燕秋不允许自己吃饭,不允许自己喝水,更不用说热水了。她每天只进一些瓜果、蔬菜。在瓜果与蔬菜之外,筱燕秋像贪婪的嫦娥那样,就知道大口大口地吞药。

减肥的前期是立竿见影的,她的体重如同股票遭遇熊市一样,一路狂跌。身上的肉少了,然而,皮肤却意外地多了出来。多余的皮肤挂在筱燕秋的身上,宛如捡来的钱包,浑身上下找不到一个存放的地方。多出来的皮肤使筱燕秋对自己产生了这样一种错觉:整个人都是形式大于内容的。这是一个古怪的印象,一个恶劣的印象,这还是一个滑稽的和歹毒的印象。最要命的还在脸上,多出来的皮肤使筱燕秋的脸庞活脱脱地变成了一张寡妇脸。筱燕秋望着镜子里的自己,寡妇一样沮丧,寡妇一样绝望。

真正的绝望还在后头。减肥见了成效之后筱燕秋整日便有些恍惚,这是营养不良的具体反应。精力越来越不济了。头晕、乏力、心慌、恶心,总是犯困,贪睡,而说话的气息也越来越细。说戏阶段过去了,《奔月》就此进入了艰苦的排练阶段,体力消耗逐渐加大,筱燕秋的声音就不那么有根,不那么稳,有点飘。气息跟不上,筱燕秋只好在嗓子里头发力,声带收紧了,唱腔就越来越不像筱燕秋的了。

筱燕秋再也没有料到自己会出那么大的丑,当着那么多人的面。她在给春来示范一段唱腔的时候居然"刺花儿"了,"刺花儿"俗称"唱破"了,是任何一个靠嗓子吃饭的人最丢脸的事。那声音不像是人的嗓子发出来的,像玻璃刮在了玻璃上,像发情期的公猪趴在了母猪的背脊上。其实"刺花儿"也不是什么大不了的事,每一个演员都会碰上的,然而,筱燕秋到底又不是别人,她不能忍受一起集中过来的目光。那些目光不是刀子,而是毒药,它不需要你流一滴血,不让你有半点疼痛,活生生地就要了你的命。筱燕秋决定挽回她的体面。她必须在众人的面前捞回这个脸面。筱燕秋强作镇定,示意再来。连续两次,嗓子就是不肯给筱燕秋下这个台。筱燕秋的嗓子痒得要了命,宛如爬上了一万只小虫子,想咳。筱燕秋用力忍住,咬着牙,把满嘴的咳嗽堵在嗓眼里头。坐在一边的炳璋端来了一杯水,递到筱燕秋的面前,故意轻松地对大伙儿说:"歇会儿,歇会儿了,哈。"筱燕秋没有接炳璋的杯子,接杯子这个动作筱燕秋无论如何是不肯做的。筱燕秋看着演后羿的男演员,说:"我们再来一遍。"筱燕秋这一回没有"刺花儿",她的高音部只爬到了一半,筱燕秋自己就停下来了。筱燕秋重重地吁出一口气,僵在那儿。没有一个人敢上来和筱燕秋搭腔,没有一个人敢看筱燕秋。筱燕秋强忍着,越忍越难忍。人在丢脸的时候不能急着挽回,有时候,你想挽回多少,反过来会再丢出去多少。她开始用目光去扫别人,他们像是约好了的,都是一副过路人的样子,似乎什么都没发生过。众人的心照不宣有时候更像一次密谋,其残忍的程度不亚于千夫所指。筱燕秋想再来一遍,到底没有勇气了。炳璋端着茶杯,大声对众人宣布:"筱燕秋老师感冒了,就到这儿,今天就到这儿了,哈。"筱燕秋泪汪汪地盯着炳璋,知道他的好意。可是筱燕秋就想扑上去,揪着炳璋的领口给他两个耳光。

排练厅立即走空了,只留下了筱燕秋与春来。春来同样不敢看她的老师,弓着腰,假装收拾东西。筱燕秋长久地望着春来,她年轻的侧影是多么的美,颧骨和下巴那儿发出瓷器才有的光。筱燕秋失神了,反反复复在心里问:自己怎么就没她那个命?春来直起身来,发现老师的目光一直罩在自己的身上,唬了一大跳。筱燕秋突然说:"春来,你过来。"春来停住了,愣在那儿没有动。筱燕秋说:"春来,你把刚才我唱的那一段重来一遍。"春来咽了一口,她在这样的时候怎么敢做那样的事。春来说:"老师。"筱燕秋没开口,却挪了一张椅子,坐了下来。春来的心里头慌乱了一回,不过看老师的架势,躲是躲不过去了,反倒镇定下来了,站好了,进了戏。筱燕秋坐在椅子上,用心地看着春来,听着春来,几分钟过后筱燕秋却走神了。她瞥了一眼墙上的大镜子,大镜子像戏台,十分残酷地把春来和自己一同端出来了。筱燕秋有意无意地拿自己和春来做起了比较。镜子里的筱燕秋在春来的映照之下显得那样地老,几乎有些丑了。当初的自己就是春来现在的这副样子,她现在到哪儿去了呢?人不能比人,这话真是残忍。人不能比别人,人同样不能和自己的过去攀比。什么叫青山遮不住,毕竟东流去?镜子会慢慢地告诉你。筱燕秋的自信心在往下滑,像水往低处流,挡都挡不住。她想起了当初复出时的那种喜悦,那样的喜悦说到底也不过是过眼的烟云,刹那之间就荡然无存了。筱燕秋动摇了,甚至产生了打退堂鼓的意思,却又舍弃不下。虽说春来的表演还有许多地方需要打磨,然而,从整体上说,这孩子超过自己也就是眼前的事了。春来如此年轻,未来的岁月实在是不可限量。筱燕秋突然就是一阵难受,内中一阵一阵地酸,一阵一阵地疼。筱燕秋知道自己嫉妒了。细细说起来,筱燕秋就因为嫉妒吃了二十年的苦头,可是,她实在没有嫉妒过李雪芬。从来没有,一天都没有。但是,面对自己的学生,筱燕秋遏制不住。筱燕秋知道自己在嫉妒,她第一次尝到了嫉妒的厉害。她看到了血在流。筱燕秋痛恨自己,她不能允许自己嫉妒。她决定惩罚。她用指甲拼命地掐自己的大腿。越用力越忍,越忍越用力。大腿上尖锐的疼痛让筱燕秋产生了一种古怪的轻松感。她站起身来,决定利用这个空隙帮春来排练,不允许自己有半点保留。筱燕秋站到春来的面前,面对面,手把手,从腰身到眼神,一点一点地解释,一点一点地纠正,她一定要把春来锻造成自己的二十年前。太阳落下去了,梧桐树的巨大阴影落在窗户的玻璃上,抚摸着玻璃,絮絮叨叨,苦口婆心的。排练大厅里的光线越来越暗,越来越安静了。她们忘记了开灯,师徒两个在昏暗的光线下面反反复复地比划,一遍又一遍,每一个动作都细微到手指的最后一个关节。筱燕秋的脸离春来只有几寸那么远,春来的眼睛忽闪忽闪的,在昏暗的排练大厅里反而显得异样地亮,那样地迷人,那样地美。筱燕秋突然觉得对面站着的就是二十年前的自己,二十年前的筱燕秋就在自己的面前,亭亭玉立。筱燕秋迷惑了,像做梦,像水中观月。眼前的一切都像梦幻那样飘忽起来了,充满了不确定性。筱燕秋停下来,侧着看,用那种不聚集的、近乎烟雾的目光笼罩了春来。春来不知道自己的老师怎么了,也侧过了脑袋,端详着自己的老师。筱燕秋绕到了春来的身后,一手托住春来的肘部,另一只手捏住了春来跷着的小拇指的指尖。筱燕秋望着春来的左耳,下巴几乎贴住春来的腮帮。春来感到了老师的温湿的鼻息。筱燕秋松开手,十分突兀地把春来揽进了怀抱。她的胳膊是神经质的,搂得那样地紧,乳房顶着春来的后背,脸贴在了春来的后颈上。春来猛一惊,却不敢动,僵在了那里,连呼吸都止住了。但只是一会儿,春来的呼吸便澎湃了,大口大口地换气,她喘息一次两只乳房就要在筱燕秋的胳膊里软绵绵地撞击一回。筱燕秋的手指在春来的身上缓缓地抚摩,像一杯水泼在了玻璃台板上,开了岔,困厄地流淌。她的手指流淌到春来腰部的时候春来终于醒悟过来了,春来没敢叫喊,春来小声央求说:"老师,别这样。"

筱燕秋突然醒来了。那真是一种大梦初醒的感觉。梦醒之后的筱燕秋无限地羞愧与凄惶,她弄不清自己刚才到底做了些什么。春来捡起包,冲出了排练大厅。筱燕秋被丢在排练大厅的正中央,耳朵里头充满了春来下楼的脚步声,急促得要命。筱燕秋想叫住春来,可她实在不知道还能对春来说什么。筱燕秋就觉得羞愧难当。天已经黑了,却又没有黑透,是梦的颜色。筱燕秋垂着手,呆呆地站住,不知身在何处。

下班的路上筱燕秋就觉得这一天太古怪了,大街是古怪的,路灯的颜色是古怪的,行人走路的样子也是古怪的。筱燕秋一直想哭,但是,实在又不知道要哭什么。不知道要哭什么就不那么容易哭得出来。这一来筱燕秋的胸口反而堵住了。胸口堵住了,肚子却出奇地饿,这阵饿是丧心病狂的,仿佛肚子里长了十五只手,七上八下地拽。筱燕秋走到路边的一家小饭店,决定停下脚步。她怀着一股难言的仇恨走进了小饭店,要过菜单,专门挑大油大腻的点。一上来筱燕秋就恶狠狠地吞下了三只大肉丸。筱燕秋又是嚼,又是咽,一直吃到喘息都困难的程度。

六

春来并没有在筱燕秋的面前流露什么,戏还是和过去一样地排。只是春来再也不肯看筱燕秋的眼睛了。筱燕秋说什么,她听什么,筱燕秋叫她怎么做,她就怎么做,就是不肯再看筱燕秋的眼睛。一次都不肯。筱燕秋与春来都是心照不宣的,不过,这不是母亲与女儿之间才有的心照不宣,是女人与女人之间的那种,致命的那种,难以启齿的那种。

筱燕秋再也没有料到会和春来这样别扭,一个大疙瘩就这样横在了她们的面前。这个疙瘩看不见,也就越发无从下手了。筱燕秋恢复了饮食,可还是累。筱燕秋说不出这种累掩藏在身体的哪个部位,它具有发散性,在身体的内部四处延展,都无所不在了。好几次她都想从剧组退出,就是下不了那个死决心。这样的心态二十年以前曾经有过一次的,她想到过死,后来竟一次又一次犹豫了。筱燕秋责怪自己当初的软弱。二十年前她说什么也应当死去的。一个人的黄金岁月被掐断了,其实比杀死了更让你寒心。力不从心地活着,处处欲罢不能,处处又无能为力,真的是欲哭无泪。

春来那里一点动静都没有。她永远都是那样气定神闲的,没有一点风吹,没有一点草动,远远地,和筱燕秋隔着一两丈的距离。筱燕秋现在怕这孩子,只是说不出。如果春来就这么和自己不冷不热地下去,筱燕秋的这辈子就算彻底了结了,一点讨价还价的余地都没有了。"嫦娥"要是不能在春来的身上复生,筱燕秋站二十年的讲台究竟是为了什么?

筱燕秋终于和老板睡过了。这一步跨出去了,筱燕秋的心思好歹也算了了。这是迟早的事,早一天晚一天罢了。筱燕秋并没有什么特别的感觉,这件事说不上好,也说不上不好,从古到今反正都是这样的。老板是谁?人家可是先有了权后有了钱的人,就算老板是一个令人恶心的男人,就算老板强迫了她,筱燕秋也不会怪老板什么的。更何况还不是。筱燕秋在这个问题上没有半点羞答答的,半推半就还不如一上来就爽快。戏要不就别演,演都演了,就应该让看戏的觉得值。

可是筱燕秋难受。这种难受筱燕秋实在是铭心刻骨。从吃晚饭的那一刻起,到筱燕秋重新穿上衣服,老板从头到尾都扮演着一个伟人,一个救世主。筱燕秋一脱衣服就感觉出来了,老板对她的身体没有一点兴趣。老板是什么?这年头漂亮新鲜的小姑娘就是货架上的日用百货,只要老板喜欢,下巴一指,售货员就会把什么样的现货拿到他们的面前。筱燕秋是自己脱光衣服的,刚一扒光,老板的眼神就不对劲了,它让筱燕秋明白了减肥后的身体是多么地不堪入目。老板一点都没有掩饰。在那个刹那里头筱燕秋反而希望老板是一个贪婪的淫棍,一个好色的恶魔,她就是卖给老板一回她也卖了,然而,老板不那样。老板上了床就更是一个伟人了。他十分从容地躺在了席梦思上,用下

353

巴示意筱燕秋骑上去。老板平躺在席梦思上，一动不动，筱燕秋骑上去之后就只剩下筱燕秋一个人忙活了。有一个阶段老板对筱燕秋的工作似乎比较满意，嘴里哼叽了几声，说："哦，叶儿。哦，叶儿。"筱燕秋不知道老板到底在哼叽什么。几天之后，筱燕秋伺候老板之前老板先让她看了几部外国毛片，看完了毛片筱燕秋才算明白过来，大老板在学洋人叫床呢。老板在床上可是冲出了亚洲走向了世界，一下子就与世界接轨了。这固然不是做爱，可是，这甚至不是性交，筱燕秋只是莫名其妙地巴结着一个男人，伺候着一个男人。筱燕秋就觉得自己贱。她好几次都想停止下来了，然而，性是一个歹毒的东西，不是你想停就停得下来的。这样的感觉筱燕秋在和面瓜做爱的时候反而没有过。筱燕秋一边动作一边骂着自己，她这个女人实在是下贱得到了家了。

筱燕秋从老板那儿回来的时候外面下了一点小雨，马路上水亮水亮的，满眼都是汽车尾灯的倒影与反光，猩红猩红，热烈得有些过分，有些无中生有，因而也就平添了许多颓伤的意思。筱燕秋望着路面上的斑驳反光，认定了自己今晚是被人嫖了。被嫖的却又不是身体。到底是什么被嫖了，筱燕秋实在又说不上来。她弓在巷子的拐角处，想呕吐出一些什么，终于又没有能够如愿，只是呕出了一些声音。那些声音既难听，又难闻。

女儿已经睡了。面瓜正看着电视，陷在沙发里头等着筱燕秋。筱燕秋进了门就没有看面瓜。她不肯和面瓜打照面，低着头径直往卫生间去。筱燕秋打算先洗个澡的，又有些过于多疑，担心这样匆忙地洗澡面瓜会怀疑什么，只好坐到便池上去了。

坐了一会儿，没有拉出什么，也没有尿出什么。只是拽着内衣，正过来看了看，反过来又看了看。筱燕秋把自己的上上下下全都检查了一遍，没有发现任何点点斑斑，放下心来走出了卫生间。筱燕秋困乏得厉害，为了不让面瓜看出来，便故意弄出一副精神饱满的样子。面瓜还坐在那儿，弄不懂筱燕秋为什么这样开心，傻笑起来，说："喝酒啦？脸红红的。"筱燕秋的心口咯噔了一下，轻描淡写地说："哪里红。"面瓜认真起来，说："是红了。"筱燕秋不敢纠缠，立即把话岔开了，说："孩子呢？"面瓜说："早就睡了。"筱燕秋不情愿面瓜老是站在自己的面前，她实在不能承受面瓜的目光。筱燕秋说："你先上床去吧，我冲个澡。"她回避了"睡觉"这两个字，但"上床"的意思其实还是一样的。筱燕秋说这句话的时候迅速地瞥了一眼面瓜，面瓜却开心起来了，不住地搓手。筱燕秋的胸口平白无故地便是一阵痛。

　　筱燕秋把洗澡水的温度调得很烫，几乎达到了疼痛的程度。筱燕秋就希望自己疼。疼的感觉具体而又实在，甚至还有一点快慰，有一种自虐和自戕的味道。筱燕秋把自己冲了又冲，搓了又搓。她用指头抠向身体的深处，企图抠出一点什么，拽出一点什么。洗完了，筱燕秋坐在了客厅里的沙发上，皮肤上泛起了一层红，有些火烧火燎的。大约在深夜十一点，面瓜裹着毛巾被出来了。面瓜显然没睡，挂着一脸巴结的笑，面瓜说："魂不守舍的，捡到钱包了吧？"筱燕秋没有搭腔。面瓜文不对题地"嗨"了一声，说："今天是周末了。"筱燕秋凛了一下，紧张起来了，不动。面瓜挨着筱燕秋坐下来，嘴唇正对着筱燕秋的右耳垂。面瓜张开嘴巴，顺势把筱燕秋的耳垂衔在了嘴里，手却向常去的地方去了。筱燕秋的反应是她自己都始料不及的,她一把就把面瓜推开了,她的力气用得那样猛,居然把面瓜从沙发上推下去了。筱燕秋尖声叫道:"别碰我!"这一声尖叫划破了宁静的夜,突兀而又歇斯底里。面瓜怔在地上,起先只是尴尬,后来竟有些恼羞成怒了,夜深人静的,又不敢发作。筱燕秋的胸脯一鼓一鼓的,像胀满了风的帆。筱燕秋抬起头来,眼眶里突然沁出了两汪泪,她望着自己的丈夫,说:"面瓜。"

今夜不能入眠。筱燕秋在漆黑的夜里瞪大了眼睛,黑夜里的眼睛最能看清的就是自己的今生今世。筱燕秋的一只眼睛看着自己的过去,一只眼睛看着自己的未来。可筱燕秋的两眼都一样的黑。筱燕秋好几次想伸出手去抚摩面瓜的后背,终于忍住了。她在等天亮。天亮了,昨天就过去了。

除了学戏,春来总是闷不吭声,静得像一杯水。空闲的时刻春来习惯于一个人坐在一边,又长又弯的眉毛挑在那儿,大而亮的眼睛这儿睃睃,那儿瞅瞅,一副妩媚而又自得的模样。春来的身上有一种寂静的美,恬然的美,一举一动都透出弱柳扶风的意味。但是,这样的女孩子说来动静就来了动静。春来无风就是三尺浪。她带来了消息,一个让筱燕秋五雷轰顶的消息。

临近响排的那一天炳璋突然把筱燕秋叫住了。炳璋的脸上很不好看,他闷着头,不声不响地只是把筱燕秋往自己的办公室里带。春来坐在炳璋的办公室里,安安静静地翻着当天的晚报。筱燕秋一看见春来就预感到有什么事发生了。

"她要走。"炳璋一进办公室就这样没头没脑地说。

"谁要走？"筱燕秋蒙在那儿。她看了一眼春来，不解地问："要到哪里去？"

春来站起身来，依旧不肯看自己的老师。她站在筱燕秋的面前，一言不发，只是望着自己的脚尖。春来的模样再一次使筱燕秋想起了自己的当初，她当初站在李雪芬的病床前面就是这副样子的。但是，自己的心气和春来的现在显然是不可同日而语的。春来磨蹭了半天，开口说话了。春来说："我想走。"春来说："我要到电视台去。"

筱燕秋听清楚了，就是不明白。春来的那两句话前言不搭后语的，筱燕秋弄不清里面的山高水深。筱燕秋说："你要到哪里去？"

春来直接把底牌亮出来了。春来说："我不想演戏了。"

筱燕秋听明白了，每一个字都听清楚了。筱燕秋静静地打量着她的学生，慢慢歪过了脑袋。筱燕秋轻声说："你不想做什么？"

春来又沉默了，接下来的话是炳璋帮她说的。炳璋说："电视台要一个主持人，她报名去了，一个月之前她就报名去了。都已经面试过了，人家要她。"筱燕秋想起来了，说戏的那些日子里头电视台的确是在晚报上面做过广告的，那有一个月了，这孩子不声不响居然把什么都准备好了。筱燕秋傻在了沙发旁边，身体晃了一下，就好像被谁拽了一把。筱燕秋顿时就乱了方寸。她伸出双手，打算搭到春来的肩膀上去的，刚一伸手，又收回了原处。筱燕秋喘息了，突然喊道："你知道你在说什么？"

春来看了看窗外，不说话。

"你休想!"筱燕秋大声说。

"我知道你在我的身上花费了心血,可我走到今天也不容易。你不要拦我。"

"你休想!"

"那我退学。"

筱燕秋抬起了双手,就是不知道要抓什么。她看了看炳璋,又看了看春来。双手抖动起来。她一把拽住了春来的衣襟,心碎了。筱燕秋低声说:"你不能,你知道你是谁?"

春来耷拉着眼皮,说:"知道。"

"你不知道!"筱燕秋心痛万分地说,"你不知道你是多好的青衣——你知道你是谁?"

春来歪了歪嘴角,好像是笑,但没出声。春来说:"嫦娥的 B 档演员。"

筱燕秋脱口说:"我去和他们商量,你演 A 档,我演 B 档,你留下来,好不好?"

春来掉过头去,说:"我不抢老师的戏。"

春来还是那样生硬,然而,口气上毕竟有所松动了。筱燕秋抓住了春来的手,慌忙说:"没的,你没有抢我的戏!你不知道你多出色,可我知道。出一个青衣多不容易,老天爷要报应的——你演 A 档,你答应我!"她把春来的手捂在自己的掌心里,急切地说,"你答应我。"

春来抬起了头来,望着她的老师。这么些日子来春来还是第一次这样正眼看她的老师。筱燕秋仔细地研究着春来的目光,这是一种疑虑的目光,一种打算改弦更张的目光。筱燕秋全神贯注地看着春来,就好像春来的目光一移开立即就会飞走了似的。炳璋一直注视着春来,他从春来细微的变化当中看到了玄机。那绝对是七不离八的。炳璋有底了,知道和春来的谈话从哪儿入手了。炳璋对筱燕秋摆了摆手,示意她先出去。筱燕秋不动,都有些神经质了,直到炳璋把手搭在了她的肩上她才还过了神来。筱燕秋一步一回头。炳璋悄声说:"先回去,你先回去。"

筱燕秋回到了排练大厅,远远地打量着炳璋的那扇窗。那扇窗现在是她的命。排练结束了,人去楼空,空荡荡的排练大厅孤零零地吊着筱燕秋的身影。筱燕秋在焦急地等。夕阳残照,大厅里的粉尘悬浮在半空,橙黄橙黄的,弥漫着一股毫无由头的温馨,植物的叶片被残阳放大了,已经看不出植物叶片的轮廓。筱燕秋抱着胳膊,在大厅里来来回回。炳璋的窗户突然打来了,探出了炳璋的脑袋和一条手臂。筱燕秋看不见炳璋的表情,然而,她看到了炳璋挥舞胳膊。炳璋挥得很有力,最后还把指头握成了拳头。筱燕秋明白了。她扶着墙边的练功架,泪水涌了上来。她的身体沿着墙面慢慢滑落了下去。在她坐在地板上的时候,筱燕秋终于哭出了声来。她的一切差一点就付诸东流了,这真的是一场劫后余生。这是多么幸福的泪水?多么令人欣慰的泪水?筱燕秋扶着一把椅子,扶着椅子的靠背坐了上去。她在椅子上慢慢地哭,慢慢地体会这份幸福和欣慰。筱燕秋在抹眼泪的时候认认真真地责备了自己一回,剧组一成立她其实就应该和春来说明白的,春来要是有戏演,她断不至于去找别的出路的。自己都这个年纪了,一个青衣到了这个岁数,还争什么戏?

还演什么 A 档。这样多好!反正春来都已经顶上来了,再怎么说,春来终究是另一个自己,是自己的另一种方式。只要春来唱红了,自己的命脉一样可以在春来的身上流传下来的。这么一想筱燕秋突然轻松了,心中的压力与阴影荡然无存。放弃,彻底放弃。筱燕秋深深地出了一口气,心情为之一振。

减肥真的像一场病。病去如抽丝,病来如山倒。开禁没几天,磅秤的红色指针呼啦一下就把筱燕秋的体重反弹上去了,还捞回了零点五公斤,都有点像有奖销售了。筱燕秋的心情爽朗了一些日子,但是,等体重真的回复到过去,筱燕秋便又后悔了。刚刚到手的机会说失去就这么失去了,这样的伤心实在是毁灭性的。筱燕秋望着磅秤上的红色指针,指针上去一点筱燕秋的心就沉下去一点。但是筱燕秋不允许自己伤心,不是不允许自己流露出伤心,而是不允许自己产生一点点难受的念头,产生多少就掐死多少。做出放弃的承诺之后,筱燕秋原以为自己从此就能够心静如水的。但是没有。相反,登台的念头甚至比以往更强烈了。可是放弃 A 档毕竟是筱燕秋在炳璋的面前亲口承诺的,这个承诺是一把剑,筱燕秋亲眼看着自己被这把剑劈成两个,一个站在岸上,另一个则被摁在了水底。当水下的筱燕秋企图浮出水面的时候,岸上的筱燕秋毫不犹豫地就会用鞋底把她踩向水的深处。岸上的筱燕秋感到了水下的窒息,而水下的筱燕秋则亲眼目睹了谋杀的冷酷。岸上和水下的两个女人一起红眼了,怒目相向。筱燕秋在水底与岸上两头挣扎,疲惫万分。她选择了拼命进食,宛如溺水的人拼命喝水。她的体重就此一路飙升。捞回来的体重不仅是对春来的一种交代,同样也是对自己最有效的阻拦。筱燕秋第一次发现自己这么能吃,实在是好胃口。

剧组的人们从筱燕秋的身上看出了反常种种。这个沉默的女人在减肥初见成效的时刻说放弃就放弃了。没有人听到筱燕秋说起过什么,然而,人们看着筱燕秋的脸色重新红润起来了,而唱腔的气息也再一次落了地,生了根。有人猜测,那次"刺花儿"对筱燕秋的刺激一定太大了,要不然,像筱燕秋这样好强的女人不可能说放弃就放弃了。真正反常的也许还不是筱燕秋放弃了减肥,几乎所有的人都注意到了,《奔月》刚进入响排,筱燕秋其实已经把自己撤下来了。实地排练的差不多全是春来,筱燕秋只是提着一张椅子,坐在春来的对面,这儿点拨一下,那儿纠正一下。筱燕秋显出一副愉快万分的模样,只是愉快得有些过了头,就好像太阳都已经放到她们家冰箱里了。这一来就免不了夸张和表演的意思。筱燕秋把所有的精力全都耗在了春来的身上,看上去再也不像一个演员在排练,更像一个导演,严格地说,像春来一个人的导演。人们不知道筱燕秋到底怎么了,没有人知道这个女人的脑子里栽的是什么果,开的是什么花。

一到家筱燕秋的疲惫就全上来了。那种疲惫像秋雨之后马路两侧被点燃的落叶,弥散出的呛人的浓烟,缭绕着,纠缠着,盘旋在筱燕秋的体内。筱燕秋甚至连眼睛都有些累了,只要一看住什么东西,一看就是好半天,眼珠子就再也懒得挪动一下了。好几次筱燕秋都直起了腰,大口大口地做深呼吸,想把虚拟的烟雾从自己的胸口呼出去,可是深呼吸总也是吸不到位,努力了几次,筱燕秋只好作罢了。

筱燕秋的失神自然没有逃出面瓜的眼睛,她那种半死不活的模样不能不引起面瓜的高度关注。她在床上已经连续两次拒绝面瓜了,一次冷漠,另一次则神经质。她那种模样就好像面瓜不是想和她做爱,而是提了一把匕首,存心想刺刀见红。面瓜已经暗示了几次了,有些话说得都已经相当露骨了,她竟然什么都没有听得进去。这个女人的心一定开岔了,这个女人看来是不为所动了。

七

炳璋在筱燕秋给春来示范亮相的时候找到了筱燕秋。春来在亮相这个问题上老是处理得不那么到位。亮相不仅是戏剧心理的一种总结,它还是另一种戏剧心理无言的起始。亮相有它的逻辑性,有它的美。亮相最大的难点就是它的分寸,艺术说到底都是一种恰如其分的分寸。筱燕秋连续示范了好几遍。筱燕秋强打着精神,把说话的声音提到了近乎喧哗的程度。她要让所有的人都看出来,她热情洋溢,她还心平气和,她没有丝毫不甘,没有丝毫委屈,她的心情就像用熨斗熨过了一样平整。她不仅是最成功的演员,她还是这个世上最幸福的女人,最甜蜜的妻子。

炳璋这时候过来了。他没有进门,只在窗户的外面对着筱燕秋招了招手。炳璋这一次没有把筱燕秋叫到办公室里去,而是喊到了会议室。他们的第一次谈话就是在办公室里进行的。那一次谈得很好,炳璋希望这一次同样谈得很好。炳璋先是询问了排练的一些具体情况,和颜悦色的,慢条斯理的。炳璋要说的当然不是排练,可他还是习惯于先绕一个圈子。他这个团长不知道为什么,就是有点害怕面前的这个女人。

筱燕秋坐在炳璋的对面,专心致志。她那种出格的专心致志带上了某种神经质的意味,好像等待什么宣判似的。炳璋瞥了一眼筱燕秋,说话便越发小心翼翼了。

炳璋后来把话题终于扯到春来的身上来了,炳璋倒也是打开窗子说起了亮话。炳璋说,年轻人想走,主要还是担心上不了戏,看不到前途,其实也不是真的想走。筱燕秋突然堆上笑,十分突兀地大声说:"我没有意见,真的,我绝对没有意见。"炳璋没有接筱燕秋的话茬,顺着自己的思路往下走。炳璋说:"照理说我早就该找你交流交流的,市里头开了两个会,耽搁了。"炳璋自我解嘲似的笑了笑,说:"你是知道的,没办法。"筱燕秋咽了一口,又抢话了,说:"我没意见。"炳璋小心地看了一眼筱燕秋,说:"我们还是很慎重的,专门开了两次行政会议,我想再和你商量商量,你看这样好不好——"筱燕秋突然站起来了,她站得如此之快,把她自己都吓了一跳。筱燕秋又笑,说:"我没意见。"炳璋紧张地跟着站起了身,疑疑惑惑地说:"他们已经和你商量了?"筱燕秋茫然地望着炳璋,不知道"他们"和她"商量了"什么了。炳璋把下嘴唇含在嘴里,不住地眨眼,有些欲言又止。炳璋最后还是鼓起了勇气,磕磕绊绊地说:"我们专门开了两次行政会议,我们想呢,——他们还是觉得我来和你商量妥当一些,能够从你的戏量里头拿出一半,当然了,你不同意也是合情合理的,你演一半,春来演一半,你看看是不是——"

下面的话筱燕秋没有听清楚,但是前面的话她可是全听清楚了。筱燕秋突然醒悟过来了,这些日子她完全是自说自话了,完全是自作主张了!领导还没有找她谈话呢!一出戏是多大的事?演什么,谁来演,怎么可能由她说了算呢?最后一定要由组织来拍板的。她筱燕秋实在是拿自己太当人了。一人一半,这才是组织上的决定呢,组织上的决定历来就是各占百分之五十。筱燕秋喜出望外,喜出了一身冷汗,脱口说:"我没意见,真的,我绝对没有意见。"

筱燕秋的爽快实在出乎炳璋的意料。他小心地研究着筱燕秋,不像是装出来的。炳璋悄悄地松了一口气。炳璋有些激动,想夸筱燕秋,一时居然没有找到合适的词句。炳璋后来自己也奇怪,怎么说出那样一句话来了,几十年都没人说了。炳璋说:"你的觉悟真是提高了。"筱燕秋在返回排练大厅的路上几乎喜极而泣,她想起了春来闹着要走的那个下午,想起了自己为了挽留春来所说的话。筱燕秋突然停下了脚步,回头看会议室的大门。筱燕秋当着炳璋的面说过的,春来演A档,可炳璋并没有拿她的话当回事。显然,炳璋一定只当是筱燕秋放了个屁。筱燕秋对自己说,炳璋是对的,她这个女人所做的誓言顶多只是一个屁。不会有人相信她这个女人的,她自己都不相信。

过道里旋起了一阵冬天的风,冬天的风卷起了一张小纸片。孤寂的小纸片是风的形式,当然也就是风的内容。没有什么东西像风这样形式与内容绝对同一的了。这才是风的风格。冬天的风从筱燕秋的眼角膜上一扫而过,给筱燕秋留下了一阵战栗。纸片像风中的青衣,飘忽,却又痴迷,它被风丢在了墙的拐角。

又是一阵风飘来了,纸片一颠一颠的,既像躲避,又像渴求。小纸片是风的一声叹息。

天气说冷就冷了,而公演的日子说近也就近了。老板在这样的时刻表现了老板的威力,老板实在是一个操纵媒体的大师,最初的日子媒体上只是零零星星地做一些报道,随着公演一天一天地逼近,媒体逐渐升温了,大大小小的媒体一起喧闹了起来。热闹的舆论营造出这样一种态势,就好像一部《奔月》业已构成了公众的日常生活,成了整个社会倾心关注的焦点。媒体设置了这样一个怪圈:它告诉所有的人,"所有的人都在翘首以待"。舆论以倒计时这种最为撩拨人的方式提醒人们,万事俱备,只欠东风。

响排已经接近了尾声。这个上午筱燕秋已经是第五次上卫生间了,一大早起床的时候筱燕秋就发现身上有些不大对路,恶心得要了命。筱燕秋并没有太往心里去。前些日子服用了太多的减肥药,感受好像也是这样的。第五次走进卫生间之后,筱燕秋的脑子里头一直挂牵着一件事,到底是什么事,一时又有点想不起来,反正有一件要紧的事情一直没有做。筱燕秋就觉得自己胀得厉害,不住地要小解。其实也尿不出什么。利用小解的机会筱燕秋又想了想,还是觉得有一件要紧的事情还没有做。就是想不起来。

洗手的时候一阵恶心重又犯上来了,顺带着还涌上来一些酸水。筱燕秋呕了几口,突然愣住了。她想起来了。筱燕秋终于想起来了。她知道这些日子到底是什么事还没做了。她惊出了一身汗,站在水池的面前,一五一十地往前推算。从炳璋第一次找她谈话算起,今天正好是第四十二天。四十二天里头她一直忙着排戏,居然把女人每个月最要紧的事情弄忘了。其实也不是忘了,破东西它根本就没有来!筱燕秋想起了四十二天之前她和面瓜的那个疯狂之夜。那个疯狂的夜晚她实在是太得意忘形了,居然疏忽了任何措施。她这三亩地怎么就那么经不起惹的呢?怎么随便插进一点什么它都能长出果子来的呢?她这样的女人的确不能太得意,只要一忘乎所以,该来的肯定不来,不该来的则一定会叫你现眼。筱燕秋下意识地捂住了自己的小肚子,先是一阵不好意思,接下来便是不能遏制的恼怒。公演就在眼前,她那天晚上怎么就不能把自己的大腿根夹紧呢?筱燕秋望着水池上方的小镜子,盯着镜子中的自己。她像一个最粗鲁的女人用一句最下作的话给自己做了最后总结:"操你妈的,夹不住大腿根的贱货!"

肚子成了筱燕秋的当务之急。筱燕秋算了一下日子,这一算一口凉气一直逼到了她的小腿肚子。公演的日子就在眼前,要是在戏台上犯了恶心,呕吐起来,救火都来不及的。首选当然是手术。手术干净、彻底,一了百了。可手术到底是手术,皮肉之苦还在其次,恢复起来可实在是太慢了。上了台,你就等着"刺花儿"吧。筱燕秋五年之前坐过一次小月子,刮完了身子骨便软了,拖拉了二十多天。筱燕秋不能手术,只有吃药。药物流产不声不响的,歇几天或许就过去了。筱燕秋站在水池的前面,愣在那儿,突然走出了卫生间,直接往大门口的方向去。筱燕秋要抢时间,不是和别人抢,而是和自己抢,抢过来一天就是一天。

筱燕秋的手上捏了六粒白色的小药片。医生交待了,早晚各一粒,后天上午两粒,吃完了再去找他。小药片的名字起得实在是抒情,"含珠停"。就好像筱燕秋的肚子里头这刻儿含着的是一粒锃亮的珍珠,正在缓缓地生长,筱燕秋要做的事情是把它停下来。难怪现在写诗的少了,写戏的少了,他们都忙着给大大小小的药丸子起名字去了。筱燕秋望着手里的小药片,心中涌起了一阵酸楚。女人的一生总是由药物相陪伴,嫦娥开了这个头,她筱燕秋也只能步嫦娥的后尘。药物实在是一个古怪的东西,它们像生活当中特别诡异的阴谋。

筱燕秋的家离医院有一段路,筱燕秋还是决定步行回去。一路上她生着自己的气,更多的是生面瓜的气。到家的时候她已经不是在生面瓜的气了,而是对面瓜充满了仇恨。一进家门她就没有给面瓜好脸。筱燕秋没有吃,没有洗,倒下头便睡。

筱燕秋没有请假,说到底流产这样的事情也不是什么了不得的光荣,没必要弄得路人皆知。只不过筱燕秋有点扛不住"含珠亭"的药物反应。她恶心得厉害了,身子骨全轻了,像是从月亮上刚飞回来的。筱燕秋用力支撑着,总算把这一天的排练挺过来了。但是,她的仇恨却与日俱增。筱燕秋这一次总算把面瓜恨到骨子里头了。第二天的夜晚是昨天晚上的翻版,气氛却比昨天更为凌厉。筱燕秋走进家门的时候更加严峻地阴着一张脸,不吃,不喝,不洗,不说,一声不响地上床。家里异样了。冬天的风一起堵在了面瓜的门口,顺着门缝扁扁地劈了进来。面瓜静静地听了一会儿,不知所以,不知所措。

但是筱燕秋并没有睡。面瓜在夜深人静的时候听到了她的沉重叹息。她把气吸得那么深,而呼的时候却故意收住了,静悄悄的,好像故意不让人听见似的,这又瞒得住谁呢?面瓜也轻轻地叹了一口气。生活出了问题了,生活绝对出了问题了。面瓜看到了生活的尽头。

面瓜开始缅怀起过去。一个人学会了缅怀,必然意味着某一种东西走到了尽头。面瓜是在筱燕秋最落魄的时候鸠占了雀巢,两个人原本就不般配的。人家现在又能演戏了,又要做大明星了,做了嫦娥的人除了想往天上飞还往哪儿飞?她迟早总是要飞回到天上去的。这个家离鸡飞狗跳的日子绝对不远了。面瓜记起了筱燕秋这些日子里的诸种反常,面对着夜的颜色,兀自冷笑了一回。

一大早筱燕秋吃掉最后两粒药片,坐在家里静静地等。上午九点,筱燕秋带上擦换的纸巾往医院去。医生没有做别的,还是命令她吃药。这一回医生给她的是三颗六角形的白色片剂,筱燕秋一口吞进了肚子,转了一会儿,在一边的椅子上静静地坐等。腹部的阵痛在她坐下之后慢慢开始了,一阵紧似一阵。筱燕秋弓在那里,不声不响地喘息。后来医生过来了,厉声说:"坐在这儿做什么?要等四个小时呢。出去跑,跳,坐在这儿做什么?"筱燕秋来到了楼下,肚子却疼得咬人了,有些支撑不住,就想找个地方好好躺下来。筱燕秋不敢回到楼上,实在又不愿意待在医院的门口,万一碰上熟人免不了丢人现眼。筱燕秋实在熬不过去,一赌气就回到了家中。家中没有人,整座楼上都没有人。筱燕秋站在客厅里头,突然想起了医生的话。她决定跳,决定在这个无人的时刻弄出一点动静来。筱燕秋脱了鞋,光着脚,"呼"地一下一蹦多高。光着的脚后跟落在了楼板上,楼板

"咚"地一下,吓了筱燕秋一跳,听上去却鼓舞人心。筱燕秋倾听了片刻,再跳,楼板"咚"地又一下。楼板的轰隆声激励了筱燕秋,筱燕秋越跳越疼,越疼越跳,颠跳伴随着疼痛,疼痛伴随着颠跳。筱燕秋越跳越高,越跳越来神了。一阵空前的畅快与轻松突然间布满了筱燕秋全身,这真是一次意外的收获,意外的惊喜。筱燕秋扒掉了大衣,在自己的大衣上拼命地跳跃、拼命地扭动。她的头发散开来了,像一万只手,在半空中乱舞乱抓。筱燕秋就想叫,只想叫。不过不叫也没有关系,这样就足够了。筱燕秋都忘记了为什么而跳的了,她现在只是为跳而跳,为"咚咚"作响而跳,为地动山摇而跳。筱燕秋痛快淋漓了,升腾起来了,飞起来了。她竭尽了全力,直至耗尽了最后一丝体力。筱燕秋躺在地板上,眼窝里沁出了幸福的泪。

楼下小卖部的女人听到了楼上的反常动静。她伸出了脖子,自语说:"楼上这是怎么啦?"她的丈夫正在数钱,没有抬头,"嗨"了一声,说:"装修呢。"

中午时分那粒"珍珠"从筱燕秋的体内滑落了出来。血在流,疼痛却终止了。无痛一身轻,从疼痛中解脱出来的时刻多么令人陶醉!筱燕秋疲惫万分。她躺在床上,仔细详尽地体会着这份陶醉、这份轻松、这份疲惫。陶醉是一种境界。轻松是一种领悟。疲惫是一种美。

筱燕秋睡着了。

筱燕秋不知道这一觉睡了有多久,昏睡之中筱燕秋做了许多细碎的梦,连不成片断,像水面上的月光,波光粼粼的,密密匝匝的,闪闪烁烁的,一个都捡不起来。筱燕秋甚至知道自己在做梦,但是醒不来。

"咣当"一声,面瓜下班了。今天下午面瓜下班到家之后显得有点异样,手上没有了轻重,似乎什么都碍他的事。面瓜摔摔打打的,这儿"咚"地一下,那儿"轰"地一下。筱燕秋想支起身子和他说些什么,但是整个人都绵软了,只好罢了。筱燕秋翻了个身,接着睡。

筱燕秋看出了事态的严重性。事实上,当一个人看出了事态的严重性的时候,事态往往已经超出了当事人的认知程度。说起来还是女儿提醒了筱燕秋,那天女儿晚上故意绕到了卫生间里头,问筱燕秋说:"爸爸最近怎么啦?"女儿的脸上是一无所知的样子,孩子的一无所知往往意味着知根知底。这句话把筱燕秋问醒了,她从女儿的目光当中看到了自己的恍惚,看到了家中潜在的危险性。第二天排练一结束筱燕秋就撑着身子拐到了菜场,买了一只老母鸡,顺便还捎了一些洋参片。天这么冷了,面瓜一天到晚站在风口,该给他补一补了。再说自己也该补一补了。等吃完了这顿饭,筱燕秋一定要和面瓜好好聊一聊的。

面瓜回家的时候脸上紫紫的,全是冬天的风。筱燕秋迎了上去。筱燕秋一点都不知道自己热情得有多过分,一点都不像居家过日子的模样。面瓜疑疑惑惑地看了筱燕秋一眼,挪开之后的目光愈加疑云密布了。女儿远远地看了看父母这边,趴在阳台上做作业去了。客厅里头只有筱燕秋和面瓜两个。筱燕秋回头瞄了一下阳台,舀了一碗鸡汤端到了餐桌上。筱燕秋像一个下等酒馆的女老板,热情地劝了,说:"喝点吧,天冷了,补补,鸡汤,还加了洋参片。"

面瓜陷在沙发里头,没动,却点起了一根香烟,面瓜的胸脯笑了一下,脸上的笑容就不那么像笑,看上去有些古怪。面瓜把打火机丢在茶几上,自语说:"补补。鸡汤。还加了洋参片。"面瓜抬起头,说,"补什么补?这么冷的天,让我夜里到大街上去转圆圈?"

这话伤人了。这话一出口面瓜也知道伤人了,听上去还特别的别扭,就好像夫妻两个在一起生活就为了床上那些事似的,这一来又戳到了筱燕秋的痛处。面瓜其实并没有细想,只是心情不好,脱口就出来了。面瓜想缓和一下,又笑,这一回笑得就更不像笑了,看上去一脸的毒。筱燕秋当头遭到了一盆凉水,生活中最恶俗、最卑下的一面裸露出来了。筱燕秋重新把脸拉了下来,说:"不喝拉倒。"

说完这话筱燕秋瞄了一眼阳台,目光正好和女儿撞上了。女儿立即把目光避开了。仰起头,做出一副认真思考的样子。

八

彩排极其成功。春来演了大半场,临近尾声的时候筱燕秋演了一小段,算是压轴。师生同台,真的成了一件盛事了。炳璋坐在台下的第二排,控制着自己,尽量平静地注视着戏台上的两代青衣。炳璋太兴奋了,差不多溢于言表了。炳璋跷着二郎腿,五根手指像五个下了山的猴子,开心得一点板眼都没有。几个月之前剧团是一副什么样子,现在说上戏就上戏了。炳璋为剧团高兴,为春来高兴,为筱燕秋高兴,然而,他还是为自己高兴。

炳璋有理由相信自己成了最大赢家。

筱燕秋没有看春来的彩排,她一个人坐在化妆间里休息了。她的感觉实在不怎么好。后来筱燕秋上台了,筱燕秋一登台就演唱了《广寒宫》,这是嫦娥奔月之后幽闭于广寒宫中的一段唱腔,即整部《奔月》最大段、最华彩的一段唱,二黄慢板转原板转流水转高腔,历时十五分钟之久。嫦娥置身于仙境,长河既落,晓星将沉,嫦娥遥望着人间,寂寞在嫦娥的胸中无声地翻涌,碧海青天放大了她的寂寞,天恩浩荡,被放大的寂寞滚动起无从追悔的怨恨。悔恨与寂寞相互厮咬,相互激荡,像夜的宇宙,星光闪闪的,浩淼无边的,岁岁年年的。人是自己的敌人,人一心不想做人,人一心就想成仙。人是人的原因,人却不是人的结果。人啊,人哪,你在哪里?你在远方,你在地上,你在低头沉思之间。人总是吃错了药,吃错了药的一生经不起回头一看,低头一看。吃错药是嫦娥的命运,女人的命运,人的命运。人只能如此,命中八尺,你难求一丈。

这段二黄的后面有一段笛子舞,嫦娥手里拿着从人间带过去的一把竹笛,众仙女飘飘然,徐徐而上。嫦娥在众仙女的环抱之中做无助状,做苦痛状,做悔恨状,做无奈状,做盼顾状。嫦娥与众仙女亮相。整部《奔月》就是在这个亮相之中降下大幕的。

照炳璋原来的意思,彩排的戏量筱燕秋与春来一人一半的。筱燕秋没有同意。她对自己的身体没有把握。嫦娥在服药之后有一段快板唱腔,快板下面又是一段水袖舞,水袖舞张狂至极,幅度相当大。不论是快板还是水袖舞,都是力气活儿。放在过去筱燕秋自然是没有问题的,今天却不行。筱燕秋流产毕竟才第五天。虽说是药物流产,可到底失了那么多的血,身子还软,气息还虚,筱燕秋担心自己扛不下来,到底也不是正式演出。筱燕秋的决定的确是明智的,笛子舞过大,大幕刚刚落下,筱燕秋一下子就坍塌在地毯上了,把身边的"仙女们"吓了一大跳。好在筱燕秋并不慌张,她坐在毡毯上,笑着说:"绊了一下,没事的。"筱燕秋没有谢幕,直接到卫生间去了。她感到了不好,下身热热的,热热的东西在往下淌。

筱燕秋从卫生间里出来,一拐弯就被众人围住了。炳璋站在最前面,冲着她无声地微笑,跷着他的大拇指。炳璋在赞美筱燕秋。炳璋的赞美是由衷的,他的眼里噙着泪水。筱燕秋的嫦娥实在是太出色了。炳璋把左手搭在筱燕秋的肩膀上,说:"你真的是嫦娥。"

筱燕秋无力地笑着。她突然看见春来了,还有老板。春来依偎在老板身边,仰着脸,满面春风,一路走一路和老板说着什么。老板步履矫健,神采奕奕,像微服私访的伟人。老板亲切地微笑着,边微笑边点头。筱燕秋从他们的神态上面敏锐地捕捉到了异样的征候,心口"咯噔"了一下。筱燕秋笑了笑,迎了上去。

《奔月》公演的这天下起了大雪,一大早就是雪霁之后晴朗的冬日。晴朗的太阳把城市照得亮亮的,白白的,都有些刺眼了。大雪覆盖了城市,城市像一块巨大的蛋糕,铺满了厚厚的奶油,又柔和,又温馨,笼罩着一种特殊的调子,既像童话,又像生日。筱燕秋躺在床上,目光穿过了阳台,静静地看着玻璃外面的巨大蛋糕。筱燕秋没有起床,她就是弄不明白,下身的血怎么还滴滴答答的,一直都不干净。筱燕秋没有力气,她在静养。她要把所有的力气都省下来,留给戏台,留给戏台上的一举一动,一字一句。

临近傍晚的时分厚厚的蛋糕已经被糟蹋得不成样子了,有一种客人散尽、杯盘狼藉的意味。雪化了一部分,积余了一部分,化雪的地方裸露出了大地的乌黑、肮脏、丑陋,甚至狰狞。筱燕秋叫了一辆出租车,早早来到了剧院。化妆师和工作人员早到齐了。今天是一个不一般的日子,是筱燕秋这一生当中最为重要的日子。一下车筱燕秋就在台前与台后都走了一遍,看了一遍,和工作人员招呼了几回,然后,回到化妆间,查看过道具,静静地坐在了化妆台的前面。

筱燕秋望着镜子里的自己,慢慢地调息。她细细地端详着自己,突然觉得自己今天是一个古典的新娘。她要精心地梳妆,精心地打扮,好把自己闪闪亮亮地嫁出去。她不知道新郎是谁,尚未拉开的红色大幕是她头上的红头盖,把她盖住了。一阵慌张十分突兀地涌向了筱燕秋的心房,筱燕秋慌张得厉害。红头盖是一个双重的谜,别人既是你的谜,你同样又构成了别人的谜。你掩藏在红头盖的下面,你与这个世界彻底变成了互猜的关系,由不得你不紧张,不心跳,不神飞意乱。

筱燕秋深吸了一口气,定下心来。她披上了水衣,扎好,然后,筱燕秋伸出了手去。她取过了底彩。她把肉色的底彩挤在了左手的掌心上,均匀地抹在脸上,脖子上,手背上。抹匀了,筱燕秋开始搽凡士林。化妆师递上了面红,筱燕秋用中指一点一点地把自己的眼眶、鼻梁画红了,左右研究了一回,满意了,拍定妆粉。筱燕秋开始上胭脂了。胭脂搽在了面红抹过的部位,面红立即出彩了,鲜亮了起来,镜子里青衣的模样顿时就出来了一个大概。现在轮到眼睛了。筱燕秋用指尖顶住了眼角,把眼角吊向太阳穴的斜上方,画眼,画眉。画好了,筱燕秋松开手,眼角的皮肤一起松垮垮地掉了下来,而眼眶却画在了高处,这一来眼角那一把就有些古怪,妖里妖气的。

　　化完妆,筱燕秋便把自己交给了化妆师。化妆师湿好了勒头带,开始为筱燕秋吊眉,化妆师把筱燕秋的眼角重新顶上去,筱燕秋感到有点疼。化妆师用潮湿的勒头带把筱燕秋的脑袋裹了一圈又一圈,勒住了眼角的皮,紧绷绷的,吊上去的眼角这一回算是固定住了,筱燕秋的双眼呈到"八"字状,看上去有点像传说中的狐狸,妩媚起来了,灵动起来了。吊好眉,化妆师为筱燕秋贴上大片,左腮一个,右腮一个,筱燕秋的脸型一下子变了,居然变成了一只剥了壳的鸡蛋。上好齐眉穗,盖好水纱,戴上头套,假发,一个活灵活现的青衣立时就出现在镜框里了。筱燕秋盯着自己,看,她漂亮得自己都认不出自己来了。那绝对是另一个世界里的另一个人。但是,筱燕秋坚信,那个女人才是筱燕秋,才是她自己。筱燕秋挺起了胸,侧过头,意外地发现化妆间里挤了好些人。他们一起愣在那儿,专心地看着她,用一种疑惑的眼光研究着她。筱燕秋看到了春来,春来就在身边。春来一直就站在筱燕秋的身边。春来呆在那儿,她不敢相信面前的女人就是与她朝夕相处的老师筱燕秋。筱燕秋简直就是变魔术,突然变出一个人来了。筱燕秋睃了春来一眼。她知道这个小女人此时此刻的心情,她看得出,这个小女人妒忌了。筱燕秋没有

375

开口,她现在谁也不是。她现在只是自己,是另一个世界里的另一个女人。是嫦娥。

大幕拉开了。红头盖掀起来了。筱燕秋撂开了两片水袖。新娘把自己嫁出去了。没有新郎,这个世界就是新郎,所有的人都是新郎。所有的新郎一起盯住了惟一的新娘。筱燕秋站在入口处,锣鼓响了起来。

筱燕秋没有料到一出戏如此之短,筱燕秋只觉得刚开了一个头,刚刚离开了这个世界,说回来就又回来了。筱燕秋起初还担心自己的身体吃不消的,刚刚登台的时候是有那么一点紧张,很快她就完全放松下来了。她开始了抒发,开始了倾诉,她彻底忘记了自己,甚至,彻底忘记了嫦娥,她把满腔的块垒抽成了一根绵延的细长的丝,一点一点地吐了出来。缠绕了起来,挥洒了起来。她在世界的面前袒露出了她自己,满世界都在为她喝彩。她越来越投入,越来越痴迷,筱燕秋越陷越深。这是喜悦的两个小时,哭泣的两个小时,五味俱全的两个小时,缤纷飞扬的两个小时,酣畅的两个小时,凄艳的两个小时,恣意的两个小时,迷乱的两个小时,这还是类似于床笫之欢的两个小时。筱燕秋的身体连同她的心窍,一起全都打开了,舒张了,延展了,润滑了,柔软了,自在了,饱满了,接近于透明,接近于自溢,处在了亢奋的临界点。筱燕秋就感到自己成了一颗熟透了的葡萄,就差轻轻的、尖锐的一击,然后,所有黏稠的汁液就会了却心愿般的流淌出来。可是,戏完了,没戏了,结束了,"那个女人"说走就走了,毫不留情地把筱燕秋留给了筱燕秋。筱燕秋置身于巨大的惯性之中,她停不下来,她的身体不肯停下来。筱燕秋欲罢不能,她还要唱,还要演。筱燕秋不知道自己是怎么谢幕的,可大幕黑了一张脸,拉下了。那感觉就如同高潮临近的时候男人突然收走了他的器具。筱燕秋伤心欲绝。筱燕秋就想对着台下喊:"不要走,我求求你们,你们都回来,你们快回来!"

散场了,一切都结束了。筱燕秋不是不累,而是有劲无处使。她在焦虑之中蠢蠢欲动。她在百般失落之中走向了后台,炳璋站在那儿,似乎在等着她。炳璋张开了双臂,正在出口那边高兴地迎候着她。筱燕秋走到炳璋的面前,委屈得像个孩子。她扑在了炳璋的怀里。她把脸埋进炳璋的胸前,失声痛哭。炳璋拍着她,不停地拍着她。炳璋懂。炳璋一个劲地眨巴他的眼睛。没有人知道筱燕秋的心思,没有人知道筱燕秋此时此刻最想做的是什么。筱燕秋自己也说不上来。嫦娥飞走了,只把筱燕秋一个人留在了这个世界上。筱燕秋就觉得自己想找一个男人,不要命地做一次爱。筱燕秋突然抬起了头来,脸上的油彩糊成了一片,三分像人,七分像鬼,炳璋吓了一跳。炳璋再也没有料到筱燕秋会说出这样的话来,炳璋听了筱燕秋的话才知道自己并不懂得这个女人。筱燕秋冷冷地望着炳璋,说:"明天还是我。你答应我。明天我还是要上!"

筱燕秋一口气演了四场。她不让。不要说是自己的学生,就是她亲娘老子来了她也不会让。这不是 A 档 B 档的事。她是嫦娥,她才是嫦娥。筱燕秋完全没有在意剧团这几天气氛的变化,完全没有在意别人看她的目光,她管不了这些。只要化妆的时间一到,她就平平静静地坐在了化妆台的前面,把自己弄成别人。

天气晴好了四天,午后的天空又阴沉下来了。昨晚的天气预报说了,今天午后有大风雪的。下午风倒是起了,雪花却没有。午后的筱燕秋又乏了,浑身上下像是被捆住了,两条腿费劲得要了命。下午刚过了三点,筱燕秋突然发起了高烧,而下身又见红了,量比以往似乎还多了些,都没完没了了。高烧来得快,上得更快。筱燕秋的后背上一阵一阵地发寒,大腿的前侧似乎也多出了一根筋,拽在那儿,吊在那儿,无缘无故地扯着疼。筱燕秋到底不踏实了,到医院挂了妇科门诊。筱燕秋计划好了的,开上药,吃了,好歹也不会耽搁晚上的演出。可这一回医生倒是没有忙着让她吃药,而是问了又问,开出一大串的检查单子,叫她查了又查。医生一脸的肃穆,既没有吓人的话,也没有宽慰人的话,一副死不了也不怎么好的样子。医生最后开口了,医生说:"怎么拖到现在?内膜都感染成这样了,你看看血项。"医生后来说,"手术还是要做。最好呢,住下来。"筱燕秋没有讨价还价,生硬地说:"我不住。"筱燕秋又追了一句,说,"手术能不能等些时候?"医生的目光从眼镜框的上方看过来,说:"身体不等人哪。"筱燕秋说:"我不住。"医生拿起了处方,龙飞凤舞,说:"先消炎,再忙你也得先消炎。先吊两瓶水再说。"

利用取药的工夫筱燕秋拐到大厅,她看了一眼时钟,时间不算宽裕,毕竟也没到火烧眉毛的程度。吊到五点钟,完了吃点东西,五点半赶到剧场,也耽搁不了什么。这样也好,一边输液,一边养养神,好歹也是住在医院里头。

筱燕秋完全没有料到会在输液室里头睡得这样死,简直都睡昏了。筱燕秋起初只是闭上眼睛养养神的,空调的温度打得那么高,养着养着居然就睡着了。筱燕秋那么疲惫,发着那么高的烧,输液室的窗户上又挂着窗帘,人在灯光下面哪能知道时光飞得有多快?筱燕秋一觉醒来,身上像松了绑,舒服多了。醒来之后筱燕秋问了问时间,问完了眼睛便直了。她拔下针管,包都没有来得及提,拔完了针管就往门外跑。

天已经黑了。雪花却纷扬起来。雪花那么大,那么密,远处的霓虹灯在纷飞的雪花中明灭,把雪花都打扮得像无处不入的小婊子了,而大楼却成了器宇轩昂的嫖客,挺在那儿,在错觉之中一晃一晃的。筱燕秋拼命地对着出租车招手,出租车有生意,多得做不过来,傲慢得只会响喇叭。筱燕秋急得没病了,一个劲地对着出租车挥舞胳膊,都精神抖擞了。她一路跑,一路叫,一路挥舞她的胳膊。

筱燕秋冲进化妆间的时候春来已经上好妆了。她们对视了一眼,春来没有开口。筱燕秋上课的时候关照过她的,化上妆这个世界其实就没有了,你不再是你,他也不再是他,——你谁都不认识,谁的话你也不要听。筱燕秋一把抓住了化妆师,她想大声告诉化妆师,她想告诉每一个人,"我才是嫦娥,只有我才是嫦娥!"但是筱燕秋没有说。筱燕秋现在只会抖动她的嘴唇,不会说话。此时此刻,筱燕秋就盼望着王母娘娘能从天而降,能给她一粒不死之药,她只要吞下去,她甚至连化妆都不需要,立即就可以变成嫦娥了。王母娘娘没有出现,没有人给筱燕秋不死之药。筱燕秋回望着春来,上了妆的春来比天仙还要美。她才是嫦娥。这个世上没有嫦娥,化妆师给谁上妆谁才是嫦娥。

锣鼓响起来了。筱燕秋目送着春来走向了上场门。大幕拉开了,筱燕秋看见老板坐在了第三排的正中央。他像伟人一样亲切地微笑,伟人一样缓慢地鼓掌。筱燕秋望着老板,反而平静下来了。筱燕秋知道她的嫦娥这一回真的死了。嫦娥在筱燕秋四十岁的那个雪夜停止了悔恨。死因不详,终年四万八千岁。

筱燕秋回到了化妆间,无声地坐在化妆台前。剧场里响起了喝彩声,化妆间里就越发寂静了。她望着自己,目光像秋夜的月光,汪汪地散了一地。筱燕秋一点都不知道她做了些什么,她像一个走尸,拿起水衣给自己披上了,然后取过肉色底彩,挤在左手的掌心,均匀地、一点一点地往脸上抹,往脖子上抹,往手上抹。化完妆,她请化妆师给她吊眉、包头、上齐眉穗、带头套,最后她拿起了她的笛子。筱燕秋做这一切的时候是镇定自若的,出奇地安静。但是,她的安静让化妆师不寒而栗,后背上一阵一阵地竖毛孔。化妆师怕极了,惊恐地盯着她。筱燕秋并没有做什么,也没有说什么,只是拉开了门,往门外走。

筱燕秋穿着一身薄薄的戏装走进了风雪。她来到剧场的大门口,站在了路灯的下面。筱燕秋看了大雪中的马路一眼,自己给自己数起了板眼,同时舞动起手中的竹笛。她开始了唱,她唱的依旧是二黄慢板转原板转流水转高腔。雪花在飞舞,剧场的门口突然围上来许多人,突然堵住了许多车。人越来越多,车越来越挤,但没有一点声音。围上来的人和车就像是被风吹过来的,就像是雪花那样无声地降落下来的。筱燕秋旁若无人。剧场内爆发出又一阵喝彩声。筱燕秋边舞边唱,这时候有人发现了一些异样,他们从筱燕秋的裤管上看到了液滴在往下淌。液滴在灯光下面是黑色的,它们落在了雪地上,变成了一个又一个黑色窟窿。

2000 年第 3 期《花城》